漂泊與追尋

顧肇森的文學夢

陳榆婷——著

推薦序一：久違了，顧肇森

臺灣師範大學國文系教授／許俊雅

　　顧肇森什麼時候走的，坦白說，我還不很清楚，有人說是1995年（九歌），也有人說是1994年（如本論文），我只記得有很長一段時間他從文壇消失了，也不見報刊報導他的相關消息，但他作品之好以及俊逸的容顏，卻是讓人印象深刻。讓人印象深刻的還有生年1954年以及醫生作家的頭銜，我周圍有不少1954年出生的朋友，今年（2014）他們都度過了所謂的花甲之年，像繁華盛開的年度，但想起顧肇森卻黯然離去二十年，如果人還在的話，肯定會留下更多精彩的作品，當然榆婷得再花更多時間去閱讀，不過我相信那也會是一段愉快的閱讀之旅。

　　榆婷以顧肇森做為她碩論研究對象並請我指導時，我雖然訝異，卻也驚喜，未料上課介紹顧肇森一篇極短篇能獲致這樣的效果，後來我看到她發表在《國文天地》上的一篇小論文，談〈最驚天動地的愛情〉，體會之敏銳，分析之透徹，讓人眼睛為之一亮，她說那對闊別十五年、經歷一番寒徹骨的戀人一樣，多年後愛上的並不僅是彼此，而是那份曾經共同享有的青春印記，在逐漸衰老的中年路途上、在漸感無趣的婚姻生活之外，找到一個可以相濡以沫、重溫舊時美夢、重燃青春激情的夥伴。所以，這樣的愛戀，不過是向青春的自己「招魂」罷了。她完全深刻掌握了這篇極短篇的深髓：再驚天動地的一見鍾情、再不顧一切的目眩神馳、再刻骨銘心的瘋狂愛戀都難以與日復一日的柴米油鹽相互抗衡。這樣優質的學生，可遇不可求，因此我很放心、放手

讓她恣意發揮，尊重她的創見，她非常勤奮經營她的論文，在撰寫之際，聽聞顧肇森生前好友鄭樹森回臺，立即掌握難得機會，做了深度的訪談，整理之後徵得同意，便將訪問稿投給了《文訊》，獲致相當的迴響。又過不久，《文訊》刊登了金光裕先生〈一臥滄江驚歲晚──想起顧肇森〉一文，再過不久，榆婷來信告知她這本論文將由秀威出版社出版，當下，我真感覺到「久違了，顧肇森」。

榆婷論文初稿完成後，遲遲未見她提出口試申請，失蹤了兩個多月，反倒是我自己焦急起來，請助教再幫忙聯繫看看，結果是從學運開始之後，長期掛在網路上或至現場關心所致，這事讓我想起1989年天安門事件後，顧肇森完成了〈此身雖在堪驚〉、〈素月〉，表達對天安門慘劇的痛心（雖然他曾在散文〈驚豔〉中自述對政治禁書興趣缺缺），顧肇森傳佈公義更甚藝術焦慮的性情，似乎也感染了榆婷，這兩個多月未見榆婷對論文的焦慮，後來我才稍微收手，要她再繼續修訂補強。其實我一直覺得榆婷是命中注定要研究顧肇森，她告訴我顧肇森有位雙胞胎哥哥，戴文采有篇文章如何如何，我覺得這都是很重要的閱讀及討論作品的線索，後來我才知她有一對雙胞胎孩子，這麼巧。做為雙胞胎的母親，對於雙胞胎孩子心理、成長的過程，必然有助於她對顧肇森作品的理解。

身為醫生作家的顧肇森，文學才情噴薄極早，高中、大學時期的作品已受文壇矚目，獲致相當多的讚美聲音。寫作是一種靜坐，也是一種療癒，他對寫作的虔誠、執著，透過一些訪談文字可以知道，比如自覺作品未臻完美而不願發表，為將來創作長見識，不惜花費鉅資入住五星級飯店，赴港品嘗港式美食等等，都可看見寫作於他是高度熱情以及堅持完美的志業。今日回首他

的創作，我們不禁要佩服他的早慧及前衛，他成長於松江路眷區，像〈琵琶行〉、〈市場〉、〈燈節〉、〈一棵長滿禮物的樹〉、〈似水流年〉、〈猶記當時年紀小〉、〈湖州粽子、綠豆糕及其他〉、〈年年難過，年年過〉寫童年眷村生活的懷念，1991年他在《聯合報》繽紛版有「以食為天」專欄，寫下十五篇飲食散文，可說很早寫及眷村及飲食文學。至於〈拆船〉、〈塵埃不過咸陽橋〉同性間親密的依附關係以及〈張偉〉一作被視為同志文學的經典，足見其題材非常開闊，始終站在社會現象觀察與關懷的立場。雖然《槍為他說了一切——盧剛殺人事件》以及〈太陽的陰影〉，爭議也多，但評論本來就是見仁見智，以〈太陽的陰影〉為例，本篇戲劇性的高潮在於文末長達五頁的論辯，卻容易遭致結構不勻的批評，而同有醫學背景的安部公房（東京帝国大学医学部）的《他人的臉》同樣引發疑慮，但在結構如此不均勻的情況下（花了極多篇幅述說如何製作一張臉誘惑他的妻子），此部小說仍然獲得喝采。

　　榆婷在人生第一部論文，選取了一位優秀作家的作品來閱讀，對於文學的感受能力必然得以提升，我也期待在往後的學習生涯中，她能繼續保有不追新逐異、不跟風趕潮的態度，選擇與自己生命契合又能愉悅讀小說、寫評論的一條道路。是為序。

許俊雅

2014年12月28日

推薦序二：顧肇森生命與作品的美學再現

蔡芳定

　　1980年代因寫活一系列華人異域謀生群像，從而蜚聲文壇，令讀者驚豔的顧肇森，其作品向來被歸類為「留學生文學」與「移民文學」。但也因其小說創作不乏同志題材，因而某些作品亦被納為「同志文學」範疇。其實顧肇森是一全方位作家，短篇小說、散文、報導文學都有相當傑出的成就。

　　主客觀因素的交相紛呈，華人世界的「顧肇森研究」，有單一化與偏向化的局限：多半聚焦單一篇章、單一集冊的討論，或同志文本的探討，較乏全面性的觀照其文學作品的美學經營與成就。

　　在本書中，作者做了很多突破，特別是研究範圍的拓展與研究方法的創新。

　　研究範圍方面，就顧肇森已發表的文學作品（短篇小說、散文、報導文學）之直接資料與間接資料皆在討論之論。

　　研究方法方面，作者突破傳統研究模式，交叉使用多種研究方法，闡幽發微詮釋並彰顯顧肇森的文學成究。如使用「文獻分析法」、「採訪法」，歷時性、共時性雙向比對其與其他同質性文學的共性與殊性，並參閱心理學、性學等相關理論精髓，研究顧肇森個人生命歷史，特別是其身心狀態育其作品關聯性研究。核心作品研究，則採「文本分析法」，觀照剖析其作品之主題內涵與藝術表現，就中並兼採「敘事學理論」與「新批評」解

讀顧肇森作品的多義性與象徵性。此外還專章審視其文本的疏離性及其報導文學，以深化並凸顯其移民書寫，前者參考「後遺民寫作理論」，探討其國族想像與家國情懷。後者，除應用傳統報導文學批評方法外，還注入新聞學與人類學的理論元素，揭示顧肇森獨特卻具代表性的文化視野。

我個人特別肯定其書末的年表整理與呈現，這對於作家、讀者與研究者來說，毋寧說都是一種功德，利於作家的被定位、讀者的閱覽與研究者的後續研究。

本書展現出作者的視野寬闊、理路清晰、思維理性、文筆暢達，尤其文本解讀與詮釋，能入乎其中並出乎其外，兼顧客觀性與超越性。篤定的說，本書將會是「顧肇森研究」的經典之一。

蔡芳定

世新大學中文系教授兼系主任

前國立臺灣師範大學國文系教授

前國立臺北大學中文系教授兼人文學院院長

推薦序三

張春榮

　　本書全面聚焦顧肇森作品，用力甚勤。作者條分縷析，深入探索；精到見解，醒心豁目；可謂言之有理，言之有味。尤其行文洋溢文采，充滿獨特美感興發的發揮，化嚴肅論述為活潑召喚，頗為難得。此書篤實生動，足為研究顧肇森的文心領航，值得後來者參考。樂於推薦。

國立臺北教育大學

語創系教授

張春榮 〔印〕

一〇三年　十二月　二十日

自序

　　透過優秀作家的眼睛，我看到了不一樣的世界。顧肇森於文學上的種種努力，於人間公義的思索，作為一個讀者，我深深感激！

　　感謝許俊雅老師的殷切指導，給與我開闊飛翔的空間，也時與悉心的提醒與鼓勵。兩年來，或數十封電郵，滿滿的附註、評點與提示，或溫柔體貼的面授懇談，都是深廣兼具的智慧啟發，尤其是身為人文學者應有的悲憫與持平，在在與我深刻的感動。

　　感謝陳義芝老師熱心牽成，讓我有幸採訪鄭樹森教授。亦感激鄭教授於百忙中撥冗，長談與顧肇森的一段文學因緣。透過鄭教授侃侃而談，顧肇森辭世前的影像與文學努力，於焉清晰，對此論文之研究發展，助益甚鉅。

　　感謝口試教授——蔡芳定、張春榮老師給與諸多寶貴的建議，指引此論文漸臻善好。學術工作繁重的師長們，在學院事務紛雜之際，熱心提攜，慷慨付出時間與心力，予我極大的鼓勵。

　　感謝生命中所有認真付出的老師，一路以來給與的源頭活水，每個精彩的課堂，每個課後的鼓舞，都是生命能量更沉厚的累積。

　　感謝這四年來婆婆、公公頻繁來往臺北、彰化之間，幫我照顧一對年幼的雙胞胎，沒有他們的幫忙，課程、論文皆不可能完成。他們對兒孫豐厚的愛，讓我能放心悠遊於學術天地。也感謝攜手近二十年的富平，在家庭、工作、課業龐大壓力下，卻依舊溫暖和煦，幽默可愛。

感謝我的父親與母親、小弟，一直以來，不斷鼓舞我進修，開懷生活並對人保持溫暖。一群始終支持我的家人，殷殷滋養著向上、喜樂的苗種。

感謝所有的朋友們，無論是在生活上、學業上的互相支持，或是在網路上的美好分享，或激烈辯論，都帶給這篇論文極多的思考啟發。

感謝君樺於學業忙碌之際，手繪精彩畫圖，呈現宛若聽見〈月升的聲音〉心靈異境。感謝編輯妘甄，這半年多來不厭其煩地溝通、提醒，秀威編輯群的專業、尊重與耐心，身為一個作者，何其幸運！

感謝天，讓我遇見這一切！

目次 | CONTENTS

第一章　序曲：尋找作家

一、文壇明星，神祕消失

　　自十九世紀中期起，留學生放洋海外，或因生存問題，或因追求新知，或因尋索一個充滿希望的樂土，其中或多或少肇因於對於未來美好的憧憬。留學生寫作族群則自二十世紀初期形成。滿懷夢想的留學生，經歷的不僅是空間的巨大位移，更還包括異文化的洗禮，以及人倫關係的變化，加上時間的歷練與現實的衝撞，他們以華文書寫思鄉情懷、異國生活、眾生群像、社會觀察、生命反省、國族情感，已成為一個值得長期觀察的特殊寫作族群。[1]

　　近代留學生的華文書寫，從清末、五四至抗戰，留學生文學反映出知識青年另一種文化視野。

　　臺灣戰後，旅美留學生小說蔚為大觀：1960年代著名旅美留學生作家多為外省籍，作品中充斥著對中國的熱情與美好想望[2]；1970年代，保釣運動風起雲湧，海外中國魂熱烈燃燒，但

---

[1]　蔡雅薰：《從留學生到移民——臺灣旅美作家之小說析論1960～1999》（臺北：萬卷樓出版社，2001年）。

[2]　1960年代著名作家如聶華苓、於梨華、陳若曦、白先勇、劉大任、張系國等，除了陳若曦之外，其他絕大多數為外省籍，出生於中國，而且多少有在中國成長的少時經歷，所以這群作家對於中國自有一份難以割捨的原鄉情感，對於祖國不確定的前途，以及對異國文化的陌異感，往往作品中充滿斷根、失根的焦慮：聶華苓，1925年生於中國湖北，1949年來臺時19歲；於梨華，1931年生於中國上海，祖籍浙江鎮海，1947年隨父遷臺，來臺時16歲；白先勇原籍中國江蘇南京，1937年生於廣西

隨之而來的是對文革中國的巨大幻滅。祖國神話破滅之後，海外作家進入一個務實的，重塑認同的時代。1980年代以後，周腓力保真、顧肇森等人將小說題材轉至「具體生活層面」[3]，作品中展現旅美華人為「求生存」的種種掙扎和艱辛。其中，旅居美國的腦科醫生顧肇森（1954～1994）於華文報紙副刊先後發表一系列以在美華人為主角的短篇小說，深刻地型塑出一張張異鄉客的扭曲臉譜。這一系列的作品，題材廣泛，不再侷限於留學生與校園，而是描寫形形色色、各行各業的華人在異地求生的艱辛，可說是1980年代以降聚焦「旅美華人」的代表作。顧肇森寫出了「美國夢」落實在現實生活的殘酷面，呈現冷靜的社會觀察。

1980後葉，顧肇森以一系列都會藝術家為主角，創作《月升的聲音》系列。〈冬日之旅〉、〈風起時〉、〈秋季的最後一日〉、〈月升的聲音〉諸篇形塑出令人屏息的藝術家形象，死亡、欲望與創造交織著人類亙古以來的大哉問：生命的意義？

1990年，顧肇森已是成名作家，卻匿名參加第十二屆聯合報文學獎。顧肇森以〈素月〉獲短篇小說的二名（第一名從缺），〈最驚天動地的愛情〉獲極短篇小說獎。一個成名作家卻以匿名的方式參賽，顧肇森迥異於一般作家的行事風格，讓筆者對這位作家的個性、身平以及作品產生極大的好奇。《貓臉的歲月》系列中，〈張偉〉被視作經典的男同志文本，繼而於1991年，發生文壇上喧嚇一時的「紫水晶」事件，據顧肇森友人指出，顧肇森不惜與文界交惡，重金聘雇律師跨海打版權官司，皆因同志傳

桂林，1948年逃難至香港，1952年來臺，離開中國時已11歲；劉大任，1939年生於中國江西永新，1948年來臺時9歲；張系國，原籍中國江西南昌，1944年生於重慶，1949年來臺時5歲。

3　朱雙一：《台灣文學創作思潮簡史》（臺北：人間出版社，2011年）。

言造成其社交困擾。綜觀顧氏短篇小說，自少作《拆船》便不乏同性情誼，顧肇森一直被文壇默認為「未出櫃的同志作家」。但是，這卻與顧氏友人說法有所出入。顧氏小說中的同志情節是真實自我投射？或可另外解讀？筆者欲就此一風波探究顧肇森的創作以及生命歷程，並就顧肇森的人格特質來探析此一風波，以更精確品讀顧肇森的同志文學。

　　顧肇森長期在太平洋彼岸生活，與臺灣文化圈較為疏遠。1994年，顧肇森病逝於美國紐約，而且，為不讓白髮老母遽聞噩耗，刻意隱瞞死訊。因此，1994年之後，關於顧肇森其人其作之討論漸罕，綜覽海峽兩岸留學生小說、移民小說研究，對顧肇森作品之著墨並不多見。但是，顧肇森的才華以及他寫作上的努力成績，文壇多有美譽。王德威先生〈似曾相識的臉孔──評顧肇森「季節的容顏」〉[4]有這麼一段文字：

> 顧肇森是海外華人作家最有潛力者之一，他的題材廣、想像力強……顧肇森式的言情小說，很可以占一席之地。但九〇年代中期後他銷聲匿跡，是海外華文創作圈的損失。

隱地曾於《人間福報》寫下：

> 一九八九年，顧肇森在圓神出版社出版他的第三本短篇小說集《月升的聲音》。顧肇森和蕭颯，曾經是兩位我看重的明日之星。有一段時間，鍾玲還在香港教書，她來臺

---

[4]　見王德威：《眾聲喧嘩以後──點評當代中文小說》（臺北：麥田出版社，2001年），頁333。

北，我曾請她在「福華」中庭吃早餐，記得那時她關心臺灣文壇，總會問我一些出版現況，她要我告訴她，臺灣最有前途的小說家是誰？那時，蕭颯的《我兒漢生》和顧肇森的《貓臉的歲月》，都是我極為看好的作品，於是在鍾玲面前大力推崇這兩位小說家，沒想到不過七、八年，顧肇森於一九九四年就過世了，蕭颯出版《皆大歡喜》（一九九五、洪範）之後，再也沒有新作產生。世事多麼難以預料，如今若有人問我，文壇新銳是誰，我再也不敢用肯定句做答案了。[5]

鄭樹森憶及替顧肇森隱瞞死訊的往事：

他自忖病情已到最後關頭（電話後兩天便不治），加上事母至孝，亟思拖延靈耗，我拗他不過，祇能勉強答應。肇森去世後大半年，開始有點傳言，臺北中時副刊楊澤主編，憑直覺認定我一定知道內情。但楊澤是「詩癡」，和他大談一頓希臘詩人Constantine Cavafy的新譯本，他已忘卻來意，我總算沒有違背諾言。[6]

可見顧肇森創作才能頗得文壇肯定，許多文壇知音關心他的創作，並期待著他的新作。這樣一位曾被矚目的海外華文作家，最後卻「神秘地」消失，徒留知音無限扼腕。

---

[5] 見隱地：〈遺忘與備忘，一九八九〉，《人間福報電子版》（副刊）（2009年10月19日）http://www.merit-times.com.tw/NewsPage.aspx?unid=150581（檢索日期：2014年2月12日）。

[6] 見鄭樹森：〈懷顧肇森，兼談「素月」〉，《從諾貝爾到張愛玲》（臺北：印刻出版社，2007年），頁144。

二、搜尋顧肇森作品

顧肇森創作以短篇小說與散文為大宗，另有一部報導文學創作。

顧肇森的短篇小說依不同時期分別被收入《拆船》、《貓臉的歲月》、《月升的聲音》、《季節的容顏》四本集子：

《拆船》[7]1977年初版，為顧肇森第一本小說集，多為顧肇森高中時期至大學畢業前後[8]作品。其時，並有諸篇評論讚美、針砭並期許著顧肇森這位文壇新秀。

《貓臉的歲月》[9]為顧肇森留美後，於各報副刊先後發表的短篇小說，1986年由九歌出版社集結成《貓臉的歲月──旅美華人譜》，此書並榮獲1986年圖書金鼎獎。顧肇森也因獲獎，聲名鵲起，此後，顧肇森作品集結出書前後，皆有數篇書評、文評、訪談可供研究參考。2004年，九歌出版社於顧肇森辭世十週年，推出《貓臉的歲月》新版。

---

[7] 顧肇森：《拆船》（臺北：聯經出版社，1977年初版，1987年新版）。

[8] 顧肇森自東海大學生物系畢業，擔任助教一年後，赴笈美國，參顧肇森：〈暮成雪〉，《感傷的價值》（臺北：漢藝色研文化公司，1990年），頁54-56。

[9] 顧肇森：《貓臉的歲月》（臺北：九歌出版社，1986年初版，2004年新版）：〈王明德〉（1981年，《聯合報》副刊），〈李莉〉、〈林有志〉（1983年，《中華日報》副刊），〈曾美月〉（1983年《中國時報‧美洲版》副刊），〈卜世仁〉、〈梅珊蒂〉（1984年，《中華日報》副刊），〈張偉〉（1984年《中國時報‧美洲版》副刊），〈小季及其伙伴們〉、〈王瑞夫婦〉、〈胡明〉（1985年，《中華日報》副刊）。附錄：陳義芝：〈兩顆大太陽同時下移──顧肇森的文學心靈〉，隱地：〈攀爬人生──我讀曾美月〉，周浩正：〈標本們──貓臉的歲月讀後〉、〈「貓臉的歲月」新版贅言〉以及《貓臉的歲月》相關評論索引。

　　《月升的聲音》[10]1989年出版，各篇皆以藝術家為主角，探索生命之問。

　　《季節的容顏》[11]1991年出版，副標題為「貓臉的歲月續集」，多旅美華人故事。

　　《冬日之旅》[12]1994年出版，是洪範書店經顧肇森授權，請託鄭樹森為顧肇森所編選的短篇小說精選集。前有顧肇森〈自序〉，〈自序〉為顧肇森辭世該年所撰，言詞激烈，於當時華文藝壇猛烈抨擊，毫不留情，可視為顧肇森的絕命詞。末附鄭樹森的編輯序言〈關於「冬日之旅」〉云：「這本書不是『自』選集，祇能說是『他』選集。至於這樣是否真的比較『客觀』，難說的很。但也許不是自己的文字，割捨起來當然比較狠心」。鄭樹森此番編輯序言點出了「選集」之「精」與「難」之處，亦見鄭氏學者風範。

---

[10] 顧肇森：《月升的聲音》（臺北：圓神出版社，1989年），篇目依編輯順序為：〈虛戈〉、〈風起時〉、〈星的死亡〉、〈冬日之旅〉、〈月升的聲音〉、〈未完〉、〈秋季的最後一日〉、〈去年的月亮〉。

[11] 顧肇森：《季節的容顏》（臺北：東潤出版社，1991年）。內含短篇小說：〈季節的容顏〉（原載1990年2月24-25日《聯合報》副刊），〈無緣千里〉（原載1990年3月1-2日《中華日報》副刊），〈太陽的陰影〉（原載1990年12月9-15日《聯合報》副刊），〈素月〉（原載1991年1月1-7日《聯合報》副刊），〈破碎的天——陽關三疊之一〉（原載1991年3月《中國時報人間》副刊），〈破碎的人——陽關三疊之二〉（原載1991年2月4日《中華日報》副刊），〈破碎的心——陽關三疊之三〉（原載1991年3月《聯合報》副刊），〈最驚天動地的愛情〉（原載1991年《聯合報》副刊）。

[12] 顧肇森：《冬日之旅》（臺北：洪範書店，1994年）。精選輯內容包涵1至4部份：第1.部分選錄《季節的容顏》：〈素月〉、〈無緣千里〉、〈季節的容顏〉三篇。第2.部分選錄《月升的聲音》：〈月升的聲音〉、〈秋季的最後一日〉、〈冬日之旅〉三篇。第3.部分選錄《貓臉的歲月》：〈張偉〉、〈李莉〉、〈曾美月〉三篇。第4.部分選錄《拆船》：〈留情〉、〈流逝〉、〈拆船〉三篇。

1987年於《中國時報》發表短篇武俠小說〈鴛鴦劍〉[13]。

顧肇森先生另有兩篇得獎作品亦一併討論，一為1992年獲得第十四屆聯合報文學獎第二名的報導文學作品《槍為他說了一切——盧剛殺人事件》[14]，另一為獲得第三屆梁實秋文學獎散文組第一名的〈時光逆旅〉[15]，〈時光逆旅〉雖是散文獎作品，但人物、情節、對話皆完備，敘事性強，亦可視為一篇短篇小說。

顧肇森亦多散文創作：

最早見報的散文作品是1972年5月28日刊載於《聯合報》副刊的〈弦歌之外〉[16]，此為顧肇森高中二年級時，首篇投稿大報作品。

留學期間，以「紐約小記」、「大城小記」、「井蛙小記」為專欄名稱，大量創作散文，作品散見於《聯合報》副刊、《中國時報》人間副刊、《中華日報》副刊、美洲中國時報、美洲中報，多收錄於兩本個人散文集中：《驚艷——原名「從善如流」》[17]與《感傷的價值》[18]。另一散文集《感傷的價值》，多收錄1987年至1990年間所發表的作品，共計36篇。

1991年四月至八月間，顧肇森於《聯合報》繽紛版以「以食為天」為專欄名稱，發表有飲食散文15篇。1990年後，另有諸

13　顧肇森：〈鴛鴦劍〉，《中國時報》第3版（1987年1月31日）。
14　顧肇森：《槍為他說了一切——盧剛殺人事件》（臺北：東潤出版社，1993年）。
15　顧肇森等：《時光逆旅——第三屆梁實秋文學獎得獎作品集》（臺北：中華日報出版部，1990年）。
16　顧肇森：〈弦歌之外〉，《聯合報》第9版（副刊）（1972年5月28日）。
17　顧肇森：《驚艷——原名「從善如流」》（臺北：九歌出版社，1987年）。
18　顧肇森：《感傷的價值》（臺北：漢藝色研文化公司，1990年）。

多散見於報章雜誌之散文作品，例如1993年，一系列音樂散文以「自得其樂」為專欄題名，按月發表於《聯合文學》，共11篇[19]，1994年《中國時報》副刊「樂在其中」系列4篇。這一系列音樂散文創作，是顧肇森最後發表的系列作品。

　　根據鄭樹森先生於八月號《香港文學》發表〈懷顧肇森兼談「素月」〉一文提到：

> 一九九四年再通電話時，他發現胃上部細胞病變，且是無法開刀的位置。他在六月最後一次入院前曾來電長談，已很低落，但一再叮囑不可寫悼文，不要發消息，不能發表他讓我提意見的中篇小說。直到最後，他始終認為他的小說、散文、報導文學都尚在摸索，不免及身而逝，身後更不許災梨禍棗。

　　可知顧肇森先生病逝前尚有數篇未完成的小說（含中篇小說）、散文、報導文學，但思亟完美表現的作家不允許這些未完成的作品問世，這批作品因而無法被討論。

　　基於對顧肇森創作的尊敬，筆者欲全面探索顧肇森已發表的作品，並蒐集與作家相關之報導與論文，研究這位作家生平、家庭、社會關係、心靈狀態、文學累積。解析他對人性的、社會的、文化的種種觀察與批判，以理解這位兼具醫生、留學生、移民等多重身分的作家的關懷，以深入其創作藝術。嘗試透過他的生命歷程與作品之間的對應、與其他作家的比較，省思此一海外遊子，所面臨時代的、環境的衝擊，掘挖顧肇森的思想特色。

---

[19] 十一月號為聯合報文學獎專刊，專欄停刊一次。

三、追蹤作家

（一）時代與作家

　　本書的前二章，以文獻分析法為主。

　　首先側重文學史研究：泛覽近十年留學生文學、移民文學之相關研究論述，縱向整理所謂「留學生文學」、「移民文學」的題材、思想、人物型塑、名家特色與概要脈絡，梳理出這些作品的時代「共相」，並蒐集顧肇森作品暨相關評論（相關評論研究見本書〈附錄一〉），思考其作品分類研究方向，擇取主題。

　　第二章著重顧肇森個人生命歷史研究：蒐集顧肇森先生小說、散文、書評、報章專訪、節目專訪等相關資料，並參閱心理學、性學等相關理論，來探究顧肇森的身心狀態。蒐集顧肇森友人評述顧肇森的資料，並兼採訪法，親訪顧肇森文壇友人鄭樹森，釐清海外作家驟逝後，諸多傳聞虛實，力求更精準掌握作家身平、創作態度、人生哲學，以裨後續文本研究。

（二）作品與作家

　　本書的後三章，則著重文本分析。

　　第三章為小說文本分期研究：將顧肇森小說依其發表時間分為四個時期：（1）1978年前：高中、大學時期創作，是顧氏出國留學前作品（2）1981～1985年：貓臉的歲月（海外移民臉譜）系列作品（3）1982、1986～1989年：月升的聲音系列（4）1990～1991年：季節的容顏系列。

　　以「敘事學」中寫作視角的理論，比較顧肇森已發表的四本短篇小說集，研究其人物塑造、視角選擇、敘事策略，以釐清

小說中的關懷主題。以「新批評」之分析研究方法，解讀文本中的象徵、多義，再參照心理學相關論述，以理解作者所關懷的人性議題以及時代議題。挑選出具代表性的文本，分析文本中的角色設計，對照作者自身認同的困境以及心靈價值認定，作分析比較。比較的面向著眼於：他者與環境的壓迫，心靈亟欲要解決的困境，社會階層的思維模式，所能做出的行動、詮釋與對社會的反饋這四個方向。並參照存在主義心理學相關研究，析論作家的關懷。

就顧肇森訪談陳述、作品明載，找出顧肇森心儀的作家與作品，以及其他與顧肇森背景相似，作品關懷主題近似的作家與作品，研讀相關研究，就其藝術表現、思想內涵，來對照並解讀顧肇森的作品。

綜論顧肇森短篇小說四個時期，主題思想、藝術經營之表現。

第四章為顧肇森文本的疏離研究：以Philip Koch所定義的「疏離」──不愉快的割裂為基礎，審視顧肇森文本。首先自王德威「後遺民寫作」相關論述，審視顧肇森作品中的國族想像，以及此一外省籍臺美留學生的家國情懷。根據其小說與散文創作所反映時代背景與離散主題，剖析顧肇森對於所處時空的思考，逐一解讀顧肇森文本對於國族、家族、家鄉、家的想像與情感狀態，探討顧肇森的文學是否也展現了留學生文學的疏離樣態。

第五章為顧肇森報導文學《槍為他說了一切──盧剛殺人事件》研究。首先研究「報導文學」相關理論，掌握此兼具新聞學、人類學與文學技術的特殊體裁。再自此作品現有的優劣評論，逐一分析該作品，並進一步探究顧肇森選擇此一題材的初衷。以現有的報導文學理論，就文學表現、資訊採集、採訪品

質、報導價值來分析顧肇森這部報導文學作品的成就。最後，審視其創作動機與作品主客觀表現，來反溯顧肇森的思想特色，評議此報導文學作品所展現的文化視野。

　　第六章總結。綜論以上五章，點評顧肇森作品價值，並提出顧肇森相關研究往後可再擴充、精實之處。

第二章　尋夢天涯：顧肇森其人

一、逐夢少年：留學前成長歷程

顧肇森，祖籍浙江省諸暨縣，1954年生於臺北。

顧氏母親為顧氏之父隨國民政府來臺灣之後再娶，顧肇森有四位同父異母兄長，與顧父一同來臺。顧肇森的母親為浙江紹興人，與顧父來臺後結合，育有一對同卵雙胞胎，長者名為肇林，幼者名肇森，全家共居於臺北松山機場附近眷社（近臺北大學臺北校區）。

顧肇森七歲喪父，散文〈一棵長滿禮物的樹〉是顧父辭世二十週年，顧肇森追憶父愛之作，其中一段文字，記錄了顧父久病家中光景：

> 那時父親早因高血壓退休在家，我倒不是害怕告訴他想買雜誌會導致他腦充血，而是由於臥病經年，房子金子能賣的都賣了，家中經濟狀況十分慘澹。即使童稚懵懂如我，也體會到一日三餐油豆腐醬瓜不是沒原因的。假若桌上有半隻雞或一碗肉，多半是因為過年過節。[1]

顧父久病，顧家經濟拮据，其後，顧父驟逝，顧母茹苦含辛，撐持家計。

---

[1]　參顧肇森：〈一棵長滿禮物的樹〉，收入顧肇森：《驚艷——原名「從善如流」》（臺北：九歌出版社，1987年），頁89-94。

　　十歲時與其雙生兄長同罹腦膜炎，顧肇森痊癒，顧肇林智力嚴重受損，顧肇森校友戴文采大學時期曾拜訪顧家，並在個人網誌寫下：

> 顧肇林給我的印象永生難忘，很特別的一個人。那年去前顧肇森從來沒有告訴我，他給我開門時兩眼清亮，禮貌周到，口齒清晰的說請進請坐。如果不是後來顧肇森說，真只感覺有那兒有一些不同，不過是比同齡的常人質樸單純。他成了母親親手調教的徒兒，什麼都從母親身上學，保留著品學兼優的孩子的氣貌，還是那十歲左右懂事的靈氣，雖然已經二十四五，比我大兩歲，一眼就討人喜歡，反射著母親的偉大，他母親如影隨形教著帶著。我還跟顧肇森笑稱，你哥哥氣質比你還好，你太凶悍，他很高興承認這一點。長得一模一樣的雙胞胎，一個沒有童年，一個永遠童年。[2]

2006-02-1205:41:45

　　顧母一直將傻兒子帶在身邊，替麵攤洗碗[3]持家。顧肇森〈慕成雪〉[4]、〈似水流年〉[5]這兩篇文章記錄了母子間的種

---

[2]　見戴文采：〈雙生森林〉，《戴文采的留言板——啼笑因緣》（2006年2月12日）http://mypaper.pchome.com.tw/book2/guestbook/25（檢索日期：2012年7月10日）

[3]　見戴文采：〈爸爸的冰攤子（下）〉，《戴文采的留言板——啼笑因緣》（2006年2月12日）「他只跟我說過母親帶著傻哥哥給麵攤洗碗」http://mypaper.pchome.com.tw/book2/guestbook/25（檢索日期：2012年7月10日）。

[4]　參顧肇森：〈慕成雪〉，收入《感傷的價值》（臺北：漢藝色研文化公司，1990年），頁46-58。

[5]　參顧肇森：〈似水流年〉，收入《驚艷》（臺北：九歌出版社，1991

種，對母親一路走來的慈愛感念溢於言表，即使現實催逼，顧母在精神上與物質上依舊給予孩子極佳的照顧，但綜覽顧氏所有創作，卻隻字未提腦傷的哥哥，只在〈月升的聲音〉這短篇小說中，略微以對照的方式寫同卵雙生兄弟迥然不同的人生境遇：

> 你聽說過這個雙胞弟弟。他曾經給你看一張他幼時的照片，兩個瓷娃娃似的孩子穿著一式的中國棉襖，真像同一模子拓出來的。[6]

在〈月升的聲音〉文本中，這兩個生得一模一樣的雙生兄弟，長大後，一個完全西化，讀企業管理，喜歡打高爾夫球，另一個則是頹廢的中國詩人，無法適應現代美國社會，自殺身亡。可推測雙生兄弟迥然不同的人生境遇，無法再交心的殘酷現實，是作者難以啟齒的痛。戴文采提到：

> 他說小時候母親總把他和哥哥打扮得粉妝玉琢，一模一樣，學校裡選大會操示範，他和哥哥一起入選在表演臺上，那一致的美麗可愛耀眼無人能及，嗤之以鼻的嘲諷慣性，當然是失去哥哥和父親開始，他生命裡最重要的兩個人。我不是同卵雙胞胎，但我想同卵雙胞胎很可能最愛的人是對方，沒辦法，那自胚胎期就生死與共的記憶，已經附存於安全感中。[7]

年），頁95-100。

[6] 見顧肇森：〈月升的聲音〉，收入《冬日之旅》（臺北：洪範書店，1994年），頁91。

[7] 見戴文采：〈月升的聲音〉，《戴文采的留言板──啼笑因緣》（2003年3月26日）http://mypaper.pchome.com.tw/teresatai/guestbook/65（檢索日

他說給我聽的最快樂的記憶，都是和他同胞哥哥仍同進同出的童年，兩兄弟功課都是第一名，那時候他父親仍在世，一對璧人般的孩子是他母親全部的歡樂和光榮吧，何況他另外四個哥哥的母親並沒有來臺灣。總有段時光，我想是他和雙胞胎哥哥以及父母間特殊的完美的親密，他總想有個一模一樣的伴和失去的那一段難說無關，他不准我和他想法不同，到了最後每天讀一模一樣的書他覺得高興，還問我做什麼菜吃，用什麼醬油，他哥哥是同卵雙胞，完全的一模一樣。[8]

肇林與肇森生得一模一樣，肇林腦傷前兩兄弟形影不離，顧母喜將兩個孩子打扮成同一模樣，兩個孩子與父母感情十分親密，但這樣安全感隨著父親的早逝與哥哥的腦傷逐一消失於童年後期。腦傷後的雙生哥哥不能再上學，顧肇森後來卻上了建中，如此親密依附關係的失落，是否能在他的寫作中探尋到蛛絲馬跡？可否連結至顧肇森被文壇傳得沸沸揚揚的性向疑雲？將於本章第三節再更深入討論。

課餘時間寫作，高二時嘗試投稿大報副刊，抱怨聯考壓力的散文〈弦歌之外〉[9]是他第一篇登載於大報作品。

建中畢業，顧肇森以第一志願考上東海大學生物系。陳義

期：2012年7月10日）。

[8]　見戴文采：〈顧肇森〉，《戴文采的留言板——啼笑因緣》（2003年3月25日）http://mypaper.pchome.com.tw/teresatai/guestbook/65（檢索日期：2012年7月10日）。

[9]　參顧肇森：〈弦歌之外〉，《聯合報》第9版（副刊）（1972年5月28日）。

芝專訪顧肇森：

> （顧肇森說：）「我小時候喜歡看兩樣東西，一是到松山
> 機場看飛機起飛，覺得飛到不知道的地方，非常浪漫，對
> 它有一大堆幻想。還喜歡一樣：去海港看船……」懷著遠
> 航的憧憬，他在念建中時，已經打定主意出國，選丙組，
> 以第一志願考上東海生物系。「東海那時是小班上課，外
> 籍老師多，英文可以學好一點。」顧肇森笑著說，他當時
> 的選擇已經很有目的了。[10]

十幾歲的顧肇森與當時許多學院青年一般，皆懷有甜美的美國留
學夢，選大學，也以學習上能獲得最多外語指導為選擇標準。

顧肇森主修生物，也忙著兼家教掙生活，但仍保持文藝高
度興趣，屢屢投稿大報副刊，小有文名，戴文采回憶：

> 從前作家來東海，幾乎都會點名要見顧肇森，主辦的多半
> 是外文系，後來也有些中文系，但顧肇森不大和中文系來
> 往，他認得唐香燕和外文系的胡錦媛，唐香燕後來嫁給陳
> 忠信，所以我和顧肇森在一起時倒常常見到作家，洪醒夫
> 似乎就是胡錦媛邀請的吧。那時候他們兩個都雄偉，一個
> 貴氣一個草莽，都是個兒大得好看的人，洛夫也是。我幾
> 乎每次都是顧肇森叫我一起去，大概他進文學院也有點怕
> 生。[11]

---

[10] 見陳義芝：〈兩顆大太陽同時下移——顧肇森的文學心靈〉，《聯合
報》（副刊），1989年6月24日，收入新版《貓臉的歲月》（臺北：九歌
出版社，2004年），頁249。

[11] 見戴文采：〈actually〉，《戴文采的留言板——啼笑因緣》（2003年3月
9日）http://mypaper.pchome.com.tw/book2/guestbook/16（檢索日期：2012

　　顧肇森大學時期與臺灣文壇有些交集，才華也被注意，頗得文壇長輩關心；而顧肇森與外文系關係較佳，不大與中文系往來，顧氏亦在日後的創作中透露出對中文系的意見，本文將於第四章、第五章繼續探究作家的文化觀。

　　吳鳴寫出了1979年前後，東海大學文風鼎盛的情況：

> 1979年前後，東海大學有一些文名很大的學生，包括建築系高我兩班的金光裕、高我四班念生物研究所的顧肇森、中文系高我兩班的柯翠芬；工業工程系高我兩班的李近，寫詩筆名近人，小說家小野（李遠）的弟弟；外文系高我兩班的傅君；在學校非常活躍的文學社團東海青年寫作協會，會長是外文系高我兩班的李勤岸（進發），當時筆名牧尹（後來任教於東華大學英美語文學系）；副會長是我的同班同學林鶴玲（後來任教於臺大社會系）；劉還月則在牧場當工人，當時用劉不揚的筆名，在寫作協會頗為活躍。1979年時，這些人同時在東海念書或工作，學校文風之盛殆可想見。[12]

大學畢業之後，顧肇森原本計畫立刻出國，正在進行出國手續申辦之際，不意顧母在家跌了一跤傷及腰骨，因此，為了陪伴住院的母親，顧肇森在東海大學任助教，在臺灣多留了一年[13]，1978

　　年7月10日）。

[12] 見吳鳴：〈濱海茅屋今猶在〉，《吳鳴箚記本－udn部落格》（2006年8月15日）http://blog.udn.com/pangmf/399732#ixzz2Eios3Yze（檢索日期：2012年7月10日）。

[13] 參顧肇森：〈慕成雪〉，收入《感傷的價值》（臺北：漢藝色研文化公司，1990年），頁54-55。

年[14]負笈美國，於田納西大學攻讀生物，1979年再赴紐約大學醫學院攻讀理學博士。

文壇資深編輯周浩正與顧家頗有私誼，於〈《貓臉的歲月》新版贅言〉回憶：

> 我和他哥哥肇瀛是非常要好的初中同學，常去他們家中，老看到還未入學的小不點兒（肇森）跟進跟出。以後，我再見到他時，已經是東海大學生物所的研究生了。我因為自軍旅退伍後，不小心闖入文學圈子以報紙副刊編輯維生，因此兩人又多了一層連繫，他也慷慨地以稿件支援。[15]

周浩正於顧肇森成年後再見到顧肇森應是顧肇森在東海擔任助教的那一年，周先生所謂的「稿件支援」應大多是顧肇森1977年（大學畢業）後的作品，而吳鳴先生所懷念的1979年前後的東海文風，顧肇森只能勉強說參與了前期，畢竟顧氏1978年就出國了。

---

[14] 1972年顧肇森發表〈弦歌之外〉時值17歲，就讀建國中學高二，依此推估其大學畢業應為1977年左右，擔任助教應為1978年前後，顧肇森赴美後，於1978年寫下初至美國的旅行散文〈紐澳爾良一九七八〉。而且1979年2月16日於《聯合報》副刊發表打工見聞〈餐館一月〉第一段開宗明義：「記不得是誰說的了，到了美國，在餐館混一段日子是『留學生必修的校外學分』……一九七八年年底我在休斯頓一家名叫『好運』的餐館待了一個月」，（《驚豔——原名「從善如流」》，頁18）可證明顧肇森1978年赴美。

[15] 見周浩正：〈「貓臉的歲月」新版贅言〉2004年5月26日。收入新版《貓臉的歲月》（臺北：九歌出版社，2004年），頁246-247。

二、築夢他鄉：一位熱心公義的留學生

（一）留學生背景與作品關聯

　　第二次世界大戰後，臺灣留美、移美蔚為風潮。

　　1960年代留美熱潮的掀起，與戰後臺灣接受美國強勢的經濟援助與軍事支持有直接的關係，1950年6月韓戰爆發，美國將逐漸被邊緣化的國民黨政府重新調整為其在亞洲防堵「赤色」政權的主要戰略夥伴，於1950年至1965年間投注臺灣美金十五億「美援」，美國成為國人心中一個可依賴的強權。相對於戒嚴時期的臺灣，美國是一個更「進步」、「安全」、「富裕」、「自由」的築夢樂土。美國亦樂於提供其戰略夥伴留學簽證、獎學金，「去去去，去美國」成為帶著美麗光環的時尚，美國成為出國留學首選。顏子魁〈美援對中華民國經濟發展之影響〉[16]提到：自1951至1965年間，美援對穩定臺灣經濟、影響經濟政策，公共建設、農業發展、工業發展、提高我國人力資源品質等方面有諸多貢獻。美援在臺灣民間無形培植親美勢力，造成崇洋心理可知，更在臺灣形成親美技術官僚，透軍事、外交、文化、新聞、經濟等管道，進行的協助與掌控，造成臺灣社會對美國文化、政治的絕對崇拜[17]。

　　臺灣留學生，自1950年至1969年負笈美國者佔八成以上（統計圖表見〈表一〉）。

---

[16]　顏子魁：〈美援對中華民國經濟發展之影響〉，《問題與研究》第29卷第11期，頁85-98。

[17]　游勝冠：〈疏離本土的50、60年代〉，《臺灣本土論的興起與發展》（臺北：前衛出版社，1996年7月），頁157。

1950至1969年中華民國核准出國留學各國人數統計
表一　核准出國留學生人數　國別

西元	總計	美國	日本	加拿大	德國	法國	西班牙
1950	216	213	1	2	0	0	0
1951	340	332	0	7	0	0	0
1952	377	360	0	7	0	2	1
1953	126	120	2	3	0	1	0
1954	399	355	18	14	0	1	9
1955	760	626	97	15	6	0	13
1956	519	410	21	33	3	0	51
1957	479	400	40	18	13	2	0
1958	674	570	68	9	11	1	1
1959	625	521	77	13	4	3	0
1960	643	531	90	10	2	3	0
1961	978	733	186	15	23	8	2
1962	1833	1387	273	78	43	14	9
1963	2125	1685	225	129	33	15	10
1964	2514	2026	267	125	34	12	2
1965	2339	1843	281	111	39	14	2
1966	2189	1696	220	164	24	30	6
1967	2472	2047	167	144	29	21	8
1968	2711	2272	199	107	31	27	17
1969	3444	3051	122	58	54	66	36
總計	25763	21142	2356	1062	349	223	167
比率		**82.06%**	9.14%	4.12%	1.35%	0.87%	0.65%

資料來源：《中華民國教育統計》，民國八十六年，頁60-61。

　　即便如此，戒嚴體制下，除公務、留學，臺灣人民無法自由出國。

　　臺灣光復後很長一段時間，政策規定只有外交人員、留學生及公務員因工作上的需要才能出國。對於留學生的眷屬出國，

也限定要等到留學生出國滿兩年後才能接眷。1979年，政府開放國人出國觀光。1985年，取消留學生眷屬出國相關規定，眷屬可隨與留學生同時出國。此外，另有便利農工礦商事業人員出國考察的政策、鼓勵國際科技交流的政策，以及以國民外交為務的各種民間團體出國交流、考察。

臺灣人民在1970、1980年代開始陸續遷往美國移民潮，更與國內政治事件的影響有密切關係。導致前往美國的移民高潮有如下數點政治因素：其一，1971年我國退出聯合國，影響部分國民不便與不安，於是萌生出國定居之念；其二，1980年底中美斷交，1983年英國又同意在1998年將香港還給中共的國際政治事件，導致不少國人積極想要遷往國外定居；其三，1980年美國新修訂移民法，同意分配給在臺灣出生人口每年兩萬名的移民配額，此事也直接影響往後每年遷移美國的人數增加。

和時下臺灣青年一樣，留學，一直是顧肇森的夢想。去國多年之後，他是這樣談留學的：

> 其實出國留學亦不過只是搭了飛機，在異地用異語再讀個幾年書，沒什麼大不了。……趁著年輕能吃苦，有機會到異鄉走走不是件壞事。看看別人的社會、生活型態或可略開眼界，一寬心胸。可是大可不必覺得留學像結婚，是人生必行的義務。我知道有些人費盡心機覓得一間小學校，然後與其他中國學生窩居一處，天天吃中國飯，用中國話罵美國，彷彿受了天大的委屈。這才是真正的浪費生命。[18]

---

[18] 顧肇森：〈談談留學〉，《驚艷──原名「從善如流」》（臺北：九歌出版社，1987年），頁159-160。

要出國，就得有膽量闖進外國人的世界，見識異國生活、與當地人交遊，不該一堆華人群居終日，沒骨氣地叨念著家鄉、詛咒異境。可知，顧肇森認為留學生應主動參與異國社會，應有更開放的胸襟才能有所收穫。

他也曾在與來自中國大陸的學生訪談之後寫下：

> 當被問及有沒有和美國人交往？除了極少數例外，都說讀書已來不及，哪有空交朋友？……可是當我個別問他們是否計畫畢業後留在美國，十有八九都說有這個意思。我不禁深深的詫異起來。想在別人的國家留下來，卻對他們的文化、生活甚至人際關係不但一無所知，好像也不感興趣。……一群在異鄉的中國人聚在一起，說中國話、燒中國飯吃，成日埋首書堆，連美式足球的四分衛是什麼都搞不清，除非畢業後只預備去中國餐館送外賣，想創一番天地，不是癡心妄想嗎？[19]

以上批評，可見顧肇森對於留學生、移民者融入異國社會，抱持著正面積極的態度，認為留學生不應該故步自封於自己的小世界，異鄉人對於異國文化應勇於探索，唯有瞭解當地文化，與當地人打成一片，才能突破劣勢，在國外社會立足。自身的留學背景，讓顧肇森對於「異鄉人」充滿感同身受的關懷；開放的文化胸懷，讓他對於不同的「人」的生活，充滿觀察與探索的熱情。綜觀顧肇森的創作，「留學見聞」與「人性反省」的確讓他的作品豐富而且深刻。

---

[19] 顧肇森：《槍為他說了一切——盧剛殺人事件》（臺北：東潤出版社，1993年）。

　　顧肇森已發表的作品，絕大多數於旅外期間完成。個人文集只有《拆船》是出國前的作品，但是，若將顧肇森海外創作定位為留學生文學則有討論空間。顧氏散文中，特寫留學生活的只有記錄留學時期打工見聞的〈餐館一月〉以及論述個人對留學看法的〈談談留學〉，其他散文較傾向於美國生活拾零，著重於食、衣、住、行、娛樂方面的文化觀察，多為人情世故的反省與社會現實層面的比較，而非一般留學生文學中常見的學院生活的呈現，比較能看到顧肇森對於留學生活感情投射的作品，反而是最不應該帶感情的報導文學《槍為他說了一切——盧剛殺人事件》[20]。並且，顧肇森本人並不認同「留學生小說」這一說法，他曾在訪談中表示：

> 「留學生文學」這樣的分類就像「公害小說」、「抗議小說」般沒道理，好的作品無論是什麼題材總是好的，負責的作者處理的不只是現象，還包括了深一層的人性觀察和了解。[21]

可瞭解顧肇森創作的目的在於觀察眾生，挖掘人性。顧肇森在《貓臉的歲月》序文云：「人物身分互異，心態懸殊，既非大中國的縮影，也沒有轟烈的英雄性格。像我一樣，只是活在時代的影子裡的小人物罷了。」而顧氏短篇小說只有收錄於《貓臉的歲月》中的〈李莉〉一篇可視為純粹的留學生文學，其他小說雖然

---

[20] 顧肇森：《槍為他說了一切——盧剛殺人事件》（臺北：東潤出版社，1993年）。

[21] 陳雨航：〈八〇年代以降，聚焦於旅美華人代表作〉，《貓臉的歲月》（編輯引言）（臺北：九歌出版社，2004年）。

場景絕大多數在美國，但所寫之人皆非學生，題材則或為人在紅塵中苦謀生計、或自我追尋、或探索真情、或針砭世情，都已超越了單純的學生生活。邇來對臺灣旅美作家的華文創作的研究，一般認為1980年之後，隨著留學生及其眷屬數量增多以及臺美間多項移民政策的開放，作家於作品中所寄託的情感已從「去」與「留」之間的掙扎到「在地化」，從「出走」與「回歸」間的擺盪到「身在異域，心在祖國」的「多重認同」，似有自「留學生文學」轉變成「移民文學」的現象。就1970至1980年代留學生文學發展大趨勢，作家從留學生變成移民常是自然而然之勢，從學生轉變成職場人，見聞不同，閱歷不同，感觸自然不同。顧肇森旅美後三年，發表《貓臉的歲月》系列第一篇短篇小說創作〈王明德〉[22]。該系列其他小說，幾乎多發表於負笈美國五年（1983）之後[23]，顧肇森曾說這些題材是初赴紐約時打工所見所聞[24]，再加以顧氏所攻讀的領域為腦神經醫學，須待在醫院接觸各方人士，自然不是關在象牙塔內閉門造車，而是在異國社會打滾，有所見聞、有所思考、有感而發的作品，這些作品1986年集結成《貓臉的歲月——旅美華人譜》。這一系列的創作中，關注於旅美華人為追求美國夢而付出的代價，被視為「移民小說」之代表作。

---

[22] 顧肇森於1981至1985年期間於臺灣各報副刊先後發表〈王明德〉（1981，《聯合報》副刊）、〈李莉〉、〈林有志〉（1983，《中華日報》副刊）、〈曾美月〉（1983《中國時報・美洲版》副刊）、〈卜世仁〉、〈梅珊蒂〉（1984，《中華日報》副刊）、〈張偉〉（1984《中國時報・美洲版》副刊）、〈小季及其伙伴們〉、〈王瑞夫婦〉、〈胡明〉（1985，《中華日報》副刊）等短篇小說。

[23] 同前註。

[24] 楊錦郁：〈從腦出發——顧肇森「醫學與文學種種」演講會記要〉，《聯合報》第25版（副刊）（1991年5月24日）。

　　《貓臉的歲月》系列取材、人物、背景、情節都是華人的移民大夢，讀者在閱讀這一則則來自社會各階層平凡小人物扭曲變形甚至破碎的美國夢時，同時也讀到了作者的忪惕與嘲諷，可見作者創作當時所感興趣的的確是華人移民的故事。這些小說題材聚焦於海外華人，篇篇是各行各業華人在海外適應新環境、面對新生活、求生存的圖像，因此，《貓臉的歲月》系列，被定位為反應華人在海外謀生的「移民小說」，十分合宜。

　　顧肇森1991年推出《季節的容顏》，此系列被視為《貓臉的歲月》續集，但是，故事主角雖多華人移民，但顧肇森於該書〈自序〉中言明，小說所探討的主題並非移民生活，而是「人際關係」。綜觀《季節的容顏》系列，探討的問題有牽涉跨族婚姻的文化人際問題、買賣外籍新娘、外遇、男性沙文、異性戀沙文等，所反映的問題十分多元，已非單純探就移民如何適應新天地的「移民小說」了。另外，1989年推出《月升的聲音》是一系列「藝術家」的故事，主人翁具有華人移民背景的篇章只有〈月升的聲音〉、〈秋季的最後一日〉兩篇，其他篇章主人翁常為美國其他人種。

　　由此可見，因長期居住異地，又熱中與不同種族文化的人交遊，讓作家更能深刻觀察其他文化。後期寫文化交錯的作品如〈無緣千里〉、〈素月〉、〈月升的聲音〉等也有較前期〈約翰里吉〉、〈黛安娜〉更細膩曲折的表現。

（二）冷調熱心，追求公義

　　顧肇森自高中起便投稿、打零工、兼家教賺零用錢，許多小說作品的題材常常是打工時的見聞，而不甚寬裕的家境，也讓他對社會弱勢多了一份關懷，少作《拆船》裡絕大多數的作品取

材自中下階層，頗能呈現出作家敏銳的社會觸覺，而留學生涯打工閱歷以及對「小人物」濃厚的興趣也讓他寫活了〈林明德〉、〈梅珊蒂〉、〈素月〉等慘遭資本家剝削的市井階層。

顧肇森本人頗有「路見不平，不鳴不平」的特質，且看他於1990年三月二十五日，登載於《聯合報》中的一段文字：

> 主編先生：
>
> 頃讀貴刊（三月十一日）陳若曦女士大作「枉耶‧縱也」，我發現陳女士沒有把美國法律弄清楚，按照陳文的結論，十二人的陪審團，只要有一或二人持異議，結果嫌犯得以逍遙法外，而且不得再以同樣罪名審判。
>
> 事實上陪審團的投票必須一致，十二人全投「無罪」，嫌犯才得開釋，十二人全投「有罪」，嫌犯才會被判刑（當然可以至高一層次的法院提上訴），如果十二人中意見不合，無論是十一人對一人，或六人對六人，而僵持不下，結果是「not guilty」，嫌犯並不能因此脫罪，除非地方檢察官決定不再追訴，如果決定追訴，是可以用同樣罪名再審判的。
>
> 我希望「聯副」能更正陳文的錯誤，以免誤導讀者，以為美國的陪審團制度是「笑話」，其實每種法庭都有漏失，可是以人權和人道而官（「官」字應為「言」字之誤），「所有人都是無辜的，直到法庭（陪審團）證明他有罪」的美國法精神仍較許多國家以法官之逕行判決為準強多了。[25]

---

[25] 見顧肇森：〈讀者、作者、編者〉，《聯合報》第29版（副刊）（1990年3月25日）。

　　這則投書透露出顧肇森幾處特色：其一，顧氏實事求是，追求真相的精神；其二，顧氏身為科學研究者重視邏輯，冷靜分析，條理分明的態度；其三，顧氏熱於追求社會公義，認為文學須載以真、載以善，文學有其社會責任；其四，顧氏以人道、人權為基本價值，不盲目崇拜權威。

> 他的小說關心人與人微妙、不明顯的交往關係，帶一點科學家的分析精神。由於不把自己當文學家看，因此沒有必須寫出驚世之作的壓力。有話說才寫，而且是慢慢地寫，一篇稿子改個七八遍是常事。……醫學的訓練、生老病死的目睹，對他觀察事物的角度當然有影響。選取最佳的敘事觀點，以求題材的突出動人，正是他作品的特點。[26]

　　細熬慢燉、不斷地修改，可以看見他寫小說時嚴謹的態度創作，冷靜地剖析著人性，剖析著社會種種病態與蒼涼，刻畫著各式各樣不同的人在現實生活中的夢想與幻滅，認真地觀察著人群、審視著社會上種種荒謬不公，顧肇森說：「大部分的醫生都有人我的距離，會將病人當作客體來觀察他、治療他」[27]經過多年的醫事訓練，顧肇森習慣將人性的問題、社會問題視為疾病，小心翼翼地與小說人物保持距離，謹慎選擇視角、處理文字，透過不斷地修改，力求主題之凝聚，情感之理性、客觀。

---

[26] 見陳義芝：〈兩顆大太陽同時下移──顧肇森的文學心靈〉，原載《聯合報》（副刊）（1998年6月24日）。收入新版《貓臉的歲月》（臺北：九歌出版社，2004年），頁250。

[27] 見楊錦郁：〈從腦出發──顧肇森「醫學與文學種種」演講會紀（記）要〉，《聯合報》第25版（副刊）（1991年5月23日）。

可是，作家的熱情、好辯卻在部份小說作品中不慎流溢太多，這些作品常因情感介入太深，在藝術處理上成為論述氣息濃厚的作品，例如收錄於《拆船》的〈印地安人〉，欲反映當時美國社會嚴重的種族歧視：一個亞裔留學生意外與印地安人約翰里吉結識，約翰里吉年少時一心想離開印地安人保留區，來到一般美國城鎮卻找不到工作，只能偶爾作男妓餬口，鎮日借酒澆愁，顧肇森直接透過約翰里吉口中直述：

> 我哥哥，我向你提過他嗎？他也這麼說，權利總是爭取來的……你聽說過傷膝鎮事件，不是一八九〇年那大屠殺，是一九七三年。幾百個印地安人在傷膝鎮集會，抗議美國政府府蓄意的差別待遇。你知道嗎？結果有三個印地安人被槍殺了。而我哥哥……是其中之一。他這傻瓜，大傻瓜，一直在做夢，有一天印地安人可以像白人一樣驕傲和自信，又怎樣呢？[28]

如此直白的口述，無異反歧視文宣，更甚者在小說最後，約翰里吉獲知摯愛的妹妹在加州被白人警察指控為妓女，活活打死。悲憤的約翰里吉，最後成為印第安人權鬥士，帶領印地安人爭取權益。如此「激勵人心」的轉折，致使作者在文中苦心經營的頹廢詩意蕩然無存。

除了少數族裔的歧視問題，顧肇森對同志平權亦多著墨，但收錄在他最後一部小說集《季節的容顏》當中的〈太陽的陰影〉透過敘事者哥哥的黑人同性伴侶跟敘事者的辯論，呈現作者

---

[28] 見顧肇森：〈印地安人〉，《拆船》（臺北：聯經出版社，1977年），頁187-188。

欲替同志平反的急切心理，顧肇森以辯論的方式說教，王德威評論此作犯了「主題先行」之病。但從這些作品中，我們卻更能窺得顧肇森對於社會公義的熱情。

（三）孤芳自賞，感情謎團

顧肇森說：「我相信我的書如一面鏡子，假若一隻驢子看進去，你怎能期待天使的影像在上面出現。[29]」「高山流水，鍾子期也只遇到一個姜伯牙罷了[30]」這話充分表現出顧氏的驕傲與寂寞——自視甚高，又渴望知音。

顧肇森因〈張偉〉、〈風景103號〉〈未完〉、〈去年的月亮〉、〈太陽的陰影〉諸作的同志情節被文壇影射為同性戀者，1991年甚至因〈張偉〉被林燿德選入同性戀短篇小說集《紫水晶》一書，憤而訴諸法律，此為臺灣文壇喧嚇一時的「紫水晶事件」：

1991年三月底，顧肇森為領取聯合報小說獎返臺，逛書店時發現〈張偉〉被收錄於《紫水晶》。之前，時任「尚書文化」編輯策劃的林燿德曾兩度寫信給顧肇森，希望能將〈張偉〉收錄選輯中，而顧肇森皆以「這篇作品以編年體寫成，不盡理想」回絕，豈料，〈張偉〉還是被錄進《紫水晶》[31]。顧肇森要求「尚

---

[29] 張夢瑞專訪顧肇森：〈創作雖孤寂，得獎已習慣——顧肇森經常匿名競爭〉，《民生報》第14版〈文化新聞〉（1991年3月31日）。

[30] 見顧肇森：〈《季節的容顏》自序〉，《季節的容顏》（臺北：東潤出版社，1991年初版），頁3。

[31] 《紫水晶》由郭玉文主編，林燿德策劃，收錄了八位作者的八篇小說：司馬素顏的〈岸邊石〉（司馬素顏後來以真名「許佑生」聞名文壇）、江中星的〈流星曲〉、西沙的〈化妝的男孩〉、梁寒衣的〈唇〉、葉姿麟的〈廢墟〉、黃啟泰的〈黑狗奇遇記〉、藍玉湖的〈薔薇刑〉、顧肇森的〈張偉〉。

書文化」把所有市面上的書收回，並在報上刊登啟事公開道歉，否則提告。最後，與「尚書文化」發行人吳添丁達成協議，「尚書文化」賠償新臺幣二十萬元，其中十萬元用以連續三天在兩大報副刊刊登道歉啟事，《紫水晶》一書需銷毀，不得上市。可是，《紫水晶》卻已在地下流傳[32]，顧肇森也被臺灣文壇傳為同志作家。「紫水晶事件」之後，顧肇森重金聘請版權專業律師跨海大打官司，積極與臺灣出版社交涉，收回個人著作版權。[33]顧氏因《貓臉的歲月》享譽，九歌出版社主持人蔡文甫先生對其有知遇之恩，雖然在臺灣版權法尚未成形的時空背景下，若與九歌對簿公堂也不無勝算，顧氏亦念蔡先生當年提攜，因此，顧氏作品版權只有《貓臉的歲月》與九歌出版社共同持有，其他皆為顧氏收回。

顧氏訴諸法律收回著作版權的作為固然是其黑白分明、究理重實的性格使然，然則，顧氏不願被歸為同志作家的心理反應亦值得重視。第一，從顧氏作品可看出顧氏對於同志十分尊重。第二，顧氏於1978年赴美，1984年發表〈張偉〉，此一時期正逢美國同志平權運動盛世，來自封閉島嶼的留學生，浸染了美國紐約自1969年「石牆起義」起沸沸揚揚的同志平權息氣──1969年，紐約警察突襲檢查同性戀聚集的「石牆」酒吧，同性戀者不堪這些經常性的騷擾，以武力展開反擊，並號召全世界同性戀者「站出來」為自身權益戰鬥（「石牆」酒吧位於顧肇森所就讀的紐約大學一側）；1970年六月，一萬多名同性戀者在紐約、洛杉磯、芝加哥舉行「石牆起義」週年遊行；「起義」後四年，全美

---

[32] 《紫水晶》於1991年2月15日出版，顧肇森於該年三月底回國領聯合報小說獎，四月初與尚書文化交涉侵權事宜。

[33] 筆者揣度此舉為「紫水晶事件」餘緒。

同性戀團體由五十個激增為八百個，許多州紛紛宣佈同性戀合法化；聯邦法院禁止政府解僱同性戀的政策；1973年，「美國精神病學聯會」從診斷手冊中刪除「同性戀」這一「疾病」；1977年，美國著名同性戀領袖哈維‧米爾克當選舊金山市督政，成為美國歷史上第一個同性戀高級政府官員。1978年11月27日代表保守勢力的督政丹‧懷特，由於私人恩怨，槍殺了舊金山自由派市長喬‧莫斯康和同為督政的米爾克。1979年5月21日，祖護凶手的陪審團以較輕的「蓄意殺人罪」而非群眾預期的「一級謀殺罪」判處懷特七年零八個月的徒刑。當晚，舊金山的同性戀者發動攻擊市政府的暴動，史稱「白夜暴動」，官方估計損失達一百萬美元，但是所有同性戀領袖皆拒絕為這場暴動道歉。隔天，紀念米爾克誕辰的生日集會如期舉行，兩萬名同性戀者在歡快的迪斯可舞曲中慶祝自己的勝利。1984年，一部描寫米爾克的紀錄片「哈維‧米爾克時代」獲奧斯卡最佳記錄片獎。[34]——如此社會氛圍，一向對社會議題、人性與正義極富敏感度的作家，以同志議題作為題材，或思索公義、或探索人性、或批判社會是相當自然的事。

筆者以為：無法自顧肇森的創作判斷其是否具有同志身分。

誠然，美國麻州東南方海岬同志聖地鱈角（Cape Cod），屢現於顧肇森作品中，諸如〈破碎的心〉、〈在雲上行走〉、〈諸神的黃昏〉皆出現鱈角場景。但是，顧肇森頑童性格強烈，喜走訪各處增廣見聞，蒐集寫作素材，而鱈角與紐約臨近，小說、散文作品中提及此處，並不令人意外。〈張偉〉、〈風景103號〉、〈未完〉、〈去年的月亮〉、〈太陽的陰影〉確為同志文

---

[34] 參矛鋒：《同性戀文學史》（臺北：揚智文化，1996年9月），頁376-379。

學，顧肇森少作〈拆船〉、〈塵埃不過咸陽橋〉中亦有同性朋友之間親密的依附情感，但是，考慮到顧肇森與同卵胞兄十歲之後依附關係的失落，文中對旗鼓相當之靈魂伴侶的渴望其來有自。

美國學者Ainslie, R.C.以心理學當中的「依附關係理論（attachment theory）」研究雙胞胎，得到結論如下：

（1）雙胞胎比非雙胞胎更可能將他們的手足作為依附對象；（2）雙胞胎的依附關係的發展的程序不同於其它；（3）並且，一定的因素，諸如來自雙方的基因關聯、移情作用，和分享經驗，可能強化雙胞胎以對方作為依附對象。[35]

依附關係對個人一生的發展，是以「情感連結」為內涵本質的特性，一旦依附關係失落，將使得個體在失落之後，在情感上遭受到「情感斷裂」與「悲痛情緒」（不管依附關係健康或不健康）的強烈打擊和波動。自小和依附對象所建立的依附關係，在童年時期以外的持續性，主要不是反映在實際的依附行為上，

---

[35] 參Ainslie R. C., The psychology of twinship（Northvale, NJ: Jason Aronson, Inc.，1997年）。論文摘要如下：Twin relationships have been hailed as one of the most unique and intimate kinds of relationships. Unfortunately, there is a paucity of empirical research that addresses the interpersonal nature of twin relationships. In this article, the authors argue that attachment theory may provide a useful framework for understanding the nature of twin relationships. The authors present data indicating that (a) twins are more likely than nontwin siblings to use their sibling as an attachment figure; (b) the developmental course of twin attachment differs from that of other attachments; and (c) certain factors, such as genetic relatedness, empathy, including the other in the self, and shared experiences, may impact the extent to which twins use one another as attachment figures. (PsycINFO Database Record (c) 2012 APA, all rights reserved)

而是反映在個人的「內在運作模式」（inner work model）或「知覺——情感系統」組織的延續性[36]。

　　因此，由「依附關係理論」，我們不難理解兩個總是被母親「打扮得粉妝玉琢，一模一樣[37]」的同卵雙生兄弟，「學校裡選大會操示範，他和哥哥一起入選在表演臺上，那一致的美麗可愛耀眼無人能及[38]」，「最快樂的記憶，都是和他同胞哥哥仍同進同出的童年，兩兄弟功課都是第一名，那時候他父親仍在世，一對璧人般的孩子是他母親全部的歡樂和光榮吧，何況他另外四個哥哥的母親並沒有來臺灣。[39]」除了向友人透露的童年心事之外，在顧肇森作品一貫理性、冷調當中，唯獨寫童年、寫父母的篇章流溢著濃郁的溫暖，童年篇章裡的撒潑純摯，對比他寫世態的譏嘲、寫愛情的冷靜，在在反映出顧氏對於童年時光的依戀。

　　顧肇森七歲，顧父驟逝，尚有母愛可以補償這份失落的依附關係，但十歲之際，雙生胞兄因腦膜炎損害智力成癡呆，這份屬於雙胞胎之間的獨特依附關係卻從此失落。顧氏留美後，由生物轉讀醫科，專攻「腦退化」領域，不難發現雙生胞兄因腦膜炎成癡呆對顧肇森的衝擊。綜觀顧氏作品，他所追索的是一份一對

---

[36] 參楊荊生：〈依附與失落〉，《教育部生命教育學習網》（2007年9月3日）http://blog.gia.ncnu.edu.tw/index.php?op=ViewArticle&articleId=971&blogId=255（檢索日期：2013年10月18日）。

[37] 見戴文采：〈月升的聲音〉，《戴文采的留言板——啼笑因緣》（2003年3月26日）http://mypaper.pchome.com.tw/teresatai/guestbook/65（檢索日期：2012年7月10日）。

[38] 同前註。

[39] 見戴文采：〈顧肇森〉，《戴文采的留言板——啼笑因緣》（2003年3月25日）http://mypaper.pchome.com.tw/teresatai/guestbook/65（檢索日期：2012年7月10日）。

一，兩者在智力上、形貌上旗鼓相當的靈魂伴侶，對象則不一定
為男性或女性。

根據金賽博士在性取向上所做的研究顯示：

> 人們並不一定終其一生保持相同的性取向，同性戀、
> 異性戀、雙性戀之間的畫分並不是這般截然三分的，它們
> 之間的不同，往往僅是比重的改變。[40]

> 大約有三分之一的男性在青春期開始之後，至少有過
> 一次與同性交往（如相互自慰）而達到高潮的經驗。金賽
> 博士的資料顯示，在美國約有8%的男性，一生中曾有一
> 段至少三年的期間僅僅與同性的伴侶來往，但只有約4%
> 的男性終其一生都是同性戀者。儘管上述數字為金賽博士
> 在一九四〇和一九五〇年代針對中產階級白種人所搜集的
> 資料，但至今仍然是最佳的估算依據。[41]

> 對同樣性別的人產生性興奮或幻想，或者甚至與另一
> 個男性發生性行為，都不能視為你成年後性取向的正確指
> 標。[42]

這份性學報告指出，對同性產生幻想甚或發生性行為都無
法成為日後性取向的正確指標，因此，即使作家在部份作品中投射
了自己對於同性的情感依戀，無法作為作家終身為同性戀之證明。

---

[40] 瓊・瑞妮絲（June M. Reinisch），露絲・畢思理（Ruth Beasley）合著，王
　　瑞琪，莊雅旭，莊弘毅，張鳳琴合譯：《金賽性學報告》（臺北：張老
　　師文化，1992年10月01日），頁222。
[41] 同前註，頁224。
[42] 同前註，頁228。

　　顧氏作品中寫異性戀情、異性情色關係亦多佳作，如小說〈季節的容顏〉、散文〈把心留在三藩市〉皆將失去初戀女友的悲傷處理得十分細膩，低低切切的回憶之筆，寄託了「因為最初，所以最美」的深摯，尤其，〈把心留在三藩市〉情深意摯，陳言剴切更甚1992年前諸作，面對生命一次又一次的失落，踏入中年的顧肇森，在這些作品透露出內心底層的幽暗意識，亦可見其真情性。

　　鄭樹森教授自1990至1994年與顧肇森有一段深刻的文學因緣，2013年初，筆者曾就顧肇森的感情問題詢問鄭的看法。鄭教授說：「除非他在我面前所言、所表現皆經過刻意的、精心的包裝，否則就我所知他交的是洋女友啊」。鄭教授從顧肇森的言語中蒐集到的訊息是：顧氏的洋女友是其紐約大學醫科同學，亦已在紐約掛牌執業，因同為專業人士，所以不急著走入婚姻。

　　鄭樹森曾在1993年與顧氏討論過這個問題，顧肇森提起洋女友時對婚姻問題顯得很輕鬆，只是曾不經意提起中國媽媽面對洋媳婦可能產生種種文化隔閡而覺有些困擾，顧肇森說中國媽媽和猶太媽媽在面對傳統文化有相似的堅持與驕傲，顧氏害怕讓母親失望，而鄭教授也拿自己當初以僑生身分來臺求學，交了一個臺灣籍女友最後卻因為港僑身分不被對方家庭接納的心路歷程來與顧肇森相濡以沫一番，兩人還談到陳映真〈將軍族〉裡的情節，歸結出處於社會底層似乎較能突破種族文化的藩籬。再者，中國父母親即使在子女成家後仍期待與兒子的家庭保持親密的依附關係，並習慣以「大家長」的姿態指揮媳婦，深諳美中文化差異的鄭、顧兩人皆明白，這是受過80年代的紐約學院洗禮，自主專業的西方女性無法忍受的。在美國家庭中，mother-（father）-in-law是外人，若與已婚子女同住，則是對媳婦或女婿家庭的侵犯，我

們可由與顧肇森背景相近的李安所編導的《推手》，看到這樣文化衝突的呈現。因此，尚不急著結婚的顧肇森在媽媽面前絕口不提洋女友。但母親方面偶爾介紹兒子照顧一些從臺北到紐約讀書的女孩，也讓顧肇森深感無奈。

顧肇森曾向鄭樹森提過〈張偉〉的故事主角確有其人，這事件在當時紐約留學生圈子裡廣為流傳，顧氏並推測李安《喜宴》靈感部分來自這位留學生的故事，但顧氏卻被臺灣文壇誤認為當事人，他曾表示有臺北方面的男作家因此向他示好，讓他一剎無措。[43]

顧肇森為一自由派都會雅痞，紀大偉批評顧肇森的同志文本〈張偉〉流露濃厚的華人階級意識——「萬般皆下品，唯有讀書高」，並有嚴重的性潔癖，抗拒同志文化中多元性伴侶的欲望事實。因此文本裡的同志形象可以取悅大多數的華人讀者，於「同志」形象有加分作用，卻有美化失真之嫌，未能真實呈現同志情欲面貌。筆者以為，顧氏愛情文本有「弱水三千，只取一瓢」的憧憬，不獨同志文學，異性戀文學亦如此，所以，這是顧肇森愛情文本中的特殊氣味，非關性取向。

（四）愛情非關性別

1993年五月中旬，由中國導演陳凱歌所執導的「霸王別姬」獲坎城影展金棕櫚獎，五月28日，顧肇森〈非關性別——從亂世浮生到霸王別姬〉[44]見諸《聯合報》。此文以生理科學以及人類學的研究來闡述性別問題。

---

[43] 參陳榆婷〈訪鄭樹森談顧肇森〉，《文訊》第332期（2013年6月），頁29-35。

[44] 顧肇森：〈非關性別——從亂世浮生到霸王別姬〉，《聯合報》第36版

　　此文首先推翻男性氣概、女性特質由生理特徵決定的觀念。舉出西方歷史學者的分析研究，「單性模型」曾於十六世紀存在於西歐：西歐對性別的認識，是男女基本類同。而後，受社會文明影響以及醫學和科學的知識逐漸增加後，男女為「異性」的「兩性模型」的觀念才在西歐流行起來。釐清性別與男女之異在西歐「社會文化」上，其實沒有那麼絕對。

　　然後，討論性別與權力之間的關係，將討論背景拉到東方文化。顧肇森說：「古印度以及中國，對男女的區分是『既來之，則安之』……許多印度神化或宗教中的神祇是男女同體，或男女隨時可以互換。」並舉出中國《素女經》或唐寅的繪畫中，雖然性徵有異，但在交媾理論方法或形象上，男女之分皆相當模糊籠統。顧肇森推論中國人對於生理性別大而化之，可能是因為直接承襲了動物社會中權力與性的關係：弱勢雄猩猩往往做出母猴的性交姿勢，以示臣服於強勢雄猩猩之下。所以，當今世人所謂的男子氣概，其實只是一種強勢的權力象徵，女性氣質也往往是權力弱勢者的展現，例如武則天會讓張昌宗面傅粉、著羽衣。《品花寶鑑》、《紅樓夢》、《金瓶梅》、《肉蒲團》當中，低階層無權力的男子，輕易可成為女人的替代品，弱勢男子，一旦具備文化所認定的「女性條件」，即使沒有女性性器，都可以權充女人。在這樣的文化條件下，戲臺上，梅蘭芳、坂東玉三郎、梁山伯與祝英臺、東方不敗，男變女，女變男都被熱烈接受。所以，西方人看《亂世浮生》、《霸王別姬》那種為男演員展現出比女人更女人的「女性特質」時譁然驚嘆的舉措，在顧肇森眼中竟顯得有點兒滑稽了。即便生理科學上，男女具備不同的性徵，

（1993年5月28日）。

但在文化上，「性別是流動」的，男性氣概（Masculinity）、女性氣質（Femininity）並非憑生理性徵決定。

文末，顧肇森指出：這些「比女人還要女人」、「愛你到死」如「地母」般疼寵愛人的柔性氣質，是許多男人在「男女平等」、女性逐漸強勢的威脅下，所渴求的愛情想像，如此收束，再次強調了：愛情非關生理性徵。

陳銘磻〈臺灣吹男風──探索男同性戀的成因與生態〉援引金賽博士的調查報告，指出愛欲對象的改變是連續的，並非由單純的同性戀、異性戀、雙性戀三個立場來下決定。陳銘磻並陳明「臺大男同性戀研究社」對於金賽此一研究的詮釋：愛侶之間的維繫與否端賴彼此間的相處情形，而與性別無必然關係。人人都有愛上男人或愛上女人的潛力，而這樣的取捨，往往受到當時主流價值的束縛。現實中，人往往將不見容於社會道德的愛情轉化昇華為其他方面的感情，而避免掉一場與主流價值衝突的自我矛盾[45]。戴文采自述顧肇森創作《月升的聲音》系列時，曾與戴氏討論，懷疑自己是否為同性戀，而戴氏彼時遭遇婚變，對性與婚姻有懼，因此戴氏同一時期短篇小說《蝴蝶之戀》系列亦出現探索性取向的作品，如：〈恩格斯森林冥想曲〉、〈愛情襪子〉。戴氏論〈恩格斯森林冥想曲〉與顧氏的〈未完〉都烙刻了兩位作家對性別與愛的思辨記錄。再者，戴氏認為〈愛情襪子〉與顧氏〈去年的月亮〉主題接近，想像女同志的情愛生活，對一男一女的傳統婚姻關係充滿嘲諷。筆者探究：兩位作家這一時期的作品的確呈現性別與愛情的多樣面貌。兩者皆勾勒了同志欲擺

---

[45] 陳銘磻：〈臺灣吹男風──探索男同性戀的成因與生態〉，收入《陳銘磻報導文學集》（臺北：華城出版社，2002年），頁196-197。

脫主流社會的性別取向與家庭樣貌，所面臨的自我審查、社會壓力等種種掙扎，且文本皆有美化的、浪漫的同志情欲。

顧氏〈未完〉中，留學美國的畫家杜林一段向同性摯友的告白：

> 你大概不能想像，那時候徐小芬和我都愛著你，也許是不一樣的愛，當時年輕沒經驗，哪裡分得清楚呢？……可能是從小無父母的不安全感吧，很長的時間我總以為與人作愛是被人接受的一個證明……這幾年我才漸漸明白性行為和人與人之間的親密感並不是相同的東西。……怎麼說啊？在紐約這種性開放的地方，和不少美國女孩做愛，心理上卻遙遠得很，直到去年認識一個南美來的女孩子，情況似乎變了。或者是因為我第一次感到足夠的安全感向人示愛吧……[46]

杜林毫不掩飾自己年少時愛戀著眼前這位同性老友，但也不諱言來到紐約後與其他女孩的交往情況，有純粹肉體關係的，也有靈肉合一的，再次證明：顧肇森認為愛情美在靈肉合一。但是，能否靈肉合一，無涉生理性徵。

三、作家寫真

顧肇森祖籍浙江，在臺灣松山區眷村出生、成長。母為父來臺後娶，上有四同父異母兄長，一雙生胞兄顧肇林，顧肇森排

---

[46] 見顧肇森：〈未完〉，《月升的聲音》，頁142-143。

行老么，與父母親、雙生胞兄關係親密。顧肇森七歲喪父，母親於市井底層掙生活，貼補家用。十歲，雙生胞兄顧肇林嚴重腦傷，由母親帶著從事簡單勞力工作。

顧肇森十七歲，就讀建國中學期間，便投稿國內大報。

二戰後臺灣，留美、移美蔚為風潮，顧肇森自幼便懷抱留學美夢。當時，東海實行英文課小班教學，一為獎學金，二為練好英文以利留學，顧肇森選擇就讀東海大學生物系。顧肇森大學期間便享有文名，偶有知名作家訪視之。大學畢業後在校擔任助教一年，便飛往美國，就讀田納西大學生物系，再一年，轉赴紐約大學理學院。《貓臉的歲月》作品多發表於負笈美國五年之後，為移民文學代表作。顧肇森留美後作品，皆為異國生活之所見、所思、所感。

顧肇森人在異國，對於臺灣社會以及臺灣文壇多所關注，於公共事務亦多關心，富公義精神。身為科學研究者，他重視邏輯，冷靜分析，思路條理分明，實事求是。他熱於追求社會公義，認為文學須載以真、載以善，文學有其社會責任，並且以人道、人權為基本價值，不盲目崇拜權威。於美國社會較華人世界更深厚的人道、民主、法治精神，多所嚮往；對於美國時興的種族、同志平權運動與相關論述，亦多所關注。

顧肇森〈張偉〉一文，被收入臺灣第一部同志小說選《紫水晶》，而引發諸多波瀾。顧肇森不惜重金聘請律師，跨海大打版權官司，顧肇森不願被歸類為同志作家的心理，值得探究。因顧肇森留美期間，正值美國同志平權運動全盛時期：顧氏於1978年赴美紐約大學就讀，1984年發表〈張偉〉，同一時期，正逢美國同志平權運動盛世。美國紐約自1969年「石牆起義」起，便成為同志平權聖地之一；1979年，舊金山「白夜暴動」；1984年，

紀錄片「哈維・米爾克時代」獲奧斯卡最佳記錄片獎。並且，顧肇森同卵雙生胞兄腦傷成癡呆，親密依附關係失落，顧肇森小說中若干同性親密情感依戀描寫其來有自，不能視為作家實際擁有同性戀人，或者經歷同性戀生活之證明。

鄭樹森提及顧肇森曾私下談論〈張偉〉，故事真有其人，李安執導的《喜宴》亦以此留學生圈極有名的故事發想而成。顧肇森留學生時期散文，數次提及與洋女友交往二三事。顧肇森在紐約執業後，與文壇友人鄭樹森私訊，亦提及當時交往洋女友為研究所同學，並談及異族情愛與家庭關係之困擾。

1993年五月28日，顧肇森撰〈非關性別——從亂世浮生到霸王別姬〉見諸《聯合報》：此文首先推翻男性氣概、女性特質由生理特徵決定的觀念。申明當今世人所謂的男子氣概，其實只是一種強勢的權力象徵，女性氣質也往往是權力弱勢者的展現。弱勢男子，一旦具備文化所認定的「女性條件」，即使沒有女性性器，都可以權充女人。就人類歷史客觀資料顯示：在文化上，「性別是流動」的。男性氣概（Masculinity）、女性氣質（Femininity）並非憑生理性徵決定，並強調愛情非關生理性徵。

就理性論愛情，顧肇森認為愛情以心靈的渴望為要，肉體的親密只是順應心靈渴望而產生，因此，愛情無涉生理性徵。

第三章　思索人間：顧肇森小說

　　顧肇森已發表的小說創作皆為短篇小說，依發表時間先後被收入於四部集子，這四部集子忠實反映出小說家在不同時期的文字藝術嘗試以及生命經驗，鄭樹森編輯顧肇森精選輯《冬日之旅》亦以這四部輯冊發表時間為編輯順序參考。以下第一部分至第四部份按發表時間順序，討論這四部短篇小說輯冊；第五部份分別就「主題內涵」、「藝術經營」這兩個面向，綜論顧肇森短篇小說。

一、1972～1978年，才情不凡的少年之作：《拆船》

　　《拆船》作品發表時間在1972-1978年之間。

　　1976年，顧肇森大學畢業，於東海大學生物系擔任助教一年[1]，1977年十月，出版《拆船》[2]，是為顧肇森第一本出版的小說集。收錄顧肇森高中時期至大學畢業前後所創作的短篇小說。發表於高中時期的作品：有〈琵琶行〉[3]、〈公主〉[4]。發表於大學時期的作品[5]：〈塵埃不見咸陽橋〉、〈流逝〉、〈留

---

[1] 參顧肇森：《感傷的價值》（臺北：漢藝色研文化公司，1990年），頁54-56。

[2] 顧肇森：《拆船》（臺北：聯經出版社，1977年初版，1987年新版）。以下引文悉出自1987年版，不另作註。

[3] 顧肇森：〈琵琶行〉（上），《中央日報》第10版（副刊）（1972年7月17日）；顧肇森：〈琵琶行〉（下），《中央日報》第12版（副刊）（1972年7月18日）。為顧氏高二作品。

[4] 顧肇森：〈公主〉，《聯合報》（副刊）（1972年9月29-30日）。

[5] 顧肇森：〈塵埃不見咸陽橋〉，《聯合報》（副刊）（1975年1月24-25

情〉、〈出家〉、〈爸爸的冰攤子〉、〈我的胖娃娃〉、〈拆船〉、〈歸骨〉。發表於留學該年，1978年的作品[6]：〈黛安娜〉、〈印地安人〉，被收入1987年再版《拆船》。

這一系列創作以大學時期作品獲得最多肯定。〈流逝〉被收錄於聯經出版社《六十四年度聯副小說選》、《聯副二十五年小說選》[7]以及爾雅出版社《六十四年短篇小說選》[8]；〈塵埃不見咸陽橋〉被收入《聯副六十四年度》小說選；〈爸爸的冰攤子〉被收入符兆祥主編的《一九八〇》。

臺灣文壇對這位時年二十的新秀作家充滿期待，周寧評論：

> 在許多新崛起的青年作家中，顧肇森先生是很耐人尋味的
> 一位，在他所發表的少數作品裡，可以感覺得出他對「小
> 說」的態度是非常嚴謹的，換句話說，小說創作在他而言
> 不是遊戲，而是一種迫切地將自己的一些意念，運用小說
> 的形式和技巧，完整地表現在主題與內容上。[9]

日）；〈流逝〉，《聯合報》（副刊）（1975年12月23日）；〈留情〉，《聯合報》（副刊）（1977年8月9日）；〈出家〉，《聯合報》（副刊）（1977年9月6日）；〈爸爸的冰攤子〉（發表時間不詳，1977年周寧曾為文論及〈爸爸的冰攤子〉，故此文作於1977年之前）、〈我的胖娃娃〉、〈拆船〉、〈歸骨〉（發表時間不詳）。

6　〈黛安娜〉原題名〈這一代的小說〉，刊登於1978年5月30日《聯合報》副刊；〈印地安人〉刊登於1978年12月28-29日《聯合報》副刊。

7　參《聯副二十五年小說選（下冊）》（臺北：聯經出版社，1976年5月初版）。

8　參洪醒夫編：《六十四年短篇小說選》（臺北：爾雅出版社，1975年）。洪醒夫：〈「流逝」附註〉，洪醒夫編：《六十四年短篇小說選》（臺北：爾雅出版社，1975年），頁136-137。

9　見周寧：〈拜託，不要停下來——我讀顧肇森的「塵埃不見咸陽橋」〉，《中華文藝》第13卷第5期（1977年7月），頁56-61。

　　除了嚴謹的創作態度與主題掌握，同篇評論中周寧還讚美顧肇森年紀雖輕卻鍛鍊出極高明的小說技巧，包涵：時間的設計、場景的安排、角色的動作、穿著、聯想的運用皆有可觀，但亦提出〈塵埃不見咸陽橋〉不足之處，一是暗示性不足：欲藉「陽光」加強心理描寫、烘托氣氛，卻僅止於表面的呈現，未能深化與主題、情節的關聯；二是主題不明確：欲藉短篇小說呈現多個主題，顯得枝節，但筆者對第二點有不同意見，其後申論之。

　　〈流逝〉被收入爾雅、聯副年度小說，爾雅編輯洪醒夫於〈流逝〉文後作〈附註〉一篇，解析此文在角色設計、結構安排、心理轉折、主題掌握四個巧妙之處，並盛讚顧肇森「語言的駕馭能力甚佳」，以極短的篇幅，經營出厚實且深刻的內涵，「由語言造成氣氛，而氣氛帶來感覺」，尤其後幾段是「一等筆墨」。周寧亦盛讚〈流逝〉結構完整、布局精巧，亦稱讚〈爸爸的冰攤子〉場景暗示性充足，主題明確。

　　由是，可見顧氏大學時期便獲文壇矚目，他在小說寫作上「嚴謹」的態度、「高明的技巧」、布局巧思以及優秀的「語言駕馭能力」深獲讚賞。周寧觀察到顧氏小說「迫切地將自己的一些意念，運用小說的形式和技巧，完整地表現在主題與內容上」。藉故事來思辨，是顧氏小說極大的特色，顧氏大部分的小說，都是在呈現作者對人性問題、社會問題的思考，後文將繼續論述此一觀察。

（一）充滿社會關懷

1.悉心觀察人物，精準呈現世情

　　《拆船》洋溢著濃厚的社會觀察興味，無論是寫酒店坐檯女郎——〈公主〉，寫流動攤販——〈爸爸的冰攤子〉，寫流浪問題教授——〈黛安娜〉，寫臺灣經濟起飛時期徬徨心靈——〈拆船〉，皆寫實地刻畫出不同階層的人在現實社會中的處境，而〈出家〉、〈留情〉時空背景雖設定在古代中國，但兩篇明顯深受《紅樓夢》影響，字裡行間流露出練達的世情觀察，可見顧肇森在年少時期，便對人情的複雜性有極深刻的敏覺。

　　高中時期作品〈琵琶行〉透過十歲的顧季凌的視角「觀察」一個來家中借宿的青年書生，主角顧季凌是么子、上有多位兄長、曾罹患腦膜炎[10]，因圓胖身材不擅運動，而遭同齡玩伴嘲笑排擠[11]，只得跟在年紀較大的兄長或其他成年人身邊，這幾乎是童年顧肇森的寫照，他「仰視」著周遭的成人。

　　顧季凌常跟在成人身旁觀察他人的形貌、舉止、言談，也常豎起耳朵聆聽街坊鄰居談人論事，長年穿梭在眷村里巷間，觀察周遭。密集又複雜的人際網絡，讓這孩子極有效率地獲取成人世界的種種訊息，逐漸「失去純真」。失去純真，向來是文學與人生最重要的主題之一。但，人都想求知，「純真」本身其實也意味著某種「權力的喪失」，所以，與其說這孩子「失

---

[10]　參戴文采：〈雙生森林〉，《戴文采的留言板——啼笑因緣》（2006年2月12日）http://mypaper.pchome.com.tw/book2/guestbook/25（檢索日期：2012年7月10日）。

[11]　參顧肇森：〈讀書經驗〉，《感傷的價值》，頁172。「幼時母親以填雞方式養我，以致我比別人多生了幾斤肉，夾在大腦與四肢間礙事，什麼球都不會玩；而且胖孩子是好箭靶，頑童們放冷箭沒有不中的道理。」

去」純真，不如說他「放棄」純真，因為他拒絕處在無知的狀態。顧肇森生前曾經完成一個五、六萬字的中篇，該小說內容敘述一個在臺灣成長的外省孩子，所敏覺的族群、省籍、階層觀察，包含父母如何與社會打交道，以及青少年性啟蒙經驗，有點類似白先勇〈寂寞的十七歲〉、劉大任〈來去尋金邊魚〉、王文興〈欠缺〉的況味——少年經歷了一些事件獲致對複雜人世之啟蒙，顧氏希望此作能像楊德昌的《牯嶺街少年殺人事件》那樣，藉由眷村少年的成長，反映出臺灣戒嚴時期的社會氛圍。[12]

眷村綿密的人際互動，厚實了顧肇森於世情上的敏銳，讓他對於處在那個時代、那個社會的人與事，充滿探究的興味。以《臺北人》寫出臺灣眷村特殊風景的白先勇屢言及眷村生活在他寫作上的特殊性：白先勇在民國38年與父母逃難來臺灣，他和兩個弟弟與父母親住在臺北松江路的眷村。白先勇回顧住在臺北眷村的日子，雖然房舍簡陋，木造屋遇上颱風就漏水，但卻是他認為最快樂的時光。[13]白先勇亦曾說，文學題材不過是生老病死，而眷村中的生老病死卻凝為大時代的縮影。《臺北人》系列中，

---

[12] 參陳榆婷：〈訪鄭樹森談顧肇森〉，《文訊》第332期，2013年6月，頁29-35。

[13] 見薛莉洋：〈人物速寫—回首話當年，白先勇的家庭生活〉，《青年日報》第360期，2012年9月25日。「白先勇有10個手足，卻在民國38年逃難時，分散至世界各地，最後只有他和兩個弟弟與父母親住在臺北松江路的眷村。……白先勇回顧住在臺北眷村的日子，是他認為最快樂的時光，雖然房舍簡陋，木造屋遇上颱風就漏水，但小花園裡種植許多父母親手栽的素心蘭與仙人掌，是他最喜歡的風景。「眷村的孩子出頭不易啊，可是同村的孩子都受鄰居的照顧，大家就像是一家人，感情特別好。」一路追隨父親來臺灣的老部屬，跟隨在身邊的副官、秘書，無論有家眷與否，遷臺後，父親一一照顧，即使在無力照顧時，也安排部屬到榮民之家安享天年。」

歷歷如繪的眷村風情，敘述者傳神的口吻，都是寫實的眷村生活印記。顧肇森亦成長於松江路眷區，少作〈琵琶行〉以及回顧童年的諸篇散文如〈市場〉、〈燈節〉、〈一棵長滿禮物的樹〉、〈似水流年〉、〈猶記當時年紀小〉、〈湖州粽子、綠豆糕及其他〉、〈年年難過，年年過〉可見其對童年眷村生活的懷念。白先勇與顧肇森皆有眷區成長的背景，眷區密集的、綿密的人際網絡，讓這兩位作家對於人際互動有其敏銳性，對「人」的世界充滿熱情。

顧肇森高中時期另一短篇創作〈公主〉，寫的是花名「曼露」的坐檯女郎，芳齡二十五，便已歷經人世滄桑，絕望地生活在一隅黑暗中，冷看歡場百態，此篇字裡行間盡是超齡的早熟：

> 在這裡待久了，形形色色的人竟碰過不少，當真有點閱人無數的氣勢。年紀大點的巴巴跑來認乾女兒，年輕人則是尋求較高級的一夜夫人。有些中年人竟另成一格，喜歡叨叨的說自己的傷心史。老婆兇啦，不體貼啦什麼的，每個人的故事大同小異。起初她還頗生惻隱之心，後來方才會意，他們無非是想讓她明白，大爺們不是飽暖思淫慾，骨頭犯賤送上門來，咱是受了刺激，遭到損傷，捧顆破碎的心，要妳這小娘們補綴一番。……說良心話，這批中年男子通常溫和可親，並不惹人厭，使人頭疼的是地痞和一群剛會叫的小公雞。那種吃軟飯的下流胚子，如同水銀瀉地無孔不入……另一票是十七、八、二十的小鬼，各個騷氣透骨躍躍欲試，一來好幾個，湊成一堆壯膽子。這些小鬼簡直沒一個安於位的，才上檯兩分鐘，便抖抖索索迫不及待地拉拉她，又是怪叫又是笑，興奮異常，招得別人把腦

> 袋伸出火車座看；有的下三濫到極點，夾帶個小手電筒，
> 儼然是來上生理衛生課的。[14]

就一個十七、八歲的高中生而言，能如此揣摩煙花女子的際遇，寫下這般老辣的尋芳眾生相，若非平日用功「蒐集資訊」，難成此章，可見顧肇森「研究觀察」之力。

顧肇森留美第一年的作品〈黛安娜〉以一名大學生的視角側寫一個來臺灣教書的美國教授，〈約翰理吉〉則以一名臺灣留學生的視角側寫一個美國印地安青年，雖然只是印象式的人物側寫，但可看出作者相當注重細節與情境的「真實感」，顯露出顧氏於「人物」考察的用功。顧肇森此一時期的小說風格寫實性格濃厚，充滿「社會觀察」的興趣，只要對這個「人」產生好奇，不論是本國人還是外國人，他都會認真蒐集材料，因此能營造真實的影像感，畫面栩栩如生：

> 當一個金紅髮色的微胖婦人，拎著一隻印滿古埃及圖騰的大皮包，足蹬拖鞋，像一把野火似的燒進教室，驚訝的感嘆彷彿倒翻的沸水，四下直冒氣。她一身裹在如火如荼的拖地長袍中，像隻熟爛的番茄，脖子上繞了三四串印地安人的珠鍊，兩耳懸垂金流蘇般的耳墜，和那些又老又不願承認，又有裝扮癖的西洋老婦簡直沒有差別。[15]

活靈活現地呈現出主人翁對這個充滿吉卜賽風味的癲狂女教授的第一眼印象，每一個細節的處理，都昭示了作者對於這個對象的

14　顧肇森：〈公主〉，《拆船》，頁4。
15　顧肇森：〈黛安娜〉，《拆船》，頁172。

認真觀察。

　　綜觀顧氏此一時期的小說，藉由細膩的人物觀察，「求真」的細節處理，諸多篇章頗能呈現臺灣1970年代的社會實況與青年心理。「細節」常會讓故事具有真實感，場景生動，充滿說服力。自《拆船》以來，顧肇森小說對於細節的處理一向用心，在時間與空間以及物象的「詳盡性」上展現了高度寫實的特色，顧氏小說趣味常源於此。

2.同情社會底層小人物

　　顧肇森七歲喪父，由母親在麵攤打工掙錢貼補家用，經濟上的艱辛讓他對社會底層人物充滿同情。楊宗潤先生〈寂寞之旅讀顧肇森貓臉的歲月〉指出《貓臉的歲月》除了描寫傳統留學生文學慣見的知識份子之外，顧肇森更寫活了無學歷、無專才的移民在美國紐約掙一口飯的辛酸。其實，早在顧肇森高中、大學時期的創作中，便充分展現出顧氏對於社會底層人物的洞悉與關懷。

　　〈爸爸的冰攤子〉刻畫出市井底層的悲慘境遇：父親因工安意外失去了右手，愛時髦、貪享樂的母親跟別人跑了，年幼的弟弟因缺乏照顧而骯髒、粗野、逃家，身為長子的少年，被迫早熟。除了面對同儕的嘲笑，還要在父親罹患重病後，假日接手父親的流動冰水攤，去公園路邊叫賣，短短數小時內，擺攤的弱勢少年，不斷遭受地痞流氓的壓榨騷擾，以及富人的苛刻輕賤，過程中只有一個賣西瓜的大漢伸出援手，而其他同為弱勢的老弱攤販只是奉承流氓，冷眼旁觀，甚至趁機向少年揩油。黃昏收攤前，來了一群太保模樣的男孩，不但拒絕付款，還動手砸了冰攤，並圍毆擺攤少年。顧肇森在這個篇章裡，極盡可能地呈現社

會底層最殘忍的真實——強凌弱，富欺貧，無論強弱貧富，絕大多數的小市民只會自掃門前雪，甚至落井下石，「雪中送炭」的情義，在「隨人顧性命」的市井現實中，亦甚罕見。

> 「是你？你老爸呢？幾天未見他，以為他不——哦，現在你來做生意？」
>
> 「嗯，我爸病了。」把錢遞向他，答道。
>
> 他嘲我笑笑，僵滯地，臉上似是突地拉上一層白膜。……回身仍滿面茫茫的笑，十分隔閡，一種不須解釋的排斥的笑。忽覺喉頭一陣堵漲，奇怪自己剛才居然會有說明病情的衝動。說不說其實一樣，很少人關心自己以外的事。[16]

〈爸爸的冰攤子〉打破了一般文人階層對於市井情義的美好想像，刻畫出人性中更真實的殘忍，可見少年顧肇森對於貧窮階層的人情冷暖有一番深刻的共感。

除了人物的對照，顧肇森在《拆船》亦常以食物、器物、衣物對比出貧與富的差距，擺攤少年在公園遇見昔日小學同學許敏，勾起一段囊時回憶：

> 以前是去過她家幾次。那時他爸爸還不怎麼樣，每天穿白上衣灰西褲提塑膠公事包上班，住公家的平房宿舍。像許敏那樣露著兩隻門牙，兔子似的十分天真——啊，剛才許敏的牙十分整齊，好像壓了條鋼線，門牙退回去了。大概

---

16 顧肇森：〈爸爸的冰攤子〉，《拆船》，頁117-118。

是六年級時，忽然有包車送她上學，車子越變越大，從我
們看得懂的中文，一直蛻變到長串外國文。那年生日她請
了不少人去，她家搬得十分容易找，不再縮在巷子七扭歪
八的宿舍裡。我們坐在一間滿是大沙發大電視機大酒櫃大
吊燈大壁畫的客廳吃大蛋糕。真像天方夜譚！[17]

藉著許敏一家所用器物的轉變，寫實地呈現出臺灣經濟起飛時
期，「關係」良好的人家，身分地位的變化，尤其末句連用六個
「大」字，更強化其「不可同日」語之的氣勢。許敏作了昂貴的
牙齒矯正，對照小說起始，少年的弟弟因缺乏照顧而「滿口流
利的髒話，汗衫搓得像菜乾，擁著一搭紙牌揸開污穢的五指筆
畫」，更加深這一富一貧的差距。許敏向少年買檸檬汁，正要接
過杯子時，卻被許敏的母親阻止：

「你瘋啦！」她母親急步上前，劈手奪下她手中杯子往攤
上一放：「這種東西能喝？回頭肚子痛，不要叫給我聽！
走！等下買冰淇淋，最好的外國的……」[18]

許敏的母親捨不得嬌貴的女兒喝路邊攤販售的涼水，認為昂貴的
「國外進口」的冰淇淋才高貴衛生。富人家的小孩連吃個零嘴，
都要強調其昂貴的身價，也呈現出此一時期臺灣人一味崇洋的心
態。對比生活陷入貧窮深淵的弱勢家庭：

---

[17] 同前註，頁125。

[18] 同前註，頁124。

> 打開飯盒，猛浮起悶重酸味，飯竟酸了。幾片醬瓜嵌在飯
> 上，四周一環醬油暈。餿飯吃在嘴中像滲醋一般，我幾乎
> 閉著氣大口大口吞下。才嚥幾口，便打嗝打個不停。不知
> 家中那鍋飯怎樣？若是餿了，弟弟一定又撒賴，前兩天
> 他坐在飯桌上打悶雷，嘰嘰咕咕的說：「又是油豆腐，
> 又是醬瓜」見爸的嘴唇褪成白色，我恨不得用筷子在他頭
> 上重重敲兩記。……然而爸帶他出去，回來時他擁著一罐
> 肉鬆。他喜孜孜地一倒半碗，亮著雙睛塞了滿口都是。
> 爸坐一側凝神看他。一會兒示意我自己倒，我沒動手，
> 只是慢慢撥碗中的飯粒，良久抬頭，只覺眉眼間一陣酸
> 楚……。[19]

以餿掉的便當和稚齡孩子不加修飾的厭棄，反應出貧窮家庭物質
上的辛苦，對照連零食都要買進口貨的富裕家庭，凸顯「朱門酒
肉臭，路有凍死骨」的社會現實。父親凝視那歡喜地吃著肉鬆的
稚子，表情那樣的平靜，但平靜中卻醞釀著更沉重的經濟壓力，
因此，懂事的少年寧願咀嚼白飯，也不忍吃肉鬆，這樣鮮明的對
照，經營出不斷的在經濟困境中掙扎著的巨大焦慮。

　　作者藉由書寫一連串體貼的行動，表達出對這位少年的尊
敬，也藉著這個少年的悲慘境遇，對照著其他人的貪婪冷漠，字
裡行間流溢著對弱勢少年的共感同情。這樣的同情，屢現於顧肇
森其他的小說作品中，不管是《拆船》系列，或是《貓臉的歲
月》系列，我們可以看到顧肇森對於流落在市井底層的人物，總
是聚焦於他們在經濟上的無奈，筆下的悲憫遠高於批判。

---

[19]　同前註，頁128。

（二）傷逝之於常變的辯證

　　《拆船》諸篇具體呈現出顧肇森此一時期憧憬的「理想天倫圖」，例如〈琵琶行〉、〈塵埃不見咸陽橋〉裡父慈母愛，兄弟齊住一堂的熱鬧家庭，或者是〈爸爸的冰攤子〉、〈公主〉、〈拆船〉故事主人翁尚未「家變」前，那個父母俱在，孩子受到「完整」呵護的家。但即便如〈塵埃不見咸陽橋〉那樣完美的家庭，也難抵「時間」的解離，以下便自〈塵埃不見咸陽橋〉開始討論顧肇森筆下對於幸福「流逝」的焦慮。

1.回不去的旅人：〈塵埃不見咸陽橋〉

　　〈塵埃不見咸陽橋〉架構出一幅父愛母慈的天倫圖像，寄託了顧肇森對於核心家庭的深深眷戀，更藉著主人翁余彬和的思緒，鋪陳無力抵抗隨著成長而來被逼著與過去疏離的無奈。〈塵埃不見咸陽橋〉題名引自杜甫〈兵車行〉，杜甫以「爺娘妻子走相送，塵埃不見咸陽橋。牽衣頓足攔道哭，哭聲直上干雲霄。」極其動感地呈現出爹娘不捨年少的孩子被抓去從軍的畫面。顧肇森在小說中，則以父親送兒子去公路局搭車為主要骨幹，藉由余彬和悠緩的思緒，回顧昔日，對比今日，經營出為求學而離家的少年，對於父母、對於兒時種種的依依戀戀，也展現出少年與父母之間難以言喻的牽掛。或許我們會問：以尋常少年離家求學對比戰亂時代骨肉分離──「或從十五北防河，便至四十西營田。去時里正與裹頭，歸來頭白還戍邊。」──杜詩中極力鋪陳的「生離」等於「死別」的驚恐，那種少小離家便一去不回的慘痛，套用在少年離家求學的「征途」上，會不會太小題大作呢？綜觀全文，這樣的引用並無不妥，因為顧肇森此文滿溢著一個

心思極為細膩敏感的少年與過往「死別」的無奈，小說第一段便是：

> 覺得過年是許久以前的事了，那些令人臉熱心跳的附屬
> 品，與爸媽笑花開滿臉的神情，已變得似夢境，逼取便
> 逝。……風捲炮屍，揚起一縷縷嘆息似的唏噓。[20]

往昔家庭中的歡鬧一去不返，一切如花般燦美的回憶，而今卻只能與「炮屍」一般聯想，與家人日漸疏離的現實如冷風，吹捲著異鄉遊子「近鄉情更怯」的深層不安。再連結今昔父親寫春聯的對照，呈現出主人翁與父親疏離：「一向家中春聯由父親寫，狂草，余彬和從來沒看懂過。小時候好奇尚會探個究竟，任父親牽著他的手，一個個指給她認……如今春聯雖一樣的貼，卻不作興這一套認字遊戲了。[21]」而兄長娶了媳婦之後，有「外人」進入自己家裡，主人翁也十分不適應：

> 那日回到家，大嫂鬼魂一般自門內顯現，話聲像指甲刮在
> 玻璃上，令人神經緊抽：「喲！好久不見二弟了，媽這會
> 子又要弄兩個好菜補你囉！」一股濃重刺鼻的香水味薰得
> 他直想打噴嚏。略一斜眼，只見她蓬一頭亂髮。一團殷紅
> 的唇膏蓋住雙唇，彷彿嘴上挨了一拳，紫腫滲血……此後
> 每天中晚飯時，她總在廚房內神出鬼沒，眼睛瞪得驚雞一
> 般，窺伺母親會燒什麼山珍海味給北歸的兒子吃。[22]

---

[20] 見顧肇森：〈塵埃不見咸陽橋〉，《拆船》，頁17。
[21] 同前註，頁18。
[22] 同前註，頁28-29。

　　作者以極具「侵略性」的詞彙來狀寫這位家庭的「入侵者」：聲音像指甲刮在玻璃上、刺鼻的香水味、蓬一頭亂髮、彷彿滲血的殷紅唇膏、瞪著鬥雞一般的眼不斷「窺伺」，這般狀寫除了經營出叔嫂間「敵我分明」的現狀，更呈現出主人翁的家被外來者「侵略」後，不同以往的氣氛。

　　文中穿插兒時互爭全班第一名的玩伴陳金樹並沒有繼續升學，進入油漆行當學徒，兩個曾經旗鼓相當的友伴只能日漸疏離：「過去的日子，就像是漸行漸遠的火車……然而他們都追不上了。」[23]周寧評論：這段穿插使全文主題無法集中在類似朱自清〈背影〉那樣的父子情深當中。但，筆者以為：雖然本篇主要骨幹類似朱自清〈背影〉的父子送別，但是主人翁在送別過程中思緒所及的「傷逝」心懷，才是本篇主題所在。周寧論：後段主人翁兒時與母親共同編織的未來這一段情節，使得全文主題「失去重心」。但，若以「傷逝」主題而言：

> 他想起小時候，與母親一頭睡，他總愛輕捏母親的耳珠，一邊信口編織將來，要讀最好的高中，要念一流大學，要留學，要……那時的將來，像陽光下無窮展開的稻田……如今稻子都割盡了，地賣與別人做工業用地，然而廢棄著尚未建設，只留下一概子一概子的稻根，被火焚過，枯枯黑黑立在乾裂的泥地上……發現自己置身在一條寬且長的跑道上，只一個人似沒命跑著……他知道趕不上了，那終點線將永遠在前面，永遠。[24]

---

[23] 同前註，頁22-23。

[24] 同前註，頁34。

運用良田變成工業區的意像呼應：以往和母親編織的美好未來，竟似童年種種「過往的美好」一般，怎麼追也追不到。這種滄海變桑田的意象，不正切合充滿今昔之思的「傷逝」主題嗎？

文末，顧肇森以余彬和的父親氣喘吁吁地買了茶葉蛋來，塞給即將北上求學的兒子作結，這樣的結尾，的確會讓所有熟悉〈背影〉的讀者聯想到朱自清的父親費力地替朱自清買橘子的那一幕。但是，綜觀〈塵埃不見咸陽橋〉全文，顧肇森極力以父母的「常」襯顯出余彬和的「變」：父親依舊寫春聯，但孩子已從充滿好奇轉變成不甚在乎；父母一樣養子望反哺，但孩子愈是洞悉世情便愈覺得有壓力；父母一樣盡其可能地體貼孩子，但孩子卻愈來愈覺得負擔，種種對比，皆呈現作者對於成長的一番體會。

〈塵埃不見咸陽橋〉一再地透過今昔對比、友伴對比、親子對比，表達出顧肇森對昔日時光的眷戀，但也極富現實感地認知：在成長的旅途上，每一個孩子，都已是「回不去」的旅人。

2.常是變，變是常

《拆船》一輯，亦有諸篇呈顯此番「今昔對比」的況味，如：〈留情〉、〈公主〉、〈流逝〉、〈拆船〉等。〈留情〉胎息自《紅樓夢》，以一個村姑的視角，寫賈寶玉在賈家落敗前後的對照。〈公主〉寫一個富家千金，家道中落之後淪為坐檯女郎，二十五歲便歷盡滄桑，曾經繁華、曾經嬌貴、曾經純真的她只能「常」留在回憶的聖殿中。過往美麗的一切，與其說是救贖，不如說與現在世故的她互為嘲弄，最後以一曲〈大江東

去〉[25]表露對人世之「變」的無可奈何。

〈流逝〉的「變」是青春老去，「常」是人類對青春肉體的永恆耽戀，〈流逝〉娓娓鋪陳著人性中曖昧隱約的「善」，讓「同情」戰勝了「慾望」，讓「成全」戰勝了「占有」，但是犧牲自己的慾望，成全年輕男孩的幸福，陪伴韶華已逝的女理髮師的是恆常的思念與寂寞，這番成全對方之後的寂寞況味，洪醒夫譽之為「一等筆墨」。

〈拆船〉自「家變」寫到「世變」：在臺灣經濟起飛的年代，做「拆船」生意的父親發達了，而陪伴父親白手起家的母親卻無福享受富裕人生，撒手人寰，年輕的男孩北上讀書之後便寄宿舅舅家，因無法忍受父親再娶，長達六年不回家，最後，熬不過父親與繼母誠意十足的親情召喚，回到了高雄。初見酒國名花出身的繼母，深為其高雅形貌與練達的應對進退所動，在一連串新發現與舊回憶的拉扯中，理智與情感不斷辯證著「變」與「常」。從頑強抵抗家變事實，至領悟：「也許只是在變動的生命中，除了變動，尋找任何一種固定的價值本身就是無效[26]」。接著，寫「世變」。由一名令人聯想到「『屋頂上提琴手』那個動不動就豎起拇指叫『傳統』的老爸爸」的船長，帶領男主人翁參觀一艘繁華落盡的郵輪：

> 我們走進一座希臘式拱門，頓覺一陣陰涼襲上身來。寬深的大廳中白色幃幕低垂，失去光澤的巨大燈飾如同串串死

---

[25] 見顧肇森：〈公主〉，《拆船》，頁16。
[26] 見顧肇森：〈拆船〉，《拆船》，頁157。

魚眼珠，法式鑲金細骨桌椅堆在沉暗的一角，一些高大翁
鬱的熱帶植物枝葉暴張，像濛濛暗影裡突然立起的鬼。[27]

這艘宛若鬼域的遊輪，當年也是風光過的，老船長「彷彿一個講
天寶遺事的白頭宮女」，回憶著：

我仍記得首航之夜。王公貴富，部長總理，明星，作
家……整座大廳明亮得有如白天，開香檳聲此起彼落，從
倫敦請來的交響樂團正演奏華爾滋……入夜後我們放煙
火，那情景，那情景就向夜空中巨大的花盛放……你必須
身歷其境才能想像……。[28]

如此風光的首航儀式對照著郵輪今日的淒涼，令人不勝唏噓，象
徵著「傳統」的老船長的境遇，也暗示著「傳統」逐漸式微。但
是，文末，老船長一語驚醒夢中人：

你知道嗎？臺灣市面上的鋼筋，蓋樓房用的，有多少是從
廢船來？[29]

拆了這艘郵輪，廢鐵可以重煉成鋼，展開新的生命。老船長這一
句話，對照前文：「新建的樓房交錯的起落，一切都像已屆青春
期的孩子，呈現著一種粗糙的，急遽的成長」[30]，「無數大樓的

27 　同前註，頁166。
28 　同前註，頁166。
29 　同前註，頁170。
30 　同前註，頁153-154。

影子像墓碑一樣聳立起來」[31]的街景，很清楚地呈現出生與死不斷交替循環的思想，以「世變」再度揭櫫「常是變，變是常」的主題思想：

> 從來沒有東西是真正消失了，也永不會有完全新生的事物……河水一直流向大海，可是海水從未滿溢……也許當它最繁盛的時候，已經蘊含了目前破敗的種子[32]

理智上，以極富東方哲思的「易」與「輪迴」觀念收束。並藉由側寫老船長「顯然他還是很理性明白這船的必然命運，只是在情感上無法擺脫罷了」傳達出：雖然在情感上，主人翁依然眷戀過去，但也逐漸接受現狀，邁向未來。

顧肇森曾在散文中提到：其父昔日在中國家鄉是望族子弟，來臺灣之後「淪」為一般小公務員：

> 從前在老家作「萬惡」地主，過富裕日子，早已是鏡花水月。……對於美食，我絕對承襲了父親的基因。他對家庭經濟毫無概念，認為吃飯時有四道菜，如干貝菜心、大蔥炒臘肉、清蒸黃魚，或者加了紅棗蓮子的燉蹄膀，是天經地義的事。[33]

即使家道中落，顧父仍常在衣食舉止之間，表露出曾為「王謝堂

---

[31] 同前註，頁144。
[32] 同前註，頁170。
[33] 見顧肇森：〈年年難過年年過〉，《聯合報》第32版（1994年2月1日）。

前燕」的貴氣，在清貧家庭中，顧肇森敏覺到父親「高貴」的遺跡。顧肇森七歲喪父，十歲，雙生手足患腦膜炎成智能不足，在童稚時期便親歷人世間無常之變局。因此，年少時期的作品，已呈現洞明世事的老沉，更對於《紅樓夢》中「繁華落盡」的悲涼，有深刻的共鳴。自〈塵埃不見咸陽橋〉到〈拆船〉，我們不難覺察這位一心留洋的少年對昔日之「常」的眷戀，也看到了他對未來之「變」從抵抗到接受的一連串自我辯證。

二、1981～1986年，冷調刻劃移民辛酸：《貓臉的歲月》

顧肇森自述大學期間便對生物、化學極有興趣，1977年赴美留學，攻讀理學博士。1981至1985年期間於臺灣各報副刊先後發表〈王明德〉（1981，《聯合報》副刊）、〈李莉〉、〈林有志〉（1983，《中華日報》副刊）、〈曾美月〉（1983《中國時報・美洲版》副刊）、〈卜世仁〉、〈梅珊蒂〉（1984，《中華日報》副刊）、〈張偉〉（1984《中國時報・美洲版》副刊）、〈小季及其伙伴們〉、〈王瑞夫婦〉、〈胡明〉（1985，《中華日報》副刊）等短篇小說，這些作品，於1986年由九歌出版社集結成《貓臉的歲月——旅美華人譜》一冊。這一系列小說，刻畫了一張張因追求美國夢而扭曲、變形的臉譜。

顧肇森說：「出國後，由於課業壓力大，花在功課上的時間非常多，雖然聽到看到一些事情，卻沒有想到動筆，一直到我讀完第一個學位後，有點時間了，才開始寫《貓臉的歲月》。[34]」這段話，註解了作家1979年至1981年間小說創作之空

---

[34] 見楊錦郁：〈醫學與文學的交會——顧肇森演講會側記（上）〉，《聯合報》第25版，（1991年5月23日）。

白，也交代了《貓臉的歲月》故事的寫實性。此系列作品展現顧肇森自少年起便十分濃厚的社會觀察氣質。

貓臉，catface，為醫學術語，意即因後天外傷而造成臉部增生之畸形肉瘤紋路。顧肇森自言「貓臉的歲月」一詞出自瘂弦詩〈深淵〉，〈深淵〉以沙特之言「我要生存，除此無他；同時我發現了他的不快」開展。此輯所描繪的人物，彷若瘂弦詩裡那些在深淵中掙扎著的生命──〈深淵〉裡求生不易，欲望奔騰，官能刺激與謊言、腐爛、死亡疊相交纏：

> 沒有什麼現在正死去，今天的雲抄襲昨天的雲……歲月，貓臉的歲月／……在鼠哭的夜晚，早已被殺掉的人再被殺掉……工作，散步，向壞人致敬，微笑和不朽／為生存而生存，為看雲而看雲，厚著臉皮佔地球的一部分……

瘂弦這首詩反映出生存之嚴酷，以及生命本相之虛無，顧肇森以為此詩情境與這一系列小說的主題頗能切合，創作這些小說時，便是懷著這樣的感觸[35]：異國恰似「深淵」，海外華人在異國掙扎出一段「貓臉的歲月」，故以《貓臉的歲月》為題，總括他筆下旅美華人的異國生活。

這些在異鄉掙扎的人物極具多樣，從女企業家到按摩女郎，從醫生到賭場浪子，從女留學生到家庭主婦，對象並不限於「留學生」。作者以「史傳」方式呈現十個主人翁的形象，每一篇皆以主角名號為題，筆下的「紐約客」與顧肇森同樣是客居紐

---

[35] 參顧肇森：〈異鄉故事──貓臉的歲月〉，《光華雜誌》電子資料庫，1987年3月。

約的「華人」，他們的故事各自曲折，形象鮮活。顧肇森認為：
這個世界有太多自以為是的英雄人物，倒不如凡夫俗子，「反像
豆腐的香椿，往往餘味無窮。」這些人才是他願意編故事的對
象。而這些人物的性格、心理、職業雖具多樣性，但是「曠男怨
女」、「事與願違」的悲劇性卻十分濃厚。顧肇森分析了造成他
筆下這些移民「小人物」悲劇性的原因：

> 一個人的仙丹，往往是另一人的毒藥。好像出國讀書，我
> 猜很多人只為求知，當然也有人將之視作移民的跳板。再
> 說移民，恐怕問十個人便有十個不同的理由。在美國拿了
> 綠卡，回到國內或可「驕其妻妾」，事實上，撇開政治因
> 素，人無論在那裡生活，重負都是一樣的。而且因為不是
> 同文同種，問題恐怕更大些。寫這些小說，我的後見之明
> 是：多少想讓一心出國的人明白，搭了飛機到外國，抵達
> 彼岸，仍得「落地」，並沒有乘風而去的事。[36]

　　作者強調「後見之明」，可見作者自己也是懷著夢幻到異
鄉之後，才感知、見聞異國生活嚴酷的現實面，這些故事著眼於
滿懷美國夢的移民者現實與理想的種種落差，顧氏創作這一系列
小說源自於自身旅美經驗的感同身受，由是，他的創作起點是悲
憫的，也是批判的。

---

[36] 同前註。

（一）寫作特色

1.以喜現悲，凸顯世情之病

顧肇森談《貓臉的歲月》創作歷程：

> 十篇小說都是虛構的，不過有些細節難免來自所聞所見。
> 也許正因如此，我寫作時總有過度的「同情心」出現。為
> 了避免太濫情，所以穿插了些看來荒謬的對照，令我覺得
> 意外的是居然沒人認為這些小說有「喜趣」。當然，倒不
> 是說我有意把這些小說當笑話寫，畢竟，當我們瞭解事的
> 底細曲折時，還是「哀矜而勿喜」好些。[37]

作者在文中穿插荒謬的對照來壓抑自己對角色的同情，但
這些荒謬的設計，卻不讓讀者覺得有「喜趣」，因為，這些原本
富於「喜趣」的情境設計，用意在凸顯角色的悲劇性。

留學生李莉寫在日記上的一段話：

> 這是老紐約客的笑話：走進一間咖啡屋，那笑最響，說話
> 聲音最宏亮，手勢最多，同時四下顧盼的一桌人，大半是
> 演藝人員。其實熱鬧雖熱鬧，他們的話都是獨白。這實在
> 是個寂寞的人間，而活在裏面的人，又多是不甘寂寞的
> 吧。真是淒涼。[38]

---

[37] 同前註。
[38] 見顧肇森：〈李莉〉，《貓臉的歲月》（臺北：九歌出版社，2004
年），頁80。本文《貓臉的歲月》系列引文悉引自此版本，不另作註。

這則笑話傳達了熱鬧喧嘩的表象下，心靈無人可訴的寂寞，對照著留學生心底深處只能向日記告解的清冷。

顧肇森常以幽默的冷嘲熱諷，來凸顯現實的荒謬情境，寫到紐約唐人街的特種行業，他如此描述這個以東方女子為號召的「東方健身俱樂部」：

> 在這裡工作的女孩人人都穿網球裝，即使那起韓國人中十有八九大約連網球拍是方是圓都不甚了了，也一樣的露著兩條粗腿，女泰山似的跑來跑去。起初她們的老闆之意是以比基尼泳裝招徠，但俱樂部中除了蒸汽室、洗澡間，並無泳池設備，外加開業不久，幾位小姐便被客人強上手，占個不花錢的便宜。所以即使此處打穿天化板都找不到一隻網球，穿網球裝，如泳裝般的不倫不類，可是至少穿得是必須小姐合作，才卸得下的衣服，又給人流行的「運動形象」[39]

寫賣淫行業，喜趣中，自有一番洞見世情之犀利：俱樂部標榜健康的運動形象，除了賣淫女子身上的「運動制服」外，找不到任何從事健康運動的用品，以玩笑筆調，寫出色情行業為求牟利與顧客間的互相算計，而種種精打細算，掛羊頭、賣狗肉的荒謬行為，突出了女性身體失去了自主的權利，只能任人擺布，被商品化、工具化的悲哀。

寫一心崇洋的電子新貴：

---

[39] 見顧肇森：〈梅珊蒂〉，《貓臉的歲月》，頁137-138。

王瑞雖然具有東方人皮包骨肉的稟賦，然而風尚之之卻也
不落人後，網球、游泳、舉重樣樣都來，因之對食物也挑
剔起來，他有一套十不：不吃肥肉，不吃蛋黃，不吃白
糖，不吃精鹽，不吃蛋糕，不吃冰淇淋，不吃加工米麵，
不喝蘇打，不喝咖啡，不喝酒，而且每天早晚必服琳瑯滿
目的維他命。三十二歲的人洗心革面重新做健康寶寶，便
令為妻者一進超級市場即有做賊之感，生怕買錯東西干犯
天條。……一月間王瑞效法同事，候鳥似的南下佛羅里達
度假。他不消一天便把自己曬得像隻烤焦的番薯，她卻死
賴在太陽傘的陰影裏，不為他的甘言或恫嚇左右，惹得他
十分不滿，嘴巴裏：「土包子，入境隨俗都不懂」地咕噥
個沒完。[40]

32歲才「洗心革面」重新作「健康寶寶」，一身皮包骨還時
興「健身」，學洋人渡假，作陽光浴，王瑞的「洗心革面」並未
讓讀者感到「喜悅」，這位華人科技新貴唯洋人是瞻，唯洋風是
依的形象，就像那隻「烤焦的蕃薯」一樣悲哀。

顧肇森特別強調：「這些小說源自個人的觀察，算不得社
會報導，千萬不要當作『旅美生活指南』來看。[41]」因為，根據
社會歷史學者研究，1965年後華人移民美國者，所面臨的境遇與
一個世紀前的華工移民不可同日而語，多的是更為公正平等的法
律環境、豐厚的經濟資源以及快樂成功的故事，主要原因有三：
其一，第二次世界大戰後，華人在美國所從事的職業不再只侷限
於洗衣業、餐飲業、雜貨業這三項勞力密集產業，逐步向多元

---

[40] 顧肇森：〈王瑞夫婦〉，《貓臉的歲月》，頁161-162。
[41] 同註35。

化、集體化、國際化的經濟模式轉向，臺灣、香港、東南亞各地的華人游資紛紛流入美國，華人資本向美國金融業進軍，頗有斬獲，甚至自1986年起，華人經濟已超越日裔、韓裔，躍居少數族裔之首。其二，1965年美國放寬移民政策，強調家庭團聚的原則以及符合美國勞力市場需求的人才。因此，以家庭為主的移民現象取代過去傳統的華埠寡老社會；而為吸收專業人才，增加留學、訪問等非配額入境名額，因此新進入美國的華人知識水平和層次較高，使美國華人教育水準普遍提高，特別是受高等教育的人數居於各族之冠。其三，伴隨1960年代美國黑人民權運動的發展，猖獗了近一個世紀的排華活動受到了一定的遏止，華人的處境持續獲得改善，加速了美國華人參政的步伐，在美華人積極融入美國主流社會。[42]

但是，在《貓臉的歲月》系列，顧肇森處理華人異鄉求生存的題材，鮮少凸顯華人在美奮鬥快樂、成功的一面。他選擇的全都是病態的人物，處理的重心也全是令人無奈的人生困境，意欲將求生的醜惡面呈現出來。顧肇森有意凸顯這些海外尋夢者的病態面、荒涼面，藉著角色們對遠方親友的刻意矯飾、人前人後的巨大反差來反諷這些親友眼中赴美留學或移民美國的「人中龍鳳」，[43]並藉由喜劇的筆調來凸顯一幕幕令人感喟的人生悲劇，特力著墨於「世情之病」。

---

[42] 參陳靜瑜：〈美國的華埠〉，《從落葉歸根到落地生根——美國華人社會史論文集》（臺北：稻鄉出版社，2003年），頁104-109。

[43] 參吳達芸：〈醫者看待眾生疾病——貓臉的歲月細繪人生百態〉，《大華晚報》第11版（1987年3月22日）。

2.以冷筆寫異鄉客

　　《貓臉的歲月》系列之成功，在於作者雖有悲憫，但在敘述上刻意保持距離，所有篇章皆以第三人稱書寫，以全知者的角度，俯看著筆下的芸芸眾生。

　　寫華人老醫生卜世仁與他的老凱迪拉克：

> 　　這部車大約是卜醫生此生首次為自己下的大手筆，一開十二年，眼下隨時有解體的危險，他卻是捨不得另換一部。像所有的典型老中國人，捨舊取新，簡直浪費得不堪。他的幾個孩子適應美國生活比爬蟲類適應溫度還快，常常對他曉以大義：美式經濟是一建築在更新的消費上，何況保養舊車比買新車還不划算。可是卜醫生有他的邏輯，根本充耳不聞。[44]

　　作者「俯視」儉吝的卜世仁，不但刻畫出卜世仁節儉成習、固執守舊，與美國消費經濟格格不入的形象，也將華人移民家庭上一代與下一代因觀念歧異漸行漸遠終至無法溝通的窘境暴露無遺。作者冷眼旁觀這個角色，筆端含批判性。寫具有東方婦女傳統「美德」的卜太太，也「保持距離」觀察她「失敗」之由：

> 　　卜太太結婚四十年，一直是大樹蔭裏的一棵蕨，小心翼翼的活在卜醫生的陰影下，一步不多走，一字不多說，總是氣急敗壞的在先生和女兒們中間做不成功的魯仲連。而到

---

[44] 顧肇森：〈卜世仁〉，《貓臉的歲月》，頁115。

> 頭來多半是豬八戒照鏡子，裏外不是人：卜醫生嫌她沒有做
> 母親的威嚴，女兒們嫌她唯命是從，是女性主義者眼中的一
> 大恥辱。她夾在他們之中，感覺自己是個徹底的失敗者。[45]

　　如此小心翼翼地維護著家庭，以夫為貴，以子女為重的
「賢妻良母」夾在食古不化的丈夫與迅速西化的子女之間，竟是
「徹底失敗」的女人。作者以旁觀者俯瞰著這一家人：卜世仁是
食古不化的大樹，卜太太像一棵躲在樹蔭下的小蕨，他們的子女
適應力比「爬蟲類」還快，作者審視這一家人，就如同觀隔著一
層玻璃觀察動植物園裡的生物一般，保持距離，冷靜觀察，客觀
評論，不蓄溫情。

　　任職語言學校的胡明在書報攤買了兩份雜誌，將色情雜誌
夾藏在標榜「自由平權」的《村聲週刊》中，一同購買，「胡明
是一個不徹底的自由派，好像初一十五才吃素的佛教徒，雖然把
《村聲週刊》十年如一日的當聖經捧讀，對於剝削女性肉體的印
刷品倒也愛不釋手[46]」一心想交白種人女友的胡明「他這些年來
與白種女人的性關係，除了讀《閣樓雜誌》手腦並用之外，便是
金錢交易的結果，像撞了便逃的車禍，若不是因之得了兩回淋
病，根本沒有蛛絲馬跡可供憑弔。交個平起平坐的白人女友，簡
直不堪設想。[47]」作者以嘲諷的角度看胡明這一「中國」男子對
於白種女人的幻想與渴望，形容胡明與白種女人金錢交易的性關
係像「撞了便逃的車禍」，並刻意以「因金錢交易的性關係」強
調「召妓」的本質在於「利益交換」，還特別以胡明因此「得了

---

[45]　同前註，頁126-127。

[46]　顧肇森：〈胡明〉，《貓臉的歲月》，頁191

[47]　同前註，頁193。

兩回淋病」，透露這些白種女人處於社會極底層。這些「沒有蛛絲馬跡可供憑弔」的性交易極具嘲諷性，語言敘述與主角保持距離，充滿批判意味。

以冷筆白描人物是顧肇森在《貓臉的歲月》系列作品技巧上的突出之處，冷筆的運用，使筆下的人物如同「標本」，帶點距離地一一陳列在讀者之前，讓讀者與作者一起「觀看」這些紐約客的荒涼面貌，充分呈顯出作為資本主義指標城市紐約的人情之冷漠，黃種人居於劣勢的現實之冷酷，極力突出這群身處異鄉的紐約「客」的寂寞與悲傷。

3.以幽默喜趣映照荒謬人生

早在《拆船》時期，顧肇森便已嶄露高明的描摹功力，到了《貓臉的歲月》系列，在描摹上與前作最大的不同便是大量使用幽默感十足的類比修辭，這些類比，充滿較誇張的卡通式的機趣，茲舉〈曾美月〉第一部分所使用的類比技巧為例：

> 現在的曾美月，一如她的名字，曾經美過一陣子，只是月有陰晴圓缺，攬鏡自照，再花的眼，也看得出風暴海、寧靜海，或是搗藥的兔子了。

> 她與她的幾個姊姊並不親近，因為她像一個豆莢裡唯一長得不畸形的豆子，得天獨厚，生得圓潤光華，與她站在一處，她的姊姊們就像她的下女一般。

> 她的父親在她幼時便離家出走，成為問題青少年裡最老的成員。

曾美月並不糊塗，清楚吃電影飯好像搭夜快車，路途驚險
不提，終站總比你期望的到得快些。

她的老闆是個四十出頭的臺灣人，家裡擺著夜叉似的老
婆。當初做貧賤夫妻時，他倒是安分。可是現下口袋裡多
了兩個錢，心眼也就多了起來。見一個女人愛一個女人，
好像在荒島住了二十年。

他漸漸發覺曾美月是塊上了砒霜的肉，不好對付，他雖飢
不擇食，也沒有涉險的意思。

她的世故，卻如她的美貌，是天生的本領。

她的豆腐不是嫩豆腐，裡面往往藏著一把針，一不小心便
扎進嘴裡。可是古今中外的男人大半是賤骨頭……越吃不
到嘴的糖越甜，越得不到手的東西越愛。

她卻是條鱔魚，如何也抓不到手。

曾美月到了二十二歲，還是一如她剛出生時一般純潔。[48]

　　以上這些句子，出現在〈曾美月〉第一部分，值得注意的
有兩點：第一，在兩千字不到的第一部分，作者用了大量的類比

---

[48] 以上引文見顧肇森：〈曾美月〉，《貓臉的歲月》，頁15-18。

修辭。第二，這些類比修辭，充滿對所述情境的諧謔嘲諷，情境愈荒謬，文字的經營愈富喜趣，成功經營出一種卡通式的氛圍，使筆下人物不再擁有悲劇英雄的壯烈氣質，經營出凡夫俗子在日常生活情境下既覺荒謬又只能無奈接受的自我解嘲，例如梅珊蒂出賣靈肉時必須穿著白底藍邊的網球裝，「乍看一似訃聞」[49]；林有志債務纏身，跑路時不帶妻小，另與他人談起戀愛來「為了不讓哥兒們疑心他開溜，天下哪有比妻小更強的人質？林有志向有劉備的識見，相信『妻子如衣服』，只要衣服能蔽體，並不在乎是哪一件[50]」。如此妙語，屢現文本。

　　吳達芸觀察：顧肇森赴美習醫，對於人體的掌握十分精準，「面對生理上各種窘困隱私，他也毫不避諱地掌其神韻，予以描繪」。[51]有許多創意十足的黑色幽默式的人體或生理機能類比，例如：嫁了整型醫師的女留學生之奇遇──「嫁鰾夫有什麼不好？……記不記得王梅？不就嫁了個香港來的整型醫生？……只見她那雙小眼睛，好像泡了水的乾豆似的，一年大似一年，起初我還以為她是見錢眼開呢！原來是她老公處心積慮在改造她。注意到她的胸脯嗎？以前是連尚老頭都不感興趣的吐魯番窪地，現在呢？乖乖，兩座山似的！[52]」；描述情婦深諳枕邊人的賭性──「劉小燕了解他就像自己腳上的癬，不問也知是輸了[53]」；敘述卜醫生查看驗血報告──「這些動作卜醫師行之經年，做起

49　見顧肇森：〈梅珊蒂〉，《貓臉的歲月》，頁137。
50　見顧肇森：〈林有志〉，《貓臉的歲月》，頁37。
51　參吳達芸：〈醫者看待眾生疾病──貓臉的歲月細繪人生百態〉，《大華晚報》第11版（1987年3月22日）。
52　見顧肇森：〈小季及其夥伴們〉，《貓臉的歲月》，頁173。
53　見顧肇森：〈林有志〉，《貓臉的歲月》，頁56。

來便像是在家中半夜起床去廁所，不開燈也摸得著路[54]」敘寫按摩女郎的職業片段——「實際年齡有如肚臍上的痣，瞞得了別人，瞞不了自己[55]」「她幫他掙扎地脫了衣服，他身上的肉一層層的掛下來，彷彿半溶的巨型冰淇淋。珊蒂便像是圍著他繞的小蒼蠅，驚得呆了。珊蒂騎在他背上，開始按摩他的肩膀，入手皆是軟如爛桃子的肥肉，使她連連作嘔，所幸沒吃晚飯，不曾吐出任何東西[56]」。諸如此類的描述，很能看出顧氏對於人體生理上的掌握。顧氏將其對生理上的精準認識與其一向敏銳的世情觀察結合作類比，以幽默的方式呈現小人物悲慘的人生境遇，經營出犀利寫實的諷刺性格。

戴文采曾批評《貓臉的歲月》文字較《拆船》退步，原因是其中充滿「譏誚」，喪失了《拆船》時期文字的動情力與催迫力。[57]但是，《貓臉的歲月》獲得民國七十五年優良圖書金鼎獎[58]，評審言：「低調」卻能「深刻」地呈顯異域華人圖像，是這一系列作品引人入勝之處。

筆者以為《貓臉的歲月》的風格轉變，是受紐約「文青」所崇尚的「幽默」所致。美國文學一向有幽默的傳統。被稱為美國文學的華盛頓‧歐文於1809年發表第一部作品，這是一部具有獨特風格的詼諧之作，以有趣的形式表現這個城市的傳統，描繪

---

[54] 見顧肇森：〈卜世仁〉，《貓臉的歲月》，頁119。

[55] 見顧肇森：〈梅珊蒂〉，《貓臉的歲月》，頁138。

[56] 同前註，頁146-147。

[57] 參戴文采：《戴文采的留言版——啼笑姻緣》（2002年3月25日，2006年4月5日）http://mypaper.pchome.com.tw/book2/guestbook/25（檢索日期：2012年7月10日）。

[58] 評審的話：文筆洗鍊，敘事與描寫手法繁富多變，象徵與低調氣氛營造成功而統一，對華人在異域慘澹奮鬥、興盛與敗亡，有極為深刻感人的刻畫。

當地人的習俗和好惡，滑稽突梯的風格使得原本日常的人物場景
更添豐富的聯想，美國文學的幽默品格也由此開始發展。[59]這樣
的幽默，奠基在殘忍的現實中，以富喜感的方式表現悲劇內容，
又稱「絞刑架上的幽默」、「大難臨頭的幽默」，慣現於美國日
常生活中，由美國早期的移民們在艱困環境中發展出來的自我解
嘲文化延續至現代美國。[60]

　　再者，美國在南北戰爭之後，資本主義快速發展，至1920年
代是美國經濟空前繁盛的時期，自1920至1929年，美國總體財富
增加一倍。大量消費的經濟模式蓬勃發展，居住於都市的人口首
次多於鄉村人口，流行文化快速傳播，作為資本主義象徵的紐約
市，隨著都會流行文化迅速發展，亦發展出其文藝品味。一段關
於《紐約客》雜誌的歷史，很能說明紐約客「趣味至上」的文化
氛圍：

> As Ben Yagoda writes in "About Town," his history of The New
> Yorker, the twenties were "a rare moment in literary history when
> funny writers were respected......as much or more than any other
> kind." "Young people in New York were hungry for culture, but not
> for the self-serious culture of the nineteenth century. Humor was a
> rebellion, and a release. If you were a genius, you proved it by being
> funny." [61]（筆者譯：正如Ben Yagoda在〈About Town〉所述

---

[59] 參李明濱主編：《世界文學簡史》（北京大學出版社，2002年8月，第一版），頁419。

[60] 參詹虎：〈從馬克吐溫到約瑟夫海勒──試論從「古典幽默」到「黑色幽默」〉，《樂山師範學院學報》（2001年）第2期，頁52-54。

[61] 參Joshua Rothman：〈Humor in The New Yorker〉（2012年11月21日）http://www.newyorker.com/online/blogs/backissues/2012/11/humor-in-the-

> 　　自己身為紐約客的那一段經歷，二〇年代「在文學史上是
> 一個罕見的時代：創作喜趣作品者，獲得與其他作家一
> 般，甚至更多的敬重。」「紐約青年們有一種文藝飢渴，
> 但並非十九世紀那般嚴肅，形塑理想自我藍圖的文藝渴
> 望。紐約青年崇尚幽默，幽默是一種叛逆，也是一種釋
> 放。你可以諧諧來證明自己是個天才。」）

　　引文指出「幽默」為1925年創刊的《紐約客》雜誌昔日深受
紐約客喜愛的原因，也提點出自1920年代起，幽默成為「紐約青
年」的次文化。顧肇森赴美國紐約大學深造，紐約大學為一菁英
學府，文青氣味濃厚。顧肇森留學時期的散文創作品性幽默，頗
有紐約文青「趣味至上」的機趣。

　　其三，第二次世界大戰之後，美國在物質經濟上出現高度
繁榮景況，1960年代，隨著冷戰、越戰而來的諸多因素，使美國
中產階級越來越感覺到處於一個荒謬、不可理解的世界中。小市
民受雇於大企業、國家體系，異化成受控於更大權力機構的「機
器人」，心靈空虛、無助、充滿無力感。第二次世界大戰後，美
國經濟繁榮，物慾橫流，美國文學出現一批思想上深受存在主義
的影響的作品。這些作品絕大多數關注於現實，對現實的荒誕有
一種深沉的悲憤，以調侃的語調來表現現實的荒謬，從中產生喜
趣，以喜劇形式展演悲劇，主人翁多是性情乖僻的「反英雄」，
情節中故意充滿許多不和諧的因素，作者有意突出這些矛盾來
作為小說寓意的基礎。[62]這些幽默作品常反映出經濟發達，物

---

new-yorker.html（檢索日期：2013年2月22日）。
[62]　參李明濱主編：《世界文學簡史》（北京：北京大學出版社，第一版，
　　　2002年8月），頁419。

慾橫流所造成的心靈空虛，喪失信仰，人與社會無所依憑的荒涼面貌。

綜合以上三點，我們不難理解1978年進入文薈萃的美東一流學府「紐約大學」習醫的作家，浸染在怎樣的文藝環境中。顧肇森平日素喜閱讀《紐約時報》[63]等標榜文藝品味刊物，顧肇森下一部小說集《月升的聲音》，更全以「藝術家」作為主角。因此，《貓臉的歲月》所展現的「冷調喜趣」，頗能反映出美國移民社會素有的幽默傳統以及紐約這個兼具移民與資本主義象徵大城的文化特色。

顧肇森曾於演講會中，表示自己喜歡讀錢鍾書《圍城》、劉紹銘的《二殘遊記》[64]。自顧肇森此一時期的散文作品，如：〈戀愛與婚姻〉、〈教書〉、〈古董〉等，可見顧肇森嚮往《浮生六記》式的婚姻，看輕文科，不屑教書，尤痛恨「仕不優而教」者等，或多或少有《圍城》、《二殘遊記》遺蹤。尤其〈古董〉文本中，一整大段呈現《圍城》主角方鴻漸的前岳父之「洋奴」醜態。[65]《圍城》若干用語，亦散見顧肇森作品中，例如：描寫方鴻漸遭父親禁止自由戀愛時，搬出叔本華的理論「世間哪有戀愛？壓根兒是生殖衝動[66]」——出現於散文〈協奏〉：「愛情基本上是生殖衝動，目的是繁衍[67]」；曹元朗譏中國文學

[63] 參顧肇森：〈餐館評論〉，《驚艷——原名「從善如流」》，頁223-225。

[64] 參楊錦郁：〈醫學與文學的交會——顧肇森演講會側記（下）〉，《聯合報》第25版，（1991年5月24日）。

[65] 參顧肇森：〈古董〉，《驚艷——原名「從善如流」》，頁185。

[66] 見錢鍾書：《圍城》（臺北：大地出版社，2007年），頁18。

[67] 見顧肇森：〈協奏〉，《聯合文學》第九卷第五期（1993年3月），頁168。

系出身者有「考據癖[68]」的惡習——出現於〈冬日之旅〉附記：「『慾望』號街車已停駛四十年，文中放肆的使它『復活』，只是小說家言，請有『考證癖』的朋友不要寫信來更正[69]」；方鴻漸初遇孫柔嘉的印象：「兩眼分得太開，使她常常帶著驚異的表情[70]」——出現於〈素月〉：「蝌蚪似的兩隻細眼分得有點遠，因而微有詫異的神色[71]」。

亮軒評顧肇森散文集《驚艷——原名「從善如流」》，沒有錢鍾書「歪嘴冷笑」的「鋒利」。但是，觀察同一時期的創作《貓臉的歲月》，諸多嘲諷式的「喜趣」，與《圍城》氣味極似。而劉紹銘以「二殘」自嘲自謔，幽默刻劃留洋教授的辛酸，亦深得顧氏賞愛。

因此，1980年代紐約的文藝環境，以及《圍城》、《二殘遊記》對於洋奴、留學生、學術界、愛情、世情的諸多辛辣反諷，可解釋《貓臉的歲月》「譏誚」的文風轉變因何而來。而且，這樣的轉變，正可深刻呈現文本中華人移民「事與願違」，「人前人後兩樣情」的種種荒謬。

顧肇森以一枝冷筆寫下移民眾生狼狽的生存實相。用悲憫俯瞰眾生之病，以冷調戳穿華麗表像的寂寞，以幽默喜趣凸顯荒謬的世情，展現出紐約道地的移民氣味，是此系列小說的精彩所在。在時空變異、文化衝擊的客觀條件下，作者冷眼觀察，悉心體會，戳破了「去去去，去美國」那個年代的諸多迷思，以詼諧的方式，呈現許多值得嚴肅看待的時代問題。

---

[68] 同註66，頁89。

[69] 見顧肇森：〈冬日之旅〉，《冬日之旅》（臺北：洪範書店，1994年），頁131。

[70] 同註66，頁143。

[71] 見顧肇森：〈素月〉，《冬日之旅》，頁15。

（二）紐約客與人倫異化

　　齊邦媛曾指出《貓臉的歲月》是一系列「求生存」的故事，有別於1960年代於梨華、白先勇等第一批戰後留學生文學的面貌，不再執著於留學生的婚戀、文化認同問題，而著眼於要如何在異國「生根」。齊邦媛以張系國為分界，提出北美華文創作從留學生天之驕子的「非常心」轉而至移民踏實生活的「平常心」，這些人所面對的問題，不僅限於在美華人，而是各處的人都會面臨的問題[72]。《貓臉的歲月》亦不再呈現早期留學生文學的浪漫情懷，轉而將寫作焦點移至「現實生活」，最突出的，是小人物異鄉謀生路的形象。以下就《貓臉的歲月》四個在經濟領域發展得最戲劇化的人物，析論資本主義浪潮襲擊下，作家筆下的倫理危機。

1.唯利是競

　　《貓臉的歲月》系列最能象徵資本主義精神的人物，莫過於林有志。

　　林有志原本是想在臺灣靠醫生老爸的錢混一輩子的，可惜夜店經營不成，負債累累，情急之下，將妻小丟在臺灣應付債主，經由已移民美國的爹娘運作，輾轉逃到美國，在「跑路」期間，再與另一名叫劉小燕的女孩交好，並以辦居留為藉口，控制劉小燕，小說開頭這樣的鋪陳，便已讓林有志薄情寡義、工於算計的形象躍然紙上。

---

[72] 參〈異鄉故事──貓臉的歲月〉，《光華雜誌中英對照知識庫》，1987年3月；〈人生啼笑循環不已──訪齊邦媛教授談《貓臉的歲月》〉，《九歌》第84期第2版（1988年2月）。

　　接著作者開始鋪陳林有志的賭徒性格，從擺地攤、躲警察到成為富甲一方的總批發商，林有志積極進取、以小博大、「寧我負人，絕不令人負我」的精明令人印象深刻。

　　林有志出口閉口皆以「幹伊娘」為標點，談及在賭場見到在臺灣倒債上億捲款潛逃的經濟犯，居然還充滿敬羨之情「記不記得他在臺灣倒了上億的債。……現在出入直昇機，洋人像捧鳳凰般的捧他，多神氣！」作者有意塑造一個粗鄙不堪、凡事向「錢」看齊、毫無是非觀念的機會主義者。透過這個道德淪喪又毫無文化素養的角色批判資本主義社會以金錢衡量一切的鄙陋，林有志在賭城揮金如土，一下注便是五千美元，一日夜間數萬美元的豪賭、濫賭為他贏得賭城VIP級的待遇，出入有附設酒吧、電視的豪華大轎車接送，三不五時便有公關致電邀約，預先安排頂級住宿，林有志在賭城獲得的種種「禮遇」、「尊敬」，完全奠基於他的財力，無關乎人格、品味。

　　林有志沉淪於這樣的虛榮，賭城宛若魔鬼之域，用金錢堆砌起天堂的幻象。當林有志輸到一文不名時，天堂幻象崩解，人間猶如煉獄，他的親密愛人兼得力助手劉小燕早已落入他的創業夥伴張查理設下的柔情圈套，在林有志大把大把蝕光自己的資本之際，劉小燕帶著合約、帳冊，轉投張查理的懷抱。但是，令人驚奇的是：林有志發現自己眾叛親離，一無所有時，並沒有消沉多久，不過一個晚上，他又找到創業靈感，開始查電話簿、尋訪合作廠商，展開另一場追逐金錢的遊戲。

　　這種「窮得只剩下錢」的市儈，置身於號稱當代資本主義中心的紐約，是如此「相得益彰」。林有志的精神世界，便是資本主義的精神世界，林有志的「成功」，合乎資本世界定義的「成功」。他臉皮夠厚、心夠狠，深諳一切商業法律規則，找可

靠的廠商、簽對自己最有利的合約、掌控產品品質、壓低售價、打開通路，再加上能屈能伸、積極敢賭的的拼搏精神，儼然是隻打不死的資本主義蟑螂。

但是，但是林有志的匱乏，也正是資本主義的匱乏，以金錢衡量一切的世界，富者為王，貧者為寇，堆砌於金錢上的人際關係是如此虛矯可怕，所有的尊榮禮遇，所有的服務，都是為了滿足你的虛榮、刺激你的欲望，讓你掏出口袋裡的錢，人們為了自己的利益，誰都可以出賣，不唯剝削為自己謀利的勞工，朋友間無信，夫妻間無義，「仁」、「信」、「義」，蕩然無存。

2.消費社會裡的封建怪物

若說林有志是資本主義消費經濟的象徵，老醫師卜世仁則是資本主義經濟與中國封建思想的怪異組合。「卜世仁」直接襲用《紅樓夢》第二十四回，賈芸開香料鋪的舅舅卜世仁之名，卜世仁是《紅樓夢》極微不足道的小角色，此人最大的特色便是貪吝財利。

顧肇森筆下的現代「卜世仁」在臺灣可是堂堂仁愛醫院的主治醫師，跟著潮流，舉家移民至美國，日日夜夜盤算著的，不是懸壺濟世的懷抱，而是積極投入醫生此一行業在資本主義社會的龐大商機，即使生活習慣與西方社會格格不入，仍堅持留下，過著「克勤克儉」的守財奴生活。

資本主義社會，人命是不等值的，卜醫生初來紐約時，也想擠進曼哈頓的有錢白人區行醫，無奈他一個上了年紀的國外移民進不了大醫院，又付不起昂貴地段的房租開立診所，只好來到美國醫生不願涉足的黑人區開診所。他的衣食父母幾乎是黑人，

但他鄙視這些靠政府醫藥補助的人，因為政府付的診費不過是私人病人付的三分之一，他褊狹地以為黑人的貧困完全肇因於他們全都很墮落，對黑人一無好感，在趕走一名疑似藥物上癮的黑人之後，他說：

> 還不知他的卡是不是偷來的呢！看看這些廢物，拿鎮靜劑當花生吃。唉，我們繳稅，然後政府花稅錢去資助這種人！美國呀，遲早要完蛋在黑人手裡！[73]

雖然已接觸大量的有色人種，也明白其中大有差別，但是卻還是固執地以偏概全，一廂情願地認定所有黑皮膚的人必定有劣等基因。如此固執的種族偏見，也造成他日後的悲劇性結局——疏於防範，慘遭白人惡棍奪財害命。

即便他打從心底瞧不起黑人，但是在工作場域，面對這些「顧客」，他的態度可十分親切：

> 卜醫生騰出左手，政客似的向她揮一揮，扮出笑臉道：「早早，呵呵，露意絲，今天不來看醫生嗎？」……[74]
> 卜醫生拿手指朝她點一點，半憂慮半恫嚇的說：妳要小心妳的血壓呀，體重也……[75]

就連要打發藥物上癮的棘手「顧客」離開，他也表現得從容又和善：

---

[73] 見顧肇森：〈卜世仁〉，《貓臉的歲月》，頁124。
[74] 同前註，頁118。
[75] 同前註，頁118。

> 他看一眼病歷表上的名字，直起背脊，赫赫笑兩聲道：
> 「理查，你有個非常有名的姓呀——威廉斯，姓威廉斯，
> 有大好的前途呀！赫赫赫，我還真希望是你呢！」……
> 「說實話，我的能力不足，沒辦法診治你。」[76]

實際上，他根本不關心這些人的健康，遇到麻煩的病人便往外踢皮球不說，還會開給嬰兒不宜使用的危險藥物，外表上「以客為尊」的態度，不過是商業上「和氣生財」的考量罷了。卜醫生一週工作六天，外加助手幫忙，十多年來也累積了一筆可觀的財富，投資房地產當「寓公」，家住紐市郊的高級白人社區，除了「勤奮」、「和氣」之外，我們再看他如何壓榨員工：卜醫生診所裡僱用的清一色是「中國人」，因為「中國人比較好控制」，不像其他人種那樣爭取自己的權益，例如那個來應徵助手的臺灣留學生：

> 那男孩有事可做已是感激涕零，早到遲退不論，而且不知作怪，三分鐘吃完午飯，連廁所都不大上。生病請假，卜醫生扣他那少得可憐的工資，亦是毫無怨尤，唯唯諾諾，十足的一隻瘟雞。[77]

如此慘遭華人老闆剝削的職場「瘟雞」在《貓臉的歲月》系列比比皆是。再看卜世仁如何「使用」一位名喚周光的現任助手：

---

[76] 同前註，頁123。
[77] 同前註，頁121。

周光和他各用一個房間診視病人。雖然周光讀的是文學，可是穿起白外套，拿著聽診器，鼻子上架一副眼鏡，儼然也是個醫生模樣。他多半先寫下病情，若是老年病人，則量量血壓和體重。而光顧診所的病人，不是患傷風感冒的小孩，即是月經不調或要避孕藥的婦人，或是患高血壓心臟病的老人，日子一久，周光連藥都會開了……往在卜醫生過來聽診檢查之前，周光已把藥方寫好了。[78]

學文學的周光，分擔的可是卜醫生自己的醫生專業，診所裡所有的「中國人」，都不覺得這其中有何不妥，遇上病人質疑周光是否為正牌醫生，打馬虎眼、不置可否的態度成為這間診所的標準作業流程。此間透露出華人有利可圖，便得過且過的顢頇，從上到下都可為了蠅頭小利，便宜行事，知法玩法，因此，小診所裡光怪陸離的現象，等於是中國人一向缺乏法治精神，不重視專業分工，再加上資本主義社會注重生產效能，為提昇生產力，開出一條「泰勒化」的生產線的畸形拼貼。因為「助手」的幫忙，卜醫生下午四點下班前可看六、七十名病患。除了分擔卜醫生的專業之外，「助手」還有哪些工作呢？

卜醫生氣沖沖的坐在椅子上，好一會才發覺沒病人進房來，便立刻起身往候診室去。一時只見周光坐在瑪麗身邊看報紙，他一股怒氣便直往上湧──花了錢請他來看報？便尖著喉嚨說：「周光，來來來，你幫我去查一查帳！」……周光不過核對了幾分鐘，便聽見隔壁房間卜醫

---

[78] 同前註，頁122。

生叫他：「周光，來這邊幫我寫藥方」……電話鈴一時作
響，卜醫生直著喉嚨叫：「周光，周光，不要坐在外面，
來接電話！」即使電話卜醫生伸手可及，他仍要周光先出
面，以示他的重要性。……稍有空閒，他便指令周光做這
做那，用小事忙得周光沒片刻休息。[79]

顧肇森巧妙地勾勒出華人老闆愛擺架子，自覺花錢僱人便
能高高在上，「花錢買家奴」的封建主子心態，周光這個學文學
的「助手」，身兼醫師專業、護理專業、醫技師專業（例如測心
電圖），還要兼會計、總機……，卜世仁深怕自己花的錢不夠值
得，務必榨回投資在員工身上的每一分錢，讓讀者不禁搖頭嘆息
這種老闆真「不是人」（「卜世仁」之諧音），因為他眼中沒有
「人」，只有「錢」；沒有「仁」，只有「階級」，只有「剝
削」。

他幫大女兒千挑萬選的女婿是「堂堂長島醫院心臟科醫
生」，女婿的身份令他十分自豪「有幾個中國人能這樣出人頭
地！」所以，即使女婿在外拈花惹草，他也無關緊要，不肯讓女
兒回娘家，擺足父權沙文的架子。1980年代正逢美國經濟高峰，
海外移民蜂擁而至，世界各地要到美國行醫者如過江之鯽：

甚至地圖上都找不到的中南美小島也有醫生想移民入籍，
美國醫生協會便刁難起來。……只要想行醫，都必須通過
該州的檢定考試，一如所有美國醫學院的畢業生。就像徐

---

[79] 同前註，頁127-132。

醫生，堂堂的榮民總醫院名牌醫生，竟打破了頭想辦法通過考試。[80]

而「長島」是美國富商巨賈集居處，心臟外科又是醫界大科，非有能者無法勝任，能擁有這樣一位「體面」的女婿，卜世仁不理解、也不想理解女兒還有什麼不滿意的，即使這段婚姻跟他與卜太太般，只是一個空洞、毫無情趣的殼子。

卜醫生心中的婚姻圖像，正是典型男性沙文傳統中的婚姻圖像：大老婆擁有地位，但不需要愛情。〈小季及其夥伴們〉一語道破這現象：「你見過幾個中國男人不是大男人主義者？而且受的教育越高，態度就越壞，好像女人不是他們的老媽子，就是他們洩慾的對象。更何況人在美國，只要還走得動，不愁在香港或臺灣找不到年輕漂亮的。」所以，卜世仁對老婆總是使喚老媽子似的頤指氣使，卻樂意送診所的女助手（來自上海的瑪莉）下班，彼此笑語殷殷，還會趁機吃她豆腐，以彌補「以夫為天」的卜太太畏縮老氣、風趣不足之憾。卜世仁認為女人擁有「地位」、「經濟保障」，便擁有一切。但是，他的女兒畢竟已是新一代的移民，無法忍受沒有實質愛情的婚姻，嚷著離婚。

沒有情趣的婚姻，在顧肇森筆下，宛若牢獄，牢獄中，一對對華人老夫老妻，守著這婚姻的殼子，各司其職，男人在外拼事業，還可偶爾玩一點浪漫刺激的愛情遊戲，女人只圖找個安穩的經濟靠山，盡心盡力「相夫教子」，還要「舉案齊眉」地伺候丈夫，窈窕「淑女」成為「夫人」之後，便與「愛情」絕緣了。

---

[80] 同前註，頁130。

3.婚姻牢獄

談到「有名份，無愛情」的婚姻關係，最具代表性的非〈王瑞夫婦〉莫屬了。

來自臺灣的王瑞當初因有錢岳父的資助才得以出國唸常春藤名校，在接受岳父百萬支票時，信誓旦旦會好好照顧妻子。三年後，王瑞順利取得電腦工程學位，事業也步步高升，妻子「小媛」帶著飼養九年的土狗「老黃」奔赴紐約。她將面對的，是怎樣的一個丈夫：

> 王瑞已從往日的臺北窮學生模樣脫胎換骨：穿的是英國毛料，義大利皮鞋，吃在嘴裏的菜式便如紐約般的國際化：法國菜、墨西哥菜、印度菜無不了若指掌，因而對於所有與中國有關的東西都感到刺心的落伍，偶爾和他的美國同事說到中國，中國人就變成了「他們中國人」，彷彿這樣一來便劃清界線，有置身事外的安全感。[81]

這麼一個「國際化」紐約客王瑞，不斷地挑剔著妻子所代表一切東方價值，嫌膩她跟不上「時尚」潮流、不懂得交際應酬、不識情趣，並斷言：「中國女人就像熊貓似的，一年只發情一次！」一年半來，小媛努力地配合著王瑞的喜好，小心翼翼地伺候著王瑞，為了迎合他追求「健康時尚」的要求，上超市買個菜都做賊似的誠惶誠恐，深怕一不小心買錯東西「干犯天條」，還要不斷研究食譜，好抓住丈夫那好似永遠無法趕上的時髦胃口。長期忍受著王瑞對她的百般挑剔、惡言相向。

---

[81] 見顧肇森：〈王瑞夫婦〉，《貓臉的歲月》，頁158-159。

　　一個富家大小姐，何苦這樣過日子呢？因為王瑞相當符合當時社會對「成功男人」的期待：留美、名校、熱門科系、企業主管、高薪、開名車、住豪宅、躋身上流社會。對小媛的父母而言，當初做了一個「明智」的「投資」。從小媛手上那一張張來自臺灣鉅細靡遺的食譜，便可看出小媛的父母一廂情願地認為，只要女兒把女婿伺候好，女兒便可永遠幸福快樂。豈知，女兒在異國唯一可交心的只有「老黃」。土狗老黃，是本篇一個重要的象徵。當初，小媛費盡百般工夫帶牠一起到美國，顧念的是彼此之間長達九年的情份，所以，老黃在文中是一個「情」的象徵。老黃到美國之後，並不得王瑞歡心，一來，牠是一隻臺灣土狗，並非歐美名犬；二來，牠是一隻老狗，學不來歐美人士訓練小狗為主人遞拖鞋、叼報紙的那些把戲；三來，牠無法接受歐美狗食，喜吃剩菜剩飯；四來，牠對王瑞為牠起的洋名字「哈利」毫無反應。所以，老黃也象徵著王瑞所不屑的「傳統價值」。

　　引爆夫妻衝突的導火線，也是為了老黃。已經十幾歲的老狗毛掉得厲害，而且隨時可能死在屋裡，王瑞以此為藉口，明示小媛即刻扔了這條狗。小媛找人訴苦，陰錯陽差地得知王瑞與公司洋妞有染，才徹底醒悟丈夫對自己已經毫無「情意」，所以，王瑞對老黃的態度，其實也就是他對小媛的態度，小媛就王瑞而言，不過是個望之生厭、食之有害、落後、跟不上世界潮流的過時之「物」。

　　小媛想離開，但審視自己的條件：英語程度差、唸書不在行、保守、不善交際，實在沒有在美國立足的條件。想回臺灣，便想到自己的親哥哥出軌時，父母勸大嫂的話「那個男人不饞呢？等風頭過去，夫妻還是夫妻啦……何況他也沒提要離婚！」

傳統父母認為女人只要找到長期飯票，「地位」穩固，便足矣。
以這樣的觀念養出來的女兒，如何有獨立生存的能力？

　　王瑞一味崇洋：瘦排骨一副，還要學洋人健身減肥，喜歡
勾搭洋妞，飢不擇食，固然可笑；冷落髮妻，背信忘義，固然可
惡。但是小媛父母只知投資女婿，不懂得投資女兒，不才是讓女
兒與女婿漸行漸遠，以致小媛自覺永遠趕不上丈夫的禍根，畢
竟，夫妻雙方不能同時成長，相處起來，彼此都很痛苦。顧肇森
曾寫下：

> 我們對戀愛的看法，取決於對婚姻的態度。若我們只取婚
> 姻實際的一面，戀愛不戀愛都無所謂。但是若想要「浮生
> 六記」式的婚姻，恐怕就值得考慮了。[82]

　　林語堂亦曾說過《浮生六記》裡的芸娘是中國文學裡最可
愛的女人。顧肇森、林語堂著眼的是中國的婚姻一向是現實考
量，談不上浪漫情趣，因此，像芸娘這樣兼具大老婆溫柔端莊的
特質又富有情婦浪漫不羈的色彩，可以與同丈夫一起論詩、品
畫、賞景，與丈夫產生深度靈魂交流，還帶點不顧世俗的叛逆性
的老婆，才會讓這兩位浸染東西文化甚深的東方男人如此羨慕。
「相守」是夫妻基本「道義」，但是，新一代的知識分子更冀求
心靈「相知」的愛情美學。當然，王瑞只是個鄙俗之徒，不具任
何美學品味，他所謂的時尚，只是趕流行，滿足虛榮心罷了，但
他畢竟是佔有絕對經濟優勢的強者，是有權力制定遊戲規則、掌
控遊戲局勢的既得利益者，所以，他很容易尋覓到婚姻形式以外

---

[82] 見顧肇森：〈戀愛與婚姻〉，《驚艷──原名「從善如流」》（臺北：
九歌出版社，1987年），頁126。

的性與愛情，但小媛則要面對麵包與真情的抉擇。自此，更可看出女人在傳統婚姻中的悲涼。

顧肇森刻意塑造小媛這麼一個完全吻合傳統社會對妻子期待的角色：其一，「女子無才便是德」，小媛完全不具備任何獨立自主的才能。其二，念「家政」科系，所學以料理家庭、伺候丈夫為最高指導原則。其三，豐厚的嫁妝，得以讓丈夫少奮鬥十年。其四，顧念舊情，充滿愛心。其五，溫順乖巧，淑女教養，完全不懂得玩什麼叛逆解放的把戲。但是，這樣的女性，放在標榜能力、競爭、生產效能的工商社會，竟如此弱勢。她的尊嚴不斷被踐踏，終至失去發言權。離開這個婚姻，才是唯一能奪回發言權的方式，但是傳統價值不容她出走，而美國社會也頂多在冗繁的離婚訴訟之後，讓她從王瑞身上敲到一筆贍養費（如果王瑞尚未脫產的話），足以自立嗎？她有勇氣闖出這個婚姻牢獄嗎？顧肇森並未替這個角色做出任何決定，停筆在小媛內心掙扎的剎那。這個掙扎，何嘗不是在依附型的婚姻關係中，家庭主婦們逐漸喪失主體之自由，從那邊緣角落傳來，呢呢喃喃、漸漸模糊的寂寞悲歌。

4.出賣真情，更上層樓

表面上，一路攀爬向上的〈曾美月〉是運用有限的資本，從資本社會金字塔底層一路爬升至金字塔高層的故事，曾美月堪稱「美國夢」最「完美」的實踐者。

曾美月出身貧困，但上帝給她兩份豐厚的資產，一是聰明，二是美貌。憑藉這兩項天賦，年輕的曾美月追求者不斷，她手段極高地周旋在各國貿易商人間，在貿易行一路高昇，但愛情始終寂寞。二十二歲時，遇到第一個令她怦然心動的對象——暑

假來打工的大學生徐明。徐明，象徵著最純真的戀愛，最純粹的甜蜜、嫉妒、佔有，最熱烈的性愛。但是，即便是靈肉合一的愛情，其價值仍遠遜於華麗的美國夢，徐明念的是師範大學，曾美月一想到以後只能窩在臺灣當教師娘便心痛。所以，當即將退休返國的美國軍人唐納維向她求婚時，她欣然同意。她眼中沒有唐納維五十好幾的老態，只看到他藍色眼珠裡的無盡天空。唐納維象徵的是讓她「更上層樓」的美國綠卡。

　　告別了純真的愛情，隨唐納維來到美國南方鄉下，過的居然是陪老頭子等死的無聊鄉村生活，鎮日生活在主婦們先生孩子之類的無趣話題中，於是她果斷地離家出走，隻身來到與臺北同樣忙、亂、髒的紐約，果斷地離婚，展開「舊」生活。所以，就曾美月這樣的「都市人」而言，競爭、忙碌、物質主義的都市，方為她的原鄉，而鄉下地區對他們而言，是「異鄉」。在此，我們可以發現，曾美月的原鄉認同，是工業革命之後，都市化、全球化浪潮下，「都市」、「鄉村」一分為二的兩種不同的生活認同，有形的國界逐漸模糊，取而代之的，是一種生活模式、物質模式、競爭模式的認同。繁華的國際都市提供了女人更大的自由的空間，造就了更多的機會。都市，便是她的精神原鄉。

　　無論在臺北或是紐約，曾美月都沒有朋友。馬不停蹄地忙碌，是她忘卻寂寞的方式，但櫃臺助理的薪資低得可憐，無法滿足她的聰明與野心，於是，她悄悄地等待時機，直到另一個「墊腳石」出現——一個名喚李維的小老頭，其貌不揚，臉縐縮成一團，卻是國防部要員，還有一個富可敵國的老婆，出手闊綽，氣勢非凡。曾美月用盡機心，成了老頭子的情婦，老頭子則慷慨在她身上堆金砌銀，但，年歲漸長的曾美月想要更多，在懷了孩子後，她向老頭子要求一個「家」，答案竟是錐心刺骨的絕望，於

是她斬斷一切與老頭子的聯繫，自立謀生，趕上了美國經濟景氣的那些年歲，成了紐約的「傑出華人」，穿著名牌，出入上流社交場合。

在男女關係上，曾美月也不再矜持，蒐集著一雙雙不同顏色、肖似徐明般「滾圓欲語」的眼睛，回臺灣時，還特別打聽徐明的消息。但是純真的愛情就如同徐明一般，杳然無蹤。曾美月擁有了她當初極欲擁有的成功，但犧牲掉的那最平凡、純真的悸動，卻是永遠回不來了。

5.窮得只剩下名利

這些市儈篇章，皆透過細膩的觀察，以第三人稱寫成，作者扮演一個全知者，保持一定的距離，俯視著芸芸眾生，這樣的寫作角度，透露出作者對筆下人物的悲憫態度。

這四個故事的寫作時間都在1980年代，故事場景皆圍繞著象徵世界資本主義中心的紐約，透過這些市儈人物的型塑，作者要探討的與其說變調的美國夢，不如說是人以財利衡量一切，被物質「異化」的現象：面臨物質與道德精神的衝突時，人往往捨精神而就物質。仁義道德、親切和藹、愛情、婚姻甚至尊嚴都成為有標價的商品，只要有合理的價格，什麼都可以販賣。所以，財利考量之下，朋友可以無信、醫者可以無仁、男無情、女無愛。當人們將人性中最珍貴的部份拿去交換財富時，便逐漸喪失靈魂。表面上住豪宅、開名車、穿名牌，更襯顯出內在的空虛。在物質追求無限上綱成絕對的權威時，人失去了內在的自由。

中國人根深蒂固的封建思想，即便在紐約，也如影隨形：「人治」觀念凌駕「法治」，知法玩法，便宜行事，是其一。封

建主子心態，視員工為「家奴」，是其二，上述二者再加上工商社會強調壓低成本、提高效能、獲取最大利潤，結果便是華人老闆剝削華人勞工，漠視員工基本權益，華人勞工也甘於被剝削，不在乎自身權益。如此惡性循環，視剝削為常態，貪婪與庸懦致使各種潛規則凌駕公義之上，良善的制度無由建立，是「利之所趨」的悲哀。

再者，舊時代「男主外，女主內」的觀念根深蒂固，女人從事無償的家庭雜務，經濟優勢長期掌控在男性手中，助長了男性的沙文心態，不但家務勞動的價值不被重視，家務勞動者長期被剝削，這樣經濟上權力失衡的關係弄得傳統中國家庭成員間往往無法平等對話、有效溝通，夫妻間只求「相守」，卻不在乎「相知」與否，架構出一個牢獄式的框架。從事無償家務勞動的女人，在家庭中成了沒有發言權的絕對弱勢，想逃，談何容易？小說家似乎有意藉由「小媛」這個角色，告誡現代女性：與其投資長期飯票，不如多多投資自己，有競爭力，才有發言權，因為這是一個沒有人可以倚仗的時代，唯一能信任的，只剩下自己口袋裡的錢。

但是，作者卻在書寫中對「小媛」這個孤力無「援」的角色，投注大量同情。何以如此？小媛對於老狗不離不棄的愛，彰顯了「家庭」應是互助互信互愛的堡壘。一個安全、有愛、有共同記憶、不只在「巢穴」裡一起吃喝拉撒睡也要一起共同成長、陪伴彼此生老病死的「家」，是人性所嚮往。但是，反諷的，處理家務的家庭成員，在固有家庭的框架下，只是在盡義務，而在現實資本社會中，這些成員無法自家務勞動中獲得報酬。傳統觀念與資本社會的雙重的壓迫，使家庭主婦淪為一再被剝削的經濟弱勢。顧肇森同情主婦們的處境，但是卻只能想到「走出家庭」

這個對策。「娜拉出走後」[83]，該怎麼辦？魯迅曾於1923年於北京女高師文藝會以〈娜拉出走後怎樣？〉[84]為題，指出：若是整個大環境不變，娜拉出走後只有兩個下場，一是餓死，二是淪為娼妓。但是1980年代的顧肇森，卻讓我們看到另一個危機：家務勞動者的貢獻不再受到「現代化」的知識青年肯定，傳統母親與妻子的角色遭到厭棄。家務操持者的尊嚴不再，家庭價值逐漸崩解，連最基本的核心家庭組織——夫妻，都淪為彼此利用的關係。人們紛紛走出家庭，只為個人牟取更多經濟保障，所建構出來的會是怎樣的家庭風景？〈王瑞夫婦〉儼然紐約華人版「主婦覺醒」的文本，真實呈現了「家」的崩解與異化。

市儈嘴臉固然令人生厭，但是這些角色一點都不令人陌生，因為「唯利是圖」是資本主義社會鼓勵的態度，加以人性的虛榮與中國家族集體觀念作祟，財富、學歷、國籍、職業、婚配對象都可以拿來「光耀門楣」，當追逐傳統虛浮的「名聲」與資本主義唯一的標的「利益」結合成為新時代、新大陸的「新信仰」時，便形成可怖的集體制約，愛情、親情、道德都可以被犧牲，換取更多「心理上」的「生存利基」。於是各種人際關係的建立，往往含有功利的目的，人倫成了徒具形式的虛矯空殼，生活其中，何其寂寞！

---

[83] 娜拉，挪威劇作家易卜生：《玩偶之家》女主角，因不堪淪為丈夫手中傀儡，決定走出家庭，被視為女性自覺、個人主義的重要文本。參易卜生著，劉森堯譯：《玩偶之家》（臺北：書林出版，2006年）。

[84] 參楊澤：〈恨世者魯迅〉，《魯迅散文選》（臺北：洪範書店，1996年1月8日），頁10-11。魯迅抨擊中國「吃人的」舊制度、舊禮教，吞噬了人之所以為人的智性與靈性，整個社會以封建思維迫壓弱勢者，人人不思考，永遠冷眼旁觀種種「中國現代化」的風潮、運動，永遠是「戲劇的看客」。

三、1985～1989年，眾聲喧嘩，靈肉辯證：《月升的聲音》

　　顧肇森自述寫完《貓臉的歲月》之後，花了4年寫《月升的聲音》，加上前後修校時間，本系列小說經營文字費了5年[85]。1987年在《聯合報》副刊發表〈虛戈〉、〈風起時〉，1988年發表〈冬日之旅〉，在《中時晚報》副刊發表〈秋季的最後一日〉，秋季《Esquire》中文版發表〈星的死亡〉，1989年一月於《中央日報》副刊發表〈未完〉，《中國時報》副刊發表〈月升的聲音〉，同年二月，再加上〈去年的月亮〉，集結成《月升的聲音》[86]一冊。1987年於《中國時報》發表短篇武俠小說〈鴛鴦劍〉[87]。

　　此一時期，顧肇森已取得學位，至康乃爾醫學院做神經內科的研究，神經內科即腦內科，醫治和中樞神經相關的疾病。顧肇森自述在受訓第二年，看了極多的病人，最難處理的事，便是如何告知病人得了不治之症，這樣的技巧，極似處理小說「要找一個間接，又能夠將訊息傳出去的方式」[88]。一開始，覺得極為困難。久而久之，便了解這當中的道理，與當年大學念生物時所要追索的問題核心極近似：人的生命本身有太多問題是未知的。就醫學角度來看，只是一些學理，若由文學角度下手處理這些病

---

[85]　張夢瑞（專訪顧肇森）：〈創作雖孤寂，得獎已習慣——顧肇森經常匿名競爭〉，《民生報》第14版（文化新聞）（1991年3月31日）。

[86]　顧肇森：《月升的聲音》（臺北：圓神出版社，1989年2月初版）。以下引文悉出自此版本，不另作註。

[87]　顧肇森：〈鴛鴦劍〉，《中國時報》第3版（1987年1月31日）。

[88]　楊錦郁記錄整理：〈從腦出發——「醫學與文學種種」演講會記要〉，《聯合報》第25版（聯合副刊）（1991年5月23日）。

症和心境，便可把握一些人生的層面。直言：「這部小說寫的都是藝術家創造性和死亡的關係……因為我常常覺得人在面對死亡時，才會了解生命的意義是什麼。」[89]

《月升的聲音》與《貓臉的歲月》同樣是一部以「人」為敘述重點的小說，然而人物的抽樣卻較「貓」書有著更為嚴格的限制。《月升的聲音》系列的主角，不是舞者、舞臺劇明星，就是作家、畫家或鋼琴家；換句話說，顧肇森設計了一個異（芸芸眾生）中求同（藝術家），同（藝術家）中有異（不同形式、各有內含的小說）的框架，以考驗自己描摹（平常對各類藝術活動的涉獵和認知）及創造（顯然不是作者本身的經驗）的寫作功力。

此外，戴文采自述其作《蝴蝶之戀》（1991年出版）與顧肇森《月升的聲音》、《季節的容顏》中有許多作品是彼此互相影響激盪討論而生。經筆者探究：《月升的聲音》與《蝴蝶之戀》的最大互文處為所描寫的對象幾乎皆為藝術家，而其中部分篇章涉及同性戀者及其婚戀關係的掙扎。戴文采為中文系出身，崇拜張愛玲，文采較為典麗，情思旖旎，小說呈顯出人與人之間的幽微與感性（甚至性感），探討的主題以「情」為主。顧肇森從未曾於任何作品中提及戴文采，但曾於散文〈品味45〉指出：「欣賞張愛玲的作品是有品味，模仿寫張愛玲的作品是沒品味。」可見這位男性作家不會刻意模仿張愛玲華麗的文筆。戴文采自敘曾告知顧肇森《貓臉的歲月》落入「譏誚」，筆轉不開，不若《拆船》時期的「情筆」動人。顧肇森是否接受戴文采的建議，在文筆上更下工夫？的確，相較於《貓臉的歲月》，《月升的聲音》

---

[89] 同註85。

意象經營的確較為華麗，筆致較美。而且，戴氏《蝴蝶之戀》與顧氏《月升的聲音》、《季節的容顏》確實採用了一些相似的素材，如歌劇《茶花女》，芭蕾舞蹈、畫家、天安門學運、文革等，可見戴氏之言可信。不過，《蝴蝶之戀》不脫女作家浪漫的婚戀想像氣息，而《月升的聲音》呈現的是另一種冷靜思辨生與死的氣味。因此，顧氏此一時期與戴文采互文之作品不列入本章討論。

　　〈鴛鴦劍〉胎息自《紅樓夢》。透過一位家奴口吻側敘尤三姐以鴛鴦劍自刎的故事，與《月升的聲音》系列不類，故不列入此章討論。

（一）寫作特色

1.善於渲染氣氛

　　《月升的聲音》系列鮮少使用《貓臉的歲月》系列最受稱道的人物白描和類比手法，可見顧肇森自我突破之用心。這本書裡，顧肇森對主角的形貌較少著墨，也少用比喻來加強讀者的領悟和感染力；而改以多樣化的形式，繁複卻不紊亂的情節、對話、各種感官刺激的描摹來經營氣氛以豐富小說的血肉。[90]並有一些實驗性地展現，比如〈星的死亡〉一文第6節、第7節、第18節置入圖畫；〈虛戈〉一文以歌劇《茶花女》歌詞、莎士比亞《奧賽羅》劇情穿插於故事之中，烘托情境；〈未完〉對話提到《格雷的畫像》，巧妙連結青春不再與靈魂死亡的思考；〈星的死亡〉以女作家（我）寫給編輯的書信、時近時遠的回憶以及女

---

[90]　參〈民生書評〉，《民生報》第26版（1989年3月4日）。

作家創作的小說情節鋪陳作者對於愛情本質的思考；〈風起時〉先以報紙新聞起筆，其後是電視臺記者與附近民眾的問答，經營出一個旁人莫解的「自殺謎面」。接著透過不同的死者親友的視角來型塑死者一心「想成為最優秀的芭蕾舞者」的形象。最後寫的是事件發生前死者自己的視角，藉著「我」與「祂」的對話，「謎底」於焉揭曉。像剝洋蔥一般由外而內，普通讀者由是透視一個瘋狂藝術家的心靈世界。

〈冬日之旅〉的冬天場景、巧妙穿插於故事中繆勒的〈冬日之旅〉詩作、飛機上的冷氣、演奏家所感知的冷清街道、奄奄一息的爵士哀樂以及鬼魂一般的短裙妓女，都交織出一種冷冰冰的死亡氣息。

〈秋季的最後一日〉裡秋日汪著雨水的人行道、秋風秋雨吹落梧桐黃葉、黃葉像一枚枚心似地在泥水裡任人踩踏、公寓大樓的灰石巨牆、冷進指節的水陰陰、撐黑色破傘的女主角、黑電話、著黑制服的門房眼珠是昏濁的灰藍，故事起始，便鋪陳出一片摧殘生命的嚴寒景象。而接著讀者繼續透過女主角（你）的視角：

> 你推開硬冷的木門，走上一條鋪橘紅地氈的甬道，夾壁上幾盞光焰焰的燈；為你拖出影子，伶俐的跟著你走。甬道向左一折，赫然停著一座黑鐵柵大理石樓梯。你仰臉看，只見迴旋的柵，海螺殼的蝸紋似的向上繞去。……從右邊牆土開的長窗看出去，是重樓圍住的天井，種滿紅葉飄零的楓。一個噴泉矗立中央，但沒水湧出來，那座捧看心低首沈思的裸女，在細雨中煥發幽幽的光，簇擁她足邊的是

> 一池紅紫的葉，彷彿流得滿地的血。乾凝的血。[91]

　　冷硬的木門、豪華的公寓裡只有影子陪伴的冷清、昂貴卻又冰冷的白色大理石、凝重的黑色、湧不出水的噴泉、冷雨中捧著心的裸女、一地紅葉飄零似血除了烘托出經歷文革劇痛女主角「哀莫大於心死」、「淚已流盡」的心境，更巧妙點染出暮年芭蕾巨星「夕陽無限好，只是近黃昏」，渴望回春的淒涼。

　　凡此種種，在在展露出作者創造氣氛的能力。《月升的聲音》系列文字的色調和氣味處理得十分細膩，顧肇森展現極高明的描寫能力，嘉年華會式的熱鬧背後，真實的故事緩緩流動。本書以藝術家為主體描寫對象，敏覺於情、味、聲、光、色的藝術家們是作者鋪陳氣氛的最佳媒介，各種感官刺激的敏覺、鋪陳，更能凸顯故事主人翁們面具下的真實寂寞。

2.人物設計象徵與對比強烈

　　這一系列的小說，承繼〈拆船〉風格，例如最早發表的〈風景103號〉（〈未完〉之前身），顧肇森為了突出故事中的思辨主題，設計出一系列對比性的角色：杜林象徵理想，主角（他）象徵背棄理想的世俗選擇，而其他藝壇敗類則象徵著品味低下欺世盜名的衣冠禽獸，他們的飛黃騰達多來自譁眾取寵的媒體操作，反映著世俗品味的低落，以及一般民眾的無知可欺，最後出現在他畫中死掉的嬰兒，則象徵著主角夢想與愛情的死亡。

　　〈冬日之旅〉的兩個女人各有其象徵性：屢次邂逅的陌生女子象徵死亡，瑪利亞象徵生物本能的欲望。「死神」的象徵在

---

[91] 見顧肇森：〈秋季的最後一日〉，《月升的聲音》，頁152-153。

〈風景103號〉中已有初步嘗試，〈風起時〉追求完美的舞者象徵人類創造完美的欲望，「死神」象徵生命的種種限制，透過死神與藝術家的心靈對談，表現人類突破一切限制，挑戰極限的渴望。茲將書中各篇主要的對比象徵，整理列表於下：

篇名	人物	象徵	主題
虛戈	女主角（她）	情慾、操弄	愛情與占有
	男主角（我）	嫉妒	
風起時	主角（他）	創造完美	創造與死亡
	神（你）	極限、死亡	
	其他人（我）（我們）	庸俗世界	
星的死亡	女主角（我）	不信任愛	愛情與佔有
	男主角（他）	純真的情感	
冬日之旅	男主角（他）	失去創造的熱情	創造與死亡
	神秘女子（她）	死亡	
	瑪利亞	（食、色）欲望	
	其他人	庸俗世界	
月升的聲音	男主角（他）	理想主義	創造與死亡
	男主角的雙生弟弟	現實主義	
	其他人（我）（我們）	庸俗世界	
風景103號 未完	主角（他）	放棄創造	創造、愛、死亡
	杜林	理想	
	死嬰	死去的愛與理想	
	徐小芬自殺	愛與信任的死亡	
	主角妻、其他藝術家	庸俗世界	
秋季的最後一日	女主角（你）	見證者	創造與死亡
	女主角的丈夫	未竟的藝術之夢	
	老邁的芭蕾巨星	衰老	
去年的月亮	女主角（我）	純愛、理想	愛情、生殖、家庭
	女主角舊情人（她）	媚俗	
	舊情人的丈夫與兩個雙胞胎孩子	庸俗人生	

　　以上表列，我們可以發現，顧肇森善用現代主義的象徵技巧，設計出極具象徵性的角色，並採以對比的方式，讓角色互相對照，透過角色間的對話、辯論來突出作者思辨的主題。這樣的角色設計，清楚展現《月升的聲音》系列創作的思辨性。

3.以辯證呈現主題

　　以下一一探討《月升的聲音》各篇主題之呈現：

　　〈虛戈〉：「虛」與「戈」合而為「戲」字。以第一人稱寫一舞臺設計者與女演員之間詭譎的愛情關係。兩年來精疲力竭的戀愛關係以及舞臺設計者特長的「透視」本領，男主角看得透女演員對情慾的刻意操弄。但女人的刻意扮演，織起一張張情慾的網羅，極其高明的欲擒故縱，讓男主角無法克制妒火，並由嫉妒產生強大的佔有慾。作者並以莎翁名劇「奧賽羅」穿插在數個突顯「嫉妒」的段落，通篇以血紅、黑、白、黃的對比色強化猶如嘉年華會般炫耀美麗，掩藏真心於面具之後的角色扮演遊戲，一場又一場時而暗潮時而高潮的情與慾、真與假的拉扯，彰顯「愛欲與自由」的辨證。

　　〈風起時〉：一位年輕的芭雷舞者離奇墜樓，眾說紛紜。作者透過鄰居、路人、手足、同事的多元視角，呈現追求完美的藝術家心底對於極致完美的熱情以及追求過程的絕對孤獨。然後，旁人的聲音紛紛退去，俗世的聲音對藝術家已然無足輕重。最後，只剩下舞者與造物者的對話。最後一幕，舞者將造物者給與人類的一切限制視為挑戰，幾近瘋狂的他用生命的完美一瞬對抗地心引力、衰老病殘以及庸俗世界的威脅，獻出生命以成就他心中最完美的跳躍舞姿。究竟是庸俗地生活可怖？還是為創造完美而獻出生命可怖？這是一則現實與理想，死亡與創造之間的

辯論。

〈星的死亡〉：七歲時，父母離異，由遭婚變後酗酒放浪的母親扶養長大，小女孩以遙遠的星際幻想逃離現實，長大成了科幻作家，經歷了兩次失敗的婚姻，45歲的她正著手寫一齣愛情悲劇。這悲劇，肇因於女作家對於愛情的悲觀。但是，一段邂逅，改變了她對愛情的態度。一顆原本對愛情絕望的心，從死亡到再生，她頓悟：若真愛存在，無須佔有，愛存在本身即幸福之所由。這是一則藉由生命的無意邂逅所展開的愛與佔有的辯證。

〈冬日之旅〉：詹宏志對本篇有細膩的解讀，他認為這則小說主題是欲望與絕望，生與死：鋼琴家來到紐奧良演奏，紐奧良正是有「慾望街車」通往「極樂廣場」的所在地。這位年紀只有24歲的鋼琴家，從小在他寡母的期望下，訓練成一位嚴謹有紀律的演奏者。他的母親與鋼琴啟蒙老師都是絕望的女人，他們將希望繫於這位年輕的天才身上。但當他離開這兩個了無生氣的女人赴紐約深造時，卻愛上一個豐肥、淫蕩、俗不可耐的巴西女孩。這個名叫瑪利亞的巴西女郎其實是鋼琴家生物本能的「慾望」，加上鋼琴家另一個釋放的慾望（在紐約成為一個食物的探險家），說明食與色是本質的，不是任何矯揉的教育所能壓抑的。他愛瑪利亞的縱慾，又恨她的粗鄙。最後，在往紐奧良的機上，他遇見一個神秘女郎；此後，他陸續在不同的場合遇見她。小說結束時，我們才若有所悟，這女郎並不是人，而是「死亡」本身，她飄忽來去其實是鋼琴家內心乍隱乍現的死亡衝動。她最後一次和他在暗夜裡渡過一段午夜時光（他與死亡的最後談判），鋼琴家就自殺了。[92]顧肇森極愛田納西・威廉斯名劇《欲

---

[92] 見詹宏志：〈十個短篇──七十七年度小說評介〉，《閱讀的反叛》（臺北：遠流出版社，1990年），頁61-63。

望街車》，女主角白蘭琪之言：「不是欲望，便是死亡」恰可為同以紐奧良為背景的〈冬日之旅〉作註，脆弱敏感的藝術心靈無法負荷庸俗人世，制式化、商業化一次又一次的販賣藝術等於是靈魂一次又一次的掏空，當食色等官能刺激再也抵禦不了這種空虛時，死亡成為逃離庸俗的救贖。〈冬日之旅〉是欲望、創造與死亡的辯證。

〈月升的聲音〉：以第二人稱「你」寫一美國女子與「中國」男孩過往的戀情。透過異國女子的角度，寫保釣運動，可見作者有意擺脫國族情感的羈絆，以客觀的角度處理政治問題，以求更貼近真實。此篇用今與昔、中與西、理想主義與現實主義幾組鮮明的對比，彼此間相互拉扯。依然是創造與死亡，精神理想與物質追求的辯證，但亦強烈表現出國族沉淪，無所逃於天地間的無力感，將於下一章就此篇作更深入的討論。

〈未完〉：〈未完〉發表於1989年，它的前身為顧肇森於1982年五月間於《聯合報》副刊發表的〈風景103號〉。兩者皆以第三人稱寫作的短篇小說，〈風景103號〉透過主角（他）與自我內心的辯論展現藝術家在庸俗世界裡隨波逐流，終至放棄藝術理想的故事。主角受限於現實生活的壓力，無法任性做藝術之夢，並穿插主角昔日好友「杜林」勇於做夢、年少得志，從紐約紅回臺北的橋段來映襯主角心中的失落。〈未完〉則直接透過主角（他）的視角與杜林展開論辯，時而諷刺藝壇潮流，辯證藝術創作尊嚴，時而回憶往事，透過論辯，揭開彼此年少感情爛帳。〈風景103號〉論辯的主題只是單純的藝術創造的渴望，但至〈未完〉主題已被複雜化，作者在〈未完〉中又帶出紐約、臺北藝壇評論、類同志情誼等論辯主題，以一短篇小說而言，〈未完〉顯然背負了太多的「理則」，作者只能透過直白的論辯展現

其思想，但由於一切理則都露骨地呈現在對話中，以致戕喪了故事本身的藝術美感。筆者以為，〈未完〉可視為「論說文」解讀，其中對於畫壇的諸多批評，亦可反映出顧氏對於文藝商品化的批判；而文中對「類同志情誼」的辯解，與1990年所發表的〈太陽的陰影〉一般，作者有意透過直白的論證，強力放送同志平權的基本主張。

〈秋季的最後一日〉：經歷文革劇痛的女主角與暮年的芭蕾巨星短暫的交會出一段關於政治、生命與藝術的辯證。筆者以為本篇可與〈風起時〉互為參照：生命如此短暫，人類如何超越庸俗世界的摧折與肉體生命的限制來創造永恆。

〈去年的月亮〉：以第一人稱寫功成名就的「女」建築師與昔日「女」友的短暫重逢。七年前，兩人曾經相愛，而後女友離她而去與「男人」生育子女共組「符合社會期待」的「正常家庭」。透過女建築師（我）的視角，看到昔日摯愛的「天真女孩子」如今早已放棄演藝夢想成了小吃店女侍，發胖、經濟窘困、吵鬧的孩子、邋遢低能的丈夫、不斷的爭吵「轉眼變作中年怨婦，也許再過十年，恐怕就是廢墟的樣子了。」透過我（女建築師）與昔日情人（李太太）的對話，開展愛、性別、生殖、家庭、事業的論辯。本文基調與〈未完〉相似，理則習氣壓過藝術經營，亦可作「論說文」解讀。本文呈現作者對於性別、婚姻與愛情的思辨，也可看出作者以一中產階級男子「凝視」女同志的局限。

不似《貓臉的歲月》系列全以史傳式、第三人稱觀點、全知的視角寫作，《月升的聲音》呈現出較多元的視角、多重聲音，流動的、開放性的身份認同，以雙向性的互動達成開放性的整合，意義在文本中不斷地進行鬥爭，展現文化的異質性，因而

形成對於「權威」的單一價值（庸俗世界）的反抗驅力。在性別、階級、族群、生或死、愛或欲、超越或沉淪中找尋更多可能，以此彰顯出「人」的主體性與多元性，積極地在一個「沒有上帝」、「沒有絕對權威」的世界裡追索「人」該如何獲致內在的自由。《貓臉的歲月》傾向於社會觀察，偶有誇張、卡通式的描寫，旨在凸顯世情荒謬的真實面，《貓臉的歲月》裡的角色正如同周浩正所言像是一具具陳列在讀者眼前的標本[93]；而《月升的聲音》專寫「人性」中的曖昧，以多元的視角創造出流動的聲音、交錯的故事，是對於死亡、創造、愛情、欲望之間更精微的辯證。藝術家只是人類中的少數，藝術家所遭遇的人生經驗，本來是極其「邊緣的」經驗。但作者進一步把故事普遍化，小說著力在理想世界與庸俗世界的衝突，讓題旨超越了角色的特殊性，通過這樣邊緣的經驗，展現對於「人之存在」、「生命意義」之深刻思索。

（二）靈肉衝突：創造抑或死亡

1.出賣靈魂的藝術家

（1）從〈風景103號〉到〈未完〉：藝術理想與真實世界的違逆

　　〈未完〉在《月升的聲音》系列中極為特殊，因為1982年顧肇森曾發表〈風景103號〉，是顧氏文本中第一次出現「死神」的形象，雖然後來改寫成〈未完〉時，已無出現死神角色，只有

---

[93] 參周浩正：〈標本們──貓臉的歲月讀後〉收入新版《貓臉的歲月》附錄，頁243-244。

在故事結尾產生「死亡」意象。但是，以「死神」和主人翁對話，來呈現人類在靈魂昇華與庸俗世界間的靈肉掙扎的寫作方法，在〈風起時〉、〈冬日之旅〉充分獲得發揮。

〈風景103號〉與〈未完〉人物、題材、主題近似，只是〈未完〉主角「他」的身分從未婚變已婚，〈風景103號〉中主角「他」與死神大量的對白改寫成「他」與「杜林」的對話，「杜林」戲分加重，並藉由兩人的對話說出更多故事，〈未完〉顯得較戲劇化。但也因為兩個主角天南地北「敘舊」兼「論今」，因此文本展現出濃厚的論辯性格，除了現實與理想、藝術創作的思辨之外，還扯進兩人年少時的情感糾紛。是故，〈未完〉主題較雜蕪，就藝術表現而論，〈未完〉不及〈風景103號〉。〈風景103號〉、〈未完〉皆強調一個相同的主題：未完的夢想。「他」因現實生活因素，放棄了成為純藝術畫家的夢想，成為廣告公司的主管，而他的大學摯友「杜林」卻能堅持繪畫夢想，蜚聲國際，從紐約紅回臺灣。「他」是現實生活中，背負著家庭責任，無法任性作夢的自己，幾乎是〈爸爸的冰攤子〉那個被現實催逼又懂事的孩子的延續；而「杜林」是一個「永遠長不大的彼得潘」，從不顧忌他人眼光，總是放膽追求自己想要的東西。以下是〈未完〉側寫「杜林」：

> 杜林趴在燒臘店的櫃臺上吱吱叫，一副孩子走進糖果店的模樣：「哇；好大的鴨翅膀；至少買一打，還有鴨腳，臘腸也切一切，有沒有鴨頭呢？五香豆乾也要，喂，你家裡有沒有花生？」……看著杜林大包小包的買，他忍不住說：「你不是嫌這這兩天吃太多油膩？這些東西怕不把你

吃撐了？」然而杜林不理他。[94]

比對顧肇森散文〈年年難過年年過〉：

> 我身為幼子，有撒賴的天賦人權。哥哥不願也不敢去鬧父
> 親，而我呢，總能在他冬令進補吃冰糖燉老母雞時，從他
> 嘴邊搶一隻雞腿來吃。有時當兵的三哥回家，母親會變出
> 一道羞燒肉（羞者，鹹魚也），一家人雀躍不已，每個人
> 多吃兩碗飯。唯有我摀著鼻子嫌臭，硬逼母親給我煎個荷
> 包蛋下飯。幾個哥哥沒說什麼，不過我猜他們一定很想賞
> 我一記大巴掌。我現在挑食的壞習慣，多半是小時被縱容
> 的結果。……我確定人只活一次，吃得好，是蜉蝣人生最
> 佳的報復。[95]

此段文字呈現出顧肇森身為么子，在兄長之間驕縱任性的一面。
對照兩段文字，不難發現作者將童年那個撒潑的自己投射在「杜
林」這個孩子氣十足的角色上。〈未完〉將杜林設定成一個無父
無母、在育幼院長大的孩子，因此，杜林不需為任何人負責任，
流露出顧肇森自《拆船》以來，對於「迫於家庭經濟的無奈」十
足深刻的體會。當兩人喝了一些酒，〈未完〉的主角「他」脫口
而出：「你是我這輩子見到的唯一長不大的人，也許這就是你的
藝術家執照吧？我們凡人，只是為了向你鼓掌而活，縱容你、

---

[94] 見顧肇森：〈未完〉，《月升的聲音》，頁130。

[95] 見顧肇森：〈年年難過年年過〉，刊登於《聯合報》第32版（1994年2月2日）。

衛護你。[96]」話語中透露出「他」強烈嫉妒著可以不在乎他人眼光，從不向現實妥協，任性築夢的杜林。也表達了不必替別人負責是小孩子的專利，若成年人如此，則顯自私的想法。

第三人稱的主角「他」與「杜林」，都是顧肇森的自我投射。「杜林」疊映著顧肇森所懷念的童真任性，是他想成為的那個人；而為家人犧牲藝術夢想，投入現實世界工商服務的「他」，是顧肇森認為自己應該成為的那個人。這兩個角色各有其美學特質，在文本中形成拉鋸，這樣的拉鋸正可註解《月升的聲音》系列的思想基調。

（2）庸俗的現實世界

《月升的聲音》系列，對於失卻理想的藝術家，批判的力道十分強烈：

1980年代臺灣嚐到經濟起飛的甜美果實，「臺灣這些年闊得很，養得起畫家[97]」作者藉杜林道出臺灣經濟上富裕了，但是，人們並沒有因為經濟的成功而提升藝術鑑賞能力。藝術家在金錢的引誘下，放棄藝術「創造完美」的理想，只是複製「有賺頭」的圖樣，極盡媚俗之能事，藝術淪為量產商品：「林雲飛畫鯉魚這些年，還是那個調調。大量製造的商品，唬暴發戶罷了。這和賣淫有什麼分別？[98]」；藝術家不再深刻追求心靈感動，而向世俗攀求名利，只求浮華表象，不在乎內涵：「張煦越來越有搞頭，一個文化官做得轟轟烈烈，裸女不畫了，玄詩也不寫了……倒是那個酒席不去也罷，滿桌的我從來也沒聽說過的名人，什麼

---

[96] 同註94，頁139。

[97] 同前註，頁126。

[98] 同前註，頁127。

名畫家，名作家，名導演，簡直比外面路上汽車還多。這麼多名人，我在猜臺北還有誰沒名呢！[99]」有了名氣、地位，有的藝術家打著新奇的旗號，招搖撞騙，無異神棍：「老李近年在搞密宗，參什麼歡喜禪，跟幾個女學生鬧得滿城風雨呢。[100]」藝術家除了貪財好色趨流行還崇洋：「這兩天去見以前的幾個老師，教素描的李色貓和教水彩的張梵谷？也不管白天晚上，都問我要不要咖啡，還是美國貨[101]」作者有意將杜林設計成一個不喝咖啡，喜歡喝竹葉青配滷菜、花生、蚵仔煎、當歸鴨的成功藝術家，來闡明作者的藝術理想：不逐潮流、不取悅他人、真誠面對自己以及自身的文化源流。杜林說：「畫了這些年，人也糊塗了，甚麼門派也不是。我實在沒時間搞理論，越擔心自己取向的人，畫出來的就越自我限制。畫你所感，畫完就算了。[102]」揭櫫了顧肇森的創作理念：先有感動，才有作品。顧肇森在文本中極盡鄙視並大力批判那些打著藝術之名，招搖撞騙、大量複製沒有「感動」於作品中的「偽藝術家」。

論及杜林的成功，杜林也覺僥倖，不諱言自己的成功來自畫廊公關的「行銷」得力：「畫畫這東西，沒什麼客觀性，隨人說罷了，等到人人說你好，這就像國王的新衣，再沒人看得見真相。何況搞搞流派，有畫廊肯捧，做點公共關係，哄抬一下畫價，恐怕也就混出來了[103]」在商業機制下，忠於自我，努力創作不一定是成功的保證：「李秋林，一年畫幾張照像寫實，下好大的功夫，前些年熱門，畫有市場。這幾年現在主義漸漸沒落，就

---

[99] 同前註，頁125-126。
[100] 同前註，頁124。
[101] 同前註，頁123-124。
[102] 同前註，頁134。
[103] 同前註，頁133。

不是很好賣了⋯⋯在人家的地方，看的聽的都是他們自成一體的歷史和傳統，難免依著別人的標準做」[104]在白種人的地盤上，成功來自引起主流文化的垂青，因此有人偽飾自己的真心，以異國文化為行銷手段，獲得了商業上的成功：「也有老中到美國才變成義和團的⋯⋯王彬當年又是普普又是歐普，抽象得走火入魔，現在呢？搞得是禪的油畫，開畫展穿了長袍馬褂亮相，唬得愛新鮮的老美昏頭轉向呢！[105]」

（3）梵谷不再：藝術家難為

　　顧肇森以為世俗眼光平庸，不具備藝術鑑賞能力，舉出「梵谷」來闡明懷抱理想的藝術家所面臨的窘境：「年輕的時候挨餓是浪漫主義，年紀大了還繩床瓦灶，就是寫實主義了。世上沒幾個梵谷啦。荒謬的是，他生前想盡辦法也不過賣出一幅畫，現在一幅向日葵，居然有人出四、五千美金買⋯⋯不過至少他沒有放棄畫畫。[106]」顧肇森以「梵谷」象徵「不輟的藝術理想」。但是，〈未完〉文本中沒有任何一個角色可以完全對應梵谷這個寧忍「繩床瓦灶」，也要堅持藝術家生涯的「現代個案」。〈風景103號〉於此著墨甚多，一個堅持藝術理想的女孩跳淡水河自盡，她說：「這個世上少個畫家，就少個無業遊民、騙子和自大狂。什麼偉大名作，都是些狗屁罷了。⋯⋯與其畫些斷垣殘壁來排解知識分子的罪咎感，還不如把顏料捐給紅十字會來得實際些」透過藝術家的自棄自厭提出藝術在唯物世界的窘困：藝術的「功能性」太抽象，抽象到「可有可無」，畫家不如把買顏料的

---

[104] 同前註，頁133-134。
[105] 同前註，頁134。
[106] 同前註，頁128。

錢捐給慈善團體，還能製造出一些「具象」的作用。因為藝術的價值在於性靈上、境界上的追求，無關乎現實利益，堅持藝術理想極有可能成為無業遊民，否則就得放棄理想，配合商業上的「遊戲規則」，炒作名聲、建立「客源」，解釋「理念」[107]，成為「騙子」、「自大狂」。〈冬日之旅〉的演奏家，被經紀人要求必得迎合、討好每一個買票進場的聽眾「這是你的買唱片的主顧，千萬得好好應付[108]」若要靠藝術謀生，就必須接受它是商業行為，就必須向群眾妥協。但是〈未完〉完全找不到呼應梵谷的「現代人」：不向世俗品味妥協、不向商業機制低頭、不搞行銷花招──梵谷的路太艱困，何況梵谷終其一生都有一個好弟弟無怨無悔地金援他的創作之路。〈風景103號〉將一個滿腹理想的畫家放棄創作之由刻劃得十分理所當然：「得了癌症的父親，讀高中初中的弟妹，和他母親那雙溢滿半生憂苦的眼睛」他多麼羨慕杜林可以任性追逐藝術之夢。「他」選擇放棄藝術，投入工商生產，成為廣告公司的小主管。「求生存」在顧肇森的文本中總是莊嚴的課題，而奉養長上、提攜幼弱的一向是顧氏文本中的倫理美學。所以，只有像杜林這樣無父無母的孤兒，才能心無旁騖地為自己而活，他繼續著藝術創作，並且毫不排拒商業行銷（雖然不喜歡，但還是出席了「名人」滿座的席宴），所以杜林的功成名就，除了創作上的堅持之外，作者不諱言他也積極參與了許多政、商、媒體結合的行銷活動。不管是「他」還是「杜林」都未能呼應「梵谷」這個象徵。〈風景103號〉尚有張傳生這個角色呼應梵谷「畫了這些年，一張畫也賣不出去。還是靠老婆在補

---

[107] 參〈未完〉，《月升的聲音》，頁134-135。「像張煦當年寫現代詩，又怕人看不懂，加一大堆話。」

[108] 見顧肇森：〈冬日之旅〉，《月升的聲音》，頁70-71。

習班教書賺錢」。但是，「固窮」的藝術家，到〈未完〉不復存在，〈未完〉揭示出主角「他」已然死亡，未能完成的藝術夢想，也昭告純粹性靈上、藝術上的追求，在當今俗世「未能完整」、「未能完成」的現實處境。

世俗品味如此低落，所以〈風起時〉顧肇森以第一人稱寫法，讓舞者自述進入「百老匯」跳舞的現實。以第一人稱寫，可以獲得讀者較多的同情。「老化」是舞者的天敵，過了追求完美的黃金年齡，進入迎合通俗群眾的「百老匯」是凡人求生存的合理途徑。顧肇森從不苛責人為「求生存」而降低自我堅持的舉措，但卻極為鄙視藝術家為求虛名暴利大量生產，不斷複製的文化垃圾。這些垃圾，是為俗不可耐的暴發戶而存在，是靈魂詐欺。

自〈未完〉至〈風景103號〉我們可以看到顧肇森藉由「畫家」來陳述他對於現代藝術的觀感，對於現代藝術的純粹性表示懷疑。

但是，由於人類科技進步，開發出更多的創作媒材和藝術表現方式，顧肇森將畫家的創作媒材侷限在油畫顏料與畫布之間，貶低商業廣告、普普、歐普「影像複製」的概念，殊不知即便是19世紀的梵谷也熱愛日本浮世繪版畫，版畫藝術，因能大量生產而讓藝術家的創作更能普遍散播，富有藝術價值的商業廣告亦不勝枚舉，「新古典主義」時期眾多宣傳海報，如今都已成典藏藝術，遑論家具、家飾、建築都可以是藝術家揮灑的空間。從顧肇森將影像藝術家的創作限制在純油畫畫家，可見顧肇森對於「藝術」的認知過於褊狹。而這樣的褊狹，讓他在藝術家與群眾之間建築起四面高牆，讓藝術家居住在無法與群眾溝通的障蔽中，孤獨地面對生與死的掙扎。

2.創造與死亡的辯證：以行動自由對抗命運

（1）失卻創造的意志等於死亡

「死亡」意象屢現於《月升的聲音》系列。

此系列最早的死神意象出現在〈風景103號〉，藉由死神與主角的對話，牽引出市儈的、失去藝術創造能力的靈魂之虛空，主角已然死亡的藝術靈魂最後出現在名為「風景103號」的畫作上。

〈冬日之旅〉配合著19世紀德國浪漫派詩人繆勒（1794～1827）的詩作〈Winterreise〉（〈冬日之旅〉）展開情節：心愛的女孩嫁作他人婦，男孩告別故鄉，告別充滿回憶的菩提樹，孤獨地踏上旅程，途中，四周的景物似乎都在訕笑他過於信任愛人，過於相信人性。回憶著故鄉，眼前是雪白大地、冰冷寒風以及不知目的何在的旅程。在酷寒中，男孩憶著故鄉，憶著戀人，卻絲毫未能祛除襲遍全身的寒冷之感，死亡的氣味逐漸籠罩，他遇到了一群烏鴉，牠們正等待著自己死去，意欲搶食他的屍體。最後，出現了一個「搖琴老叟」，這老叟極具死之感，可視作「死神」象徵（只有瀕死之人才看得見死神），他陪伴著男孩，讓孤獨與孤獨相濡以沫，在這白茫茫一片大地中。〈冬日之旅〉於1927年由舒伯特譜曲，共24首歌，整部曲子溢滿沉重悲傷的情緒，反映出舒伯特之於生命意義的思索，後面的曲目，瀰漫著「厭世」的氣息，這樣的氛圍，徹底反映在顧肇森的〈冬日之旅〉中：在故鄉，鋼琴家學習演奏技藝時不斷地吸收、苦練，他是充滿創造能力的活泉；當他踏上旅程，成為演奏家，一張曲目換另一張曲目，一張旅館的床換另一張旅館的床，他是逐漸失血

瀕死的人。在故鄉對未來充滿夢想的苦練在踏上旅程後，都成為生命裡無情的反諷，就像繆勒詩作裡的男孩憶起當初與戀人的種種，在冷酷的現實下，竟顯得如此不堪。演奏家周圍的人，就像那一隻隻等待著啃嚙他軀體的烏鴉，讓他逐漸失去愛的能力，靈魂失卻了愛，所有的演奏，所有的藝術表現都是索然無趣的重覆，靈魂不再享有「創造」的悸動，死亡顯得如此理所當然。

在〈秋季的最後一日〉年邁的、「飄著一朵蒼白影子」似的芭蕾巨星，擁有所有芭蕾舞者夢寐以求的完美際遇：在舞者的黃金年齡達到創造性的巔峰，創造了「完美」，但是，當他還想繼續創造時，他的逐日衰老的身體卻已無能為力。另一個對比的故事是華裔女按摩師的故事，她的丈夫是極優秀的舞者，在他藝術生命初綻光彩之際，文化大革命如火如荼展開，他受到紅衛兵百般侮辱、凌虐，甚至被打斷腿，終身跛足，他無法接受自己終身無法跳舞的事實，投河自盡。受掌權者鼓動、操弄的紅衛兵所代表的無知與低俗品味蠻橫地剝奪了藝術家創造完美的可能，失卻創造的可能，藝術家以死了結「無用之軀」。

顧肇森在這些文本中，一再寄予藝術家「創造」的使命，藝術家的靈魂深處必須擁有不斷創造、不斷超越世俗生命本身的衝動，若生命失卻創造的動能，隨波逐流、任命運擺佈，則等同「死亡」。

（2）自由意志與生命價值

雖然《月升的聲音》系列主要描摹對象為藝術家，但透過文本可見顧氏對各項現代藝術活動只停留在皮毛認識，所以與其說顧肇森藉由這些文本傳達高深的藝術理念，不如說這些文本在

討論人如何在死亡的威脅之下，讓有限的生命發揮最大的價值，思索人類的靈魂要如何突破肉體與俗世限制，獲致「自由」。

顧肇森文本充分反映出顧氏身為一個科學人，「上帝不存在」的先行假設。顧氏筆下的人物，都是在上帝不存在世界裡，執行人類的自由意志，尋索一種源自靈魂本身的絕對價值。近代西方哲學對於自由研究最可呼應時代變動與個人意志的是二十世紀之初的存在主義思潮。「人除了自我塑造之外，什麼也不是，這是存在主義的第一個原則」[109]。

存在主義，將自由做為其哲學的核心概念，「存在先於本質」這是存在主義的基本命題。這裡所說的存在，不是我們所謂的客觀世界，而是指人的「自我意識」，所以「存在先於本質」就是說對個人存在的自我意識先於個人的本質，並選擇和決定著個人的本質。假如存在確實是先於本質，那麼就無法用一個定型的、現成的人性來說明人的行動，換言之，不容有決定論，存在主義根本不承認必然，而將一切歸於偶然。人是自由的，人就是自由。[110]若人類失卻自由意志，任何價值都無法名副其實。[111]存

---

[109] 讓保羅・沙特：〈存在主義是一種人文主義〉，收入考夫曼編著，陳鼓應、孟祥森、劉崎譯：《存在主義哲學》（臺北：臺灣商務印書館，1989年），頁369。

[110] 同前註，頁374。

[111] 存在主義哲學家認為：一切皆為偶然。人類學家馬凌諾斯基（Malinowski）曾經說：「自由乃是『自我實現』的可能性，其基礎是個人抉擇、自由契約、自發的努力，亦即個人的自發創造。」自由與存在的同一，可以由一個事實證明：人類做抉擇的當下，都會實實在在地體驗到自己的存在。當一個人斷言「我能夠」、「我選擇」或「我將要」時，他就會感受到自身的意義。卡爾・雅斯培（Karl Jaspers）寫道：「在抉擇的行動中，藉由我一本初衷與自然自發的自由，我第一次親自體認到我的真實自我。」「只有自由，存在才屬真實……自由乃是……存在的本質。」「只有我施行我的自由的時候，我才完全屬於我自己。」「成為自由，就等於成為自己。」自由已不止是一種特定價值：它突顯了價值活動的

在主義的自由強調「一切都在行動中」：「除了他的行動之外，別無希望，只有行動本身，才可以使他具有生命。」[112]，因此，可以說「存在主義是一種行動學說」，而這行動的主體便是人類的自由意志。「存在主義的自由」強調的是個人的自主性，強調人在不斷地意志行動中驗證自我的存在，因此，這樣的的行動自由，展現出十足的人文主義色彩，人類的由自由意志使人類的每一舉、每一動皆散發出人性尊嚴的光輝。

美國存在主義心理學者羅洛・梅於《自由與命運》一書中耙梳「行動（存在）的自由」與「生命（本質）的自由」兩種自由的表現形式，他認為命運最終的歸宿既是無可避免的死亡，但在此限度內，我們卻能做出自由選擇，迎接命運的挑戰。要獲得人生中的喜悅與成就感，即必須勇於承接拋射於世的自由與命運之磨難。自由永無止盡地創造自身，自由就是人超越其自身特性的能耐。[113]因此，成為一個「人」跟擁有「自由」，其實是同一回事。由此可見，「存在主義」學者肯定人類尊嚴的基礎在於自由。人格的自由，讓人的可能性無限。而這樣的肯定，落實在顧肇森文本中：藝術家象徵著人類的絕對的精神自由，藝術家只為自己而活。在顧氏文本中，藝術家的使命不在創造觸動群眾靈魂的美感經驗，而是展現人類的自由意志的可能性。自由與決定論彼此相生。在自由中每前進一步，就誕生一種新的決定論，而在決定論中的每次前進也誕生了新的自由。在命運當中，盡可能地去做積極的「創造」，「創造」是生命的意義所在。存在主義否

可能條件，它本是我們任何價值活動的能力基礎。例如愛要在自由的前提下才是真愛，一個勇敢的行為也必須出自自由意志才是真正的勇敢。

[112] 同註109，頁381。

[113] 羅洛・梅著，龔卓鈞、石世明譯：《自由與命運》（臺北：立緒出版社，2001年），頁2。

認「命定」[114]，強調人本身即為自由，透過不斷的選擇，型塑出自己的生命風景。所以，〈風起時〉追求完美的舞者，自高樓一躍而下，「死亡」未讓人覺得「悲慘」，挑戰地心引力的舞者，以小搏大，一瞬極致便成永恆，舞者超越了人類為求生存，日復一日屈服於庸俗的詛咒，故事的結局雖然是死亡，但是角色的選擇彰顯了人類意志的尊嚴，超越人類極限，以死亡擺脫衰老、跳不動的命定，發揮了存在主義哲學否認宿命的精神：不願臣服命定的衰老限制，傾己所能，只為求完美一瞬。作者賦予這個角色不是任命運擺佈的「悲慘」形象，也不是擁有嫉妒、貪財、愛權等性格缺陷的「第二類英雄」，而是面對巨大勢力，絕不投降，正面挑戰之、衝撞之的「悲劇英雄」[115]。

（三）眾聲喧嘩下的價值思辨

顧肇森寫於《月升的聲音》書序：

戰爭動亂政治鬥爭也許偉大，靈肉衝突柴米油鹽未必渺

---

[114] 參劉笑敢：《兩種自由的追求：莊子與沙特》（臺北：正中書局，1994年），頁66。沙特認為：承認命定論就扼殺了人的自由，堅持人的自由就得否認命定論。

[115] 參姚一葦：《美的範疇論》（臺北：開明書局，1978年），頁193-197。姚一葦將悲劇人物分成三類：第一類悲劇英雄：他們所面臨的是一個巨大無比的勢力，明明知道自己的力量無法與之抗衡，但他們認為自己的堅持是正確的，因此便毅然與這個勢力對抗，全力以赴，「明知不可而為之」便是第一類英雄的最佳寫照。第二類悲劇英雄：他們雖然也有所作為，但他們的作為並非為了公義，而是為了自身的原因，或為欲望、或為野心、或為情慾，或者只是一種性格的偏執或判斷錯誤，比起第一類英雄，第二類英雄更充滿人的氣息。第三類是受害者：此類人物是毫無作為的，不幸的造成不是來自其自身的原因，而是來自環境或外在勢力。他們是無辜的，而且是弱小的。

　　小。題材只是璞玉，看誰能把它切成和氏璧罷了。所以
　　我的書架上《紅樓夢》、《戰爭與和平》、《往事追憶
　　錄》、《攸里西斯》、《魔山》、《秧歌》、《家變》都
　　能共存。[116]

　　顧氏多次言及影響他最深的古典小說是《紅樓夢》，筆者
以為曹雪芹反映在賈寶玉身上的「靈肉衝突」正可註解《月升的
聲音》裡的辯證主軸。而顧氏所羅列出來的架上書，不但呈現其
寬廣的涉獵範圍，亦可印證其胸壑中多元並存，眾聲喧嘩，各種
不同的價值觀不斷對話、辯論、消解、再結構。其中，湯瑪斯‧
曼（1875～1955）《魔山》之於《月升的聲音》影響顯而易見。
湯瑪斯‧曼為德國文學家，19世紀末葉以來，由於一連串政治與
經濟遭遇，德國文藝面臨二十世紀虛無主義的大浪潮：理性主義
固然促使普遍的覺醒，浪漫主義卻激發頹廢的精神。湯瑪斯‧曼
生長於北德繁榮商業城市莒比克，熟悉充滿活力的市民生活，但
爾後踏入寫作藝術的領域，也讓他充分感受到藝術家生活與市民
生活之扞格——藝術家需要充分的獨立創作自由，市民則需要規
律的生活與正常交易。因此，湯瑪斯‧曼作品最凸出的特色就是
二元區分的對比、論辯：

　　市民生活對比藝術生活，中產階級民主對比專制獨裁，商
　　業對比藝術，時效對比浪漫主義，健康對比病態，生命對
　　比死亡，少年對比老人，凡人對比天才，理性的對比邪魔

---

[116] 見顧肇森：〈《月升的聲音》書序〉，《月升的聲音》，頁6。

的，聖潔的愛對比褻瀆的愛，禁慾主義對比享樂主義，美麗對比腐朽。[117]

　　對湯瑪斯‧曼而言，藝術家是天才、邪魔與病態的縮影，是神性的感染者，藝術家否定中產階級的快樂，卻獲得更崇高的創作喜悅。《魔山》為一成長小說：主角青年漢思來到療養院探望族兄，自己卻一住七年。這座療養院聚居各色歐洲人，無異彼時歐洲文明的縮影，療養院象徵一個沒落社會瀕於死亡邊緣而懵然無覺的景象。其中，兩位較活躍的長者成為青年的精神導師：義大利人瑟頓布里尼是人文主義自由派的人物，另一位導師是醉心暴力統治的猶太人納夫塔。這兩位長者在不停的論辯中過日子，各自呈現西方文明的某一面向。主角漢思則是一位思想不定，時而偏左，時而偏右，徒然浪費寶貴光陰的青年。他在這裡歷經幾番人世更迭，愛戀、失戀，昇華愛、認識愛，失去族兄與摯友。全書的轉捩點是〈雪景篇〉，描寫健康的漢思受環境的影響生病後，至此覺醒，下定決心去追求人類理想，以他的意志與精神，向死神拚鬥。

　　《月升的聲音》文本亦呈現多元激盪意境，以多元觀點彼此撞擊、辯證，在「眾聲喧嘩（heteroglossia）」[118]的發聲中辯證

---

[117] 引用劉述譯文，參《諾貝爾文學獎全集16：1928翁賽特、1929托瑪斯曼》（臺北：環華出版社，1994年），頁611-612。

[118] 參廖炳惠：〈hybridity交混〉，《關鍵詞200》（臺北：麥田出版社，2003年），頁133-134。
　　張博森：〈The Bakhtin Reader〉，《文化與社會理論》（2008年11月18日）
　　http://blog.gia.ncnu.edu.tw/index.php?op=ViewArticle&articleId=971&blogId=255
　　Heteroglossia指的是表面上單一性國家語言，可能內涵著的語言多重複雜性。然而它並非僅是頌揚語言的多元性，亦非僅是語言與語言的共存，而是語言共存下所存在的壓力與競爭。特別是官方語言核心化的向心力

作者意欲探討的主題。由此，我們可在《月升的聲音》中，識見一位新世代青年，不斷在新時代中，解構權威、與內在靈魂對話，尋找新倫理的心靈軌跡。

　　羅洛・梅分析：個人與社會辯證性的衝突，是我們無可迴避的生活現實。個性化的走勢與社會從俗操縱傾向之間的根本辯證情境，是永遠會存在的。某些社會承認其公民有破壞、抗議、叛亂等需要，並給予一定的空間：希臘酒神式的飲酒狂歡、嘉年華會、暴動式的恣意喧鬧等，都是明顯的例證。在西方文明中，許多慶典活動（例如：古希臘諸多狂歡儀式[119]、嘉年華會）都帶有酒神戴奧尼索斯（Dionysus）的反叛精神：在跳舞、歡樂、荒誕的惡作劇，以及壓抑的宣洩中，盡情揶揄所有的權威。而與酒神相對的概念是日神阿波羅的精神：理性、和諧、平衡與正義。在古西方文明中，酒神與日神的精神為人性的一體兩面，一個社會必須容納酒神戴奧尼索斯式的解放，將生命的能量賦予新秩序，才會有健康的阿波羅面向。[120]顧肇森散文〈在雲上行走〉透露出多次參與嘉年華會的心得：

量與通俗、方言邊陲化的離心力量，兩者交錯而所形成的壓力，在任何的言語表達的方式都隱含著離心與向心兩種力量的交會。「向心力與離心力是互相交錯於表述中」隨著口語意識型態的中心化與單一化，去中心化與去單一化的過程也同時發生，並在語言表達的形為中交叉出現。即使外在語言的異質多元因素，在個人意識型態的形成階段，扮演相當重要的角色。即使個人論述的產製與其它外在的因素無法脫離關係，但在最後，個人的論述都將從權威性的論述範疇中解放出來。（檢索時間：2013年10月18日）

[119] 伊洛西斯（Eleusinian）的奧秘、山頂的祭典舞蹈（Corybantic dances）、柏拉圖《對話錄》中記載蘇格拉底與柏拉圖的酒宴。

[120] 羅洛・梅著，朱侃如譯：《權力與無知》（臺北：立緒出版社，2003年），頁286-287。以下引用皆出自此版本，不另作註。

> 我不愛熱鬧，卻愛看別人起鬨而熱鬧，莫過於嘉年華遊行
> 了。紐奧爾良，威尼斯，里約熱內盧每年都有。比較之
> 下，紐奧爾良的像童子軍儀隊；威尼斯的有如遲暮妓女最
> 後一次盛裝出遊。只有里約的遊行，在火樹銀花的背景
> 前，幾乎全裸的男女既歌且舞，猶如熱帶叢林裡狂放的性
> 祭祀。有個新人種，或是各個族類的綜合吧？……如果
> 太陽真有兒女，應是這些美得出奇，善於享樂的巴西人
> 了。[121]

以美學的視角探究人類社會原始的性狂歡，對於美國本土紐奧爾
良被現代文明「馴化」的嘉年華會頗有微詞，但在對里約能反映
酒神精神的讚美之後，不免來上一段日神的辯證：

> 可是我啟程去里約之前，不只一次被善意的警告：別帶
> 太多現款，不要戴手錶首飾，出門時把照像機藏在紙袋
> 裡……蕭伯納曾說：「貧窮不會製造不快樂，貧窮造成墮
> 落。」據說巴西百分之九十的財富，控制在百分之二葡萄
> 牙裔白人的手裡。[122]

這一段極為現實色彩的、理性的文字，緊接在上一段讚美文字之
後，形成酒神與日神兩種象徵的強烈對照，這種對照，反映出顧
肇森在思考上同時含融了酒神與日神的面向，合乎羅洛·梅對於
當代反叛型知識份子的詮釋：承認反叛的價值，把魔鬼的勢力導
向到建設性。羅洛·梅認為美德的獲取，不是把罪惡拋卻，而是

---

[121] 顧肇森：〈在雲上行走〉，《聯合報》第25版（1992年1月19日）。
[122] 同前註。

要認清惡的存在，否則善只是人格中的自以為是。因為生命是善惡的混合，並沒有純粹的善，如果否定了惡的潛能，也就否定了善的潛能，所以當善的能力增加時，惡的能力也隨之增加。「不是脫離惡才能成就善，而是明知有惡，依然為善。[123]」這樣的觀點，很能反映《月升的聲音》對於人性的思辨動機。

《月升的聲音》書序交代書名之所由為楊澤詩〈意外二則〉：

> 今天早晨／進入無人的升降間，一個人／就猛然進入整座公寓大廈的／心沉思的笑了笑，掏煙點上／便摁下，往R層的電鈕〈意外之1〉
>
> 意外之2是我靜靜的／躺著在downtown的一處街心　　先是猛然事件與血的聲音／然後是紛紛圍觀過來的聲音／然後是忽忽走過的／車輪與腳步的聲音　　最後是數十公里外／夜森林的聲音／山徑的聲音／月升的聲音〈意外之2〉[124]

〈意外之一〉裡無人的升降間、整座冰冷的公寓大廈呈現出現代都市的冰冷，透過科技，人快速地抵達冰冷的大廈中「心」，快速、簡單的意外呈現出現代人如影隨形的寂寞；〈意外之二〉第一節是一個死亡的場景，「我」死了，躺在市中心的街「心」，暗示著肉體與靈魂的二元；第二節靈魂感知眾聲喧

---

[123] 同註120，頁318-326。

[124] 見楊澤：《薔薇學派的誕生》（臺北：洪範書店，1977年初版，1985年12月二版），頁17-18。

嘩，議論紛紛，然後又忽忽走過，世態炎涼，熱潮瞬間即逝，表現出庸俗世界的膚淺；第三節是靈魂深刻被擁抱的世界，在現實世界裡虛幻、不切實際的「月升的聲音」，卻是靈魂深刻擁有的。

　　透過藝術家們的敏銳知覺，《月升的聲音》系列所呈現的，正是此般意境，各種聲音不斷鬥爭，靈魂徘徊於可掌握的俗世與虛幻的高絕之間，呈顯出熱鬧中的寂寞。如此方式呈現主題，優點是使作者欲表現的思想要點透過論辯逐漸明晰，但是諸如〈星的死亡〉、〈未完〉、〈去年的月亮〉等篇卻因理則論辯的鑿痕太深，致使小說的藝術美感大打折扣。即便如此，我們必須注意的是：這樣的思辨，凸顯出一個拒絕獨一權威的知識份子，在一個標榜多元文化、多元的思考的時空中，對個人自由的追尋以及生命義意的焦慮。

四、1990～1991年，留不住美的無可奈何：〈時光逆旅〉、《季節的容顏》

　　1990年，顧肇森以〈時光逆旅〉獲得第三屆梁實秋文學獎散文組第一名。綜覽此文，角色、對話、情節發展完備，結構完整、主題明確，因此將之併入小說討論。〈時光逆旅〉是篇探親文學，在當年探親文學充斥的環境下，以旁觀者的角度，寫出四十年離愁家恨，黃永武對此篇評價極高：黃教授認為此篇以第三者角度來寫，另出奇路，雖然哀戚感喟著墨不多，但哀戚自在言外，透過時空、人物的對比反差，將那種家園破滅「哭不出聲音的悲」表現得透骨，不但有時代性且涵蓋面廣。高大鵬認為此文筆老辣，諷刺中寓蒼涼感慨之味。自1960年代以來，旅美華文

作家無不對中國寄託深摯的祖國想像，但1970年後，中國文革傷痕一一揭露，許多作家故國夢破碎。顧肇森本無在中國生長的經歷，側寫家族兄長返鄉探親，文字更顯犀利冷靜，此文不但可見其對於中國人禍之嘆，更可見其對於家國不再的務實態度，將於第四章〈遊子的疏離世界〉就此文討論顧肇森的家國想像。

1991年出版《季節的容顏》[125]短篇小說集，內含短篇小說：〈季節的容顏〉、〈無緣千里〉、〈太陽的陰影〉、〈素月〉、〈破碎的天──陽關三疊之一〉、〈破碎的人──陽關三疊之二〉、〈破碎的心──陽關三疊之三〉，以及極短篇小說〈最驚天動地的愛情〉。其中〈素月〉獲得1990年《聯合報》小說獎第二名（第一名從缺），〈最驚天動地的愛情〉獲得《聯合報》極短篇小說獎第一名。

1990年起，顧肇森積極參加臺灣各大文學獎，其中匿名角逐《聯合報》小說獎一事，更成文壇話題，屢現副刊報導。擔任小說評審的鄭樹森亦提及自己當初十分訝異已因《貓臉的歲月》系列馳名的顧肇森竟匿名與文壇新人一同參賽，畢竟，如此冒險，若輸了，未免顏面無光，而贏了，亦遭勝之不武之譏。顧肇森說

---

[125] 顧肇森：《季節的容顏》（臺北：東潤出版社，1991年）。〈季節的容顏〉（原載1990年2月24-25日，《聯合報》副刊）、〈無緣千里〉（原載1990年3月1、2日，《中華日報》副刊）、〈太陽的陰影〉（原載1990年12月9-15日，《聯合報》副刊）、〈素月〉（原載1991年1月1-7日，《聯合報》副刊）、〈破碎的天──陽關三疊之一〉（原載1991年3月，《中國時報人間》副刊）、〈破碎的人──陽關三疊之二〉（原載1991年2月4日，《中華日報》副刊）、〈破碎的心──陽關三疊之三〉（原載1991年3月，《聯合報》副刊）。以及極短篇小說〈最驚天動地的愛情〉（原載1991年，《聯合報》副刊）。本章除〈素月〉、〈千里無緣〉、〈季節的容顏〉文本引用自顧肇森著，鄭樹森編：《冬日之旅──顧肇森小說選》外，引用《季節的容顏》系列其他文本皆出自此一版本，不另作註。

明此番嘗試是為了從評審的批評中，掂出自己真正的斤兩，也為了掂掂評審的斤兩，頑童心態，表露無遺。顧肇森說：創作是件寂寞的事，閉門造車往往不知道外界的反應，「所以我經常匿名投寄稿件參加小說甄選，如此常可聽到誠實的品評，未來我依然如此。[126]」顧肇森勇於自我挑戰、對小說藝執著的精神由此可見一斑。王德威[127]肯定《季節的容顏》系列「顧肇森式」略帶調侃諷刺的「言情小說」，但也指出此系列之藝術成就無法超越《貓臉的歲月》。但筆者以為《季節的容顏》系列，諸如〈素月〉所展現的社會觀察，較《貓臉的歲月》更勝一籌；〈季節的容顏〉藉由舞臺上下的時空交錯，緬懷初戀青春的深摯；以及〈陽關三疊〉、〈最驚天動地的愛情〉、〈無緣千里〉所展現的世紀末的疏離與權力糾葛所帶來的無能感、無愛感，若只獲得「好看」的評價，對作家未免不公，作家寫出「好看的故事」的友善不應被鄙視。顧肇森展現高度「入世」的熱情，以一向精準的語言呈現深刻的人道關懷，繼續挖掘人性的灰色地帶，意圖衝撞出更精緻的倫理思考，展現了小說家更為深刻的生命實踐以及與閱讀者溝通的誠摯，將於下一節討論之。

　　此一時期，顧肇森不但在臺灣屢獲文學獎項，在紐約的醫學專業上也步入盛年，剛換到Beth Israel醫院工作，並在紐約大學從事研究工作，對柏金森病、老年癡呆症等與腦病有關的老年病頗有研究。他也不諱言醫師工作有許多壓力，看一個個老人不可

---

[126] 見張夢瑞：〈創作雖孤寂，得獎已習慣——顧肇森經常匿名競爭〉專訪顧肇森，《民生報》第14版（1991年3月31日）；〈《季節的容顏》自敘〉，《季節的容顏》，頁2-7。

[127] 參王德威：〈似曾相識的臉——評顧肇森「季節的容顏」〉，收入王德威《眾聲喧嘩以後——點評當代中文小說》（臺北：麥田出版社，2001年），頁331-333。

避免的步向死亡，偶爾也目睹年輕孩子受腦病折磨，顧肇森雖練就職業上的情緒武裝，但也毅然說：「我從不描寫醫生。[128]」顧肇森曾表示，由於醫學專長是無法痊癒的腦退化症，因此醫學上只能盡人事、聽天命，而文學創作則令人充滿希望，故投注大量時間從事創作，每空下周末時間以創作。他說：「寫作對我是一種心理治療，我下班後便不再想工作上的事，坐下來用寫作來表達我的關懷。醫學和文學並不那麼絕對。[129]」

　　〈陽關三疊〉的第一疊〈破碎的天──陽關三疊之一〉原名〈陽關〉，原載於八十年四月六日《中國時報》，亦被收錄至愛亞先生主編的《八十年短篇小說選》[130]，文末附愛亞評〈顧肇森與「陽關」〉。愛亞指出當年臺灣社會對高齡化社會的來臨、家庭疏離、老人照護問題尚未有心理準備，但小說家卻已覺察其中諸多需要凝聚社會共識，一起討論解決的問題。愛亞讚美小說家能敏覺問題，並精準呈現深刻的人性觀察。李渝則就此篇的時間處理分析其純熟的寫實主義技巧，評此篇小說雖然形式短小，但承載精實的內容厚度，而情緒內容是屬於成（老）年人的情感，且對生活有深切之感受，在當時華文小說作品青春化的潮流中，顯得難能可貴。

　　顧肇森以〈最驚天動地的愛情〉獲得第十二屆極短篇小說首獎。1992年，張素貞〈愛情真的需要驚天動地嗎──評介顧肇

---

[128] 參黃美惠：〈醫人腦寫人心醞釀新作──顧肇森久違，回家迷了路〉，《民生報》第14版（1989年5月26日）。

[129] 見楊錦郁記錄整理：〈從腦出發──「醫學與文學種種」演講會記要（下）〉，《聯合報》副刊，1991年5月24日，第25版。

[130] 愛亞：〈顧肇森與「陽關」〉，收入愛亞編：《八十年短篇小說選》（臺北：爾雅出版社，1991年），頁74-78。

森的「最驚天動地的愛情」〉[131]，1999年張春榮〈極短篇的描寫藝術〉[132]，以及2012年筆者拙作[133]皆討論了此文。張春榮先生自極短篇寫作藝術切入，解析〈最驚天動地的愛情〉的反諷技巧。張素貞先生認為顧肇森此文在追索一段恆長的愛，筆者卻以為此文透露出作者對愛情的絕望，兩者看法略有出入，將於本節末就此再作論述。

（一）異鄉客的權力關懷

顧肇森寫《季節的容顏》系列時，已八年沒有回臺灣，「深夜由機場搭車到達臺北合江街，明知道老家已近，終究還是迷路。[134]」臺北已成異鄉。「過去十年，住別人的國家，說別人的語言，也逐漸活出一個形狀，一種姿態。[135]」久居異國，究竟活出怎樣的一種形態？此一時期的散文〈早起〉寫出當時顧肇森——一個三十多歲白領紐約客的生活面貌：醒時多半是五點左右。……吃一碗冷水泡的加工穀片，裡面摻有果仁和水果乾。若是天氣好，便著專業慢跑鞋，在公園的碎石路上慢跑。

我向來缺乏擁有感，有非常強烈的過客心態，但是在清晨微涼的空氣中跑著，冒出一身的汗，竟不可理喻的覺得這

---

[131] 參張素貞：〈愛情真的需要驚天動地嗎——評介顧肇森的「最驚天動地的愛情」〉，《中國語文》第71卷第3期（1992年），頁111-114。

[132] 張春榮：〈極短篇的描寫藝術〉，收入《極短篇的理論與創作》（臺北：爾雅出版社，1999年），頁195-228。

[133] 參陳榆婷：〈賞析顧肇森先生極短篇作品「最驚天動地的愛情」〉，《國文天地》2012年4月，頁83-88。

[134] 見黃美惠：〈醫人腦寫人心醞釀新作——顧肇森久違，回家迷了路〉《民生報》第14版（1989年5月26日）。

[135] 見顧肇森：〈此生雖在堪驚〉，《感傷的價值》，頁44。

> 千萬人口的城市屬於我……有次我突發奇想，鑽進地下車
> 站，看早上五點多搭車的究竟是什麼人。有穿著灰制服，
> 口涎直掛到胸口的黑人，大概是夜班警衛；有忪忡的瞪眼
> 看空間的白衣菲律賓女護士……忽見一個手提公事包，西
> 裝筆挺眉清目明的年輕人，多半是趕早去華爾街，準備當
> 天的廝殺吧？有時我只在家附近走一圈，看看昨日發生
> 的，事實上與我無關的新聞……如果前一晚有伴，為了表
> 示不是大男人，我也會下廚準備早點，比如攤雞蛋餅。當
> 然這樣的機會不太多，她們常在夜半離去……等到八點多
> 穿戴就緒去上班，感覺這天已過了一半[136]

紐約是他最熟悉的城市。顧肇森身為紐約新住民，生活在此民族拼盤中，過著多文化、性自主、獨立、自由但也充滿疏離感的生活。因此，《季節的容顏》文本中不再只是標本式的在異鄉「求生存」人像觀察，更多的是凌駕於生存之上，人際間、文化間的權力（power）思索。

1991年，顧肇森上中視《女人・女人》電視節目接受訪談兼打書，當時的對談圍繞著生與死、安樂死該不該合法化的嚴肅主題，談及他在紐約醫院工作，接觸最多的病人是老年失智症患者，他傳達對生老病死最深沉的傷懷，並堅決反對安樂死，他認為人與動物有別，人不該任由（甚至協助）病弱瀕死的同類如大象般獨自離群步向黃泉路。[137]但是他也不知如何解開心中這個

---

[136] 見顧肇森：〈早起〉，《中國時報》第27版（1991年5月19日）。

[137] 參拂面的風：〈月升的聲音〉，《奇摩部落格》（2007年7月13日）http://tw.myblog.yahoo.com/gentle-breeze/article?mid=760&next=744&l=f&fid=12（檢索日期：2012年7月10日）。

結，因而寫下〈破碎的天〉。

顧肇森於書序中言：「我一直寫心之所之……從無為某一理論服務的企圖……所有的教條，無論來自政治或宗教，都是為創作製造枷鎖」闡明其反對服膺任何政治、宗教權威的寫作態度，繼續思索著在沒有神靈引領的現世中，「人」如何面對生存的黑暗面。文本所反映的社會問題與心理問題息息相關，顧肇森於《季節的容顏》序文中談到此系列關注的是「人際關係」。因此，以下就存在主義心理學家羅洛·梅（Rollo May）關於「權力（power）」的論述來闡述顧肇森此一階段的關懷。

1.何謂「權力（power）」[138]

權力（power）是在人際中展現的影響力，不同於力量（strength），力量純屬個人性質，權力（power）是社會性的。就「存有論」，權力分成五個層次，它們是人之所以為人的必要組成，是人之所以為人的特徵。

第一個層次是存在（power to be）的權力。這種權力可以在新生兒身上看到——他以哭泣或振臂的方式來表達自己不舒服，藉此「要求」旁人來滿足他的需求。每個嬰兒長大成人的方式，都反映了這種權力的種種變形——如何找到自己的權力，並運用它。這種權力，不是來自文化，而是來自「活著」這項事實。如果這種權力得不到旁人的回應，則為「無能」狀態，最終的結果便是死亡。

第二個層次是自我肯定（self-affirmation）。自我意識是天賦的，窮其一生都在發展狀態，因此「價值」問題便浮上檯面，展

---

[138] 參羅洛·梅著，朱侃如譯：《權力與無知》，頁30-36。

開追求「自尊」之旅。人類異於其他動物即在此：生理的存活非主要關懷，重要的是能以某種自尊活著。

第三個層次是是自我堅持（self-assertion）。這是一種更強烈的行為模式，比自我肯定更明顯公開，是一種「回應侵略」的潛能，使他人不得不注意到我們的呼喊。

第四個層次是侵略性（aggression）。當自我堅持被阻礙一段時間後，這種比較強烈的反應形式便會發展出來。自我堅持是在特定的地點畫出界線，並堅稱「這是我，這是我的」；而侵略則是進入他人的權位、特權或地盤之中，並將其中的一部分占為己有。有很多侵略行為具有正當的動機，例如：抗暴、轉型正義，一旦個人的侵略傾向被完全否定後，代價便是意識衰竭、神經病、精神病或暴力。

第五個層次是暴力（violence）。當所有針對侵略的努力都宣告無效時，暴力便爆發了。暴力以肢體為主，因為其他階段的講理或勸說，實際上都已經被阻隔了。

羅洛・梅反覆辯證著這五個層次的「權能」感，在人類心理以及社會面向的重要，如果人類喪失了這些權力（power），深層意識中內化了「自己無足輕重」、「無法影響他人」，便否定了人自身的存在，結果是毀滅性的。美國精神科醫生蘇利文（Harry Stack Sullivan，1892-1949）與他的老師懷特（William Alanson White）將佛洛伊德精神分析延伸到嚴重精神失序者的治療。蘇利文認為：覺得自己有權力，在自尊的維繫和成熟的過程是很重要的。當自己不受重視時，個人往往會把注意力轉移到變態或神經症的權力形式去，以獲取某種價值的替代品。羅洛・梅分析：暴力或準暴力行為會賦與當事人某種成就感、尊重感、權能感、價值感。暴力的潛在原因多半是因為欠缺自我存在的價值

感，而急切擁有它所造成的。[139]

2.瘋狂與無能

　　〈陽關三疊〉系列是顧氏文本中結局最為暴烈者。《陽關三疊》為中國古樂，胎息自王維絕句〈渭城曲〉，主題為「送別」[140]。在顧肇森的〈陽關三疊〉中，所呈現的不再是王維筆下的生離，而是三齣「死別」劇碼。〈破碎的天〉：一對相守了一輩子的老夫婦，因患有心臟病的老教授，再也無力負荷獨自照顧罹患腦退化症的老妻，先殺妻、再自殺。〈破碎的人〉：臺籍電腦博士四十歲時，運用其經濟優勢，去中國娶了一個如花似玉的蘇州姑娘到美國，卻不住擔心這位雙十年華的大美人與他人有染，因此，把她動物似地囚禁在家，美其名是愛妻，實質上她只是他的女傭兼性奴，最後，她槍殺了他。〈破碎的心〉：男子圖方便找了一個不麻煩的外遇對象，但在男子提出分手時，她殺了男子並自殺。

　　這三齣死別的劇碼，呈現了羅洛‧梅對於權能與無能的辯證：人生基本上可以被視為是「權能」與「無能」之間的衝突，暴力不是來自權能過剩，而是來自無能。當我們使人們無能為力時，便鼓動了暴力，社會中的暴力行為，大多出自那些試圖建立自尊、護衛自我形象，或想顯現自己分量的人。

---

[139] 同前註，頁24-26。

[140] 中國古曲，又名《陽關曲》、《渭城曲》。該曲取材自王維的七言絕句《送元二使安西》：「渭城朝雨浥輕塵，客舍青青柳色新。勸君更盡一杯酒，西出陽關無故人。」這篇絕句後來成為一首七弦琴歌，歌曲分三大段，即三次疊唱，每次疊唱除原詩外，加入由原詩詩意所發展的若干詞句，為當時的梨園樂工廣為傳唱。因取詩中「陽關」一詞，再加之歌曲的三次疊唱，故名《陽關三疊》。

〈陽關三疊〉的悲劇，都因為主角處於無能的狀態，而陷入瘋狂。〈破碎的心〉女主角的狀況是：在這座大城工作五六年，認識男主角之前，一直沒遇到把她當情人追求的人。碰見外表體面、事業有成的男主角，立刻被他的殷勤融化。只是他一開始就聲明有家眷，她也說服自己他們的關係只是逢場作戲。但認識他一段時間後，她開始有嫁他的幻想。不過她也很實際，知道他妻子控制那家進出口公司大部分股權，也怕多加壓力把男主角嚇跑，「只要他對我好……她輕易找到繼續見他的理由。[141]」兩年的地下情人生活，女人不斷地以「只要他對我好」來安慰自己。但是男人卻因表哥被表嫂殺掉，害怕地下情危及自身而提出分手，兩年的時間，女子不斷付出「真愛」、為了每隔一兩個月見一次面的遠距戀情而失眠，但男人的狀況卻是：他平時就有向女孩子獻殷勤的習慣，因此一次意外的停電湊合了他們，而他後來繼續去找她，也只是因為「她實在容易討好，一點小惠，就令她感激莫名，不像別的女人，總使他感到疲於奔命」，就算在一起已兩年，男人還是會不住納悶「自己看上她哪裡[142]」。在這段關係當中，女人只能以「順服」的態度來獲取她的影響力，做一個「隨和得像所有男人理想中的情婦[143]」但是，這樣的順服，卻也加劇了她對於這段關係的「無能」感。男人提出分手，逼使她的無能感達到頂點，為了挽回自己身為一個人的「價值感」，她策劃了一場謀殺之旅，宣示了她的尊嚴，以及她對這段關係的絕對影響力。

---

[141] 見顧肇森：〈陽關三疊之三——破碎的心〉，《季節的容顏》，頁140。
[142] 同前註，頁143。
[143] 同前註，頁140。

　　〈破碎的人〉揭示奠基於經濟不平等上的夫妻關係，讓男主角與女主角都處於「無能」的狀態。芳齡二十的少妻太美，中年宅男工程師缺乏擁有這段關係的自信，「無能」感促使他以不人道的方式軟禁、監控少妻，嚴密的監控，讓她距離他愈來愈遠，別的男人對於妻子的讚美，更加劇了丈夫心理上的無能（嫉妒凸顯出人際關係中，尋求的權力多過於愛。這種情況發生在當事人無法建立足夠的自尊之時，也就是沒有足夠的個人權力感[144]），最後連生理上都無能了。在這段完全盤據男主角生命能量的夫妻關係中，男人是徹底的無能者。才二十歲就被父母嫁（賣）來美國的中國女孩，天成的美貌，卻造成了她無法掌控自己命運的結果。美貌使她獲得眾人讚賞，卻也讓丈夫暴怒，丈夫一味的猜疑、壓迫、控制，讓她對自己的生命無能為力。丈夫一天幾十次來電查勤，她沒有自己的社交、沒有自己的生活，丈夫只是蠻橫地「占據」她的肉體，卻不照顧她的靈魂，她連想接母親來家裡作伴都不可得，丈夫不舉也怪罪於她。她對自己的生命毫無影響力，徹底的無能感讓她乾涸。槍殺丈夫後，她不可遏止地嘶笑。

　　「槍枝」作為一項絕對權力的象徵，與男性的陰莖常互為指涉，其一，兩者皆為細長型。其二，兩者都會射出某種東西，並永遠改變被射入的人。槍枝在文化意象中已等同男性宰制力的象徵，許多人在擁有槍枝時，感覺到自己擁有的是被不公平剝奪掉的權力。[145]本來，男主角購槍是因為誤以為妻子與年輕精壯的白人水電工有染，男主角為黃種人，自覺低白人一等，再加上論身材、年紀樣樣身體條件都不如對方，種種「無能」感作祟，男

---

[144] 參羅洛‧梅著，朱侃如譯：《權力與無知》，頁134。
[145] 同前註，頁236-237。

主角憤而買槍，欲一舉毀滅他想像中的「姦夫」，但在慌亂中，槍落到妻子手上，妻子下意識便是對丈夫「猛按機括，一連幾發子彈[146]」，然後便是「不可遏止的開始嘶笑[147]」。妻子累積已久的極度的無能感，造就極端的暴力與瘋狂。

　　這兩個文本，作者所探討的不是愛，而是權力，雖然權力與愛有其互相重疊的疆界，心理學家如是分析：愛和權力的糾纏，顯現在愛侶對彼此尊嚴的關心上，也就是彼此願意讓對方保留多少獨立的自我，愛使得付出愛的人想受對方影響，想為愛人完成所有願望。[148]因此，文本中呈現的「剝削」、「操縱」，只是極低的權力形式，而這當中幾乎沒有愛。〈破碎的心〉、〈破碎的人〉這兩篇的男主角在顧肇森筆下是可鄙又可悲的，因為他們只能以「剝削」、「操縱」的方式展現極低權能層次的愛，他們都失去了愛的權能。兩個男主角在顧肇森的文本中有其刻意的互涉關係，〈破碎的心〉男主角提及表嫂槍殺表哥之後發瘋，還懷有兩個月的身孕（更凸出女性身體被宰制、被剝削的身不由己），與〈破碎的人〉互涉關係明顯。表兄弟在愛的權力關係中，皆為「無能」愛者，而兩個故事的女主角，也在男人的剝削與操控中，失去了第二個層次的自我肯定（self-affirmation）的權能感，她們喪失了自身存在的尊嚴，這樣的無權能感，導致極度暴力的結局。

　　〈破碎的天〉：教授歷史的老教授無力照顧罹患腦退化症的老妻，在老教授生命歷史中，彌足珍貴的兩人共屬的過去，都在妻子的腦海中消失，「甚麼也沒有了」。「他嘗試看入她的眼

---

[146] 見顧肇森：〈破碎的人〉，《季節的容顏》，頁134。

[147] 同前註。

[148] 同註144，頁134-135。

睛，而裡面只是一片令他心悸的空洞」，已成家的兒子，「心理上，也許是很遠的了。能做得到的，不過是逢年過節打電話來」而教授並不怪兒子，因為自己也是羽翼一豐，便逃離中國，待四十年後回上海，父母「早已死得沒了蹤影」。[149]

一個教授歷史的老教授，卻無法書寫自身的家族歷史，自殺前翻閱相簿，半個世紀的顛沛流離，從上海到「香港的半山、臺北的新公園、舊金山的吊橋、紐約的自由女神像」，奔逃了半個世紀，尋尋覓覓卻只成就一本三分鐘就簡單看完的逃難史。一頁頁兒子成長的歷史，更揭示了這個中國血統、美國內在的ABC青年，對於教授東亞歷史的父親，是多麼大的嘲諷：「心理上，也許是很遠的了」。[150]連唯一可以與他見證彼此生命歷史的老妻，都丟棄了他們之間的歷史。不管過去、現在還是未來，「什麼都沒有了[151]」。罹患心臟病的老教授，無力照顧妻子，卻無法忍受將妻子送往療養院的建議，因為妻子是他生命歷史最長久的參與者，與她一起的生活，是他生命歷史的價值所在，拋卻她，等同拋卻自己最有價值的那一段生命歷程，但是，面對她，卻也得面對她已早先一步拋卻了那段生命歷程的不堪，拋與不拋，都是徹底的無能為力。如此的無力感，讓他進入「超理性」的暴力狀態，為了捍衛他和她的尊嚴，他先結束妻子的生命，再結束自己的。

---

[149] 此段引文見顧肇森：〈陽關三疊之一──破碎的天〉，《季節的容顏》，頁118-119。

[150] 同前註。

[151] 見顧肇森：〈陽關三疊之一──破碎的天〉，《季節的容顏》，頁113。

3.愛情中的階級凝視與權力展演

　　觀察顧肇森此一時期的作品，可以發現，長期在異鄉拚搏的歷練，讓作家對於人際權力特別敏銳，人的「權能」感，是此一系列作品關注的焦點。〈陽關三疊〉系列如此，其他作品亦如是：〈季節的容顏〉雖為一則緬懷青春戀情的故事，但是文本中，作家藉由「侵略」的權力，展現了愛情中兩個個體更完整的面貌，看到個體對於其自身「完整性」的堅持。故事中，青春戀情縱然真摯，但也更赤裸地展現了一對「勢均力敵」的戀人從自我堅持到對彼此生命展開侵略的那一份理所當然，必須要加以解釋的是，侵略是中性的字眼，意指純粹的「連結」，向外伸展，而侵略的反面是孤獨或疏離，並非和平。

　　〈季節的容顏〉戀情失敗的關鍵在於兩人皆為了捍衛自身的尊嚴，而放棄「侵略」，不再向對方的生命施展「連結」的權力，兩個人皆為「愛的失能」者。即使曾經愛得刻骨銘心，但這樣的失能，讓他們經歷十五年的彼此疏離，他鄉巧遇，竟已成了「全不相干的陌生人」。這個文本，關注男子如何失去愛的建設性的「侵略能力」，男子心理上「窮小子配不上富家女」階級凝視，導致嚴重的自卑情結，最後造成他在這段情愛關係上失能，終致決裂。〈季節的容顏〉除了窮小子看富家女的階級凝視之外，家世傲人的舊日戀人，未婚懷孕來到美國後，嫁給看起來成熟體面的白種男人，亦含有鮮明的族群凝視。作者作此安排，有意凸顯女主角「高貴」依舊，反映出黃種男人自我矮化的情結，這種黃種男人自輕自賤的心理狀態，在顧肇森作品中，俯拾即是。

　　顧肇森留美後，長期居處各色人種聚集的大都會，自《貓臉的歲月》系列起，筆下的愛情文本一向不乏異國戀情，初始，

《貓臉的歲月》的異國戀情書寫只侷限在諸如〈李莉〉、〈曾美月〉：白種男子對於東方女子的凝視以及黃種女子販賣身體之批判，或者是〈胡明〉：黃種男人戀慕白種女人的自我矮化醜態。到了《月升的聲音》：〈未完〉杜林提到自己和南美女友交往，〈月升的聲音〉以白種女子視角寫與中國詩人一段「奇異」的戀情，雖已有真情真愛的交往故事，但其中不免含有跨族群戀情的異色感。

　　直到《季節的容顏》系列：〈無緣千里〉文本呈現的不再是異色的、朦朧的神秘氣息，文本中呈現戀人之間極為寫實、極為日常生活的權力拉鋸，〈無緣千里〉的中國俊美男子，在一種微妙的「罩洋馬子也罩得住[152]」權力感作祟之下，與交往五年猶太裔女友結婚。主題不是愛侶之間的情愛交感，而是一場女方步步進逼，男方節節敗退的權力展演。女人想要房子、想要喜宴、想要孩子，男人則統統不想要。女人不斷展開侵略，男人的「自我堅持」一再挫敗，男子的「無力」感屢現文本。因為無力，所以他用嘲諷的態度來面對自己的婚禮，以「小媳婦」的姿態觀看妻子因為嫁了一個「外族人」，保守的猶太家庭被鬧得雞飛狗跳的景象。這個文本，雖屬婚戀性質，但討論的不是愛情，而是族群階級凝視下的權力運作。

　　得獎作品〈素月〉展現了兩種階級權力衝突意象：其一，素月為擁有綠卡的美國公民，李平則為沒綠卡的中國留學生；其二，素月為藍領女工，李平是高學歷知識份子。在美國，身為藍領移民的素月勤奮工作，擁有一間令李平驚嘆連連的公寓，現實層面上，跟素月結婚，不但可以讓李平得到得到經濟上的舒適，

---

[152] 見顧肇森：〈無緣千里〉，收入鄭樹森編：《冬日之旅——顧肇森小說選》，頁49。

更可以獲得綠卡，順利獲致政經上的保障；但是，在中國傳統的階級觀念中，李平是被培養成擁有治國、平天下能力的統治者階層，也就是屬於「君子」的精英階級，對國族充滿熱情的李平，擁有一切符合中國傳統「溫文儒雅」的精英特質，相較愛聽流行歌曲、追港星的女工素月，在中國傳統封建思維中，是屬「小人」階層。來自生存權力與文化權力的兩相衝突，展演出〈素月〉此一文本的張力。

〈太陽的陰影〉為同志發聲，理直氣壯地展現一連串同志平權之思辨。

綜觀《季節的容顏》系列，無論是安樂死合法化議題、買賣外籍新娘、異族通婚、情愛關係、綠卡婚姻、同志議題所展現的人際權力（power）運作，顯然可見人與人之間、文化與文化之間的倫理衝突，成為作者此一時期關注的重點。

（二）永恆至情追索與絕望

王德威點評《季節的容顏》明白指出顧肇森的言情小說一向有其獨特的氣味。[153]筆者以為顧肇森言情小說的獨特氣味，產生自他憧憬愛情，肯定愛情常存單一方，但又不信任兩方皆能永恆存有愛情的特殊心理。「永恆至情」的追索，是顧氏文本中的一大論題。

---

[153] 參王德威：〈似曾相識的臉孔──評顧肇森「季節的容顏」〉，收入王德威《眾聲喧嘩以後──點評當代中文小說》（臺北：麥田出版社，2001年），頁331-333。

1.因為獨一，所以永恆

　　〈季節的容顏〉、〈虛戈〉、〈破碎的心〉皆以親密愛侶「發現」對方身體上隱微私密處的痣，來標示戀愛關係的獨特之親密感：〈季節的容顏〉闊別十五年，男子巧遇初戀情人，第一個憶起的是她耳後的一顆小痣，因為連女孩自己都不知道自己有這顆痣，他是首位「發現」者；〈虛戈〉男主角在與現任女友做愛過程中，憶起第一個發生關係的女友兩個乳房之間有一顆痣，而他的現任女友左肩上也有一顆紅痣。〈破碎的心〉男人送給外遇對象的生日禮物是一枚寶石戒指，因為上面鑲嵌的寶石顏色與女人屁股上那顆痣顏色一樣。這些痣，標誌著彼此間特殊且獨一的回憶，不管是〈季節的容顏〉裡的純愛的第一次，還是〈虛戈〉裡令人疲憊的肉慾激情，這些關於「痣」的書寫，使每一對愛侶間的肉體互動，顯得個人、私密且獨特。每一個情人，都是獨一無二的存在，每一段感情，也是獨一無二的存在。但是，因嫉妒點燃熊熊慾火，〈虛戈〉男主角恨透了女友這獨一無二的存在，最後在床上一口把女友的痣給咬掉；〈季節的容顏〉男主角在內心翻騰了積壓十五年歷歷如繪的初戀回憶後，故意與初戀情人擦肩而過，得到的卻是女方一臉漠然，「我和她已是全不相干的陌生人了[154]」。〈破碎的心〉在男人提出分手要求時，女人盯著左手無名指上那顆與自己屁股上的痣同色的寶石發愣。「痣」標示著每段感情的獨一。因為獨一，所以不可取代，因此不是牢

---

[154] 見顧肇森：〈季節的容顏〉，收入鄭樹森編：《冬日之旅——顧肇森小說選》，頁73。

牢抓住不放，繼續受折磨，便是意識到已經失去彼此「共有性」時，倍覺痛苦。

2.肉慾毀滅生命

〈冬日之旅〉的主角從小在智性的世界裡接受嚴格的音樂訓練，制式化的演奏生涯令他厭惡，女友瑪利亞帶他進入純粹生物本能慾望的世界，對他而言，這是另一個活生生的世界，他與瑪利亞享受肆無忌憚的性愛，學習吃生牡蠣（合乎心理學者佛洛伊德所謂的libido——原始慾望的象徵），粗鄙而滿足。但不幸的，他厭惡智性訓練，但又恨透了瑪利亞的庸俗，他感到滿足本身的空虛，又不得不日復一日完全重覆的演出。火熱的慾望與冰封的理性，在他體內成為不可化解的衝突。他理性的時候，討厭瑪利亞的沒知識，可是熬了兩天，又忍不住去找她。[155]他在給瑪利亞的信中如此註解著他們的愛：

> 企圖了解愛情，也許像解剖一隻青蛙，無論你把它的細節弄得多清楚，再把它們拼湊起來，也不過是隻死蛙了。人們總是為愛下定義⋯⋯到頭來，或許愛什麼都是，什麼也不是呢？

演奏家在與瑪利亞的關係中找不到愛，只能以「活青蛙」喻愛情。但不管是活青蛙還是生牡蠣，都是濕冷不具暖意的象徵，即便活著，也無法升高生命的溫度。這樣的「愛情」，禁不起檢視，一拆解，只能看見一隻「死青蛙」。因為他和瑪利亞之間純

---

[155] 見詹宏志：〈十個短篇——七十七年度小說評介〉，《閱讀的反叛》（臺北：遠流出版社，1990年），頁61-63。

粹是肉體慾望的滿足，在肉慾的滿足之後，他感受到的是更為強大的冰冷、虛空，肉慾的追逐，讓他喪失了「愛」的意志。作者以演奏家與死神一起搭乘「慾望街車」，路過沒有驚喜的、空寂的「極樂廣場」來象徵肉慾讓人喪失靈魂的溫度，最後，演奏家喪失了生存意志，衰竭、死亡。無愛之性等同毀滅，意旨明晰。〈月升的聲音〉裡，女主角與現任男友做愛時，心裡想的卻是前任詩人男友：

> 你蓄意延遲高潮，壓在他身上，用力的揉擠他……忽然想起詩人告訴你中國人殺雞的方法：把雞脖子上的毛拔淨，用臂夾住雞，一手把頭扭住，暴露出赤禿的頸，另一手拿把尖刀，在頸上那麼一割[156]

以性與死亡交纏著對現在肉身墮落在物質世界的空虛感。〈破碎的人〉、〈破碎的心〉這兩篇故事，兩個男主角被殺之前，都有具死亡意味的性愛場面描寫：〈破碎的人〉電腦博士娶了大美人之後，婚前專注工作的習慣已不知去向，瞪著電腦銀光幕，眼前浮現的卻是嫩妻裸白的身體，嚇得他關掉電腦螢幕，怕旁人也看到她一絲不掛。折騰半天，企畫案沒點頭緒，滿腦子都是前一天晚上他趴在她身上的光景。而結婚以來，除了她的月經期，每晚必行的夫妻之道，也變得拖泥帶水。他越急著振起雄風，越像是高溫下的軟蠟，往往還沒開始就洩氣，令他更是易怒，當然遷怒於她。「她偷偷哭了幾回，白潤的臉，像風蝕的石雕，漸漸的枯陷下去。」他對於她的身體的私慾與貪戀，不但毀了自己，也毀

---

[156] 見顧肇森：〈月升的聲音〉，《月升的聲音》，頁99。

了她。〈破碎的心〉女主角在毒殺男主角前一晚談及兒時家中烹製燒鴨的情景「廚房裡憑空懸起幾十隻白裸的鴨屍，真是壯觀！[157]」兩人最後一次做愛「她扳著他汗滑的肩，全身觸電式的發麻，兩眼反插到腦袋裡去。沒料到她此生首次的性高潮，居然在這時出現。[158]」然而，一覺醒來，在距離人生第一次性高潮不到十小時的時間，女主角誘騙男主角喝下摻了毒藥的橘子水。（最後一次做愛是凌晨四點，女主角毒殺男主角是下午三點）

再次證明了顧氏文本中，無愛之性的毀滅意義。

3.情為何物

究竟，什麼是愛情呢？

初抵紐約的留學生〈李莉〉不斷辨證著「什麼是愛」、「該如何愛」的課題：首先，釐清「被追求」與「被愛」不同。她想被愛，不是被追求，因為，人們的追求大半始於「愈得不到的東西愈想要」。其次「誠實至上」：強調過了「青春期」羅密歐與茱麗葉的年紀，情場老將應該要有更高層次的愛情規則：不作表面功夫、不偽造好印象，若移情別戀或出軌都要誠實告訴對方。結果，這封「誠實至上」的信件未獲男友林平回音，原來，林平雖有才華，卻不若李莉胸懷大志，早已在臺灣另交19歲年輕小女友。李莉雖然生氣，卻不心痛，因為林平不是她的初戀。「難道人們基本上都只戀愛一次？當那愛死了，心也跟著死了。此後的人際關係，只像下意識地尋找過去的影子，好像迷路的鬼，倉皇而無奈的找生前走過的路[159]」對李莉來說，林平只是初戀男友劉

---

[157] 見顧肇森：〈破碎的心〉，《季節的容顏》，頁145。

[158] 同前註。

[159] 見顧肇森：〈李莉〉，《貓臉的歲月》，頁84。

凱的影子，但劉凱愛的是男人。李莉的初戀故事，呼應了同系列
〈小季及其夥伴們〉小季的遭遇，也很巧合地與田納西・威廉斯
名劇《慾望街車》白蘭琪的遭遇互文，那個「永遠無法得到的初
戀摯愛」成為永恆的愛情魔咒：白蘭琪終其一生，都在慾望著那
個青春的愛情印記，以不斷不斷的年輕肉體來填滿失去初戀愛人
的空虛，對白蘭琪來說「不是慾望，便是死亡」。初次的愛情記
憶，是巨大的黑洞，吸走了她所有的生命能量；充滿鬥志的留學
生李莉，除了愛情之外，人生還有許多夢想，但，在愛情方面，
劉凱是一個黑洞，引力無限。愛情，是最初的肉體與精神慾望結
合的衝動嗎？

　　〈流逝〉側寫出青春逝去的女人明知即將被小情人拋棄，
還能雍容成全對方的大度，讓對方自由飛翔，因為，她愛他。
〈星的死亡〉更進一步辯證愛情的模樣：初始，女作家對於愛情
充滿悲觀：「愛只是性交，控制欲，生殖衝動的美麗的包裝罷
了。就如契訶夫論快樂：『真正的快樂並不存在，只有追求快樂
的過程是真實的。』愛亦復如是。」「羅曼蒂克的愛基本上是自
戀，是一種為自己的需要和幻念寵壞的情緒」「當你愛每個人的
時候，和不愛他們又有什麼不同？」但是，每天上圖書館查資料
的她，邂逅了一位年輕男孩，男孩長相肖似她首任丈夫，她畫下
他、描寫他、想像他，男孩成了她筆下的人物，男孩覺察，遞出
字條，兩人成為圖書館裡的精神夥伴，後來，女作家才知男孩聾
啞，透過文字、眼神、肢體語言，兩人持續著「精神上」的親密
與陪伴關係。一日，男孩未出現，三天、一週後男孩還是沒出
現，女作家決定將以完稿的小說改悲為喜，書名從「星的死亡」
改成「星的再生」（「星」可作「心」解讀），她頓悟：「如果
真有愛存在，它就像籠中的鳥，只有當你將之放生，而牠仍然飛

回來，你才真正的擁有它[160]」。愛不是佔有，是一種凌駕死亡的純粹。一顆原本對愛情絕望的心，從死亡到再生。若真愛存在，無須佔有，愛存在本身即幸福之所由。

〈月升的聲音〉白種女子痛苦地思念著已經死去的中國愛人：

> 你忽然想起有一次躺在他的公寓地板上聽維爾第的歌劇《奧賽羅》，當音樂結束，他猛翻起身，把頭湊近你的耳，說，人真的很奇怪，居然要以殺人來證明自己的深愛……或者可以說，一旦愛人死了，我們才發覺自己的愛有多少[161]

戀愛時，她甚至無法確定他愛她，也無法確定自己是否愛他。透過文本，顧肇森一再強調愛情精神性的一面，愛情是即便對方死了還依然存在的存在，是一種抽象的精神意志，單一的執著。

顧肇森少作〈歸骨〉揭示著顧氏年少胸懷中的愛情想像，〈歸骨〉側寫不離不棄的夫妻情義：市井底層小民張來福千里跋涉，一心將兩年前去世的妻子的骨骸帶回家鄉，從關外路過天津時，放骨骸的布包被偷兒摸走了，在天津警局鬧出一場風波：

> 醫生（法醫）咳兩聲，扶扶眼鏡，慢慢說道：「這樣帶著屍骨趕路不衛生，你最好在天津城外找個坡埋了吧。」
>
> 張來福虎起一張黑臉，倒退兩步道：「這是俺老婆，她衛不衛生俺清楚得很。俺一路枕著她睡，也莫有

---

[160] 見顧肇森：〈星的死亡〉，《月升的聲音》，頁57。

[161] 見顧肇森：〈月升的聲音〉，《月升的聲音》，頁116。

生病！」他用巨大的右手緊握茅草包兒，左手牽起孩子便
要走。

　　「等等，」我說：「這是規定哩，你怎地不聽？」

　　他緩緩回頭道：「俺不懂規定。可是俺老婆不能埋在
外地。」[162]

　　市井小民一路枕著亡妻骸骨入眠，即便違抗官府（警局）
命令，也要帶著妻子的屍骨返鄉。此般舉措，凸顯出超越生死、
至親至密、不離不棄的夫妻恩義。〈太陽的陰影〉裡的同志戀
人，即使對方得到愛滋病，依然不離不棄地守候對方、為對方張
羅一切，就像世俗夫妻一人罹癌，一人必會扛下照顧責任一樣天
經地義。《貓臉的歲月》〈張偉〉面對第一個可以親密互動的同
性愛人「永恆」的暗示時，「被那白頭偕老的保證感動得說不出
話來」。與戀人同遊歐洲，體會「死生契闊，與子成說，執子
之手，與子偕老」的深刻感動。[163]但，這些動人的愛情「永恆許
諾」都含有「道義」、「互信」的成份，所以，當張偉發現戀人
與金髮帥哥上床時，怒不可遏，即使依然強烈愛著對方，對方也
極力挽回，但張偉依然不惜斷絕兩人關係，甚至報復性地一再與
他人發生性行為。顧氏以「非人」的生活形容張偉到處交歡的舉
措，後來，張偉深深懷悔著因報復心理而產生的無愛之性，最後
對戀人寄予衷心的寬恕與思念。這些故事表揚著愛情中彼此的獨
特性與不可取代性，透露出顧肇森「弱水三千只取一瓢飲」的愛
情美學。但也在顧氏所有的言情小說中，不斷質疑著以誠實（相

---

[162] 見顧肇森：〈歸骨〉，《拆船》，頁56。
[163] 參顧肇森：〈張偉〉，《貓臉的歲月》，頁105。

知）為基礎，「與子偕老」的可能性。極短篇〈最驚天動地的愛情〉忠實呈現了顧氏言情小說的愛情哲學。

4.析論〈最驚天動地的愛情〉

　　1990年，顧肇森以〈最驚天動地的愛情〉獲得《聯合報》極短篇首獎，評審的意見是：「以反諷筆法為愛情下定義」，「有周全的比喻卻不見正面歌頌或貶抑之詞，作者控制力強而以對話方式詮釋愛情在今世的面貌，不著一正面之詞。」[164]顧肇森則在得獎感言提到，此篇「反諷」作品，期待讀者多費一點「腦力」和「時間」來理解之[165]。張素貞〈愛情真的需要驚天動地嗎——評介顧肇森的「最驚天動地的愛情」〉[166]細膩剖析此一極短篇佳作的妙處：短短一千三百字，卻介紹了五個不同人物的愛情觀，每個人物的思想情感，說話語調都和他的身分、職業相切，是極為濃縮的作品。張素貞提到，作者巧妙布置周末、豪雨、酒吧，喝了第三瓶啤酒「酒後吐真言」的情境，讓這五個光棍討論愛情，其中有憧憬，也有不切實際的議論，這其中的「爭議性」便大有令人玩味思索的空間，由這五個人的言論，可解析出代表著一般男性知識份子的愛情觀，但諷刺的是：「似乎一般人所謂的愛情，並不是真正的愛情」。張素貞也提出「戊」這個角色所憧憬的愛情故事：「一對結婚61年，相處融洽的老夫妻」，被其他人認為是最不「驚天動地」的，但是，這樣的愛情，得要兩個人

---

[164] 蘇偉貞：〈四分天下——聯合報第十二屆小說獎極短篇決選報告〉，《聯合報》第25版（1991年1月8日）。

[165] 見顧肇森：〈多費一些腦力和時間〉，收入《小說潮——聯合報第十二屆小說獎作品集》（臺北：聯經出版社，1991年），頁137。

[166] 參張素貞：〈愛情真的需要驚天動地嗎——評介顧肇森的「最驚天動地的愛情」〉，《中國語文》第71卷第3期（1992年），頁111-114。

都有深情、素養並且長壽，「這樣的愛情才真是奇蹟，才真是驚天動地！」張素貞提到「作者有心運用反諷（Irony）來提醒人們重新審視愛情的真諦」，「擁有平淡而持久的愛情才是難能可貴的」。張春榮《極短篇的理論與創作》亦於〈極短篇的藝術描寫〉[167]中提到極短篇的反諷藝術，一是題目上的反諷（事實與題目顛倒相反），二是情境的反諷（故事表面雖似肯定，然內涵寓意卻是否定，形成一顯一隱的矛盾對立）。於解析情境的反諷，舉出〈最驚天動地的愛情〉為例：世俗以畸戀、外遇、殉情、再婚為驚天動地，而正格夫唱婦隨專注如一為謬。剖析顧氏此文自故事的表面與內涵，形成一顯一隱的矛盾對立，而這樣的對立複調的敘述，反而讓老夫老妻相知相守一生的平淡，更顯得不平凡的「驚天動地」。

筆者耙梳顧氏文本，認為此一極短篇強烈的反諷性格，源自顧肇森本人對於「永恆愛情」的絕望，分析於下：

（1）寫作特色與角色設計

〈最驚天動地的愛情〉[168]全文除了開頭、結尾精簡敘事之外，其餘皆以對話方式呈現，呈現出顧肇森式的論辯風格。全文仿若一齣獨幕劇本，場景設定在一個烏煙瘴氣、陽盛陰衰的夜店，聚光燈打在五個白領階層、百無聊賴的男子身上。幾個被大雨困住的大男人一籌莫展，只能吹牛、鬥嘴。但是，全文對話正是這作品精彩之處。透過對話內容，我們讀到了作者對於都會愛情的諷刺，一幕幕誇張卻慘白的愛情圖像呈現在讀者眼前。

---

[167] 張春榮：〈極短篇的描寫藝術〉，收入《極短篇的理論與創作》（臺北：爾雅出版社，1999年），頁195-228。

[168] 顧肇森：〈最驚天動地的愛情〉，收入《季節的容顏》，頁149-151。

　　故事中的對話從這五位男人「都在喝第三瓶啤酒」開始，除了嘲諷他們的百無聊賴之外，酒精更在不知不覺中讓他們脫下了平日道貌岸然的外衣，許多潛藏在心底，屬於酒神的、放縱的、不被社會道德認可的想法赤裸裸的展現出來。週末的小酒館裡，酒精發酵出一枚枚色澤詭麗的情慾泡泡。室外的滂沱大雨，不僅讓這幾個大男人在這寂寥的夜無可施展，更象徵著他們被困在沒有愛情的國度，一場大雨，冷冷嘲笑著世間男女奔赴愛情的盲目，殘酷地展現出都會愛情的蒙昧與荒蕪。作者以全知觀點寫作，透過文字，我們俯視這五個中年男人對於愛情的憧憬，我們閱讀著他們在愛情面前的寂寞、算計、怯懦、麻木，一股悲憫之情不禁油然而生。

　　故事五位主角皆為都會白領階層，男性。現代社會教育歷程最循規蹈矩但也背負著最多框架、最多成就壓力的一群人。他們只被允許在事業上有夢想，對愛情的憧憬往往只能壓抑在心底。一群男人聚在一起應該要聊運動、投資、國際政經情勢或是誇耀情場閱歷，才有男子氣概。所以幾個大男人熱烈討論「最驚天動地的愛情」憧憬，便與社會對他們的角色期待形成一種反差（姚一葦所謂「乖訛」的喜劇效果）。這樣的設計，已富戲謔性。

　　五個主角只有代號甲乙丙丁戊，沒有名字，也沒有任何關於身材體形相貌的描述，象徵性強烈。他們就像路人甲、路人乙一樣蒼白無趣地生活在我們周遭，甚至就是我們的縮影。

　　甲：一名律師，擅長法庭辯論，結婚兩次，屢戰屢敗。兩次話題皆由他引起，一開始便環顧夜店，嫌陽盛陰衰、嫌在場的女士沒看頭。以貌取人，是夜店文化的一環，也是人類社交文化的一環。後來他講述律師表哥為女檢察官殉情時，也一再強調這

位女性的美麗與聰明。法律，是人與人相處的最低界線，律師，游走在道德與敗德的灰色地帶，時為正義的使者、時為魔鬼代言人。這個角色，常呈現出人類價值體系的晦暗面。文中出現了兩位律師，一位是甲，一位是甲的表哥。從甲的言語中，我們感受不到愛情，我們只看到他對女人品頭論足，看到他對「美麗」、「聰明」的肯定，也充分感受到他對自身條件的優越感，他眼中只有「條件」，沒有愛情。對比甲的冷酷，甲的表哥卻「為愛殉情」，這樣的行為對於甲而言，較「驚天動地」更精確的形容應該是「荒謬絕倫」。「甲」的內心，緊緊封閉，難以感受愛情的能量，所以，和他一般優秀的表哥竟為了一個女人犧牲性命，令他匪夷所思。

　　乙：一位不敢承諾婚姻的醫生。他認為最驚天動地的愛情是自己的初戀，他十四歲時愛上自己的鄰居，回想自己當年淪陷在暗戀中時不禁喟嘆「啊！初戀，那讓你雙膝發軟的憧憬，那單純的盼望！荷爾蒙在情竇初開的少年身上有多奇妙的影響？有什麼比初戀更驚天動地？[169]」但是，現在的他，對於愛情卻興趣缺缺，別人因找不到對象而長吁短嘆，他卻是一副無所謂地說「越普通的女人，越懂得取悅。[170]」這句話，充分顯示出他面對愛情時的怯懦，那個勇敢追愛的十四歲少年，在經歷數十年的情場歷練之後，已不想熱熱烈烈地去愛，只想舒舒服服地被愛。既然不想去愛人，所以也不想承擔任何的責任與承諾，找個過得去的對象同居，自私地、動物性地解決自己的需求，任同居女友死纏爛打、苦苦相逼，他老兄則極盡所能地逃避責任，壓根不想背負任何的約束。

---

[169] 同前註，頁150。
[170] 同前註，頁149。

丙：嫻熟投資理財的股市營業員，愛情對他來說也是一樁交易。有多少本錢，就投資怎樣的貨色。在他眼中，沒有真情真愛，一切都是量化的條件，他不能理解：這個世界上居然有人可以花掉大半輩子的積蓄，拋棄貌美能幹的妻子，只為了跟一個沒受過教育、「血統」也不怎麼「高貴」、職業又「低賤」的褓姆廝守？如此血本無歸的「投資」，令他無法置信。

丁：一位剛與妻子分居的小說家。他批評甲的初戀只是純情少男為賦新詞強說愁的夢幻，批評乙的表哥因為得不到所愛而殉情，只不過是個被自己的佔有慾逼瘋的悲劇，批評丙的愛情不過是利益的計算。他說「錢啊，命啊，幻想啊，和愛有什麼關係？[171]」所以，他認為以上三人所述並不合乎愛情的邏輯。作者藉由丁這個角色，為甲乙丙三人所陳述的故事下了一個中肯的結論。那麼，怎麼樣的愛情既合乎一般人「驚天動地」的定義，又合乎愛情的邏輯呢？他舉出了一個經歷了時間考驗，衝破重重阻礙，不惜悖離世俗倫常的故事：「我認識的這對夫妻，才真的是愛的結晶。他們曾是大學班對，因為雙方家長極力反對，終於分開，十五年未通音訊，竟然在某地又碰面。兩人當然已男婚女嫁。當他們發現仍深愛對方，於是各自離婚再結婚。[172]」這個故事透露出小說家丁的浪漫性格，他嚮往那種轟轟烈烈、刻骨銘心的愛戀。目前的他，與妻子分居中。可見，老夫老妻的尋常生活並不能滿足他對愛情的熱烈期待。他嚮往著那種衝破約束、與愛人一起對抗全世界的愛，不被全世界祝福的愛戀，叛逆卻又堅貞。不愧是個想像力豐富的小說家！

---

[171] 同前註，頁150。
[172] 同前註。

　　戊：一個出版社的小校對。鄙視肉慾的愛情，追求愛情的性靈之美。這個角色與其他角色形成很大的反差。其一，甲乙丙丁皆從事受尊敬的、可望賺大錢的職業，而戊不過是個卑微的低階文人。其二，甲丁皆有婚姻經驗、丙是獵艷高手、乙有死纏爛打的同居女友，唯獨戊被周遭的人強烈懷疑仍是處男。雖然，就精神而言，他是高尚的詩人兼哲學家，但在這個凡事向錢看齊的社會，高貴的靈魂沒有市場，不是理想的投資標的，一向乏人問津，註定是寂寞的。其三，其他人雖然在現實生活中可以得到女人，但是卻想望著不切實際的愛戀，戊雖然在現實生活中難以尋覓真愛，卻想望著最切合實際的偉大。面對生活，戊的踏實反諷著其他四人的眼高手低；面對愛情，戊的純真反諷這個標榜自由戀愛，卻又算計著條件；標榜著釋放心靈，卻又肉慾橫流；標榜著尋覓真愛，卻又不負責任的現代社會。

（2）顧氏愛情現象學：解構愛情，釐清本質

・羅密歐與朱麗葉的暗示

　　醫生乙震撼著那心靈顫動、雙腿發軟的初戀，小校對戊在差一點告別處男之身的夜晚，不禁忘情地吟詠《羅密歐與朱麗葉》：初嚐愛情，以為那就是生命的全部，愛情的新鮮人，不懂得去算計條件、利害，愛上便是愛了，愛得義無反顧、天真浪漫，外在的阻力愈強大，就愈加覺得驚心動魄，非此人不愛。但是，我們不得不注意，羅密歐與朱麗葉戀都是青少年，戀愛沒談多久就先後殉情了，如果他們的愛戀未遇阻礙，順利結合，能否恩愛一世？對照文末戊所敘述的平淡老夫妻，未經時間考驗、稚嫩、火熱的愛情竟顯得盲目而且空洞了。

‧最美麗的愛情只存在想像中

除了醫生乙所述那場沒有發展、沒有結果的初戀（其實只是暗戀），其他人所謂「驚天動地」的愛情都是別人的故事。因此，這些「驚天動地」的愛情是他們想像中的愛情，並非真真實實落實在他們日常生活中的愛戀。「談戀愛」要有對象才能「談」，小說中的五個主人翁不管收入多寡、不管已婚未婚，竟然在尋常生活中找不到這樣的對象，只能以一種朝聖者的姿態，膜拜口耳相傳的八卦，揣想著愛情的能量。這似乎寓示：最美麗的愛情，永遠是幻想高過於實際。完美的愛情，並不存在。

‧驚天動地的愛情不敵日常生活

「習慣是美最大的敵人」，再驚天動地的一見鍾情、再不顧一切的目眩神馳、再刻骨銘心的瘋狂愛戀都難以與日復一日的柴米油鹽相互抗衡。故事中的甲律師結過兩次婚，屢戰屢敗；乙醫生只同居、不結婚，畏懼永恆的承諾；小說家丁處於分居狀態；浪漫的小校對戊似乎還沒真正戀愛過，這不正是現代人談感情的寫照嗎？曾幾何時，「執子之手，與子偕老」變成一則神話，變成一個不堪承受的重擔，變成一副禁錮靈魂出入愛情的枷鎖。透過甲乙丙丁對戊的訕笑，我們看到了現代人「只求曾經擁有，不在乎天長地久」的速食心理，現代人驚嘆著「燃燒一瞬間」的壯烈，卻鄙視細水長流、靜水流深的雋永。現代人重視激情、重視利益的算計，卻不願意耐心地去學習相處的藝術。畢竟，即使是一份得來不易的愛情，沒有經營、沒有灌溉，再驚人的美麗也會凋萎。

・愛情已成為量化的投資標的

　　從律師甲、股市營業員丙腳色中，我們看到現代愛情的速食與勢利。

　　在封建社會，婚姻往往是家族間的交易。男人利用婚姻得到性、得到免費的女傭、得到子嗣。女人利用婚姻得到食物、得到保護、得到社會地位。婚姻對於個人、對於家族而言都是利益交換的工具。中國舊式婚姻，強調的總是責任與義務，總是道義與利益，談的是恩義互惠，不是愛情。

　　然而，現代社會雖然標榜戀愛自由、婚姻自由，但是愛情並未演化成功。愛情依然被當作換取經濟資源、換取權力、換取社會地位的工具。人們總是想在關係中「獲得」什麼，而非「形成」一種關係。但因為仍對愛情懷有夢想，所以，條件愈好的人，對愛情愈沒有安全感。總是害怕對方看上的不是自己，而是附屬於自己的金錢、權勢、名利、地位或美貌。擁有優勢條件的人，掌握資源、掌握權力，往往能在愛情的賭盤中掌握更多的籌碼，「權力，是最強大的春藥」但，藥效過後，欲望消退，兩人之間，還剩下什麼？

・情愛無常：中年危機與外遇的致命吸引力

　　股市交易員丙與小說家丁皆提到了不倫之戀的**轟轟烈烈**：

　　　　丙說：「我的這個朋友，有家賺大錢的電腦公司，太太又美又能幹。可是他偏偏愛上一位既缺教育，還是中、越混血的保母。他不但放棄大半財產取得離婚，還為這個女人花大筆的錢買房子。這才是驚天動地」

是不是因為婚姻生活的平淡尋常無法滿足渴望激情的靈魂？是不是兩個人理所當然地生活在一起的婚姻制度撩惹不起包覆在愛情底層那既晦暗又絢麗的慾望？所以，外遇，這敗德又新鮮的刺激，得以驕傲地長驅直入，一次又一次成功地搗毀人類的婚姻制度。在這裡，我們看到與〈冬日之旅〉一般的「libido（原慾）」追求，但〈冬日之旅〉演奏家的死亡，預示了無愛之性毀滅的不只是愛，還有生命。

> 丁說：「他們曾是大學班對，因為雙方家長極力反對，終於分開，十五年未通音訊，竟然在某地又碰面。兩人當然已男婚女嫁。當他們發現仍深愛對方，於是各自離婚再結婚。你們說這是不是驚天動地？」[173]

這個曲折感人故事很合乎一般人對「驚天動地的愛情」的想像，但是，故事中的主人翁當初若是如此深愛對方怎麼會因為父母反對就分手了？對照顧肇森在〈李莉〉、〈季節的容顏〉中鋪陳的少時戀人黑洞般巨大的引力，我們可以推論這對闊別十五年、經歷一番寒徹骨的戀人一樣，多年後愛上的並不是只是彼此，而是那份曾經共同享有的青春印記，在逐漸衰老的中年路途上，在漸感無趣的婚姻生活之外，找到一個可以相濡以沫，重溫舊時美夢，重燃青春激情的夥伴。所以，這樣的愛戀，不過是向青春的自己「招魂」罷了。

「不想因為一棵樹而放棄整座森林」，所以劈腿，所以外遇，總是有人想要不斷地享受著熱戀的刺激，享受著不同於以往

---

[173] 同前註，頁150。

的悸動，即使會傷害別人，即使要與全世界為敵，即使會輸得一塌糊塗。但是，傷害別人得來的幸福能長長久久嗎？因為激情而罔顧道義，要如何才能不斷增溫這樣的情愛？萬一，激情冷卻，會不會再一次拋卻道義，尋覓另一段纏綿悱惻的愛戀？顧肇森並沒有否定這些情慾的存在，但是，他更關注的是情愛的能否恆久。

（3）若愛存在，能永恆嗎？

　　優秀的小說家，追求的是永恆的主題，這是一部探討都會愛情的現代寓言，透過五個簡單又極富象徵性的角色，寥寥千餘字，十一句對白，呈現出現代人面對愛情的迷惘，表面上是一齣諧謔的喜劇，但卻蘊含無限悲涼。

　　透過五個都會男子的對話，我們看到現代人追求燃燒一瞬間的激情，卻又不負責任的態度。渴望被愛的溫暖，自己卻又吝於付出，無心經營一段長久的關係；把愛情當成投資標的，精密地計算得失，喪失愛的靈魂。永恆的愛情在標榜自由、自主、自在的現代社會裡，因為太多太多的選擇、太多太多的現實考量、太多太多的誘惑而成為一紙模糊且遙遠的神話。

> 　　「我的鄰居，是對結婚六十一年的夫妻，丈夫現在八十二歲，妻子七十九。他們既沒外遇，也不曾為情自殺，並不富有，只是相處融洽，平淡的過了一生。等孩子成人，兩人相繼退休，偶爾出外旅行，多數時候，只是種種花草，或一個拉小提琴一個彈鋼琴，演奏貝多芬的協奏曲……」[174]

---

[174] 同前註，頁151。

這樣平凡的希望，在現代社會竟顯得如此偉大。

再者，「死生契闊，與子成說，執子之手，與子偕老」這究竟是愛情還是道義責任呢？作者藉一個「根本不算真正談過戀愛（傳說還是個處男）」的小校對展現了自己對於愛情的憧憬——相知相守，但是小校對沒談過戀愛的背景也揭示出顧肇森認為永恆之愛有其未經親身檢驗的「神話性」。對於現代都會人愛情能否恆久，顧肇森的態度相當絕望——永恆的愛情，不過是傳說中的桃花源罷了！

5.相知相守是現代神話

在顧氏文本中，「發生」一段愛情總是美麗，但是，在現實生活中「經營」一段「情愛關係」，總是狼狽不堪，充滿悲劇性。這種絕望，在《季節的容顏》系列展現得最淋漓盡致：〈季節的容顏〉註解了初戀的獨特性與「回不去」的弔詭關係——回不去的過去總是最美的，但，會這麼美也是因為再也得不到了，呼應〈李莉〉的質疑「是不是我們永遠得不到一些真正想要的東西？[175]」青春之戀之所以美麗，建築在現實時間的「不可逆」，無法「相守」；而〈無緣千里〉異族夫妻終成眷屬，但是男主角卻沒有任何喜悅「雖然婚禮只延續了三分鐘，他卻感到這輩子就在那聲『願意』中倉促的結束了[176]」，因為他們的感情奠基於異族情侶對彼此「未知」的好奇探索，而在柴米油鹽醬醋茶的日常瑣碎銷蝕之下，「相知」已無驚喜，所以「相守」便成惡夢。就

---

[175] 見顧肇森：〈李莉〉，收入鄭樹森編：《冬日之旅——顧肇森小說選》，頁187。

[176] 見顧肇森：〈無緣千里〉，收入鄭樹森編：《冬日之旅——顧肇森小說選》，頁46。

算是唯一一篇相守到老的文本〈破碎的天〉，那對彼此陪伴了一輩子的中國夫婦，也因為丈夫無力照顧罹病的妻子，又不願違背自己對婚姻不離不棄的信念將妻子送往安養院，因而將妻子殺掉再自殺。當時，罹患阿茲海默症的妻子什麼都不記得，眼中「什麼都沒有了」，顧肇森刻意給殺妻的老教授安排一個「歷史學者」的身分，因腦退化症而忘卻所有兩人所構築的歷史的老妻，比那本「壓得他兩腿微麻」的相簿，更令他無法負荷。相守一輩子的愛情屬於老一代，但當彼此之間的回憶只存在其中一方時，兩人之間只剩「相守」的道義，而無「相知」的情意，這段愛情顯得如此孤獨、如此蒼白。而〈破碎的人〉、〈破碎的心〉更是連「相知」都搆不上的現代情愛「警世劇」：〈破碎的人〉男主角只是一個以經濟優勢採買外籍新娘的「消費者」，〈破碎的心〉男主角只是因為這個外遇對象「很好應付」，便便宜行事地談了幾年「不須負責」的戀愛，最後這兩個人分別被只為滿足他們肉慾而存在的「愛人」殺了。

　　觀察顧肇森愛情文本，《季節的容顏》系列堪為總結，呼應了留學生李莉初抵紐約，見到紐約人T恤上那一句話：「愛和泡疹的區別是什麼？泡疹永遠存在。[177]」李莉認為這句話，很可表現「現代人」的愛情。〈李莉〉發表於1983年，雖然質疑愛情，但字裡行間仍透露出對愛情之期待。時至1990年，相知相守的愛情在顧氏文本中已成「驚天動地」的神話。

---

[177] 同註176，頁178。

五、顧肇森小說綜論

（一）主題內涵

1.以小說創作為生命之超越與思辨

　　顧肇森1982年發表的〈風景103號〉與1989年發表的〈未完〉情節類似，中心思想相同，卻採用全然不同的敘事策略。顧肇森常提及自己的作品總是一改再改，鄭樹森也提到：顧肇森對於小說創作有一種極大的焦慮，書架上擺滿了名家經典小說，並不惜投下重資，重複購買已有的小說，搜集更完善的新舊版本，顧肇森說：書架上陳列的小說，標示的不僅是對大師級作家的尊敬，更是殷切的自我期許。顧肇森曾寫過一篇自傳性質濃厚的中篇小說，前後寫了兩遍，以不同的人稱觀點、敘事策略來經營同樣的題材，但最後因為自覺未臻完美而不願發表，甚至臨終前還打電話請求擁有此篇小說校定稿的鄭樹森將稿件銷毀，由此可見作家於小說藝術的高度熱情，以及追求完美的堅持。

　　與散文比較起來，顧肇森在小說下的功夫深刻許多，顧肇森說，雖然他的作品不多，但一直寫心之所之，儘量避免身邊熟悉的瑣事，不但費心挑選題材，技巧文字也避免重複。少作《拆船》系列以「嚴謹」的寫作態度、「高明的技巧」、優秀的「語言駕馭能力」深獲讚賞，內容則呈現出作家極其早熟且敏銳的世情觀察，著眼於不同階級的矛盾，對於貧窮落難的小人物充滿同情；《貓臉的歲月》以黑色幽默呈現美國移民華人的辛酸，以諧謔的冷筆戳破美國夢華麗表像下的病態；《月升的聲音》系列以兼具對比性與象徵性的人物來辯證思考，探討「人」的靈肉掙

扎；《季節的容顏》系列以寫實的方式，呈現人與人之間的權力與自由的拉扯，思索新時代的人際倫理。顧肇森以小說創作為內在靈魂超越、提升之寄託，四本集子呈現出小說家技法上不斷自我突破，在思想內容上，則隨著社會變遷而深刻思考著深具時代性與地域色彩的人文議題。顧肇森說：「別人流行超覺靜坐。寫作，就是我的靜坐。[178]」這句話很能詮釋顧肇森的創作態度。

2.刻畫世情之病，呈現地域性問題

　　吳達芸〈《貓臉的歲月》讀後〉提出：顧肇森是醫院工作者，「自醫者觀點看眾生特色自然十分濃烈[179]」。顧肇森說：「若是作品中能表達出深刻的內容，多半和學醫有關，尤其是我所從事的神經內科經常碰到一些尖銳的問題，而醫學本身不但幫助你了解人，還幫助你了解生命的真諦，對我的助益相當大。[180]」又說：「中醫像創作，必須看到生命的整體。西醫像文評家，頭痛醫頭，腳痛醫腳，什麼東西都要拆開來看……中醫比較接近創作，因為它講求望、聞、問、切，看到的是生命的整體。[181]」由是，我們不難覺察顧氏以醫者眼光審視社會病態，全面觀察之、探究之，並極欲思索出表達方式與解決方法的入世熱情。

　　《拆船》、《貓臉的歲月》、《季節的容顏》洋溢著濃厚

---

[178] 黃美惠：〈醫人腦寫人心醞釀新作——顧肇森久違，回家迷了路〉，《民生報》1989年5月26日，第14版。

[179] 見吳達芸：〈醫者看待眾生疾病——貓臉的歲月細繪人生百態〉，《大華晚報》1987年3月22日，第11版。

[180] 見楊錦郁記錄整理：〈從腦出發——「醫學與文學種種」演講會記要（上）〉《聯合報》副刊，1991年5月23日，第25版。

[181] 同前註。

的社會寫實風格。顧肇森曾自述許多故事的素材都來自所見所聞，經常是對一個社會現象有所感觸後，藉由觀察觸發更多的文學想像才動筆。例如〈拆船〉源自大學時兼家教時的見聞，《貓臉的歲月》多是留學時打工所聞；〈素月〉則是無意間在電車上聽到幾個廣東人聊天時說：「他為了拿綠卡，所以了娶了她。」[182]而引發了他探究粵籍車衣女工生活的興趣。為了寫活紐約粵籍車衣女工，顧肇森還特別拜託在紐約開設車衣廠的朋友讓他進廠實地觀察數日，也利用中午休息時間，溜到粵籍女工聚集的餐廳，佯裝看報，實則偷聽她們聊天的內容。這樣濃厚的社會觀察興趣，呈現在作品上的，往往不是喜劇故事，而是一幕幕人世黑暗。根據社會學者研究：美國唐人街是華人移民在美國展開新生活的重要跳板，這裡提供了十分綿密的社會支持網絡，讓離鄉背井的華人在此建立充足的人脈與經濟能力，有助移民順利在新天地展開新生活，例如「車衣廠」提供眾多華美太太們時間彈性又穩定的收入來源，讓她們既可照顧家庭，又可幫忙家中經濟。[183]但是，顧肇森寫作並不將敘事的主題放在經濟上的成功，即便是如曾美月、王瑞、素月這些在經濟上算小有成就的角色，顧肇森極力著墨的不是他們的富足，而是以他們經濟上的成功來呈現當地的社會病態。

顧肇森的小說在空間安排上，重視細節的「真實性」，因此作品呈現濃厚的地域色彩。地域色彩在一般的文學研究中泛指以下四項：一、場景和環境的獨特性。二、方言和地方俚語。

---

[182] 張夢瑞：〈創作雖孤寂，得獎已習慣──顧肇森經常匿名競爭〉專訪顧肇森，《民生報》1991年3月31日，第14版。

[183] 參陳靜瑜：《從落葉歸根到落地生根──美國華人社會史論文集》（臺北：稻鄉出版社，2003年）。

三、人物或意象：人物通常指敘事作品裡，跟地方的獨特性和代表性有關聯的；意象是抒情作品裡的重要元素。四、情節或感性：在敘事作品裡，情節結構跟當地的大環境或小氣候有關時，這類作品有時被稱為「地域的現實主義」。[184]從《拆船》系列起，顧肇森的創作便展現高度的地域寫實性格，反映出當地特殊的人文與地理風景，也呈現出當地知識青年所焦慮的議題。

　　鄭樹森論顧肇森文學以「身體力行」形容之。[185]顧肇森極重視「考察」，除了《拆船》時期筆下的臺灣西部社會景況，《貓臉的歲月》、《季節的容顏》系列的紐約世態人情，《月升的聲音》紐約與臺北的人文風景。散文〈在雲上行走〉寫出顧肇森於假期四處旅遊的雜感，許多曾經旅行的地方都栩栩地出現在顧氏小說當中，例如紐奧良：〈冬日之旅〉，鱈角：〈破碎的心〉，佛羅里達西匙島：〈月升的聲音〉，義大利威尼斯：〈張偉〉等。顧氏曾疑惑請教鄭樹森，重視考察的作家是否較欠缺想像力，鄭樹森回覆：巴爾札克、福樓拜、左拉、托爾斯泰、喬依斯皆重視考察，考察、經驗、回憶和想像力一般，同是作家珍貴的資產。

　　鄭樹森談及顧肇森，一再強調其考察之力：1993年顧肇森欲利用年假返臺，並積極籌劃香港之旅，年中利用午休時間數度致電鄭樹森，請託鄭教授代訂頂級旅店，指定要頂樓、全景、面海的套房，而且旅館需設有當時較罕見的游泳池、健身房，如此奢

---

[184] 鄭樹森：〈地域色彩與花蓮文學〉，收入鄭樹森：《從諾貝爾到張愛玲》（臺北：印刻文學，2007年11月），頁154-155。

[185] 參陳榆婷：〈訪鄭樹森談顧肇森〉，刊登於《文訊》第332期，2013年6月，頁29-35。

華的理由是：既然好不容易出一趟遠門，就得多見識，也為將來創作長見識。

1993年12月初，顧肇森自紐約乘頭等艙飛往香港，並安排旅館派「賓士」至機場接送，入住當時新落成的美國五星級「萬豪酒店」。顧氏此行目的之一便是品嚐「道地」港式美食，原因是他常在紐約吃粵菜，卻疑惑道地的粵菜口味是不是這般，為了求證，親自赴港嘗試。顧氏整個香江行精神矍鑠，興致極高，直奔旅館健身，還報名參加當地的一日遊旅行團四處攬勝，在大啖港式美食之餘，日日早起游泳、健身，也雇請專業的按摩師，進行專業按摩。顧氏出手闊綽，鄭樹森偶爾調侃他：醫生如此花錢，無怪乎美國民眾健康保險費那樣昂貴。顧肇森則多次辯解：不是愛享樂，純粹是為了獲取更多的生活經驗，以應付日後創作之需，可見其考察之力。

顧肇森心儀現代文學大師喬伊思，於散文中不吝流露對於喬伊斯的熟悉與喜愛。喬伊斯的作品全部取材於真人真事——他熟悉的親友和瞭若指掌的都柏林市（其時居民還不到三十萬人）。顧肇森《貓臉的歲月》系列風格近似喬伊斯的《都柏林人》。按喬伊斯的構想，《都柏林人》是一部愛爾蘭風俗史；選首府為背景是因為它處於整個民族「癱瘓」（paralysis）的中心。使用不同文體描繪都柏林天主教中產階級形形色色的人物如行屍走肉般的生活。旨在諷刺愛爾蘭人缺乏人性自覺，心靈「麻痺」的病態；而《貓臉的歲月》聚焦於華美移民異鄉求生之病態。《都柏林人》第七篇〈寄宿公寓〉（The Boarding House）男主角Doran與女房東的女兒發生性關係後非常擔心自己的名譽，他知道「都柏林市這樣小，人人都清楚別人的事。」這句話很可

用為喬伊斯全部創作的一個重要提示。[186]也可作為觀察顧肇森小說創作的重要提示。

　　顧肇森少作《拆船》大部分的作品刻畫出作者年少時期的臺灣經驗，突出了經濟發展中的臺灣社會貧富不均、傳統家庭圖像崩解、親人間感情陌異化等社會問題，刻畫了臺灣經濟起飛時期的都市風景。《貓臉的歲月》是留學時期打工見聞的唐人街軼事，寫出了美國1980年代紐約都會的真實面貌，凸顯華美移民在異鄉求生存的種種荒涼。《季節的容顏》、〈時光逆旅〉是長居紐約也造訪中國之後，對於人與人之間，人與社會之間，生與死之間更深刻的倫理問題思索，在寫實的場景中，寄寓著作者對於居處於當地「人」的問題的敏覺與關懷。

（二）藝術經營

1.戲劇性的衝突美學

　　楊宗潤先生指出《貓臉的歲月》有白先勇《臺北人》的影子，因兩者同樣來自對「人」的關懷。[187]

---

[186] 參莊坤良〈麻痺：《都柏林人》的文化病理學〉收入James Joyce著，莊坤良譯・註《都柏林人》（臺北：聯經出版社，2009年6月）「按喬伊斯的構想，《都柏林人》是一部愛爾蘭風俗史；選首府為背景是因為它處於整個民族「癱瘓」（paralysis）的中心。全書十五個短篇〔另有五篇定了題目卻未寫出〕的主題不外乎困阨、挫敗、崩潰、幻滅和死亡。頭三篇寫童年，其後青年、成年和公務三個時期各佔四篇。逐期使用不同文體描繪都柏林天主教中產階級形形色色的人物如行屍走肉般的生活。（其中有幾篇已經使用內心獨白筆法）。」

[187] 參楊宗潤：〈寂寞之旅讀顧肇森貓臉的歲月〉，《中華日報》第11版（1986年8月26日）。

　　筆者探究符立中〈白先勇與符立中對談——從臺北人到紐約客〉、《上海神話——張愛玲與白先勇圖鑑》以及白先勇短篇小說創作《寂寞的十七歲》、《臺北人》、《紐約客》以及散文集《第六隻手指》，再加以筆者對於顧肇森小說的研究，歸納出顧肇森與白先勇小說的互文幾點因素：其一，兩者皆為外省軍眷子弟，兩者父兄於中國皆屬具備文化素養的地方大族，來臺灣後時露曾為「王謝堂前燕」的感懷，兩位作家於中國古典小說、武俠小說浸染甚厚，尤其深愛《紅樓夢》。顧氏小說中的美感營造，諸如：繁華與淒涼之對照，人物的美與俗、靈與肉之對比掙扎，器物的精與粗以及其象徵意義的使用等，在在呈現出《紅樓夢》的美學痕跡。不管是人情事態，或是用語，例如：形容杜林等人的「容長臉」，素月抽中的籤詩「恩愛夫妻不到冬」，〈時光逆旅〉裡那杯「微有火油味，顏色紅得奇異的茶」等，或者是人物、器物、食物的描繪，以及這些人、物在小說中的象徵意義，以及繁華落盡時，今昔對比的寂寞情調，都直接或間接化為顧氏小說中的養分。其二，兩位作家皆經歷了臺北人到紐約客——外省軍眷子弟到北美移民的人生歷程。其三，兩者皆愛美國劇作家田納西‧威廉斯的作品，對於信仰陷落之後，主體如何面對「餘生」，於那些繁華落盡的人物，有深刻之共感。其四，兩者皆受喬伊斯影響，喬伊斯影響白先勇在於現代主義象徵，內心獨白的寫法；影響顧肇森則除在象徵與內心獨白之外，更多冷筆諷刺。因此，白先勇較貼近筆下人物，與人溫熱之感；而顧肇森以醫者視角體察人間病態，刻意與書寫對象保持距離，較冷。其五，受中國古典文學影響，兩者在形式上皆出現有「曲文並呈」的作品，不過顧肇森摻以西方曲詞為主，例如：少作〈公主〉以收音機播放瑪麗蓮夢露所唱〈大江東去〉收束，〈冬日之

旅〉與德國詩人繆勒詩作〈冬日之旅〉互文，〈季節的容顏〉
與歌劇《茶花女》互文，〈虛戈〉穿插《茶花女》的〈飲酒
歌〉；而白先勇《臺北人》系列〈遊園驚夢〉、〈一把青〉、
〈金大班的最後一夜〉使用中國曲詞，〈孤戀花〉為臺灣閩南
語曲詞，《紐約客》系列〈Danny Boy〉、〈Tea for Two〉使用西
洋曲詞，兩位小說家都藉小說中摻雜曲詞的形式烘托氣氛、凸顯
主題。

　　基於這兩個作家創作養分的相似性，我想借用白先勇的一
段話來觀察顧肇森的小說。白先勇說：

> Percy Lubbock那本經典之作：《小說技巧》對我啟發是
> 大的，他提出小說兩種基本寫作技巧：敘述法與戲劇
> 法。……所謂戲劇化，就是製造場景，運用對話。……我
> 又發現中國小說家大多擅長戲劇法，紅樓、水滸、金瓶、
> 儒林，莫不以場景對話取勝，連篇累牘的描述及分析並不
> 多見。」[188]

　　白先勇所述中國古典小說擅長的「戲劇法」常現於顧肇森
小說，顧肇森自述自己愛讀的中國古典小說第一是《紅樓夢》，
其次是《金瓶梅》、《水滸傳》[189]，而這些小說擅長以戲劇法表

---

[188] 參白先勇：〈驀然回首——「寂寞的十七歲」後記〉，收入白先勇：
《寂寞的十七歲》（臺北：允晨出版社，1990年2月增訂一版），頁
335。「Percy Lubbock那本經典之作：《小說技巧》對我啟發是大的，
他提出小說兩種基本寫作技巧：敘述法與戲劇法。……所謂戲劇化，就
是製造場景，運用對話。……我又發現中國小說家大多擅長戲劇法，紅
樓、水滸、金瓶、儒林，莫不以場景對話取勝，連篇累牘的描述及分析
並不多見。」

[189] 參楊錦郁記錄整理：〈從腦出發——「醫學與文學種種」演講會記要

現，著重於「製造場景」、「運用對話」，使小說宛若一幕幕生動的戲劇畫面，有場景、有對話，在讀者腦海中演出。顧肇森小說中戲劇化的特質甚為明顯，許多抽象的意念，皆化為具象的角色在文本中展演，自《拆船》起，角色的形塑便十分具有衝突性，藉由寫實又細膩的場景設計來營造氣氛，以對話論辯凸顯主題，少作《拆船》系列大部分以戲劇法呈現主題，〈出家〉以《羅生門》各說各話的方式來講故事，〈公主〉、〈爸爸的冰攤子〉、〈拆船〉、〈我的胖娃娃〉、〈琵琶行〉、〈歸骨〉、〈留情〉、〈黛安娜〉、〈印地安人〉皆用心營造場景、設計對白。筆下故事皆能化作具體的聲音、影像，呈現在讀者腦海。

《貓臉的歲月》系列較少採用戲劇化寫法，只有〈小季及其夥伴們〉、〈梅珊蒂〉、〈王明德〉有較大篇幅的戲劇性展演，寫美麗香港女子淪為紐約賣淫婦的〈梅珊蒂〉可視為〈公主〉的紐約版，而本為高中教師至紐約淪為打工臺勞的〈王明德〉可視為〈爸爸的冰攤子〉的紐約成人版。值得注意的是，〈小季及其夥伴們〉採用一群留美熟齡未婚女子邊打麻將邊話家常的方式呈現留學圈子的寂寞與各路八卦消息，宛如一齣即刻在讀者面前展演的話劇。由於對戲劇化技法的自信，因此，在《月升的聲音》系列，〈風景103號〉被改成了〈未完〉，但無論是〈小季及其夥伴們〉或是〈未完〉中的話語皆太過拉雜，雖偶有巧妙章句，卻無法展現人性的深刻之處，只能呈現作者自身的思辨，較難感動讀者，藝術效果有限。但是，這「戲劇化」的寫法至《季節的容顏》系列時，運用於〈素月〉、〈最驚天動地的愛情〉、〈時光逆旅〉、〈破碎的心〉諸作，話語精練、場景富象

徵性、主題明確、戲劇張力強烈，已達一定之純熟。尤其是極短篇〈最驚天動地的愛情〉幾乎等於一齣精彩的舞臺劇，達到戲劇化的高度成功。

自《拆船》起始，延續至《季節的容顏》系列，戲劇化技法已展現出穩定的「熟練度」。這樣的熟練，使得作者在意念的傳達上十分精準，但〈太陽的陰影〉卻成為十分「突兀」的一篇。本篇戲劇性的高潮點在於文末長達五頁的論辯，透過主角哥哥同性戀人與無法接受哥哥是同性戀的弟弟對辯，直斥世人歧視同志之狹隘，更藉由哥哥的戀人，這位具備「大學生物教授」資格的「非洲裔美國人」之口，類比性取向歧視就如同種族歧視一般鄙陋無知，因為過於精準的同志平權論辯，在情節與情感的處理上未能呼應論辯文字的厚度，而使此篇論辯文字顯得空泛。王德威以為此文犯了「主題先行」之病。紀大偉論此般「恐同」與「反恐同」的辯論對決，教育性大於文學性，放在小說中，並不討好。筆者以為：如此處理，源自顧肇森刻意。

顧肇森有意疏離自己對同志角色的情感共鳴，藉由一個被家人排擠的同志，以及大量理則論述來闡述其平權思想，因此，此篇幾乎不處理同志的情感，而將觀察焦點集中在：一個同志如何遭受原生家庭無情的拒斥。

筆者推論：顧肇森因〈張偉〉一作，屢被影射為個人自傳而引發了社交上的困擾。是故〈太陽的陰影〉刻意與書寫對象保持十分遙遠的距離，致使本篇的理則性強壓動情性，我們在這篇小說中看不到同性戀人感人的互動以及一方照護罹患愛滋病愛人至親至密的生活細節，顧肇森刻意呈現在讀者面前的是一部口號式的教育宣導影片，反覆宣揚著兩個課題：第一、異性戀希望自

己的愛被祝福，同性戀也希望自己的愛被祝福。第二、愛滋病就像癌症一樣，只是一種病，不獨同志，任何人都有可能被傳染，只要戴保險套，就可進行安全性行為。以直白的口號論辯，「陳述」主題。於這兩個議題的呈現，幾乎不作任何藝術經營，與本系列其他篇章比較起來，刻意地直接許多。與前期同為男同志小說的創作〈張偉〉相較起來，不唯不見顧氏一向擅長的細膩情感呈現，連顧肇森一向拿手的生活細節處理都刻意疏忽，在敘事上也不打算突出這對戀人的情感互動。文本中的同性戀人，毫無動人的互動細節，作者處理他們相處景況無異一般「室友」。就擅長捕捉人物情感細節的作家而言，極不尋常。作者藉由此篇作品自我辯白的意圖十分明顯。

作為一個支持各種人權運動的自由主義者，任何歧視都是「人訂的，或者假藉神之名訂的」有侷限性的「道德律」，而性取向歧視則為：「一夫一妻制是人類祖先從遊牧轉型成農畜時，為維護種族延續和社會安定而發展出來。即使這種婚姻制度都不是放諸四海皆準，更不必提它不是唯一的人類關係了。[190]」大篇直白論辯，是顧氏戲劇化小說中頗為特殊的一篇，但我以為這樣的直白，源自作者刻意。〈太陽的陰影〉直截了當地透露出顧肇森對於人權議題的重視，凌駕其一向焦慮的文學成就。

2.以精準的時空規劃突出現實的悲

顧肇森心儀現代小說家喬依斯，曾高價競標喬依斯意識流名作《尤里西斯》之初版[191]，散文亦數次提及喬伊斯高明之處。觀察顧氏小說，除了現代主義常用的象徵之外，亦可發現顧肇森

---

[190] 見顧肇森：〈太陽的陰影〉，收入《季節的容顏》，頁69。
[191] 參顧肇森：〈讀書經驗〉，收入《感傷的價值》，頁171-182。

在寫作「傷逝」題材時，常以現實世界與內心世界相互映照之寫作技法。小說借由兩條時間軸展開：現實的時間軸與內心的時間軸，由這兩個時間軸交錯出一幕幕戲劇張力十足的場景。

　　主人翁在現實世界所歷經的時間軸往往僅有短短的幾個小時、一個夜晚或短短幾天，而心理的時間軸則運用意識流小說常見的「內心獨白」（interior monologue），使得呈現在讀者前面的時間、空間得以自由變換且無限擴張[192]。在現實時空與心理時空的交雜錯綜下，不但不會使內容脫離現實而顯得雜蕪，反因對人物意識的挖掘，使得角色刻劃更深入，並讓角色的意志與與情節呼應更加完整，如此更能表現人的複雜性。而且，善用現在與回憶的對比、表面狀態與內心意志的反差，來彰顯角色的悲劇性，呈現出回憶與現實拉扯的張力。

　　少作《拆船》系列中，〈流逝〉、〈拆船〉、〈爸爸的冰攤子〉、〈塵埃不見咸陽橋〉、〈公主〉皆使用兩條時間軸線的寫法，讓許多關乎主題的意念、回憶、憧憬穿梭在心靈的時間軸中。經常呈現在現實時間軸的，是殘酷的場景，這些殘酷的現實與生命中過往的美好回憶以及過往對未來美好的憧憬，對比出現實的荒涼。這樣的技法，使《拆船》諸篇呈現濃厚「今昔對照」的傷逝情調。但是，此技法並未明顯延續至《貓臉的歲月》系列，《貓臉的歲月》大量使用編年體式的時間安排，為小人物立傳的氣味濃厚，雖然〈卜世仁〉、〈梅珊蒂〉、〈小季及其夥伴

---

[192] 參莊信正：〈內心獨白v.意識流〉，收錄於莊信正：《面對由利西斯》（臺北：九歌出版社，2005年初版），頁157-159。內心獨被運用在文學作品中，並非指任意或無意識的行為，而是由作者在現在進行的合理情節中，精心挑選足以引發聯想的事或物，使時空由現在，跳動到內心所及的時空之中，藉以充實小說內在的情節，以達成所欲呈現的主題，所以，使用內心獨白，是為了彰顯、統一題旨。

們〉的現實時間極為濃縮，但是故事裡的過去式大部分以對話交代，極少書寫主人翁的心靈活動，作者以觀察者的視角說故事，刻意與主人翁與保持距離，而全篇以書信體裁寫成的〈李莉〉，雖然分別以日記和李莉寫給家人、摯友、男友的書信刻畫出留學生李莉的心靈剪影，但是篇章主題為留學生來到美國後的所見所思，對於現在與未來之關心遠甚於「過去」。「過去」相較於留學生初至異國的處處驚喜以及對未來的無限憧憬中，顯得無足輕重。

　　《月升的聲音》系列中，兩條時間軸線的寫法亦使用在「傷逝」題材，如：〈月升的聲音〉、〈秋季的最後一日〉、〈去年的月亮〉，這些作品有許多內心獨白，主題亦聚焦在今昔對照的人生思索，但亦藉由大量的對話來交代過去發生的事。

　　至《季節的容顏》系列，兩篇以兩條時間軸的寫法的作品大放異彩：〈季節的容顏〉、〈破碎的天〉在時空掌握上十分精準，現實與過去巧妙交纏出生命的嘲諷。〈季節的容顏〉現實的時間軸只有短短八小時（晚上七點至凌晨三點），從男主角走進歌劇院瞥見初戀情人，到歌劇演出結束，男主角走出歌劇院刻意與初戀情人擦身而過，再到夜半不寐，外出透氣；心理的時間軸則隨著現實的時間軸──歌劇《茶花女》的演出，讓十五年前的舊日戀情歷歷在腦海上演。心理的時間軸回到了臺灣，他們唸大二時初識的場景，然後極細膩地搬演著兩年多的戀情發展與突然結束；現實的時間軸在美國紐約大都會歌劇院。現實的時間軸上演出《茶花女》；心理的時間軸也同時上演著兩人的戀愛悲劇，兩個時間軸相互對照，凸出「一切都晚了，太晚了……[193]」之懊

---

[193] 見顧肇森：〈季節的容顏〉，收入鄭樹森編：《冬日之旅──顧肇森小說選》，頁68。

悔。過去的時間軸中，女孩愛穿一身紅；現實的時間軸看到的她卻是「裹在白絲夜禮服中，一朵雲似的飄浮起來[194]」。過去的時間軸中，他們「吵架做愛，做愛吵架[195]」；現實的時間軸中，他故意製造機會與她接觸，卻獲得冷淡的回應。男人蓄積了一整晚的回憶能量，一句「對不起」，含藏了多少悔疚，女人「眼光一掠而過，只說：『沒關係。』轉頭逕自向前走[196]」。兩個時間軸以《茶花女》一劇巧妙呼應，除了演示現實時間軸的時間推進，也強化了戀情的悲劇情境。在過去的時間軸中，男孩開始聽歌劇，是因為出身富裕的女孩引領。當年男孩聽歌劇的反應，與現實時間軸中女人身旁帶的女兒一樣「唱的是義大利文，我一個字都聽不懂[197]」。這個由白人父親與中國母親所撫育的女兒卻「看不出是混血，十足中國人的輪廓[198]」。對照過去時間軸──分手前，「那些日子裡她情緒波動很大，常藉故吵架[199]」「我後來聽到謠言，說她去美國墮胎[200]」，讓文本產生更多的想像空間。此般處理，是《尤里西斯》、《紅樓夢》讓論者嘆服之「不寫之寫」──這個十幾歲的女兒極有可能是男主角的。如此一來，男主角當初因為自卑而斬斷戀情的舉措，便顯得十分荒謬。家世顯赫的女主角懷著身孕被父母帶到美國，若不墮胎，堅持將孩子生下來，不但顯示了他對男孩的愛十分深摯，也暗暗嘲諷了男孩因自卑作祟，不斷暗自懷疑女孩到底看上自己哪一點，最後竟因此

---

[194] 同前註，頁60。

[195] 同前註，頁69。

[196] 同前註，頁72。

[197] 同前註，頁65。

[198] 同前註。

[199] 同前註，頁69。

[200] 同前註，頁71。

導致分手，有多麼不值。男人在歌劇院，望著女人和她的孩子與白人丈夫，自然親暱的互動，男主角「胃裡突然冒出一股嫉妒的酸」，甚至故意「從他們身畔擠過去」[201]，此際，女主角是否看到男主角？如果她已經看見了他，那麼，當歌劇結束，男主角又刻意製造機會與她互動，她那冷漠的回應「沒關係」，是真的沒關係嗎？還是愛極恨極之後，歷盡滄桑後的毫不在乎？畢竟，在她生命中最需要他的時刻，他完全錯過了。由是，男主角最後的體悟：「我和她已是全不相干的陌生人了[202]」。如此收束，更顯得十足椎心。王德威先生評〈季節的容顏〉題材無甚創新，但我以為顧肇森將老題材處理得十分精彩。

〈破碎的天〉現實的時間軸不到兩小時：晚上七點至八點多，以泡一杯阿華田餵食妻子始，然後步出戶外，買菸、抽菸，再步回屋內，翻閱相簿，以泡一杯阿華田給自己飲用終（作者暗示兩杯都摻了安眠藥，然後他悶死妻子，再開瓦斯自殺）；心理的時間軸卻進行著老先生大半輩子生命歷程的回顧。現實的時間軸呈現的是：兩位患病老者、已經三年沒見到面的兒子以及勢利又冷漠的紐約人情。而心理的時間軸呈現的是：上海新婚時期，屋外烽火連天，屋內纏綿的肉體歡愛；大半輩子從中國、臺灣、香港到美國的逃難路徑，在美國養育兒子；八年前老翁罹患心臟病，四年多前，原本好廚藝，善交遊的妻子因逐漸加劇的腦退化症，那兒都不敢去，只能茫然地呆坐在沙發上。現實時間軸上的困境，諷刺著心理時間軸上那倉皇逃離故土的生命歷程。逃離了政治上的人禍，來到了心目中的樂土美國，卻要面對新大陸人與人之間冷漠、疏離、崇拜青春的文化基底。在這個屬於年輕人的

---

[201] 同前註，頁65。
[202] 同前註，頁73。

資本主義社會，將罹病老人送往「療養院」是理所當然的決定，這卻讓教授歷史的老教授無法接受。

出生於二十世紀初的中國教授，仍然保有儒家「敬養」老者的倫理信仰[203]。當初因逃難離開故土，四十年後方得重返故園，父母「早已死得沒了蹤影」，這樣無法奉養父母深深的罪咎感，讓老教授自覺無權得到兒子的奉養。在美國成長的兒子，最後一次探視父母是三年前，那時，老太太已經發病了，兒子說「雖然住得很遠，但還是可以……[204]」。其實，兒子住得不遠，「遠」只是已經成家的孩子與父母之間的心靈距離。這對一個在美國成長的男孩而言，是理所當然的距離。鄭樹森提到：「在美國家庭中，mother-（father）-in-law是外人，若與已婚子女同住，則是對子女另一半的侵犯。[205]」所以，在現實時間軸中：兒子的疏遠、異國人情冷漠、孝道倫理信仰的違逆，在在呈顯出過去時間軸中，那大半輩子的奔逃，只是讓自己困在另一齣悲劇當中。同樣從中國逃往臺灣，再逃往美國的作家聶華苓成立愛荷華寫作會，接觸了來自世界各地的作家之後，她分析這個世紀的人，不是被困在一個政權，便是逃向另一處所，她說：「二十世紀是一個『逃』與『困』的年代。」[206]在〈破碎的天〉文本中，顧肇森藉由現實與心理這兩條時間軸，更進一步經營了一個無所逃於天地之間的生命困境。

---

[203] 見《論語》〈為政篇〉第七：子游問孝。子曰：「今之孝者，是謂能養，至於犬馬，皆能有養，不敬，何以別乎？」

[204] 見顧肇森：〈破碎的天〉，《季節的容顏》，頁119。

[205] 見陳榆婷：〈訪鄭樹森談顧肇森〉，刊登於《文訊》第332期，2013年6月，頁29-35。

[206] 紀錄片：《三生三世——聶華苓》DVD（臺北：臺聖公司），2013年4月。

　　顧肇森提到自己並不贊成安樂死，「生命有其尊嚴」。但是，作為一個逃往美國的移民者，作為一個每天面對腦退化症的患者的神經內科醫生，顧肇森也直言自己也不知道如何面對這樣的困境。這篇小說，藉由兩條交錯的時間軸，深刻地呈現出一個仍保有儒家傳統思維的老者，在個人主義，以年輕人為主體的文化環境中，所面臨倫理信仰完全崩潰的生命困境。

　　顧肇森兩條時間軸的藝術經營，在《拆船》時期已能充分展現人物情思，達到深化角色、營造氣氛、鋪陳故事的效果。到了《季節的容顏》系列，兩條時間軸的處理更為精湛，讓作者能在短小的篇幅內，經營出角色複雜的歷史與情感厚度，故事反映的不再是簡單的今昔對照、常變之辯，而是更深刻的生命選擇與人世感喟。

第四章　未竟之夢：顧肇森作品的 疏離世界

　　自馬克思以來，疏離的概念就一直被廣泛的應用在社會、政治、經濟的分析上。奧爾曼（Bertell Ollman）對馬克斯的疏離理論有一番整理：一，人被迫與自己的工作一分為二（指他無權決定自己該做什麼工作和該怎樣去做）這是人與他的生命活動的斷裂。二，人被迫與自己製造的東西一分為二（指他無權決定自己製造的是什麼，也不擁有其所有權），這是人與物質世界的斷裂。三，人被迫與自己的同類一分為二（競爭和階級敵意讓大部份的合作成為不可能），這是人與人的斷裂。

　　馬克思的疏離概念有種種不同的形式，但它們都有一個共同點，那就是：疏離會把人的完整性割裂。

　　但論者往往將孤獨與疏離混為一談。

　　Philip Koch於《孤獨》[1]一書中如是界定孤獨與疏離的不同：疏離，是一種加諸一個人身上的痛苦的、不快樂的狀態。它發生在社會之中，是個人實質上或心理上從其原歸屬的活動或社會形式中疏遠開來；孤獨，則是一個人自發主動的離開社會，尋找內心的寧靜快樂。所以，疏離的意識是一種指涉他人的意識，一種關於他者的意識（consciousness-of-other），而孤獨是一種沒有他者的意識（consciousness-without-other）。

　　「孤獨」（solitude）是人在緊張的人群互動中，保留「自我空間」的狀態，即使在擁擠的環境裡，人類也會為自己尋找

---

[1]　Philip Koch著，梁永安譯：《孤獨》（臺北：立緒出版社，1997年）。

「孤獨」的機會，社會學家稱之為「保持距離法則」或「迴避法則」，不同的社會，會發展出不同的「規避法則」，例如：戴面紗、目光錯開、面牆而立、退坐到自己的蓆子上去。因此，孤獨有「大隱於市」的況味。Philip Koch提出：孤獨是一種境界，不需與社會割裂，是一種精神上的「逍遙遊」，是自在自適的，無私、無我、無執，涵容萬物、澄澈映照的開放胸懷。

「疏離」（alienation）來自拉丁文的alienatio，而alienatio這個名詞的意義則衍生自動詞alienare（意為「挪開」、「取走」、「使某物成為別人所有」）。所以疏離強調的是「不愉快的割裂」，包含：人與所屬群體的割裂、自我個性的割裂、擁有物的割裂。1959年社會學家謝曼（Melvin Seeman）歸納出疏離概念的五種理解：無力感、無意義感、無規範感、孤立感、自我疏遠，雖然這樣的定義就哲學家Philip Koch標準而言，太過籠統，但於文學作品研究時，可作為「疏離」狀況產生時，內心「不愉快」之查照。

綜觀二十世紀，臺灣社會與文學的交互作用，小說裡疏離現象的產生主要有三個原因，一是西風東漸，知識份子受流行於歐美日之現代文學思潮影響，例如：二十世紀初佛洛伊德學說、法國象徵主義、日本新感覺派，二次大戰後存在主義思潮、結構主義、解構主義等，小說家或往內在世界挖索或是消解意義。二是迫於政治上的高壓，例如：日人統治皇民化運動時期、國民黨實施戒嚴白色恐怖時期，即便當時臺灣社會仍未進入工業化階段，但作家不得不退到描寫個人心靈的層次，藉由各種象徵、暗示、意識流技法來敘事、抒懷，以躲避嚴格的思想檢查。三是作家有意呈現出現代文明、資本主義、工商社會、都市化對於人性

的異化，人倫的扭曲。

　　但，留學生文學中的疏離，又是另一番情況，論者多以「離散」、「無根」、「失根」、「流放」、「流亡」、「放逐」來呈現1960至1980年代留學生文學中的疏離感。1975年，劉紹銘以〈十年來臺灣小說（1965至1975）〉一文指出1960年代留學生的苦悶是咎由自取，認為此類痛苦源自於留學生未有堅定的國家信仰，因為立場堅定的人，仍有「國」可奔，認為此類（失根）的苦悶難以引起國人共鳴。[2]叢甦〈沙灘的腳印──「留學生文學」與流放意識〉將「留學生文學」與「流放」文學劃上等號，並舉出屠格涅夫、喬伊斯、索忍尼辛……等自主流放或被迫流亡的作家「流浪異鄉而幽思原鄉」，以母國文字書寫來自母國人事，這樣的文學，是一種特殊的時空下所產生的特殊眷戀。[3]

　　王德威研究近代中國留學生文學，看出「現代國家意識」滋生的端倪，這種現代國家意識在五四及1930～1940年代的留學生小說中，有更為深切複雜的發展。〈出國、歸國、去國──五四與三、四〇年代的留學生小說〉接續他對晚清留學生小說的論述，將各路留學生小說，歸納出幾項特色：

> 第一，留學生小說以國外為背景，為中國文學引入了異鄉情調，相對的也烘托出鄉愁的牽引，及懷鄉的寫作姿態。
> 第二，五四以來的留學生小說藉著孤懸海外的負笈生涯，凸現了彼時知識分子在政治及心理上的種種糾結，進而形

---

[2]　劉紹銘：〈十年來臺灣小說（1965至1975）〉收入劉紹銘：《小說與戲劇》（臺北：洪範書店，1977年），頁3-26。

[3]　叢甦：〈沙灘的腳印──「留學生文學」與流放意識〉，《文訊》第172期（臺北：2000年2月），頁48-51。

生一極主體化的思辨言情風格，頗有可觀。第三，留學生
出國、歸國與去國的行止，不只顯現留學生個人的價值抉
擇，也暗指了整個社會、政治環境的變遷。歸與不歸的問
題，在以後的數十年仍將是海外學生揮之不去的心結，作
家將其付諸文字，也成為中國小說「感時憂國」症候群的
特例。[4]

近代中國知識分子由「出」國到「去」國，內心一直存在不得已
的擺蕩與煎熬，海外知識分子以母國文字的書寫也凸顯出中國近
代知識分子內心的糾結。

　　陳芳明《台灣新文學史》將1960年代留學生小說置於「現
代主義」的脈絡中，探究其中的「流亡」與「放逐」精神：島內
作家屬於內部放逐或精神放逐；海外作家屬於外部放逐或肉體放
逐。其後，談到1970年代旅外學生認同轉向社會主義中國，分論
劉大任、郭松棻這兩位保釣健將於1970年至1980年因對文革中國
由滿心傾慕至巨大幻滅，故1980年之後以文學療傷：劉大任《晚
風習習》寫出國族幻滅的心靈風景，郭松棻則「從馬克思出走，
轉而變成現代主義者」。由於對文革中國的失望，再加以臺灣政
府一連串改革開放的措施，海外作家「再度」優先選擇「臺灣」
發表新作，陳芳明視此一動作為國民黨政府取得海外左派文化認
同具體印證。[5]

---

[4]　見王德威：〈出國、歸國、去國——五四與三、四〇年代的留學生小
　　說〉，收入王德威：《小說中國——晚清到當代的中文小說》（臺北：
　　麥田出版社，1993年），頁237-247。

[5]　陳芳明：《台灣新文學史》（臺北：聯經出版社，2011年），頁694-
　　696。

　　中國學者朱雙一《臺灣文學創作思潮簡史》提及馬森以近代中國漂泊苦難之靈魂，再加上「存在主義」影響，冷靜剖析西方資本主義各種文化現象與社會現象，呈現西方社會普遍呈現的疏離感，亦提及郭松棻「自我放逐」的異鄉人情懷。蔡雅薰整理1960～1994年臺灣旅美作家小說，歸納出1960～1980年的「留學生小說」反映的多是失根、斷根的倫理焦慮，而1980年後旅美作家於小說中多呈現政經上的衝突現象，是為「移民小說」。[6]

　　陳韋廷《知識份子與疏離——張系國前期小說研究》[7]透過威廉斯、Seeman與Urick對於疏離的定義，探討張系國小說中現代知識份子的疏離現象：在社會方面的疏離起因於中國傳統倫理在現代社會逐漸崩解；在個人方面則因政治理想國幻滅以及背棄理想。於梨華〈三十五年後的牟天磊〉[8]提點出從1950到1990年代，從留學生到旅美學者、退休學者，一個知識份子對於留學生紛紛收拾了書本、不再為認同所苦，轉而從事房地產、餐館業、進入股市、打開電腦網路……種種時移事變的「陌異感」。吳孟琳《流放者的認同研究——以聶華苓、於梨華、白先勇、劉大任、張系國為研究對象》[9]擇取聶華苓、於梨華、白先勇、劉大任以及張系國五位於1949年遷臺的作家，來呈現多重認同的問題。這五位作家在中國出生，少年時期在臺灣度過，在崇美的留

<hr>

[6]　蔡雅薰將《貓臉的歲月》歸類為「移民小說」。

[7]　陳韋廷：《知識份子與疏離——張系國前期小說研究》（臺中：東海大學中國文學系碩士論文，2011年）。

[8]　於梨華：〈三十五年後的牟天磊〉，《文訊》第172期（臺北：2000年2月），頁38-39。

[9]　吳孟琳：《流放者的認同研究——以聶華苓、於梨華、白先勇、劉大任、張系國為研究對象》（新竹：清華大學中國文學系碩士論文，2008年）。

學風潮下又遠赴美國，經歷保釣運動、臺灣退出聯合國以及認識新中國的熱潮，他們曾擺盪在「出走」與「回歸」之間，被視為「無根」、「放逐」，最後歸結出五位作家身為中國、臺灣、美國之「邊緣人」的「多重認同」現象，並透過「書寫離散」來表露自己「身在異域心在祖國」的情懷。

曾擔任《自由中國》編輯，深懍於黨國機器對知識分子之言論、思想之箝制，而奔向美國的聶華苓，在愛荷華寫作會接待了來自世界各國的作家之後，言及此一世紀的人們，不是被困在一個政權之下，便是逃往他處。聶華苓此語亦道出了一個不認同激進左派暴力革命，又不願受右派白色恐怖脅逼的知識分子，不得不然的遷徙、尋找自由夢土的現實[10]。

「離散」、「無根」、「失根」、「流放」、「流亡」、「國族幻滅」、「邊緣人」可歸納為人與所屬群體的割裂；「資本主義所造成的人性扭曲」、「背棄個人理想」、「陌異感」可歸納為自我個性的割裂、與擁有物的割裂，皆呈現出Philip Koch所言之「不愉快的割裂」的疏離現象。不管是留學生文學或是移民文學，都離不開「離散」的現實。極受顧肇森尊崇的現代小說家喬依斯（James Augustine Aloysius Joyce，1882～1941），作品中每每反映「恨愛爾蘭不成鋼」、「人在異國，心懸愛爾蘭」的濃厚鄉愁。以下，茲就顧肇森文本中的家（族）、國（族）議題與離散主題提出觀察。

---

[10] 參紀錄片：《三生三世——聶華苓》DVD（臺北：臺聖公司，2013年4月）。

一、家國議題

（一）顧肇森的國族想像

　　王德威在〈媒體、文學與家國想像〉[11]提出：國家想像是建構，也是虛構，不妨就看作是一種「文學想像」。

　　顧肇森父籍浙江諸暨，母親是紹興人。他1954年出生於臺北松江路眷區，於戒嚴時期在臺灣成長，在抽象思維發展關鍵的中學至大學時期，正值黨國威權極力壓制異議之際[12]，顧氏散文中屢屢透露其少年時期對於威權統治的反感：

> 　　對於厭惡理髮的心情追究起來，原因恐怕不止一個，最順理成章的，大概是對軍訓教育的排斥。……最可笑的是教官視學生頭髮的長短與他們的權威成反比，吹毛求疵到了不堪的地步。[13]
>
> 　　我對革命家無多信心，尤其喜為大眾「設計」未來的那一類人，多夢想操縱他人的思想行動，行之於文變是索然無味的教條。……每次不小心讀到這類凜凜的氣血之

---

[11] 參王德威：〈媒體、文學與家國想像〉，收入《時代小說（民國六十五年至八十九年）——聯合報文學獎短篇小說首獎集》（臺北：聯經出版社，2001年9月），頁Ⅶ—Ⅹⅶ。

[12] 參吳乃德：〈苦悶的臺灣〉，收入《百年追求——苦悶的臺灣》（臺北：衛城出版社，2013年）。1970年初，曾經擔任駐聯合國代表團顧問的彭明敏教授，因發表「臺灣人民自救宣言」而流亡海外。4月，黃文雄紐約刺蔣。10月，臺灣被逐出聯合國。1972年新生報主編童常被槍決。新生報大樓經常有人墜樓。1975年選舉時，白雅燦沿街發傳單，質問蔣經國為何不「公布財產、釋放政治犯、解除戒嚴」，被判無期徒刑。

[13] 見顧肇森：〈頭髮〉，收入《感傷的價值》，頁13。

作，我總不其然地想起喬治歐威爾的「動物農莊」中那群
革命的豬。[14]

可見顧肇森反抗威權，厭惡法西斯式的集體、高壓統治，並且崇
尚個人自由的心理。1978年顧肇森赴美求學，彼時，臺灣尚未解
嚴。而顧肇森留美期間，正是黨內（威權）與黨外（反威權）
開始劇烈衝撞的時期。[15]1994年，顧肇森因胃癌病逝於美國，彼
時，臺灣尚未開放總統由人民直選。[16]所以，生於白色恐怖時期
臺灣，成長於戒嚴時期，一心留美，留美後又忙碌於科學領域之
學業、事業，再加以英年早逝，品閱顧肇森的作品，不難發現他
很自然而然地認為自己是「中國人」，在他筆下，「中國人」是
所有華人的指稱，無論臺灣人、香港人、西貢華僑，在顧肇森筆
下通稱為中國人：

---

[14] 見顧肇森：〈禁書〉，收入《驚艷》，頁226-227。

[15] 參吳乃德：〈黨外崛起〉，收入《百年追求——苦悶的臺灣》。1977年
發生中壢事件，憤怒的群眾包圍投票所，火燒警車，逼使國民黨停止
作票。該次縣市長與省市議員選舉，黨外大勝。黨外開始組織化，成
為「沒有黨名的黨」。1978年的選舉，成立了全國助選總部。當時提出
「十二大政治建設」聯合政見，包括國會全面改選、省市長民選、軍隊
國家化、開放黨禁、解除戒嚴、禁止刑求、制定勞基法、實施健保及失
業保險、言論及出版自由、司法獨立等。這些往後三十年大多已陸續實
現，當時卻被視為動搖國本的邪說。

[16] 參吳乃德：〈民眾的大是大非〉，收入《百年追求——苦悶的臺灣》。
1978年底的選舉因為臺美斷交而中止。1979年底，國民黨發動美麗島事
件，大捕黨外人士。1980年2月發生林宅滅門血案。3月，在國際壓力
下，國民黨被迫舉行公開審判。1981年，陳文成博士被謀殺。1984年，
江南命案。黨外推出受難者家屬參選，她們只是站在臺上哭，就高票當
選，黨外再起。1986年成立民進黨，1987年解嚴，1991年廢止「動員戡
亂時期臨時條款」，1992年國會全面改選，1996年總統直選。

女強人曾美月在臺灣從事貿易工作時，接觸來自各國的客戶：

> 由於工作性質，曾美月不但要接中國客戶，也得與靠廉價勞工產品吃飯的外國人往來。這其中有日本人、美國人、澳洲人。這些外國人處理年輕女人的態度十分實際，也許根據他們在新北投有限的經驗，中國女孩像他們的商品，都是有個價錢的。[17]

這段文字出現兩次中國，皆指臺灣。來自香港的妓女梅珊蒂遇到昔日的追求者：

> 那人張口用廣東話說：「唔該，你係珊蒂啊？」珊蒂艱難地嚥嚥口水，硬起頭皮用英文回答：「你說什麼？我不懂中國話！」[18]

可知這裡的中國，實際上是香港。

苛刻醫生卜世仁聘用助手的心得，一再強調華人的服從性高，並對自身工作權益以及法律保障十分無知：

> 然而不論是臺灣、香港或是上海來的，除了一、兩個例外，卜醫生的結論仍然是：「中國人好控制一點。」他初

---

[17] 見顧肇森：〈曾美月〉，《貓臉的歲月》（臺北：九歌出版社，2004年），頁17。

[18] 見顧肇森：〈梅珊蒂〉，《貓臉的歲月》，頁149。

來診所時曾請過鄰近黑人女孩作秘書……豈料這些黑人女
孩別的不行，對自己的權利卻是一點不含糊。[19]

卜醫生口中的中國人，涵括兩岸三地的華人。〈王明德〉文本
中，紐約印刷廠裡華工的一段對話：

「過除夕嗎？王先生」小蔡推著一卷紙，向機房走。……
王明德突覺左膝一陣椎心的疼，強自忍著，回道：「還有
什麼年呢，我幾乎忘了。」……我的一個朋友不久前才從
西貢到香港，和我聯絡上，他說，多數人都分散到鄉下去
了，根本聽不到消息……。」小蔡搖搖頭，莫可奈何的笑
笑，推走紙捲。……很多老中，在這裡過的是老鼠的日
子。住地下室，坐地下鐵，在地下工廠打工……[20]

這些在工作時還惦記著今日是中國舊曆年的華工，呼應了後文提
及的「老中」，所以，顧肇森心中的中國認同，是一種概念式的
「文化中國」的認同，顯現在文本中，這樣的認同，沒有掙扎，
理所當然。

1989年發表〈未完〉，此篇主角「我」來自屏東，他的摯友
杜林是臺灣留美畫家，兩人在臺北聊起臺灣藝壇：

這兩年臺北文化圈走回歸路線，忽然發現中國，西化已然
不入流了，只要中國的鄉土的都是好的，可惜不懂創新，
大概以為拾先人牙慧比洋人強一點吧？「難怪呢，」杜林

---

[19] 見顧肇森：〈卜世仁〉，《貓臉的歲月》，頁120。
[20] 見顧肇森：〈王明德〉，《貓臉的歲月》，頁227-228。

> 擊掌說：「昨天有個藝文版的年輕女記者來旅館訪問，
> 劈頭就說：『杜先生，能不能談談你畫中的中國精神和
> 傳統？』她的眼睛瞪得這麼大，」他圈圈起右手食指和拇
> 指：「我竟不知道畫畫有這麼大的使命，起初還弄不清她
> 在說什麼呢！」[21]

　　這一段對話很能呈顯顧肇森視中國為文化母國的態度：強
調取法中國是「拾古人牙慧」，女記者關心臺灣成長、紐約成名
的杜林如何發揚「中國精神和中國傳統」，直接將臺灣文化與中
國文化畫上等號，無視兩地自古以來在地域、族群、文化、歷史
上的諸多差異，更無思考1949年之後，臺灣與中國長達40年在政
治與社會文化上幾乎完全隔絕的狀態。由此亦可觀察：雖然顧肇
森厭惡國民黨戒嚴時期威權獨裁、人權不彰，但在國族想像上則
呈現牢固的「中國情結」。顧肇森雖痛惡國民黨所加諸人民的思
想箝制以及威權統治[22]，但是，對於國民黨一貫以來的大中國族
想像教育卻是毫無懷疑的。這樣的國族信仰，在散文〈飯盒〉末
段表露無遺：

> 小時候我們都叫「飯盒」作「便當」，我那時常常想：究
> 竟「便當」、「便所」或「便利」，有什麼共同之處？後
> 來發現它如「西門町」，是日本用語。為了民族大義，我

---

[21] 見顧肇森：〈未完〉，收入《月升的聲音》（臺北：圓神出版社，1989
　　年），頁135。

[22] 參顧肇森：〈禁書〉，收入《驚艷》，頁226-227；顧肇森：〈頭髮〉，
　　收入《感傷的價值》，頁13。

從此只用「飯盒」。免於混淆，所以狗尾續貂的聲明一
下。[23]

所謂「民族大義」是就日本發動侵華戰爭的歷史仇恨而論，更
包涵了日本侵華，讓中國共產黨藉勢坐大，致使顧肇森「君父
城邦」淪陷之憤，顧肇森從不掩飾自己的「仇日」情結，必得
與「敵國」日本完全畫清界線，文本中的國族認同，清楚而且
確定。

（二）遺民意識

王德威研究華文創作，提出了「後遺民寫作」的觀察。王
德威《後遺民寫作》論述臺灣的「移民」傳統與「遺民」傳統的
複雜關係與正統性。他認為：「臺灣在歷史的轉折點上，同時接
納了移民與遺民。」前者涉及空間上的「轉換」，後者面臨時間
上的「裂變」。[24]

林志宏分析：「遺民」之所以成為中國歷史特殊的命題，
與它涉及到傳統士大夫對君王忠誠的態度有關。近人分析指出：
中國最遲至春秋戰國時期，「忠」的觀念已經相當普及，不僅看
做是一種美德（如《左傳・成公十年》：忠為令德），而且也是
被人們肯定的德行準則（如《左傳》：忠，德之正也）。「忠」
經常與「信」的表現相互依存，兩者成為崇高的道德理念。程朱
理學在宋代大行其道；因此，凡是任官前朝的人，不應當繼續改

23　見顧肇森：〈飯盒〉，收入《感傷的價值》，頁126。
24　參王德威：《後遺民寫作》（臺北：麥田出版社，2008年）。

仕新朝，此一「道德約束」獲得大力提倡和強調，加上「夷夏之防」之心理，也變得更為抽象和普及。[25]王德威提出：

> 『遺民』的本義，原來就暗示了一個與時間脫節的政治主體。遺民意識因此是種事過景遷、悼亡傷逝的政治、文化立場；它的意義恰巧建立在其合法性及主體性已經消失的邊緣上。……『我們回不去了』：站在歷史的廢墟前，現代主體不能不感受到無邊的荒涼，卻必須以回顧過去的不可逆返性，來成就一己獨立茫然的位置。後遺民寫作的極致，不只在於作者傷逝悼亡的內容，而是在於他們在回顧鄉里國家、歷史文化、意識形態、宗教信仰的過程裡，如何把失去、匱缺、死亡無限上綱為形上命題。這才是後遺民們的歸宿。他們被拋擲，或自願放逐，在歷史的軌道外，他們警覺（或嚮往）自己已成為宇宙洪荒的過客，時間鴻蒙的遺民。這是後遺民論最引人思辨的層次了。」[26]

當國族成為一種「信仰」，這樣的「信仰」陷落之後，「回不

25　參見林志宏：《民國乃敵國也：政治文化轉型下的清遺民》（臺北：聯經出版社，2009年3月）。近人的分析指出：中國最遲至春秋戰國時期，「忠」的觀念已經相當普及，伴隨先秦各國激烈的戰爭，荀子（約313-238B.C.）更以「通忠之順」，將「盡己」的精神轉化為「利君」觀念，忠臣形象成為後世效法的楷模對象。遺民概念即根據「忠」的準則出發，但此名詞的完全形成，大概要到元明之際，最具體的例證即程敏政（1445-1499）編有《宋遺民錄》一書。在此以前，宋代可說是一段形塑關鍵期。由於兩宋與來自北方的遼、金、西夏、蒙古等游牧民族長期對峙，加上女真政權奪去華北漢族居地，使得當時人們在強烈的「夷夏之防」心理和「恢復」情結下，逐步增強「忠」的意識。

26　參王德威：〈時間與記憶的政治學〉，《後遺民寫作》（臺北：麥田出版社，2008年），頁9。

去」固有的城邦的遺民們，該何去何從？站在「歷史的廢墟」
前，遺民們如何面對這已成歷史的國族廢墟？遺民們如何面對
「餘生」？遺民們的「餘生政治學」成為觀察現代華文學創作的
奇妙視角。

（三）遺民與移民

1.焦慮的近代中國知識分子

　　傳統中國知識分子以「君子之德」自許，所謂「君子」，
指的是政治領導階層。因此，傳統儒家教育，賦予傳統知識份子
「以天下為己任」、「經世濟民」的使命感。清朝末年，中國與
西方接觸頻繁，現代化之「國家」觀念逐漸成形，再加以一連串
戰爭失利，讓傳統知識份子深感一個「泱泱大國」被現代世界邊
緣化的「民族」危機，發起一連串「救亡圖存」的「現代化」運
動。這樣向西方取經、追求國家「現代化」的純真信仰，鮮明
地反映在近代留學生文學上。1993年王德威提出：「留學生小
說」已成一個華文文學史上的一脈小傳統。〈賈寶玉也是留學
生──晚清的留學生小說〉點出往後留學生小說亦一脈相承的幾
個特徵：

> 　　留學可視為晚清現代化運動的具體表徵之一。有識之士渴
> 望藉著先進國家的知識技術乃至政教模式，重為一己及家
> 國找尋定位。而飄洋過海、行走異邦的經驗本身，也必曾
> 引生或浪漫、或艱險的異國情調。但另一方面，留學也可
> 能成為知識分子逃避現實困境的方法，其或一條夤緣為官
> 的登龍捷徑。這些問題已可得見於《新石頭記》等晚清小

說，而在未來的七、八十年中，不斷的為留學生文學演繹。[27]

留學生有滿懷愛國熱忱者，亦有藉留洋之名來逃避現實或爭逐名利者。

顧肇森在文本中，對於在美國販賣中國文化的學界人士，極為不齒：〈小季及其夥伴們〉諷刺了在國外賣弄中國文學，屢與女學生、女同事發生不倫的學界大老——「一個老花癡，只要看到長了乳房的動物都會發情。那時我在N大讀都市計畫，總聽到他們東亞研究所的人把他當笑話看……不相信的話，去N大修門中國文學，保險妳受到特別待遇！[28]」；同系列另一篇小說〈胡明〉寫在語言學校教授中文並擔任主管的教育學博士胡明，表面上是了解、尊重女人的靈魂的「自由派」[29]，但滿腦子只有年輕白種女子誘人的胴體[30]。學界，背負著人類的智性與靈性的

[27] 見王德威：〈賈寶玉也是留學生——晚清的留學生小說〉，收入王德威：《小說中國——晚清到當代的中文小說》（臺北：麥田出版社，1993年），頁229-236。

[28] 見顧肇森：〈小季及其夥伴們〉，《貓臉的歲月》，頁171。根據陳若曦：〈中國男人的寶玉情結〉，筆者推測，此學界人士影射時任教於紐約哥倫比亞大學的夏志清。見《堅持‧無悔——陳若曦七十自述》（臺北：九歌出版社，2009年），頁253-256。

[29] 參顧肇森：〈胡明〉，《貓臉的歲月》，頁191。「胡明是一個不徹底的自由派，好像初一十五才吃素的佛教徒，雖然把《村聲周刊》十年如一日的當聖經捧讀，對於剝削女性肉體的印刷品倒也愛不釋手」

[30] 參顧肇森：〈胡明〉，《貓臉的歲月》，頁198-199。胡明約白種女同事去看楚浮電影《The story of Adele H.》，是1975年導演楚浮為年僅20的女演員伊莎貝‧艾珍妮量身打造的電影。時代背景設定於19世紀中葉，主要講述法國大文豪雨果之女赴異國求愛未果的悲劇。這部電影在胡明的理解只是「癡心女子負心漢」的故事，但是影片實際探討的是19世紀中女子無法脫離男人掌控生存的悲哀。女子Adele遠赴美國追求軍官的愛，與其說是逐愛，不如說是為了擺脫父親的控制，這部影片赤裸裸地呈現

超越使命，但是，這些任職在學術機構的人，失卻了學術界為人類追求「共善」的使命感。只是遵循著某種既定的遊戲規則，在學術界混口飯吃，甚至打著「中國文化」的幌子，在白種人的世界，「販賣」中國文化的新鮮感。而對於中國留學生畢業後多留在學界發展，少融入美國「主流」社會，顧肇森也頗有微詞：「根據我非正式的統計，中國留學生在美國的出路，絕大多數是教書。這不免令我懷疑是不是因為在學校中待久了，便會得『社會癱瘓症』？」[31] 這樣對國族文化被邊緣化的焦慮，除了反映在對學術界的期待與批判，也反映在藝術上。顧肇森認為中國文化在西方常成為不倫不類的怪物，中國文化常「有失格調」地「妝點」著西方的文化：

> 「說到傳統，聽說紐約的大都會博物館裏面蓋了個中國花園？」他問。「是啊，」杜林為自己斟酒：「他們從蘇州運了老工人來，不過蓋了花園一角，連亭子也只有半座，一個臉盆大的小池塘，居然養著金魚，種了點花草，看起來像洋人客廳裡的日本屏風，沒什麼道理。」[32]

〈未完〉亦昭示顧肇森的文藝態度：

> 畫了這些年，人也糊塗了，什麼門派也不是。我實在沒時間搞理論，越擔心自己取向的人，畫出來的就越自我限

當時女人無法脫離男人庇蔭獨力生存的現實困境。
[31] 見顧肇森：〈教書〉，收入《驚豔》，頁138。
[32] 見顧肇森：〈未完〉，《月升的聲音》，頁135-136。

制。畫你所感所想，畫完就算了，何必像張煦當年寫現代詩，又怕人看不懂，加一大堆話呢[33]

賞味這一段話，顧肇森的藝文態度是：忠於自我，兼容東西方，不受限制，大膽創造。不但肯定藝術領域要廣納、涵融東西方，顧肇森本身的小說創作也時時取法西方名家，涵融西方典故、意象，並多次透露自己對於西方小說大師喬依斯、普魯斯特、福樓拜等衷心崇敬。顧肇森在寫作技法、思想內涵上皆呈現「拼盤式」的多元性，但是在面對西方凝視中國，或是西方文化欲融入中國元素時，卻常表現出不以為然的態度，時常反射性地排拒，呈現出弔詭的矛盾「情結」。顧氏能自在地觀賞、涵容西方文化，卻在西方「觀看」中國時，透露出被觀看者喪失主體性的焦慮，呈現了自甲午戰爭的挫敗昭示了自強運動失敗以來，中國知識分子憂心中國被「現代」世界邊緣化的焦慮心理[34]。

顧肇森《貓臉的歲月》系列唯一「純留學生文學」〈李莉〉，透露一個滿懷「貝聿銘，看著吧！[35]」的雄心的建築研究所女孩對於祖國的矛盾情感，她在日記上書寫「修一門設計課，是有關都市再建的。……我對格林威治村有偏愛，大概就選它做設計題目了。有人建議我做中國城，我想了想，還是作罷，或許是關心則亂吧？每次走過中國城，我總感覺嚴寒喪氣極了。過度擁擠，狹小空間，骯髒得像個大垃圾場。這種環境似乎永遠跟著中國人存在吧！而一個建築師，即使以天下為己任，能對貧窮、

---

[33] 同前註，頁134-135。

[34] 參余英時：〈20世紀中國的激進化〉，收入余英時：《人文與理性的中國》（臺北：聯經出版社，2008年），頁549-552。

[35] 見顧肇森：〈李莉〉，《貓臉的歲月》，頁69。

過剩人口做些甚麼呢？」[36]寫出了李莉經過中國城時，以西方建築觀點凝視中國城區街廓的深深自卑感。但是，根據《紐約中華公所》特刊記載，紐約中國城老舊，不是因為貧窮，而是店家「反都更」使然：二次大戰後，紐約華埠老舊，華裔退伍軍人會曾提出改建訴求，紐約政府亦擬定計劃，並備款一千八百萬元準備重建華埠，但中華公所以及各界僑領皆認為此一計畫會縮小商業用地，損及當地許多華裔房地產所有人的權益，甚至讓307間店家破產，皆持反對意見，此計畫遂告流產。[37]所以，李莉心中糾結的因貧窮髒亂的「大垃圾場」，其實不是居民被迫如此，而是出於居民自主的決定，而且以紐約華埠後來發展的結果看來，這是聰明的決定。1990年之後，紐約華埠華麗的酒樓餐館林立，車衣廠逾400家，已成為紐約最重要的車衣業中心；華人金飾珠寶店逾200家，是紐約的第二個珠寶中心；華資、港英資以及外資銀行近30家。[38]就經濟層面而言，華埠絕非貧窮的象徵，她提供了華人移民邁向新大陸相對安穩的經濟生活跳板，是多元且充滿活力的。所以，李莉將中國人口過剩、貧窮的痛苦投射在華埠——「杜甫說：『安得廣廈千萬間，大庇天下寒士盡歡顏？』我漸漸覺得無能為力了。昨天聽披頭四的老歌：Judy，裡面一行歌詞說：『忍耐些吧，別把世界放在你的肩上……』幾乎哭出來」[39]純粹是留學生愛國心使然。所以，當一個以中國建築現代化為己任的留學生，以西方建築美學凝視「中國」時，便撩撥了那自晚清以來，中國留學生特別脆弱、敏感的的國族情感神

---

[36] 見顧肇森：〈李莉〉，《貓臉的歲月》，頁81。

[37] 參陳靜瑜：〈美國的華埠〉，收入陳靜瑜：《從落葉歸根到落地生根——美國華人社會史論文集》（臺北：稻鄉出版社，2003年），頁99。

[38] 同前註，頁100。

[39] 見顧肇森：〈李莉〉，收入《貓臉的歲月》，頁81。

經。散文〈古董〉明白宣示了這樣的國族情感：「偶爾去蘇富比
（Sotheby）拍賣公司逛逛，眼見攞了一地的中國古董，竟陡生
子孫不肖的悵嘆。更不必提藏在大都會博物館、大英博物館裡的
中華文物了。似乎只提醒我近百年來中國歷史的斑駁創傷，所以
還是眼不見為淨，寧可不去。」以中國為「祖國」想像的留學
生，心痛著中國百年來的歷史滄桑，那麼，顧肇森如何看1970年
代，紐約留學生圈子盛極一時的保釣運動呢？〈月升的聲音〉文
本，頗能呈現顧肇森對於中國學生「愛國」運動的詮釋與論述。

2.〈月升的聲音〉：國族信仰解體

（1）刻意凸顯出中國詩人形象

　　〈月升的聲音〉以一外國女子（你）的視角出發，透過這
美國白種女子的回憶，書寫出昔日戀人──一個信仰幻滅的中國
男性詩人，以及他原本所屬的中國社群。作者以全知者俯視文中
曾經參與保釣運動的熱血青年，透過異族女子的視角，凸顯出那
位「中國詩人」的頹廢形象，側寫當代「中國知識份子」的失落
與幻滅。

　　與主流社會格格不入的流浪詩人是顧肇森文本中極為有趣
的一群，早在少作〈琵琶行〉，顧肇森便流露出對這一類人物的
觀察興趣。〈琵琶行〉透過孩子的視角，仰望一位來家中寄住的
姜大哥，這位青年平日穿著唐裝，待人溫文儒雅，閒餘喜彈琵
琶、唱小曲，眷區太太們對他的評價是「現在的女娃兒，大概不
喜歡這樣的男人」、「整天罩件長袍，聽說教小學吧？打死我家
丫頭，也不會願意跟他逛街」。姜大哥與眷區女孩胡麗雪談戀
愛，卻因「一沒後臺，二沒家當」慘遭勢利眼的胡老爹攆出，而

女孩隨後「搭上個低級美軍」，胡老爹喜孜孜地到處炫耀女兒將到美國去了。姜大哥傷心之餘，返回南部家鄉。

〈拆船〉文本中，「杜良」亦為「理想主義」人格之象徵。醫科學生杜良是個激進的左派，包裹裡總塞著《大同書》、《互助論》，到處參加服務隊，並「快樂地複述傳道書、莊子或叔本華」[40]。《大同書》是清末康有為流亡瑞典所作，以一個知識分子的立場，反對獨裁、宗族封建、暴力革命，思尋極致「公平」的烏托邦世界，內涵大量平權、民主自由與社會主義理想，但卻也有積極回饋產能的制度設計，不全類同共產主義。《互助論》是俄國共產無政府主義學者克魯泡特金（Kropotkin）（1842～1921）著作，盛行於五四時期的中國。克魯泡特金駁斥社會達爾文主義，認為：互助不僅是動物界，也應該是人類社會發展的普遍規律。互助論在一定程度上揭示了資本主義的矛盾，對資本主義制度作了尖銳的批判。克魯泡特金認為人類依靠互助的本能，毋須借助權威和強制，就能夠建立和諧的社會生活，並在人類互助進化中實現正義、平等、自由等「永恒」的原則。這種理論，實質上是混淆階級界限，反對階級鬥爭，反對暴力革命，反對無產階級專政，主張社會改良。作者在〈拆船〉文本中，一再以杜良玩世不恭的舉措，厭世的言論：「人的悲劇就在於他們的思想行為被身處的社會所制約，只是毫無意識的生活，就像行軍的士兵可以邊走邊睡」、「悲劇是行為與理念的背離」[41]，暗示杜良溺斃海邊不是意外，是自殺。反映出左派自由主義之知識分子對當時臺灣政治上為右派威權統治，經濟上走資本主義路線的無力

---

[40] 見顧肇森：〈拆船〉，《拆船》（臺北：聯經出版社，1987年12月，新一版），頁143。

[41] 同前註，頁142。

感。常常參加服務隊、背包裡總是塞著《大同書》、《互助論》的杜良，在服膺威權政治，並快速投向資本主義懷抱的臺灣社會，顯得如此格格不入。在這個凡事向美國看齊，「呈現著一種粗糙的，急遽的成長[42]」的臺灣社會，他的靈魂只能寄託在莊子、叔本華的虛無中。

　　杜良之死，昭示著左派無政府主義理想的幻滅。

　　與1970年代臺灣社會格格不入的姜大哥、杜良，道出了以美國為習仿範本的資本主義標竿下，知識分子內心所感受物質世界與靈魂不斷疏離的陌異感。〈琵琶行〉文本，令善良的小朋友不忍的是：姜大哥求婚當天特別換下長袍，改穿「一身耀眼衣裳，紅領帶。彩條上衣，簇新西裝褲」一個願意為了愛情，放棄自己靈魂本質的男人，卻被眷村太太譏嘲「沐猴而冠」。經過現實的挫敗之後，他換下西裝，重著長袍，回復自己原貌。杜良在前往育幼院照顧幼童途中自嘲自厭：「為了證明自己有愛心才去愛人，是多麼可恥的事啊」[43]。在物質世界，這些追求靈魂之美的人物，在文本中，呈現出與現世格格不入的「詩人」的氣質，這樣的詩人形象，從顧氏高中時期所勾勒的溫文儒雅的姜大哥，到大學畢業時所勾勒的左派醫生詩人杜良，都是不適應資本主義的人物。時至1989年〈月升的聲音〉，文本中的頹廢詩人，除了不適應資本主義之外，還多了國族幻滅、無家可歸的虛無，這個詩人，與杜良一樣憤世嫉俗，他說：「這些年來，我總覺得取悅人是最可恥的一種謊言。[44]」；一樣玩世不恭——洋女友憤怒「所

---

[42]　同前註，頁154。

[43]　同前註，頁142。

[44]　同前註，頁104。

有的事在你眼裡都是笑話[45]」；一樣是個激進的左派──其他朋友聊起他「其一認為他是不可救藥的理想主義者，另一人說他是有暴力傾向的激進左派[46]」；一樣虛無──「他是個頹廢西方文明下影響的產物[47]」。最後，一樣自殺身亡。

〈月升的聲音〉題名源於楊澤詩〈意外二則〉[48]，「月升的聲音」不是客觀世界的現象，而是以靈魂主觀感知的超覺，呈現生命最原始的空寂之感，這樣的空寂，源自於對客觀世界的疏離。白種美國籍女子如此回憶著這位自殺身亡的前男友：

> 你不是忘了提他，而且怕解釋不清楚。因為你也不知道那兩年究竟是戀愛，還是在做夢……你幾乎想不起他的模樣了，像在一間暗屋中費神的分辨著，你能看見的亦只是游離的輪廓，和一面面映著月光的漠白的玻璃窗[49]

月亮成為詩人的象徵，物我交感著與世隔絕的寂寞。女主角總在看到月亮時，回憶起這位曾經愛得濃烈的中國詩人，那游離的輪廓。文本藉由白種女子的眼睛，勾勒這個像鬼魂般「游

---

[45] 同前註，頁103。

[46] 同前註，頁115。

[47] 同前註，頁115。

[48] 見楊澤：〈意外二則〉，收入楊澤：《薔薇學派的誕生》（臺北：洪範出版社，1985年12月二版），頁17-18。「今天早晨／進入無人的升降間，一個人／就猛然進入整座公寓大廈的／心　　沉思的笑了笑，掏煙點上／便摁下，往R層的電鈕〈意外之1〉　　意外之2是我靜靜的／躺著在downtown的一處街心　　先是猛然　事件和血的聲音／然後是紛紛圍觀過來的聲音／然後是匆匆走過的／車輪與腳步的聲音　　最後是數十公里外／夜森林的聲音／山徑的聲音／月升的聲音〈意外之2〉」。

[49] 見顧肇森：〈月升的聲音〉，收入《月升的聲音》，頁98。

離」世間的身影，比高懸的月亮更疏離、更寂寞。他用一種嘲諷的姿態，「睥睨」著世事、人生：

> 他說，如果人能選擇死的地方，一定得死在這樣的太陽下。只是收屍麻煩，他摳起嘴角笑，想到過沒有？除非死在亞馬遜流域或戈壁沙漠，人的屍體真是藏都沒處藏的累贅東西。為什麼不能像鳥一樣？你看紐約這麼多鴿子，一死就不見了，幾時看到過牠們的死屍？……也許根本沒喪禮呢，如果依他一向的脾氣。[50]

　　這位中國詩人，嘲笑現世禮俗，認為世事甚至生命都不值得嚴肅對待。但是，儘管他玩世不恭，拒絕接受美國的「資訊垃圾」——不讀報紙，不看電視，沒有電話，甚至寧願獨居，但是這個看似目空一切的中國詩人，對生命也曾經有所堅持：

> 　　這群中國男生一碰面就爭執不休，用哇哇的中文說，更是吵得不堪。斷續的聽茱迪口譯，他們為了臺灣是否該獨立吵，為日本人佔領臺灣北部的小島吵，為共產黨和國民黨吵，為香港的殖民地政策吵，為誰是偉大的中國作家吵。……只有當他單獨的和你一起的時候，他才收起身上的芒刺，說笑話給你聽。……[51]
> 　　你當時充滿興味的聽著，心想：這是多麼不同的一群人啊。他們熾烈的互相攻訐謾罵，竟是為了個人的政治信仰。而在你成長的紐澤西的小鎮上，一個年輕人最大的困

---

[50]　同前註，頁91。
[51]　同前註，頁108。

擾，不過是十六歲時的駕駛執照考試和高中畢業舞會的舞
伴罷了。你浪漫的臆想著那那個遙遠國度裡的沉痛和流
離，不禁深深的激動了。[52]

這個讓異族女子深深動容的景象，便是發生在1970年的保
衛釣魚臺運動在美國「中國」留學生圈子裡的盛況。保釣運動，
當時由留美學生發起，影響所及，臺港地區的青年學生也曾熱烈
響應。何以在1960年代以來的暗潮表面，一般留學生從不甚關心
國事，到保釣運動時，海外知識份子為什麼會對中國政治問題抱
著一種難以描述的關切？劉源俊在〈我所知道的留美學生保釣運
動〉文中清楚說明，並歸納原因：一是留學生較以往深切反省留
學的目的與生命的價值；二是留學生因越戰後產生崇洋與蔑洋的
衝突意識；三是受到1968年哥倫比亞大學學潮達到高峰，留學生
受到感染衝擊，想到必須以行動團結海外中國人[53]。
　　王永中詮釋當時參加保釣運動的學生心態：

　　近數十年來絕大部分的留學生實如水上飄萍，既不能認同
　　所在的外國，也不能和本國的同胞打成一片，一方面受外
　　力的刺激，民族自尊心特別強，對任何有辱「國格」「國
　　體」的舉動感受都特別敏銳而痛苦。另方面他們的「特
　　權」意識，也使得他們對本國的社會同胞產生隔閡。這
　　幾種因素相同互的影響，在單純的「愛國保土」主題引

---

[52] 同前註，頁109。
[53] 參劉源俊：〈我所知道的留美學生保釣運動〉，收入《人與社會》第6卷
　　第3期，1978年8月，頁42。

導下，爆發了這一波及海內外中國人的自發愛國保釣運動。[54]

　　留美學生保釣運動起於1970年11月，而於1972年5月正式結束，歷時共一年半。第一個半年裡大體可說是以無黨無派的方式，團結了海外的青年；第二個半年則因時局的劇變，促使親共及投機者現形，以及學生運動的分裂及對立；第三個半年「統一運動」與「反共愛國運動」針鋒相對，而5月13日保釣遊行則為最後的點綴[55]。

　　〈月升的聲音〉文本中，與中國詩人交往兩年的白種女子適巧「旁觀」了一個熱中釣運的左傾的民族主義者轉成虛無主義者的完整的過程。

　　保釣從醞釀到結束，只能算是一個短命的政治騷動，肇始，「愛國、抗日、保土」的動機與目標都十分單純，旋及被中共利用，變質成「統戰」運動，加上臺灣當局採取規避消極的策略，使得愛國學生孤立無援，未能發揮應有的力量，達成保衛釣魚臺主權的原始目標，整個事件的發生，更因為地處海外，沒有群眾基礎，加上國際時局的劇變，使保釣運動從緣起、立場、性質及發展過程，都曾引起一連串的誤解與傳言，對參加保釣的當事人自身產生的意義，已遠大於社會改造，或者改變歷史發展軌跡的意義。[56]

---

[54]　見王永中：〈留美學界的保釣運動〉，收入《人與社會》第6卷第3期，1978年8月，頁36。

[55]　見劉源俊：〈我所知道的留美學生保釣運動〉，收入《人與社會》第6卷第3期，1978年8月，頁51。

[56]　同前註。

就大環境而言，保釣運動並沒有發揮參與者所欲達成的政治理想，但是，在參與者的個人生命中，掀起的究竟是什麼？顧肇森透過中國詩人的幻滅，寄託一位以中國為「君父城邦」者，失去想像中國家的焦慮。遙遠的大中國族想像原本是這位排拒西方惡質文明的中國詩人之尊嚴與熱情之寄望。我們可以對照一些釣運作家的記錄，來認識這樣的嚮往：保釣運動採左傾立場的劉大任，提及開啟自己對中國嚮往的啟蒙人，是一位在夏威夷大學的博士生，這個學生告訴他：「真理在海的那一邊。」自1960年代起，劉大任即有「五四」情懷，認同俄國小說家高爾基（M. Gorky）所說的話：「知識份子是拖著國家歷史笨重車子往前跑的唯一一匹馬。」[57]保釣運動後，1974年劉大任一家三口第一次到中國，他一共去過廣州、桂林、上海、杭州、蘇州、南京和北京等地，又去了江西南昌探親。回美國後，做了一場報告，報告裡總結他對中國的體會「我覺得中國人活得不像人」，然後他被戴上修正主義的帽子，為了逃避鬥爭，他向聯合國申請外放非洲，從此慢慢退出保釣活動。[58]

劉大任的國族幻滅與自我放逐，可對照顧肇森〈月升的聲音〉文本，保釣運動落幕後，中國詩人完全消沉，一切之於他都毫無意義。白種女友質問：

> 近幾個月你把自己關在這裡，做了什麼呢？至少你以前還寫詩，你曾經為中國關心，現在呢？你只在這個小房

---

[57] 參劉大任：〈不安的山〉，收入楊澤主編《七〇年代理想繼續燃燒》（臺北：時報文化，1994年），頁76。陳燁：〈保釣後的漂流〉，《中國時報》人間副刊，1993年11月22日，第39版。

[58] 劉大任：〈不安的山〉，收入楊澤主編《七〇年代理想繼續燃燒》（臺北：時報文化，1994年），頁73-83、145。

間裡抽煙喝啤酒，看著牆壁發呆。[59]

　　你能打電話給我，我卻不能打電話給你。如果我忽然半夜死了，別人一時還找不到你呢！[60]

詩人的回應是——「找到我又能如何？讓你起死回生嗎？還不如讓我好好睡到第二天，再知道也不遲……他訕笑著」[61]保釣運動失敗，昭告左派知識分子國族浪漫的理想死亡，生命中充斥虛無感、無力感，讓他與這個世界徹底疏離了，不繼續攻讀學位也不寫詩，一切之於他都失去意義。作者設計了三組對照，來反襯中國詩人：

　　其一，是中國頹廢詩人的同卵雙生弟弟：雖然長得一模一樣，卻是完全不同的人。

　　　　眼前的人穿著他永遠不會碰的雙排釦鐵灰西裝，打著一個藍領結，頭髮短而服貼，雖是同樣的臉，同樣的杏眼，他的眼中是流離不靖的雲氣，而這個弟弟，竟明亮的一如加州的天空，朗朗的看著你。你勉強立起，握手。他的弟弟自稱吉米……（你）想起他堅持不改的拗口中國名字，簡直不敢相信他們是兄弟。找的妻子是美國人，讀企業管理，喜歡打高爾夫球。[62]

59　見顧肇森：〈月升的聲音〉，《月升的聲音》，頁104。
60　同前註，頁103。
61　同前註。
62　同前註，頁111。

這位雙生弟弟，完全放棄國族認同問題，極為快速地融入美國社會，一切皆以資本主義美國的標準行之。其二，是美國女子（你）的現任男友史丹：在華爾街做事的股票交易員。史丹金髮閃爍，看的是華爾街日報，腕上戴的是勞力士金錶，身著布魯克兄弟的藍外套，身上撒的是喬琪歐古龍水。他的快樂十分簡單，只要股票成交，海賺一筆，便可興奮得語無倫次。他對人生的盼望是「東區的豪華公寓，客廳面向中央公園，一輛賓士敞篷車，最好是紅色，南漢普頓一幢避暑的小別墅，離海不過步行之遙……」是那種「會鄭重其事約你去一家四星法國餐館，奕奕的掏出一隻藍絨盒，正式向你求婚」的美國中產階級白人。

其三，物質取向，庸俗、崇拜青春的美國主流文化：

> 樓下的孩子正大聲放著瑪丹娜的唱片——我是個物質女孩，她尖銳的唱道——物質女孩……救火車喧嘩的在窗下駛過，然後又安靜了，只有遠處，隆隆的地下鐵駛過去又駛回來，在這個侘傺城市的地洞裡，如飛行荷蘭人，無休止的竄跑著，竄跑著……[63]

這三個現實的對照，凸顯出中國詩人的悲頹。

中國詩人所嚮往、所認同的那個古老的國家，在他心中是那樣厚實的存在，那兒曾經堆疊著遙遠迷人的人文美景，但是，政治理想的幻滅伴隨著文化認同的幻滅，這個神話般的國度就像「月升的聲音」一般杳然，無從追認，這三個對照，道出中國詩人的靈魂遊蕩在他所不能認同的美國文化中，無所憑依。

---

[63] 同前註，頁100。

（2）中國知識分子的餘生美學：犬儒抑或毀滅

　　顧肇森第一本散文集《驚艷》多次使用「犬儒」一詞，郭明福〈也是人生閒話──評顧肇森「從善如流」〉[64]指出「因為配合專欄定期供稿，累積下來篇數驚人，作者不自覺有習慣性用語，如……『犬儒的人大概會說』這句話至少出現五次以上」。「犬儒」呈現在顧肇森散文中，多是以一種憤世嫉俗，潑人冷水或者是遊戲人生的姿態，例如：

　　　　回到家，把袋子舉到我哥哥鼻子前，炫耀道：「看，陽明山的雪！」他是非常犬儒的人，在牙縫中笑兩聲，說：「什麼雪？看來像陰溝水罷了。」[65]

　　　　到了美國，在餐館混一段日子是「留學生必修的校外學分」……犬儒一點的人會把每周所得換算成臺幣，然後私下竊喜：「乖乖，居然比大學教授一個月賺得還多。」[66]

小說〈拆船〉要角杜良、〈月升的聲音〉主角中國詩人，自殺前很長一段時間，對於現實世界，也都懷抱一種「犬儒」姿態。所謂「犬儒主義」，指的是個體與社會之間的一種畸形關係。犬儒主義誕生於西元5世紀的希臘，它指一種對文化價值的對抗精神，一種深刻的懷疑，它認為世界是不值得嚴肅對待的，不妨遊戲之。到了現代，犬儒主義的含義發生了一定的變化，但是其對

---

[64]　參郭明福：〈也是人生閒話──評顧肇森「從善如流」〉見《聯合文學》1988年，第4卷第5期，頁202。

[65]　見顧肇森：〈冬雪〉，收入《驚艷》，頁26。

[66]　見顧肇森：〈餐館一月〉，收入《驚艷》，頁18。

於世界的不信任和拒絕的態度沒有變，犬儒主義雖然對現實不滿，但是又拒絕參與社會世界，犬儒主義者由於政治的黑暗而遠離政治、放棄政治，拒絕參與政治，或遁入孤獨和內閉，或轉向任誕的審美主義，而其骨子裏則是虛無主義。他們對於世界保持了清醒的距離意識，但是卻不敢或不願與之正面對抗，而以一種嬉笑怒罵、冷嘲熱諷的處理態度來曲折地表達自己的不滿和妥協混合的矛盾立場。在人們因為長期失望而乾脆不抱希望的時代，犬儒主義就會表現出來。這個時候的突出特點是現實世界的無奈和想像世界的高蹈，兩者相互強化。在這個意義上，大概莊子算得上是中國犬儒主義的創始人。[67]顧肇森曾言：「從小我就是個好持苛論的孩子，那幾年苦讀莊子，雖不欲強迫自己『溫柔敦厚』，但是卻也學會找尋一個能夠呼吸的心靈空間。當然這是很阿Q的舉動。但我對做烈士興趣缺缺，一向只是個旁觀者而已。[68]」亮軒評顧肇森第一本散文集《驚豔》，說顧氏散文有「大隱於市」的況味，便稍具此般姿態。

顧肇森藉著筆下的犬儒主義者，呈現出近代中國知識份子的深層焦慮。中國詩人不能認同他自己所處的時空，他不參加弟弟的婚禮、不與家人聯繫、不融入美式生活，世俗一切於他都毫無意義；杜良平日滿口《莊子》、叔本華。這兩個角色厭世、棄世的形象以及忽而癲狂的舉措，亦可連結至顧肇森酷愛的《紅樓夢》文本中充滿藝術家氣息的賈寶玉。這位情感敏覺度極高，除了愛欲與美，無所志、無所求的貴公子，此生唯一在乎的，便是

---

[67] 見陶東風：〈談犬儒主義〉，《學習時報》（2007年3月14日）http://big5.china.com.cn/xxsb/txt/2007-03/13/content_7952853.htm（檢索日期：2013年3月5日）。

[68] 見顧肇森：〈給李教〉（上），《中國時報》第39版（人間副刊）（1994年6月6日）。

情感問題。每當情感受挫時，便藉著《莊子》療傷。陳鼓應分析：面對苦難的世界，莊子以審美的心胸來提升人的精神世界，這是莊子的「內聖之道」：一方面是對世俗價值的無限捨棄，如果借用尼采之語，則是價值重估與價值轉換；另一方面則是無限的開放。雖然莊子強調精神內在的超脫，有其厭世的冷漠與避世的寂寞。「安時」、「處順」的命定哲學，只能被動地隨物遷化，人改變環境的積極動能便無法獲得彰顯[69]，成為「犬儒」姿態。這樣的姿態不失為一個心靈受創者防止傷口繼續惡化的自我療癒方式。《莊子》厭世、避世、宿命、無所作為的悲劇美感，在《紅樓夢》文本中深深浸染著感情特別纖細，而行動上傾向逃避的賈寶玉。每當內在情感受挫，賈寶玉不只一次懷想那一條厭棄世俗的道路，最終看破紅塵，絕斷一切慾念與牽掛，逃向那一大片乾淨的、白茫茫的大地，進入佛家「空無」之境。

　　但是，〈月升的聲音〉呈現出來的悲劇意識卻是毀滅性的。因為無論是《莊子》的犬儒姿態還是佛家的「色空」思想，皆有其療癒性，杜良與中國詩人，最後卻選擇毀滅性的結局。因為相較於佛道的「虛靜」、「空無」，這兩個角色的精神基底無疑是徹徹底底儒家「以天下為己任」的士大夫生命美學，雖然他們不認同現實的時空，常以嘲諷、玩笑的姿態睥睨現實的一切。

　　觀察顧肇森作品，時有「犬儒」與「真儒」之論辯思考，散文〈孤雲獨去閒〉[70]道出了這兩種生命本質交錯激盪的淵源：一段高中時期到大學時期的友誼。顧肇森於〈孤雲獨去閒〉介紹

---

[69]　參陳鼓應：〈莊子的悲劇意識和自由精神〉，收入陳鼓應：《老莊新論》（臺北：五南出版社，1993年），頁258-267。

[70]　參顧肇森：〈孤雲獨去閒〉，《聯合報》第29版（副刊）（1990年10月19日）。

一位高中同班同學：「他很用功，考試成績常是全班之冠」，「不是個拘泥於教科書的人，不過弱冠年紀，已讀起經史子集」，「以『通儒』自命」，升高二之後，兩個人都參與了校刊編務，「他是個輕易就熱血沸騰的人，因此特別的感時憂國。相形之下，更顯得我冷血犬儒。這些年來，我再也沒見過比我們更不同的朋友了」，「我們的爭論，其實是中國文人一向的爭論。那時我對莊子情有獨鍾，他對孔子一心嚮往。他在我眼中，像極了郁達夫『沉淪』中的男主角，頭入雲端，足陷泥淖，充滿痛苦的矛盾。我在他眼中，不外是自私冷漠，無視家國的化外之人」，「共事校刊那年，我們簡直無日不爭。爭執久了，竟像一對老夫婦，某一方嘴唇才動，已知道他要說什麼」。所以，犬儒，源自少年顧肇森觀望世界的姿態。同一篇文章，顧肇森亦提到友人欣賞大氣魄、大格局之作，常因情感豐沛而無法終篇，顧氏訕笑其為「偉大的空話」，而當友人隱射顧氏寫作風格有錢鍾書「眼光犀利，筆鋒刻薄，有心理學者那種把人們一顆小小的心弄得複雜，令人隨時有發瘋可能的作家」之味時，亦令顧氏不快。如此犬儒與真儒之對辯，時現於顧氏文本中，這兩種中國知識份子的生命姿態，雜揉出諸如〈拆船〉文本中的杜良與〈月升的聲音〉的中國詩人這樣的角色，他們以犬儒的態度對待周遭一切，但生命本質又是絕對的真儒。〈月升的聲音〉一場臺灣留學生聚會：

> 劉突然說，我寫了首詩，要不要聽？然而沒等別人的反應，逕自念道，臺灣是家，中國是夢，美國是戰場，而何處是我埋骨的地方？他在劉閉上嘴時，傲然的說，算了吧，老劉，太濫情了。你如果真要寫詩，應該這麼寫：臺

灣是不想回的家，大陸是醒不來的噩夢，美國是戀棧不歸
的戰場，因為古來征戰幾人回呀！說得大家都笑了……他
向你擠眼，改口用英語沉聲說，中國是嚴肅的話題呢。我
們沒打架，已經是很文明的了。[71]

男主角（他）不認同夥伴們說一套做一套「投機」的愛國方式，
他戳破夥伴假情假意的愛國情操，點出華人留戀美國，不想回臺
灣，對中國也只存有泛泛的文化遐想的普遍現象。「中國是嚴肅
的話題」一語，可看出「中國」之於保釣運動的重量。釣運份子
將夢想建築在遙遠的時空中，對這個古老國度，充滿傳統知識分
子的使命感。男主角（他）可以滔滔不絕地與人辯論、勾勒這個
想像國家之未來，充滿了「濟世救國」的熱情。而當這個想像中
的國家陷落，他的生命便跌進更殘酷的嘲諷。這失去了可以寄託
熱情，可以中興的「國度」的現代儒士，無法以道家靜觀世變、
涵容萬物的姿態靜處，亦無法如賈寶玉那般以佛家「色空」思想
超脫紅塵幻象。他痛苦地生活在這個他所不能認同的世界，因而
選擇了「屈原」自毀的路子。顧肇森藉由第三者（白人女子）側
寫這個對家國充滿理想的知識青年，寫其家國理想之癡。但是，
這些理想主義者，卻不同於傳統儒家知識分子：他與〈拆船〉的
杜良從未成為社會主流，在文本中，他們皆以「邊緣人」的樣貌
出現，這與余英時的觀察不謀而合：

> 現代知識份子，特別是1905年以後，是處於帝國統治集團
> 外的。……從精神上來看，後者（現代知識份子）繼承了

---

[71]　見顧肇森：〈月升的聲音〉，收入《月升的聲音》，頁107-108。

前者（傳統知識分子）所開創的許多東西……「士需與以天下為己任」、士需「先天下之憂而憂，後天下之樂而樂」，仍然存在於每一個受過教育的中國知識分子精神中。……中國革命的歷史悲劇在於，那些由中國激進的知識分子引進和播種的革命思想，無一例外地被那些反知識份子的人收穫了，他們更知道怎樣去操縱革命、去掌握權力。而對於知識分子，革命的果實轉化成對他們自己的毀滅。[72]

夢想幻滅後，原處邊緣的他們，便徹底地虛無瘋狂了。這樣的苦痛，李渝〈保釣和文革〉有發人深省的評論：

因為叛逆，釣運才發動得這麼清新有力，現在轉入統運，不再叛逆，從抗議一個政權轉到依附、擁護一個政權，方向和目標改變，語言改變，對權力的敏感和爭取，尤其是人與人的疑猜鬥批，或者用當時的用語，處理「內部矛盾」變成運動的重心，取代了其他的關懷。

釣運出現了它和文革的可懼的近似，近似到使人後來可以說，好在是在美國，否則摧殘已經執行，生命已經被毀滅了。[73]

---

[72] 見余英時：〈20世紀中國的激進化〉，收入余英時：《人文與理性的中國》，頁561，

[73] 見李渝：〈保釣與文革〉，刊登於《中國時報》（人間副刊）（1996年9月9日）。引文收錄於邵玉銘：《保釣風雲錄》（臺北：聯經出版社，2013年1月），頁114-115。

保釣運動最讓參與者椎心的不是外侮，而是釣運內訌，自己人鬥自己人，一場「清新有力」的學生運動，最後卻身陷「權力鬥爭」、「內部矛盾」的泥淖。〈月升的聲音〉的左派中國詩人國族「中興」理想幻滅，失去了可以築夢的國度，也等於失卻了生命中唯一的信仰，那承載厚實文化遙想的故國不再，而舉目所望之世界，不是充斥著權力鬥爭的謊言，便是沉淪在西方膚淺的物質文明追求中，萬念俱灰之下，他呈現一種虛無樣態──鎮日與啤酒罐和煙灰缸為伍、聆聽著月升的聲音、放棄學位不讀、浪民似的四處逛，最後這種無所逃於天地間的痛苦，驅使他走向毀滅：他向老友借了些錢，遠赴理想的自殺之境「西匙島」，暴烈且瘋狂地迎向死亡──佛羅里達紅豔的大太陽，清澈的光中，那輛鷖黑的車內面目全非的破碎的肉體。[74]──從流放終致自我毀滅，遙相呼應著中國文學史上那位不堪國毀族滅，跳江而亡的楚國詩人屈原。

二、離散主題

面對病入膏肓的「中國人」，恨鐵不成鋼的心痛，屢現於顧氏文本：〈小季及其夥伴們〉──「那種撿著中國人多的地段蓋出來偷工減料的房子，送我也不敢去住。只怕一聲咳嗽就震垮了！他還以為自己是貝聿銘第二，牛皮吹得刮刮響。」大罵中國黑心商人唯利是圖，泯滅良知，而且專挑自己同胞欺負。也暗示中國人集體鄉愿，凡事圖方便、貪便宜的心態。只要有眼前的便宜可貪，連生命安全都可犧牲，而且，中國人尤其輕賤中國人的

---

[74] 見顧肇森：〈月升的聲音〉，《月升的聲音》，頁90-91。

命。〈秋季的最後一日〉──無知粗鄙的紅衛兵以暴力的手段，奪走了人類對美善最真的追求，對任何一個追求善、美、公義的人而言，文革中國絕對是人人想逃的地獄，因為少數人的權力鬥爭，卻讓所有人失去了人之所以為人的尊嚴與夢想，是人性與文明的巨大浩劫。〈素月〉的情節轉折點──李平的公費留學獎學金被取消了，原因是他在海外聲援六四學運，被其他中國留學生出賣，狀告中國領事館，上了黑名單。中文報上有吾爾開希的新聞，民運中有人指摘他亂用公費。李平看了，氣得臉發青，說：「中國人就是不能共事！」[75]

保釣失敗、文革慘狀、中共武力鎮壓六四民運，讓一度以建設「新中國」為職志的海外知識份子悲憤不已。曾經天真地做過「中國夢」的保釣健將劉大任說：「這個『新中國』陪伴我走了二十五年。1974年回中國一趟消滅了百分之五十，但它的真正粉碎還得等十五年，直到1989年6月4日，在電視上出現坦克車輾過天安門廣場的那一瞬間[76]。」1989年天安門事件後，顧肇森寫下〈此身雖在堪驚〉、〈素月〉，直陳他對此一慘劇的痛心：

> 從山中出來，才聽見北京的慘聞。憤怒，卻是無處宣洩，近乎麻木的憤怒。幾千年來的中國政府，總是忝不知恥的不把人當人，而革命了這麼久，仍如歐威爾《動物農莊》中的革命的豬，一旦當權，還是一群豬，真令人齒冷。回到紐約後看電視新聞，北京的駐軍發言人竟說天安門廣場上一個平民也沒死，死的只是軍人。這樣瞪著眼

---

[75] 見顧肇森：〈素月〉，收入鄭樹森編：《冬日之旅──顧肇森小說選》，頁25-34。

[76] 見劉大任：《我的中國》（臺北：皇冠出版社，2000年7月），頁36。

說謊，簡直丟盡中國人的臉。恨得我拿了拖鞋往電視螢幕
扔。然而也只能扔扔拖鞋罷了。我想口誅筆伐的效果，雖
然有可能「橫掃千人軍」，多數時候和扔鞋所差不遠。而
目前中國人能做的，無論在香港或臺灣，首要的還是教
育，弄清楚民主為何物，然後身體力行。口號叫叫容易，
一旦面對政治上的爭執，能夠尊重異見，寬容異己，就
是民主的修養了。否則還是唯我獨尊的法西斯，還是流
血。[77]

　　「昨天晚上車隊開進天安門廣場，殺了幾千人」「什
麼！」她突然醒了。「他們用坦克殺自己人啊！」他突然
用普通話說，夾帶哭音。[78]

中國統治階層為鞏固政權，以坦克車鎮壓手無寸鐵的大學生。無
論這些當權者當初革命時，口號喊得多感人，一旦掌握權力，依
舊「不把人當人」、「自己人殺自己人」。如此歷史，在中國一
再重演。顧肇森極言現代化「教育」的重要，要養成互相尊重、
容納異見的民主風度，並非一朝一夕，唯靠「教育」，才能讓這
些野蠻成為歷史。對於「中國人」，顧肇森一向有著親人手足般
的獨特情感：

螢光幕上火焰連天，機關槍聲爆竹似響，坦克車一輛輛開
到，落單的一輛坦克被放了火，驚惶的臉，奔馳的板車上
血水淋漓的身軀。壓扁的腳踏車……然後他倆都愣住了：

---

[77] 見顧肇森：〈此身雖在堪驚〉，收入《感傷的價值》（臺北：漢藝色研
　　出版社，1990年），頁43。
[78] 同註75，頁25。

> 電視上，一個穿短袖白襯衫的男人，手提著一個袋子，在
> 大路上擋住一列坦克車。他爬上最前面的一輛，不知說些
> 什麼，再爬下來。坦克向左開，他向左擋。右開，他向右
> 擋，堅不退避。　　李平凌空躍起，在空中揮拳：「好
> 啊！這才是男子漢！有種！」[79]……當吾爾開希在香港露
> 面的消息傳來，他興奮地在電話中又叫又笑，彷彿找到長
> 年失落的親人[80]

顧肇森將自己對於反抗威權專制的同理心投射到「李平」這個角
色上，面對祖國苦難「同胞」，顧肇森雖然充滿同情，但是卻也
有他自己一套「務實」的思考。

他在散文〈給李敖〉痛陳：

> 我以為中國文化之病，病在「出將入相」，病在「以天下
> 為己任」，前者使人不專業，什麼都會一點，什麼都做不
> 好；後者令人好高騖遠，這種心態，當然造成『人治』的
> 局面。好的政府，需要盡職的人分層負責[81]

基於佔人口少數的知識分子大搞政治鬥爭，普羅大眾愚騃缺乏思
想深度的現實，並有感於中國科技、民主、人權概念皆十分落
後，強調現代化之「教育」與「專業分工」的重要。雖然，顧肇
森之前在〈月升的聲音〉側寫了一個「屈原」式的國族理想主義

---

[79] 同前註，頁26。
[80] 同前註，頁27。
[81] 見顧肇森：〈給李敖〉（上），《中國時報》第39版（人間副刊）
（1994年6月6日）。

者，但是，從他在六四之後發表的散文，可以發現顧肇森並不認同這種「屈原」式的生命樣態：

> 你的自戀，一如屈原到了病態的地步。你形容胡秋原：「自高自大自我膨脹，過分重視自己」，我猜很多人也可用相同的話形容你。……盼你在有生之年，能寫出一部值得流傳的作品。不要淪落成一個只知抱怨，滿肚子苦水，漸漸老去的失敗者。……當年釣魚臺事件搞得如火如荼，二十年之後，還不是還原成歷史中的一個小事件，連劉大任都有陶淵明之嘆[82]

同一篇文章，顧肇森也提到當普羅大眾與知識分子鴻溝仍深，少數「臭老九」的政治運動、政治言論，不過是「狗在消防栓下灑的尿」，「除了當事人幾十年後還會去聞一聞，沒人在乎的」。顧肇森認為「世上的惡勢力，基本上都具備了『自我毀滅』的因子」，所以，只要靜待教育成功，時機成熟，這些「惡瘤」自然會消失。如果只是專挑纏足、貞節牌坊、禮教、敬老尊賢、不科學等「小事」開刀，是無濟於事的，因為中國文化需要的是「整體」化學治療，而非局部割除。況且，就「臺灣文化」而言，瓊瑤比李敖等「臭老九」們，更具代表性。

天安門事件發生後，顧肇森結束短暫的臺灣探親行程，再度飛回美國工作，寫下〈此生雖在堪驚〉，自然而然地表現出一個單身留學生移民的生命型態──「過去十年，住別人的國家，

---

[82] 見顧肇森：〈給李敖〉（下），《中國時報》第39版（人間副刊）（1994年6月7日）。

說別人的語言，也逐漸活出一個形狀，一種姿態。」[83]觀察顧肇森作於六四天安門事件之後的作品，可發現其中呈現出作者對於「新中國」日漸疏離，表露出家、國分裂的情感樣態。

（一）〈時光逆旅〉：君父的城邦崩解

1989年6月4日中共政權以武力鎮壓民主學運，1990年12月，顧肇森以〈時光逆旅〉一文獲得第三屆梁實秋文學獎散文類第一名。就散文「自我暴露」的特質比小說濃厚而論，〈時光逆旅〉真誠地寫出了顧肇森作為一個出生在臺灣的外省第二代，家、國分裂的心理狀態。〈時光逆旅〉人物、情節設計完備，故事結構完整，亦可以小說論之。

〈時光逆旅〉故事情節主要是藉著敘事者「我」，旁觀曾在中國成長的大哥回中國老家省親的歷程。旅途中，大哥一心繫繫念念的是童年的家鄉，絮叨著、揉捏著、一遍一遍地審視著那幾張「已像爛鈔票的親戚名單」，「不只一次取出那張焦黃的相片，凝視上面大而暗的木屋──老家是建在一個河中島上，出入都靠船。而且在木屋的正樑上，駐著一條巨蟒，據說有數百年高齡。祖先們決定牠是鎮屋的祥物，不許打殺，每逢農曆初一十五，還向牠燒香供食。黃永武評〈時光逆旅〉指出：這條巨蟒，無異是主題之象徵。[84]這條歷代祖先燒香供食數百年的巨蟒，連同大哥一路上魂牽夢縈的祖宅田地，全都在階級權力鬥爭的過程中，毀滅殆盡，蕩然無存。「巨蟒」可視為此一家族之

---

[83] 見顧肇森：〈此生雖在堪驚〉，收入《感傷的價值》，頁44。

[84] 參黃永武：〈哭不出聲音的悲──評「時光逆旅」〉，《時光逆旅──第三屆梁實秋文學獎得獎作品集》（臺北：中華日報出版部，1990年），頁14-16。

共同神話，家族共同信仰被摧毀之後，原本那位臉上「魂飛神馳」、「彷彿是初戀少年面對情人」對家鄉無限神往的大哥，眼見原是一方地主的親族早已被「掃地出門」，被趕至「一灘亂葬崗似的住屋」，他的臉色轉為陰白。接著，原來存在童年記憶裡那些溫暖的人們，那些盼了好久終於見上一面的中國族親，萬般艱難地重逢了，卻盼到一陣凌厲的咒罵：「見什麼見？……他們拍拍屁股走了，在美國享福……我們呢？家破人亡。……」然後得知親人上一代被鬥死，下一代淪為鬥爭祭品，皆無法接受教育──「黑五類，翻不了身，都沒學校唸。鄉下地方，鬥起來比城裡凶多了。前些年大家都沒飯吃，揪地主，還是揪我們……[85]」。隨著探親之旅幻滅，大哥一句「我們明天一早走吧」，含藏了極其沉痛的「喪家」之情──「此後行程中，他再沒提老家一次」[86]。

　　黃永武論此文將四十年來家國離散寄託在一杯茶中：「車行途中，他（大哥）沉默得可怕，連車上微有火油味，顏色紅得奇異的茶喝了兩杯都毫無怨言。我不禁記起臨行前在紐約的廣東茶館喫早茶，他擺給那錯把烏龍當香片的跑堂看的臉色來。[87]」大哥是居住於紐約的「太空物理博士」，相當講究生活細節上的品味，而在甫歷經文革鬥爭的中國，即便兩兄弟的探親之旅一路享受著「特權」，依然可感受生活條件的巨大落差。但是，這些「現象」，就第一人稱敘事者（我）而言，並不可怖，因為中國雖然是他國族認同之地，但那不是他的家鄉。他的家鄉是臺北

---

[85] 見顧肇森：〈時光逆旅〉，收入《時光逆旅──第三屆梁實秋文學獎得獎作品集》（臺北：中華日報出版部，1990年），頁12。

[86] 同前註，頁13。

[87] 同前註，頁6。

──「我生長於臺北，雖去國多年，平日想家能想見的，無非是圓環、碧潭、西門町和松山機場旁的榮星花園」[88]「窗外馳動的風景，一時令我想到小時搭莒光號南下臺中。同樣是一片濕綠蔥蘢的田野，只少了翩翩而起的白鷺鷥。」[89]就小說的敘述視角而論，這個純然抱著「觀光客」心態的敘事者（我），客觀地見證了一個懷抱著「少年會見初戀情人般」心情的返鄉者，天倫夢碎的旅程。因為客觀，所以使本文在一片「苦苦苦，哭哭哭」的探親文學熱潮中異軍突起。黃永武評之：「一支沉鬱冷靜而犀利的史筆，把四十年家國深入骨髓的隱痛掘發出來」、「出奇的痛，哭不出聲音的悲，與一般『時套』大不相同」[90]。就散文「自我暴露」的特質而言，這個「我」，對於苦難祖國可以純然保持客觀，肇因顧肇森對中國並沒有「家鄉」之情。

（二）何處是我家

1.飛行的荷蘭人

　　顧肇森以〈時光逆旅〉解構了「君父的城邦」，那他自己的城邦，又在哪裡呢？「侘傺」是顧氏留美後，散文、序文常見用詞[91]。長時間待在美國，為生活馬不停蹄奔忙，散文〈慢食之

88　同前註，頁4。
89　同前註，頁6。
90　見黃永武：〈哭不出聲音的悲──評「時光逆旅」〉，《時光逆旅──第三屆梁實秋文學獎得獎作品集》，頁14。
91　「侘傺」一詞出現於：顧肇森：〈月升的聲音序文〉，《月升的聲音》，頁4；顧肇森：〈去年的月亮〉，《月升的聲音》，頁198；顧肇森：〈在侘傺人世裡歇一下腳──願「從善如流」能博會心一笑〉，《九歌書訊》第75期第3版（1987年5月10日）；顧肇森：〈紙傘〉，《感傷的價值》，頁79──「只是經過這些年的侘傺流離」。

樂〉提到自己自幼便是個急驚風「匆匆二十多年趕來趕去，終於趕出胃潰瘍[92]」。除了常以「倥傯」自況，「飛行的荷蘭人」亦數見於顧氏文本，例如〈月升的聲音〉女主角對現實世界的觀照──「隆隆的地下鐵駛過去又駛回來，在這個倥傯城市的地洞裡，如飛行荷蘭人，無休止的竄跑著，竄跑著……[93]」〈暮成雪〉[94]自況：「紐約的日子過得有如無理的走上夏日的沙灘，東奔西跳，落腳處都燙得站不住，大家都悶著頭趕，以為在不遠的前方有陰涼落角之處……豈料這是飛行荷蘭人一類的詛咒，腳步哪裡緩得下來？」飛行的荷蘭人，（荷蘭語：De Vliegende Hollander；英語：The Flying Dutchman。又譯作漂泊的荷蘭人，徬徨的荷蘭人等），一般認為此一故事原型來自來源於希臘神話中的英雄奧德修斯（Odysseus，拉丁名為尤利西斯），荷馬史詩《奧德賽》內容中永無止盡之漂流，是傳說中一艘永遠無法返鄉的幽靈船，註定在海上漂泊航行。在荷蘭文裡（vliegend）是用來表示一種持續飛行的狀態，形容受詛的荷蘭人永遠飄流在海上，四處航行，卻始終無法靠岸的悲慘宿命。漂泊的荷蘭人（德語：Der Fliegender Holländer）後來由德國作曲家李察‧華格納譜寫成歌劇作品，劇情描述一個因觸怒天神而受到詛咒，在海上漂流多年的幽靈船長尋得真愛而獲得救贖的經歷。[95]顧肇森散文〈歌劇印象〉[96]即述明自己甫至紐約，於紐約大都會歌劇院欣賞

---

[92] 見顧肇森：〈慢食之樂〉，收入《驚艷》，頁78。

[93] 見顧肇森：〈月升的聲音〉，收入《月升的聲音》頁100。

[94] 見顧肇森：〈暮成雪〉，收入《感傷的價值》，頁56。

[95] 參〈Operas of Richard Wagner，The Flying Dutchman (Wagner)〉，《Music with Ease》
（2005年9月26日）http://www.musicwithease.com/flying-dutchman-source. html（檢索日期：2013年6月5日）。

[96] 參顧肇森：〈歌劇印象〉，收入《驚艷》，頁164。

此劇之經驗。爾後，「飛行的荷蘭人」數度出現於顧氏文本中，無論是寫人、狀物或自況，皆象徵著無法著岸的人世飄零。毫無疑問地，顧肇森心目中的「家鄉」是臺灣，但是，藉由〈月升的聲音〉文本，顧氏犬儒地嘲諷著當代大部分留學生對此一家鄉的看法──「臺灣是不想回的家」。為什麼寧願東飄西蕩而不願回家？

其一，害怕與「中國人」群居一處，失去自我的個性自由發展的空間，散文〈流行歌〉：

> 在我們中國人的社會裡，總是特別講究隨俗從眾，任何特立獨行的人，總不免遭到當頭一棒。是不是因為我們的生存空間擁擠不堪，容不下每個人伸展手腳，各有方向？「語不驚人死不休」常被認為是作怪，所以結果便是大同小異的人，大同小異的流行歌了。[97]

而散文〈成就〉，道出了中國禮教至上，父母重「面子」，要子女有成就，家族光榮勝於關懷子女內在情感之弊，也道出戰後嬰兒潮一代，成長中所承受龐大的生存競爭壓力：

> 中國家庭培養出來的孩子，成就感或許是不可替代的原罪。成長的那些年中，我聽到的責難、鼓勵，多和將來的成就有關。從來沒有一個長輩對我說：開心的活一輩子，也是個不小的成就。[98]

---

[97] 見顧肇森：〈流行歌〉，收入《感傷的價值》，頁17。
[98] 見顧肇森：〈成就〉，收入《感傷的價值》，頁26。

留學生李莉在得知男友另結新歡後寫下：

> 謝天謝地我現在是在紐約，不然人人知道林平和我完蛋
> 了，那些可怕的同情眼神大概會逼得我發瘋。中國人大約
> 是最群聚的動物之一了。生在一群人中間，死在一群人中
> 間，沒有什麼私人秘密，十戶以外的鄰居都知道你家馬桶
> 的顏色，但願有一天我像野獸一樣，單獨的死在曠野裡。
> 我不能忍受親人圍著我的屍首喧嘩。[99]

害怕中國人群聚、不尊重他人隱私的民族性，年輕的留學生負笈
異鄉雖然失去家庭保護，卻得以追求更寬闊的自我空間，讓自我
的個性得以自由發展。所以，顧氏小說中，多的是在異鄉打拚，
小有成就，卻與家人完全疏離的華人。例如：曾美月在美國沒有
家人、沒有朋友，讓她得以毫無後顧之憂，可以完全不需顧慮他
人道德審判，一路往上攀爬；胡明在母親死後，不與任何親戚往
來；〈破碎的人〉男主角作為一位苦讀多年的留學生，在美國獨
立謀生後，「我在臺灣的父母都有十幾年沒有見了，我也不覺得
怎樣呀！[100]」雖然，這些人在小說中皆屬負面角色，但也呈現出
海外遊子「自由」、「自主」的真實樣貌。

　　其二，無常之領會與新奇感之追求。自顧氏少作《拆船》，
便流露出濃厚的無常感：「也許當它最繁盛的時候，已經蘊含了
目前破敗的種子[101]。」散文〈未完的故事〉，揭示著家族離散所
帶給他的不安全感，此篇散文開頭：「我一直很想用這樣的句子

---

[99] 見顧肇森：〈李莉〉，收入《貓臉的歲月》，頁83-84。
[100] 見顧肇森：〈破碎的人〉，收入《季節的容顏》，頁131。
[101] 見顧肇森：〈拆船〉，收入《拆船》，頁170。

開始一篇小說：『很多年前，當我還很年輕的時候，我父親曾對我說……』」但是作者卻不知如何推展這樣的開頭，於是以「世事真有結果的畢竟少見」來超脫，並言及顧氏對於「未完的故事」比結婚、生子、育兒這種「我就這樣過了一生」的俗套人生興致來得高：

> 我每逢超脫不群，獨來獨往的女子，總是驚為天人。因為在她身上，我可以感到無窮的可能性。不像大多數婚齡女子，臉上寫滿了「先友後婚，否則免談」一類的字，好像一篇已知結果的懸疑小說，先把人的胃口都倒了。我是那種每逢問題便翻書一類的知識份子，不知讀了多少愛情和婚姻的書……誰料知道得越多便越惶惑，到後來連為什麼要結婚都弄不清了。[102]

無常感，讓顧肇森對於「相守」充滿焦慮，無法恆常的愛情是顧氏文本中一貫之主題，《紅樓夢》的悲劇論示「梧桐葉落分離別，恩愛夫妻不到冬」被巧妙用於〈素月〉文本；〈最驚天動地的愛情〉昭示對愛情恆久之悲觀；而〈車窗外〉、〈驚艷〉、〈未完的故事〉皆明白指出自己喜歡不斷變換著的生命風景——「不過我想多數人都寧願活在可預測的生活裡吧？照著既成的軌跡走路，想像中畢竟是安全一些的。……可是我寧願有個沒有結尾的驚艷的一生，轉過每一個街角，都有非常的風景，此生本是電光泡影，何必強求『永遠』呢？[103]」這樣的無常感悟與新的生命風景之追求，讓「離散」顯得理所當然。

---

[102] 見顧肇森：〈未完的故事〉，收入《感傷的價值》，頁33。
[103] 見顧肇森：〈驚艷〉，收入《驚艷》，頁136-137。

2.在地化認同：「交混」現象

1989年，顧肇森在專訪中提到：「目前最具體的寫作計畫是一部長篇，寫一個混血的中國人，「有人是心理的混血，有人是生理的混血。」顧肇森在小說裡將討論角色定位的問題，有人是血緣上的難定位、有人帶政治情結，小說裡甚至有個變性人。」[104]這去國多年後的長篇小說寫作計畫，很能反映顧肇森在文化認同上的「交混」現象。文化之交混，早在第一本散文集《驚豔》，呈顯出來：

> 自幼對東洋倭人好感不多，民族主義大而化之，因此對日本菜興趣缺缺……還是離鄉背井之後，在「獨立」的壓力下，我的口味一如我的日常生活，突然大起變化。……一頓飯後，戒心驟減，我對日本菜的興趣便油然而生。[105]

在充滿日本殖民遺風的臺灣成長的顧肇森，因為「民族大義」使然，直到紐約才嘗試日本料理，而且只吃一次便上癮，由此可見，人在異鄉，使得人際關係、生活習慣被逼得重組排列，讓許多固著的文化偏見，開始鬆動。而顧肇森在報導文學作品《槍為他說了一切》一再強調在美國打拚，必得了解美國文化、融入美國社會，也在第二部分的採訪記錄中，透露出對於某些剛毅木訥的中國學生如何適應美國社會的擔憂。

1990年中，發表於《聯合報》的〈故鄉紐約〉[106]談到「我早

---

[104] 見黃美惠：〈醫人腦寫人心醞釀新作──顧肇森久違，回家迷了路〉，《民生報》1989年5月26日，第14版。

[105] 參顧肇森：〈日本菜〉，收入《驚豔》，頁198-200。

[106] 參顧肇森：〈故鄉紐約〉，《聯合報》第28版（繽紛）（1990年6月12

已把紐約當作故鄉——至少是第二故鄉。」「離鄉背井的人，我想沒人是不懷念故鄉的。可是『故鄉』這東西，往往有兩種可能。一是自己曾經活過的環境，被時間過濾之後，留下來的特殊事件和印象的綜合：可以是田間的白鷺鷥，可以是巷口的蚵子煎小攤；另一個故鄉，是闊別數年後返鄉客所見的實存空間。可能是畸形的都市發展、膨脹的汽車人口、惡劣的空氣、澆薄的社會風氣、無禮的陌生人，甚至不方便的浴廁設備。對於這個故鄉的好惡觀感，或者取決於返鄉客有多浪漫了。近年開放大陸探親，許多人得以在四十年後一睹家鄉風貌，然而據我查訪所知，決意搬回故鄉者絕無僅有。為什麼呢？多數的回答是『生活上不習慣了』。」可見去國多年，顧肇森已清楚認知他自己一如返中國探親的人一般，已不習慣家鄉的生活。同年中秋節，顧肇森發表〈夜夜心〉[107]，以第二人稱方式稱呼嫦娥，與嫦娥對話——「比妳幸運，這些年來我得以返家數次。我的故鄉已蛻化成現代大城，故鄉的人有許多過著緊張但優渥的生活。而且我很意外的發現，我所居住過二十餘年的地方，隨著金錢的充裕，幾乎沒有這當的生活空間了。……若不是在家裡看炒冷飯的電視劇，就只有踩馬路。更令我吃驚的是投機致富的心態和對民主政治缺乏認知的各類暴民行動。乍富和淺視，加上狹仄汙染的生活空間，竟不免令我拭著汗追問：我的故鄉到哪裡去了？」乍富和淺視，讓顧肇森懷舊散文〈螢火蟲〉、〈市場〉、〈燈節〉、〈猶記當時年紀小〉中那原本田園牧歌般純樸的家鄉變了調。這座急速蛻變成現代化大城的臺北城，街上擾嚷的人群不似紐約那樣「聽音樂

日）。

[107] 見顧肇森：〈夜夜心〉，《聯合報》第29版（副刊），（1990年10月3日）。

會」、「觀賞一齣話劇」、「趕去博物館看畫展」，而只是逛街購物、滿足物質欲望，看毫無創意的電視劇。財大氣粗的臺北，心靈空洞的鄉親讓長期待在藝文名都紐約的雅痞醫生極度不適應「一旦回到臺北，無日不在沒有人行道的通衢大道上和狂妄的駕駛爭逐，多半會感到氣餒吧？如果再碰上去音樂廳聆樂，提琴家必須重新開始，因為演奏到半途前排有小孩哭鬧；去剪頭髮會被提醒何處不能去；連叫五輛計程車都因短程被趕下來拒載；碰見多年未見的同學，滿耳只是股票房產。再多情的懷鄉客，恐怕也會懷疑自己的故鄉哪裡去了吧？[108]」顧氏回憶裡那「小販抹去老文零錢的慷慨[109]」的溫暖之境已不復在。對於自己看不慣故鄉之變，顧肇森也有自己的反省「我發這些牢騷，在許多人眼中，多是無的放矢；而且在一些朋友看來，如果人不在故鄉，是沒有資格置喙的」但是，他仍然要聲明：「『生了梅毒的母親，仍是母親』，我的感慨，不論多無濟於事，自問是誠懇的」表達了他對故鄉臺灣最深摯的繫念。種種看不慣，也源自一片對土地之深情，亦呈現出與近代留學生文學一貫「歸」與「不歸」的掙扎：「我不知你奔月獨居的這些年間有沒有後悔過？是否感到寂寞無依？……我想除了妳本人，沒人知道真正的答案！一如千萬羈外未歸的人，恐怕各有他們不回家的原因吧？同樣的，我也問過自己這個問題。可是在這碧海青天的異國夜裡，我仍然沒有答案。」明明繫念著故鄉，學成後卻羈旅不歸，如此心境，與少作〈塵埃不見咸陽橋〉遙相呼應：曾經滄海難為水。隨著成長，每一個孩子都是「回不去」的旅人了。

---

[108] 見顧肇森：〈故鄉紐約〉，《聯合報》第28版（繽紛）（1990年6月12日）。

[109] 參顧肇森：〈市場〉，收入《驚艷》，頁85。

3.永遠的家鄉：飲食、文學

當故鄉因「乍富」和「淺視」成了異鄉，回不了過去的遊子將家鄉寄託在何處呢？觀察顧肇森散文，可發現顧肇森將曩昔美麗的家鄉，寄託在食物與文字中。

顧肇森於1986～1991年間創作不少飲食散文，以內容而言，分成兩大類：一類是談中外經典文學中的飲食描述，另一類是談回憶中的家鄉味。前者主要寫《紅樓夢》、《水滸傳》、《金瓶梅》、《家變》、《追憶似水年華》、《包法利夫人》以及喬依斯名著《都柏林人》、《尤利西斯》中飲食描寫之精彩處；後者則藉由回憶中的家鄉美食，反映遊子思鄉情緒，例如〈湖州粽子綠豆糕及其他〉[110]、〈紐約臭豆腐〉[111]、〈飯盒〉、〈甜點〉、〈以食為天〉[112]等，流露出極深的思鄉情緒。〈飯盒〉開宗明義——「對於飯盒，我一向有美好的回憶……母親對放在飯盒內的菜很重視，常在前一晚徵求我的意見。至今我仍記得色彩豔麗的蛋炒蔥花叉燒，或是食後齒頰留香的酸菜炒肉絲。」也提到了中學與同學互換分享便當菜，因而嚐到了一些「從未聽說的菜，比方『蚵仔煎』」，頗能呈現顧肇森雖為眷村孩子，卻很能接受竹籬笆外的世界，他對於臺灣的繫念，也反映在美濃紙傘、白鷺水田等臺灣風情中；〈甜點〉——「人在異鄉日久，故鄉的風物食品，無論是多俗濫的，都能突然使人油然而生眷戀之情」；〈以

---

[110] 參顧肇森：〈湖州粽子綠豆糕及其他〉，《聯合報》第22版（1989年6月8日）。

[111] 參顧肇森：〈紐約臭豆腐〉，《聯合報》第28版（繽紛）（1990年11月25日）。

[112] 參顧肇森：〈飯盒〉，收入《感傷的價值》，頁124-126；〈甜點〉，收入《感傷的價值》，頁127-130；〈以食為天〉，收入《感傷的價值》，頁131-133。

食為天〉——「我最想念的不是什麼山珍海味，而是最平凡的燒餅油條」，「我也愛吃蔥油餅，想來比做油條容易，所以也就拿出化學實驗精神，百試之下，漸漸從輪胎底進步到薄皮數層入口即酥的境界」；〈紐約臭豆腐——「如今離鄉久了，有些小吃在夜半想到，真是饞得坐立不安。諸如蚵仔煎、炸大腸、生煎韭菜包，以至一碗普通的魯肉飯，都令我有插翅回家的衝動」；但是〈離鄉〉也很誠實地提到，雖然想家，但，這樣的時候並不多。只不過，偶爾思及家鄉風物，最殷切想望的，便是家鄉美食：

> 離家這些年，少有夢魂牽繫的思鄉的時候。偶動想家之情，想的也不外是黃豆燉排骨或獅子頭，非常的狼心狗肺。……為了一個飯碗，往往身不由己，回千里外的家就不是說走便走的了。……前些日子想買一套紅樓夢，因為手邊的已被我讀到脫頁。……書價竟是天文數字……走訪幾家書店後，才明白沒有廉價中文書這回事。此時我方領略「物離鄉貴，人離鄉賤」……舊習難改的異鄉人，為了只有自己才明白的理由羈留不歸，為此而付出的代價，恐怕就像五美金一套的燒餅油條，往往不成比例吧。[113]

「羈留不歸」是要付出代價的。可是，這樣的時候，畢竟不多。

再者，觀察顧肇森散文，臺灣的故鄉情，是與童年、慈母連結在一起的。〈猶記當時年紀小〉——「如果快樂的定義是無休止的遊戲和無窮盡的好奇，那幾年入學前的歲月雖然懵懂，或是每個人一生中最持續的快樂時光了」；而兩本散文集，先後以

---

[113] 見顧肇森：〈離鄉〉，收入《感傷的價值》，頁80-82。

〈似水流年〉、〈慕成雪〉娓娓道出一個自幼備受慈母呵護的孩子，與母親之間濃厚親密的情感牽繫。〈慕成雪〉末段：

> 回到紐約，再次投入紅塵，工作戀愛，日子如火如荼的過著。心境卻微微變了。常在下班時分擁擠喧囂的地下車中，只消闔眼，即見母親安然的坐在漸亮的天光裡，臉上一片澄明，若有似無的梳著她似雪的髮。就在那一刻，彷彿一塊明礬投入我擾攘的心，周身只覺一陣清涼。而倥傯歲月，瞬間竟自駐足。

母親與故鄉，是遠方遊子心靈永遠的港灣。但是早在《驚艷》系列，顧氏便感悟到：一個「逾齡」提著燈籠的大孩子，如同著了「一件過時的服裝，我只能悵惘的回憶過往的美麗時光[114]」〈童話〉亦誠實道出「那些曾經與我們一起成長的童話故事，雖然已不合時宜，在我的記憶裡，一如年輕時的母親，卻是永遠的溫煦美麗。[115]」回憶雖美，但也要面對作為一個成年人，不斷沉湎於這樣的美麗是「不合時宜」的現實。所以，童年再美好，卻是過去式。成為過去式的童年與美好家鄉，只能藉由一篇篇懷舊散文寄託深情之繫念。

顧肇森文本中，面對「個人」、「家」、「國」分裂的現象，在理智上有一種坦然，但情感上卻是糾結的——「比方月餅吧，以前我根本碰也不碰的，眼下驀然又是中秋節，竟然忍不住去中國城買了盒蓮蓉月餅，雖然仍是一般的甜膩，吃在嘴中，竟隱隱而生『但願人長久，千里共嬋娟』的雅致。大概此生為中國

---

114 見顧肇森：〈燈節〉，收入《驚艷》，頁87。
115 見顧肇森：〈童話〉，收入《驚艷》，頁239。

人是怎麼也變不掉的[116]」，這個「只因自己才明白」或者是「一時還找不到答案」，在外羈旅不歸的外省第二代子弟，可呼應王德威所提出的「後遺民」寫作之觀察：這些旅人「究竟要回到哪裏？精神意義上的歸屬，或是地理空間上的故鄉，成為兩個不一致的地方，但卻不可能同時回到這兩個地方，離去的理由可以被單純地解釋，而歸來的意義卻因此而變得更形沈重。」當君父城邦的家族象徵已然瓦解，而與慈母一起織就美好童年家鄉卻成異鄉，究竟要回到哪裡？

　　　　對於不再有故鄉的人來說，寫作成為居住之地。[117]

失去了故鄉，離去與歸來的問題即使有著迫切的需要，卻很可能變得沒有意義，薩伊德（Edward W. Said）談到了流亡的知識份子，只能將書寫視為居住之地，書寫作為文化身分的追尋及其形構，在漂泊流離中得以暫居心靈之鄉。[118]長期居住在英語系國家，顧肇森不斷地透過華文書寫、參加華文學獎，來確立、來宣示他的文化身份。但是，另一方面，他也很積極地融入紐約社會，怡然自得地享受紐約雅痞獨立自主，講究個人隱私與融合各國文化品味的生活。鄭明娳研究張啟疆小說，提出「懸棺」之說：

---

[116] 見顧肇森：〈甜食〉，收入《感傷的價值》，頁130。

[117] 見艾德華‧薩依德（Edward W. Said）：〈第三章知識份子的流亡一放逐者與邊緣人〉，收入《知識份子論》（臺北：麥田出版社，1997年11月），頁96。

[118] 同前註。

> 「中國原鄉」在眷村第二代的心中其實已概念化，在實質
> 上並不存在，但卻難以擺脫傳承自父輩精神上的鄉愁，外
> 省第二代子弟承繼父祖鄉愁外，同時又面對「第二故鄉」
> 的拆解消失，而被迫二度流浪──身體的、文化的、價值
> 信仰、精神靈魂的多重迷失，構成時代夾縫下懸而不能解
> 的「懸棺」。[119]

觀察顧肇森文本，亦可列入背負著此一懸棺的外省第二代行列。
在歸與不歸的掙扎外，更多的是與國族、家族的疏離。因此，
「婚姻」、「血脈延續」之於這位「雅痞浪子」成為生命不可承
受之重。

4.「絕後」的願望

顧肇森的作品中，對「經營家庭」、「繁衍生命」充滿
抗拒。

早在小說〈胡明〉，顧肇森便有意識嘲，黃種男人渴望白
種美女無異癩蝦蟆想吃天鵝肉的現實。顧肇森厭惡黃種男人對女
性的沙文心態，但卻也在面臨白種人霸權時，有極深的現實上的
焦躁與無力感。因為顧肇森亦認為中國樣樣不如人──人種樣
貌不佳、身材比例差（「連屁股都是扁的[120]」）、貧窮、人口過
剩、沒有民主素養、沒有法治觀念、科學技術落後、不注重專
業……。顧肇森完全接受西方人體之審美觀點，欣賞健美、金髮

---

119 參鄭明娳：〈弔詭的懸棺──張啟疆的眷村小說〉，《自由時報》副
　　刊（生活藝文版）http://www.libertytimes.com.tw/2002/new/dec/7/life/
　　article-1.htm（2002年12月7日）。

120 見顧肇森：〈月升的聲音〉，收入《月升的聲音》，頁95。

的白種女子。散文〈舊記事簿〉、〈失戀〉、〈送行〉、〈未完的故事〉皆提到一位交往三年的英倫女友，因為學業完成必須返回英倫就業，而顧氏仍在學，所以理性分手的往事[121]。〈驚豔〉述及慢跑時瞥見一年輕白種女子「白皙面龐上流著千變萬化的晚霞，一頭金髮粲然」，讓他突生驚為天人之悸動──「一瞬間我的喉嚨發乾，背上寒慄乍起，頓生追上去的衝動」，但一陣幻想過後，便恢復冷靜：「世間之情，往往只在那眼角留情的剎那最純真……尤其把愛情視作婚姻的前奏，更是殺風景之至」。所以，將一切美好的情愫留在想像中，成為所有戀情最美麗的選擇，尤其，異國戀情更須如此。

一旦弱勢文化的男人與強勢文化中的女人在一起，〈無緣千里〉栩栩詮釋了顧氏文本一貫無恆常之愛情「王大娘裹腳布般的兩相牽扯之後，恐怕就無豔可驚[122]」的慘狀：中國美男子娶了「雖不符最高理想，畢竟不是太差」猶太裔女子，但卻對經營家庭採取完全消極的態度──「密月是沒計畫，至於孩子，問也不必問，他們用的保險套，都是他記得去買，從來沒有缺貨的時候。」這個「從小自負，一心往高處爬，出國讀書，只等著功成名就」的男人，只因嚥不下被此女「白種猶太正教徒」家庭歧視的氣，便負氣與女子交往。這段關係的形成，完全源自男子欲挽回尊嚴，在以白種人為主流的社會，掌握住一些權力的心態。當初向此女求婚，亦肇因一群來訪的臺灣同學，對他交往白種女友投以敬意，虛榮心作祟使然。這對情侶得以交往下去前提：其一，洋女友愛他極深──「她一往情深，對他百依百順，即使

---

[121] 見顧肇森：〈舊記事簿〉，收入《驚豔》，頁66。女友返回英國，很快另結新歡，嫁作他人婦。
[122] 見顧肇森：〈驚豔〉，收入《驚豔》，頁136。

他並不覺得自己發狂的愛她」；其二，這個中國美男子，完全融入美式生活，毫無國族文化堅持──「他早起喝咖啡，讀英文報；周末盯著電視看美式足球；踩到街上的狗屎，嘴裡罵的是『Damn it!』」，竟連與洋女友結婚，都把「在臺北的老母蒙在鼓裡，不免內疚得連耳朵都紅了[123]」。節節敗退的自我文化堅持，只讓他在自己的婚宴因為沒有一盤中國傳統的婚宴菜而惘惘若失──「感覺婚禮酒席上至少該有一樣大拼盤，放滿了海蜇皮、海帶……」。因為他是一個失根的人，所以新婚妻子對於一個安穩的家的渴望：屬於自己的房子、孩子，令他坐如針氈。

就一個放棄自己文化、放棄自己本源的人而言，無根之漂泊，才是生命的實像，開枝、散葉除了耗蝕生命僅存不多的能量之外，全然沒有意義。

在《拆船》時期，〈塵埃不過咸陽橋〉便對爺爺奶奶輩抱著小孫子像「捧鳳凰蛋似的」頗為不屑。留學初期的散文《驚豔》系列，顧肇森亦流露出對於產生「孩子」這事的嘲諷態度──「結婚之後，必然會面對『製造下一代』的問題……多多少少，孩子若非『快樂的副產品』，便是『意外』。當然若有人硬要說這些只懂得吃喝拉撒睡的小東西是『愛情的結晶』，我也不敢反對。只盼這『結晶』長大之後不是希特勒。[124]」對於一個嬰兒來到這人世間，顧氏之筆也不見絲毫慶賀，散文〈孩子〉──「給七天大的小兒送禮，此生是第一回……結果跑去銀行買了一張美國政府發行的儲蓄券。……我突生罪惡感，他一無牽掛地來到人世，僅不過七日，就已被這世上獨存的『擁有』霸占起來

---

[123] 見顧肇森：〈無緣千里〉，收入《冬日之旅》，頁48-49。

[124] 見顧肇森：〈婚姻與孩子〉，收入《驚豔》，頁128-129。

了。[125]」

　　《月升的聲音》系列〈去年的月亮〉寫出顧肇森對於女人渴望「正常家庭」的不耐。他以正面的筆觸描繪一個事業有成，風采依舊明媚的女建築師，穿著一身時尚女西裝「好像是模特兒扮的建築師」，「這女子主持設計彷彿男性性器似的摩天大樓[126]」，可以主導美國各大城市大企業投資的大建案，而與她對比的是她昔日的同性戀女友，女友為了擺脫世俗給予女同志的異樣眼光，離開了女建築師，追求一夫一妻「正常家庭」的她，嫁給了一個一事無成，鎮日看電視、喝啤酒的藍領白種男人，生了兩個成日打鬧的孩子（各取名為亞當、夏娃），結果「一個天真的女孩子，轉眼變作中年怨婦，也許再給她十年，恐怕就是廢墟的樣子了[127]」，顧肇森藉由昔日女友自述「一個亂七八糟的家[128]」來總結自己對於「正常家庭」的理解，而亞當、夏娃之命名，對於人類以一夫一妻繁衍後代，更充滿嘲謔。在顧氏文本中，對於女建築師此類跳脫世俗為人妻、為人母的「女巫」型角色極為賞愛，總以正面筆觸勾勒那些女子的特殊美感，例如〈公主〉、〈梅珊蒂〉雖為墮入風塵的花街女子，可是他讚頌她們的俠義心腸，也極同情她們墮入風塵的不得已。以〈鴛鴦劍〉讚嘆《紅樓夢》尤三姐美貌剛烈，雖為弱勢，卻以不同流俗的方式，成全了自己的生命之美。在顧肇森的文本中，除了自己的母親之外，其他生了孩子或想生孩子的女人皆可悲。尤其到了《季節的容顏》系列，八篇小說不是愛情幻滅便是家庭破裂。〈素月〉更

---

[125] 見顧肇森：〈孩子〉，收入《感傷的價值》，頁70。
[126] 見顧肇森：〈去年的月亮〉，收入《月升的聲音》，頁169。
[127] 同前註，頁192。
[128] 同前註，頁193。

嘲諷了一個一心想嫁心上人的平凡女孩，在屬於愛情與婚姻的夢想完全破碎之後，她質問心上人的第一句話便是「難怪你要避孕[129]」。〈陽關三疊〉藉由互文的方式，表現〈破碎的人〉裡那位殺夫之後發瘋的中國美女，除了遇人不淑，生命更大的悲劇是她已懷有身孕；〈破碎的天〉更以在美國出生的兒子與父母之間的疏離來表現「養兒無用」的現實景況。可是，當生命的繁衍不再讓人感動，當女人皆成「女巫」，不願再以身體承載另一個生命，人類便難以繁衍後代。顧肇森最後一篇見報的散文〈孩子〉[130]，赤裸裸地陳述自己「絕後」的願望：

> 孩子，依我之見，還是別生也罷。事實上吃喝拉撒睡，大人也做，不能只怪罪小孩。我多少有些先天下之憂而憂，不要孩子，是想到不久的將來，公元二○五○年吧？汙染，物質缺乏，人口過剩，就不寒而慄。雖說人類絕種就絕種，沒什麼大不了，因為是禍由自招。……我不討厭他們，只是每讀到W.C. Field的名言：「我喜愛孩子，尤其當他們煮得爛熟的時候。」仍忍不住發笑。

筆者訪談鄭樹森教授，問及顧肇森1990年之後的感情狀態，鄭教授從顧肇森的言語中蒐集到的訊息是：顧肇森對婚姻問題「顯得很輕鬆」，交往女友為白種人，因同為專業人士，所以不急著走入婚姻。但母親方面偶爾介紹兒子照顧一些從臺北到紐約

---

[129] 見顧肇森：〈素月〉，收入《冬日之旅》，頁39。
[130] 見顧肇森：〈小孩子〉，《中國時報》第39版（人間副刊）（1994年9月2日）。

讀書的女孩也讓顧肇森深感無奈。由之，可想見顧肇森於「成家」之抗拒。

（三）一個疏離的海外遊子

　　1978至1986年，為顧肇森留學生時期，赴美留學之後，顧肇森大量發表散文，刊載於國內《聯合報副刊》、《中國時報人間副刊》、《中華日報副刊》，同時也刊載於《美洲中國時報》、《美洲中報》，前後冠以的名稱包括「紐約小記」、「大城小記」和「井蛙小記」。[131]1987年從這近百篇散文中挑選69篇，輯成《從善如流》一書。1989年，此書第三版，改名《驚豔》。此一時期散文呈現出一個好奇、老成、幽默的城市觀察者姿態。例如：〈紐奧爾良1978〉寫作者於1978年初至美國，以一個滿懷好奇的留學生的眼光四處探訪美國名勝，於紐奧爾良所見所聞，也拈入當時該地的重量級拳王爭奪戰為背景，感嘆地與人的興衰，與在時間洪流中因為衰弱與墮落而失去方向，漸趨稀薄的生命意義。〈餐館一月〉：寫作者於休士頓的中國小餐館打工一月間的見識與世故。雖似隨意記之，但所擇題材仍充滿著探討人生意義與自我省察的批判意識。此外，從作者身為餐館最低階員工的視角所記的人情百態，多有冷眼旁觀，冷語譏嘲的意味：渾噩度日者，前倨後恭者，皆在揶揄之列。也側寫了一位遭遇鬥爭，逃出中國「紅衛兵」，「人在美國，心繫祖國」的癡情，以及政治理想幻滅，昨是今非的失落感。亮軒評顧肇森散文集《驚艷》以「白開水的滋味」來概括此一時期顧氏散文的風格，亮軒歸納出《驚艷》三點特色：一、以趣眼看平淡事物：識得「平凡事物

---

[131] 參顧肇森：〈《驚豔》自序〉，《驚艷》，頁4。

的小小新意」，「讓讀者與他再共同體驗一下這些平淡中一點點小小的不平淡」。二、表現「知趣」的短文：「怡然自得自圓其說的小道理」「從文人筆下的俏皮中，得到看似有理的發洩，顧肇森的平淡、天真、頑皮、機鋒是他的作品除了短小之外，讓人讀得下去的原因」[132]，有如「清粥小菜」，雖無載驚世之道，無發展哲學的意思，「所費不多，不傷脾胃，營養也不見得怎麼樣」，十分適合認真，卻又不太肯費力活著的讀者。亮軒認為顧肇森《驚艷》系列散文風格接近梁實秋：他的比喻有那麼一點錢鍾書的神情，但沒有錢氏「歪著嘴冷笑」的鋒利，又不打算發展成「出世」的哲學作品，也不墮於塵俗，較近似於梁實秋「大隱於市」的況味。[133]1978～1986年，顧肇森以一個老成的大孩子的姿態，幽默地觀看著、參與著、思索著世事、人生。

1986～1989年的散文作品，多集中於1990年出版散文集《感傷的價值》，文章多為1988年至1990年間刊載於《聯合報副刊》的作品，這一系列的作品，除了延續《驚艷》的幽默與人世觀察興味之外，亦展現出作者紐約化甚深的雅痞生活美學，談飲食、談書、談健身、談酒吧、談電影、談男裝、談看戲、談拍賣會、談品味，亦略談及「乍富」卻「淺視」，缺乏人文內涵的家鄉臺北。

兩部散文選集中，敘寫母親的篇章〈似水流年〉（收入《驚艷》）、〈暮成雪〉（收入《感傷的價值》）娓娓鋪陳，深摯動人，可見顧肇森對母親的深厚孺慕。

1991至1994年，顧氏其他散文作品散見於《聯合報》、《中國時報》、《聯合文學》等報章雜誌。顧氏1994年驟逝，因此，

---

[132] 參亮軒：〈白開水的味道〉，收入《驚艷》附錄，頁247。

[133] 同前註，頁245-248。

雖然1991年之後仍有散文佳作，但1991年至今，未有任何散文作品集結成冊。

　　1993年，顧肇森每月有一篇音樂散文，見諸《聯合文學》。筆者訪談鄭樹森教授，得知：1992年，時任《聯合文學》主編的鄭樹森邀請顧氏為《聯合文學》寫作專欄，顧氏的初步構想是要以一系列文字表現出歌劇、爵士、西方古典樂的意境，順便介紹幾張唱盤給臺灣的讀者。顧氏求好心切，擔心若一個月趕寫一篇作品會因時間壓力而品質欠佳，要求先讓自己累積一定數量的稿件之後再行交稿，鄭樹森本以為顧氏醫生本業忙碌，交稿之日應遙遙無期。不意，1992年底，顧氏竟已完成超過半年可刊載的稿量，而其他稿件於1993年中完成，共計十五篇（超過《聯合文學》作家個人專欄一年刊載所需）。這一系列作品專欄名為「自得其樂」，情深意摯，文字動人，無論敘事、抒情、議論皆可觀，陸續於1993年按月刊載，餘稿四篇經顧氏同意交由《中時人間副刊》的楊澤先生，並於1994年以「樂在其中」系列見報。這一系列作品，寄託了中年的顧肇森於生命、於社會之所思所感。[134]由於此際顧肇森在紐約早已事業有成，在臺灣又屢獲文學獎肯定，所以文字創作上展現十足之犀利自信，散文幾乎直抒胸臆，無所隱瞞，更見其真性情。

　　「自得其樂」、「樂在其中」系列，與1990年之後的其他散文，是顧肇森生前最後一批發表的散文作品，在這些作品當中，作者展現更為明顯的疏離姿態，以內容風格而言分為四大類：一類是寫自己在紐約的生活，兼含懷舊並委婉諷刺故鄉今昔之變，例如：〈故鄉紐約〉、〈夜夜心〉、〈年年難過年年

---

[134] 見陳榆婷：〈訪鄭樹森談顧肇森〉，《文訊》第332期（臺北：2013年6月），頁29-35。

過〉、〈半個洋包子二進三溫暖〉，這類作品，表露作者已坦然接受自己是「半個洋包子」，過不慣家鄉臺灣生活的現實，呈現「個人」與「家鄉」疏離的態度；而另一類如：〈心理醫生這麼說〉、〈非關性別——從亂世浮生到霸王別姬〉，以及文學作品中的飲食觀察，如：〈飲食男女——包法利夫人和范曄〉、〈食與色〉、〈中西鵝〉，此類皆純粹說明文，介紹一些知性的觀念給臺灣讀者，理則氣息濃厚，可見其科學人善於精密分析之思慮。

另一類是尖銳辛辣的議論批判，例如：〈給李敖〉、〈小孩子〉、〈冬日之旅序文〉，此類作品筆鋒如刀鋒，完全展現與人疏離——不愉快地切斷之樣態。〈小孩子〉一刀切斷顧氏與所有育子友人的關係，文章開宗明義——「對於小孩子，雖然我無意生他幾個，倒也沒有特別嫌惡……令我厭惡的，其實是孩子的父母」，此文通篇痛斥為人父母者老愛在外人前誇耀自己孩子之行徑，讓作者感覺十分噁心，也抱怨進朋友家被迫看家庭相簿，令作者有「奪門而逃」的衝動，文後更情緒化地陳述，當被問及嬰兒像誰的問題時，作者內心想的是「你們這兩個醜八怪，小孩像誰都一樣倒楣」。如此直白地污辱他人，是以往顧肇森散文中不曾看見的。筆者推論，此文仍帶有「《紫水晶》事件」的情緒波瀾，作者特以此文昭示自己不想繁衍後代並不覺得遺憾，請勿將其單身與同志身分畫上等號；〈給李敖〉[135]欲一刀砍斷李敖政治夢。文章不客氣指出李敖「只看得見眼前三尺」，欠缺包容雅量，「自戀」如屈原般病態。直接指陳：若依李敖性格，掌權之後亦為一獨夫。並勸李敖在民智尚未達到一定水平之前莫強作

---

[135] 見顧肇森：〈給李敖〉（上），《中國時報》第39版（人間副刊）（1994年6月6日）。

「烈士」，勸他放下政治抱負，「專心寫本現代史」；〈《冬日之旅》自序〉更不客氣地將刀砍入中外文壇。文中對「要錢不要臉」的大陸（中國）文人諸多不屑，而批評臺灣文壇亦甚露骨：「坐井觀天」、「交際花」、「砍樹印爛書」、「招搖撞騙」等不堪字眼都用上了。亦將「諾貝爾文學獎」批評一番──「稍有常識的人都知道，此獎的政治性涵蓋一切」，直白道出1993年獲獎的莫里森「不過是個二流作者」，「此獎之無聊」，「臺灣報界居然年年跟著颶風下雨，未免可嗤」。又直指湯婷婷、譚恩美的作品如「雜碎」。因為〈《冬日之旅》自序〉後附英文感詞裡所感恩的對象，幾乎為顧肇森醫院同仁，所以，筆者推測：顧肇森作〈《冬日之旅》自序〉時，已得知自己胃癌末期，自覺時日無多，不但寫出了「這選集印了之後，就不想再出書了」這類「告別文壇」的宣示，也毫不客氣地得罪大半文壇。不過，文末，顧肇森表達自己對於王文興、李永平、李渝這三位具有「沉潛的專業精神」的臺灣作家深深的敬意，亦對王拓、楊青矗、林雙不等「投筆從戎」的作家表示理解[136]。由此可知，顧肇森認為寫作需完全投入，不然就專心做另一件事，可見文學藝術在其心中之重量。

　　1991年，顧肇森為了考察盧剛事件，親赴愛荷華，意外接觸到親切健談的聶華苓，筆下對大力促成世界文壇交流的愛荷華寫作會語帶嘲諷「凡是臺灣稍具代表性的作家，大概都來這裡喝過愛荷華水──笑話而已。愛州水有異味，平常住民都去超市買瓶裝水喝」，「臺灣文壇在愛城簡直可自成一幫」。以嘲諷的方式，表達了對於「中國人」習慣「成群結黨」的不以為然，更透

---

[136] 參顧肇森：〈《冬日之旅》自序〉，《冬日之旅》，頁1-8。

露出他對「臺灣文壇」之輕慢。筆者推測：顧氏作《槍為他說了一切》，正值「紫水晶事件」引發版權爭議，隔海大打官司之際，此事件讓這位浸染西方法治社會甚深的科學人兼作家，深感臺灣人法治觀念之「落後」。經此事件，顧肇森批評臺灣愈見犀利，「載道」之說明文如：〈非關性別──從亂世浮生到霸王別姬〉、〈給李敖〉，文旨為宣揚理性、科學、民主、法治之理念，以及全民現代化教育、理性思辨的公民素養之重要。顧肇森認為「落後」的家鄉，需要素質良好的公民，不需要烈士。須行以持續之教育，以文化累積的方式，達到「現代化」的理想，而非以卵擊石之革命。他認為唯有群眾都具備現代公民的人權思維、民主素養，整個社會的思辨能力才能向上提升。

　　另一類則多以詩意感性的筆觸，經營年近不惑的作家，享受寂寞、品味人間滄桑的生命況味，字裡行間流溢著濃厚的虛無與疏離之感。例如悼亡作品〈諸神的黃昏〉，此文善用象徵凸顯主題，經營詩意之美，鋪展死者「曾經存在」作者心裡的生命重量──冰風刺骨、骨灰放在三本精裝書疊在一起那樣大小的紙盒、相知十年的朋友、沉重的紙盒、大把乾花、鬱積的雲塊、一頃映著天光的水、擲棒球似的用力、如洗的天接上浩瀚的水、無際的沙灘渺無人跡、海水非常的冷──作者藉由這些重量的累積，以及陰鬱曠渺的景色，展開一場欲灑脫卻灑脫不起來的沉重告別。初春、乾花與骨灰的意象交錯在文本間，製造出新生與死亡之間的衝突與融合，悼亡之情與蒼茫之景互相交融。「暴雨、水幕、雨刷溶成夢魘般的恍惚」之景，對應「相知十年的朋友，成為紙盒中的骨灰，我在冷風中走了許久，身體像掏空了一般」之情；「你的死，對於你而言，畢竟是解脫吧。我又何必用俗世的眼淚來呼喚你呢？」對應的景色是「鬱積的雲塊逐漸散開，陽

光自雲層篩下，在水氣瀰漫的空氣中，亦幻亦真」；而繫聯生死之境的，是作者為悼亡所製，顏色仍栩栩若生的乾花，「乾花」強化了「殘骸」的淒美意象，花與人，兩種曾經鮮活的生命，同歸於遼闊冷清的海洋，終至完全消逝。

　　這些藝術經營，讓文章末段的悼亡情感更為深刻：活著的人，只能孜孜地、別無選擇地活下去，人不過是世間過客，全文不斷寄託再巨大、再沉重物質、感情終究消散、歸還宇宙的悵然。這些情感的重量，讓最後一句「沒人真正擁有什麼」，除了道出生命虛無的實相，更讓這對生命虛無的體認在情感的重重堆疊下，益發疏離、悲愴。

　　這類作品是顧肇森散文中詩意最強烈的篇章，但是，其詩意大半來自情感之捨離，中年之後有情轉作無情的心境，〈破碎的洋娃娃〉寫作者六歲時收到一個塑膠娃娃，欣喜若狂，極其珍愛，卻被路過的哥哥無心踩碎──「它破裂的頭，永遠的成為我一個沉痛的回憶。　　從短暫的擁有它的經驗裡，我不期然的在六歲時，發現了人生的無常」。〈把心留在三藩市〉、〈星夜〉皆敘說了一段由易感少年到淡看人世悲歡之中年心境──「惆悵，倒不是因為那單向的，沒有結果的戀情。而是不可避免的發現，自己早已失去那種少年熾烈，專注，忘我的熱情了。……如果我曾經有一顆心，它早已被我遺留在那……明如水晶的遙遠而美的城市裡了[137]」「那雙曾經湧淚的眼，卻是出奇的乾枯。[138]」。〈藍色狂想曲〉、〈前奏曲〉、〈冬日之旅〉、〈無

---

[137] 見顧肇森：〈把心留在三藩市〉，《中國時報》第39版（人間副刊）（1994年4月29日）。

[138] 見顧肇森：〈星夜〉，《聯合文學》第9卷第11期（臺北：1993年9月），頁170。

聲之歌〉並再次深化顧氏以往「犬儒」姿態，對於無常世變、時代浪潮、生與死、愛與失落，顯得益發淡然、疏離：

> 已經久不注意新聞了。⋯⋯可是我曾經鍥而不捨的盯看著，大概以為一旦看得久了，可以找到一些答案，或者有點參與感，甚至讓自己覺得不孤單⋯⋯當然都是奢望。
>
> 現在不看新聞，並不感到生活缺少什麼。事事不關心和事事關心，到頭來或許沒什麼分別。[139]
>
> 似乎所有的聲音、色彩和砰動的情緒，都只能用過去式來形容。⋯⋯一切的熱鬧，就這樣永遠的消失了。⋯⋯等到糾纏不清的回憶成為生活中的大部分，是否想得起某段音樂的出處，或一次沒結果的戀愛，也就不重要了。[140]
>
> 或許大家很少想到，世上許多事，包括自己的一條命在內，事實上都是意外，沒什麼旨意不旨意的。只有把意外都視為理所當然，大概才能心平氣和的活下去吧？[141]
>
> 我的孤獨是蓄意的選擇，從不認為一個人去看電影有不對的地方，也不覺得有個伴就不至寂寞，更不相信革命英雄會造福大眾。⋯⋯忙就忙，至少不必閒得去想生命的意義。⋯⋯聽賽門和葛芬一遍又一遍的唱「寂靜的聲音」。然後生命就自顧自走過去了。[142]

---

[139] 見顧肇森：〈藍色狂想曲〉，《聯合文學》第9卷第12期（臺北：1993年10月），頁145。

[140] 見顧肇森：〈前奏曲〉，《聯合文學》第9卷第3期（臺北：1993年1月），頁198。

[141] 見顧肇森：〈冬日之旅〉，《聯合文學》第9卷第10期（臺北：1993年8月），頁184。

[142] 見顧肇森：〈無聲之歌〉，《中國時報》第35版（副刊）（1992年6月12日）。

顧肇森在這系列中，藉由聆樂來產生心境之比興，展露一個細膩敏感的作家，以一種抽離的，靜觀的姿態望向世事，將一切皆歸於空無，所以行文充滿虛無感，幸與不幸，關心與不關心，都毫無差別。靈魂所感知的一切，將隨著物質的消散而消失，顧肇森以科學家「唯物」的觀點，來理解人世愛憎：「我一直相信：任何人都只活這麼一次，生前死後，都是回歸宇宙的原子。[143]」如此一來，追求「愛情」，追求「神靈」，在他眼中皆成為「愚者」行徑：

> 愛情基本上是生殖衝動，目地是繁衍。……或許「愛情」和「神」一樣，都是我們的腦前葉活動過度，製造出來陳義過高的概念。把生殖衝動套上美麗的外衣，大概比撒了種子便跑的行徑浪漫得多。可是美化的代價，卻令愚者前仆後繼的去捕捉它[144]

顧肇森否定神、否定永恆的愛情，因此，蒼茫人世中，可供其寄託心靈、尋求永恆者，只剩下美麗的童年時光與藝術的不斷超越：〈夏日時光〉歌詞曾出現在顧氏小說〈季節的容顏〉結尾處：「Summer time, and the living is easy……」，顧肇森在〈季節的容顏〉中，以此曲緬懷著初戀少男少女的純摯戀曲，而〈夏日時光〉則以第二人稱「你」為對話主角，寫「你」的童年，那是「母親擁著你坐在桑樹底下，無數太陽的影子，像金幣般灑了你

---

[143] 見顧肇森：〈給瑪麗亞〉，《聯合文學》第9卷第7期（臺北：1993年5月），頁165。

[144] 見顧肇森：〈協奏〉，《聯合文學》第9卷第5期（臺北：1993年3月），頁168-169。

一身」，無比安全、幸福又遙遠的美好時光。所以，即使時移世變，即便作者已近不惑，但是「閉眼的剎那」便可「看見一雙巨大的眼，眼中，有一種澄明安靜的寂寞」。與母親共度的夏日時光，帶來巨大的澄明與靜謐，但，那已然是一條回不去的時光隧道。如今的現實是：一群被分隔在這條時光隧道之外的人，一段永遠無法複製的生命歷程，一對分離上萬公里的母子，只能各自擁抱寂寞。作者以第二人稱「你」來寫，與現在的自己隔出相當的距離，遙遠觀望。這樣的切離，明白表露出去國多年的作者，現實生活與母親、故鄉疏離的事實。戴文采提及：顧肇森拚命念完書、工作、存錢，以驚人的速度在紐約曼哈頓買了相鄰的兩間公寓，意欲接母親與雙胞胎哥哥顧肇林來紐約定居，但母親不願意前往，因為顧肇林無法移民，也不適合離開熟悉的地方居住，顧母為了顧肇林從來不願意搬家。這讓顧肇森非常失望，也暗地裡認為母親不公平，他認為母親可以暫時將哥哥安置在療養院，偶爾來紐約陪陪他，因為母親已將絕大多數的時間都給了哥哥，而他也很盼望母親陪伴。對於長相一模一樣的雙生兄長，顧肇森也有著極為複雜的情感，既想念童年時期出雙入對的相伴相依，又不免為長大之後彼此在心智與生活經驗上遙遠的差距而心驚「像見了鬼一樣」，[145]可見作家心靈上的冷清。由這位海外遊子之於至親的依戀，透露出濃厚的，不得不認清的「離散」事實。

　　〈蒙娜麗莎〉[146]、〈碧梧棲老〉[147]勾勒出兩個「已然老去」

---

[145] 參戴文采：〈我的好友顧肇森〉，《我的鄰居張愛玲》（天津：天津華文出版社，2013年）。見〈我的好友顧肇森（三）〉http://www.tadu.com/book/382650/11/（檢索日期：2014年1月25日）

[146] 見顧肇森：〈蒙娜麗莎〉，《聯合文學》第9卷第4期（臺北：1993年2月），頁140-141。

[147] 見顧肇森：〈碧梧棲老〉，《中國時報》第30版（1994年4月23日）。

的女子孤單卻又迷人的身影。〈碧梧棲老〉寫在紐約中央公園，巧遇雞皮鶴髮的葛麗泰嘉寶，「姿勢優雅得像山巔一株松樹」，顧氏極其讚賞她能甘於寂寞，急流勇退的選擇，讓自己優雅而自尊的老去，不像一堆不甘寂寞，不知「何時退休」的名人，如紐瑞耶夫、帕伐洛帝、法蘭克辛納屈令人「憐憫」而無法「尊敬」。行文可見作者對於「老之將至」，有一套遠離塵囂、脫離俗世的美學詮釋。

　　一個對於世事、愛情、故鄉皆保持疏離狀態的中年作家，藝術創作成為他靈魂最有力量的寄託。〈獨奏〉側寫孤僻的鋼琴怪傑顧爾德：「人人都說他是天才。可是在他騷動的心中，『平靜』反而是他的夢想」，「他寧願獨奏，懶得與人共事」寫出了一個「神經質」的藝術家，對於個人空間的極度要求，並舉出沙林傑亦因「孤僻」聞名，「或許他們也有許多公眾人物引人注目的本能，甚至是很開心的享受孤僻引發出的盛名呢？」但無論外界對其人評價如何，在他死後「似乎都極遙遠了」，而真正重要的，是他所留下來的藝術作品。〈給瑪麗亞〉[148]以書信口吻寄語已故歌劇名伶Maria Callas，讚美她的歌唱使她偉大不朽──「經由錄音帶、唱片，在幾十年後的今天，仍有成千上萬的人能和璀璨的妳神交」，而那個棄瑪麗亞而去，富可敵國的男人，以及當初斥責她為愛放棄歌唱事業的批評家，不過是「蒼蠅般的擾嚷，不過是妳輝煌一生小小的註腳罷了」，「還會有誰記得他們呢？」宣示了作者對於偉大藝術不朽的肯定。

　　由顧肇森這一系列散文，我們看到一個去國多年的海外遊子，逐漸與人群、與家鄉、至親疏離──「我的生活習慣、思

---

[148] 見顧肇森：〈給瑪麗亞〉，《聯合文學》第9卷第7期（臺北：1993年5月），頁164-165。

想，甚至肢體語言，率多美國化[149]」，他追求個人空間，品味紐約的雅痞文化，他不信任愛情以及任何權威，他對國族充滿陌異感，對家鄉之變亦甚無力，他認為世上除了藝術，無一事物能夠永恆。他將靈魂寄託於寫作，與他所尊崇的藝術家一般——「自得其樂」。

（四）作家的最後一程

1990年之後，顧肇森頻頻參加臺灣的文學獎，自述參加文學獎，多少有「詩賦動江關」的盼望[150]，但是，1994年，顧肇森卻在小說精選集《冬日之旅》言「我既無『詩賦動江關』的念頭，也不想留名」。[151]一個在文學上不斷求精進的作家，短短四年，前後變化如此之劇，引發筆者極大疑惑：究竟，顧肇森何時知曉罹癌之事？

顧肇森素以科學人的「效率」自許，甚至連吃飯都分秒必爭，自〈慢食之樂〉一文，可知顧肇森留學美國後，確知自己罹患胃潰瘍——「我從小便是個急驚風，做任何事都怕拖。……匆匆二十多年趕來趕去，終於趕出胃潰瘍，痛得我半夜在床上倒立。[152]」戴文采談及顧肇森1992年之後偶請病假在家休養，並開始暴怒、摔她電話，頻頻改住址、換電話、退她信件，推測顧肇森於1992年罹癌[153]。但是，這應屬朋友間的誤會使然。

---

[149] 見顧肇森：〈半個洋包子二進三溫暖〉，《聯合報》第36版（1993年6月26日）。

[150] 參顧肇森：〈與君歌一曲〉（歷屆聯合報小說獎得主大匯談）（下輯），《聯合報》第47版（副刊）（1991年9月15日）。

[151] 見顧肇森：〈《冬日之旅——顧肇森小說選》自序〉，顧肇森著，鄭樹森編：《冬日之旅》（臺北：洪範出版社，1994年2月），頁8。

[152] 見顧肇森：〈慢食之樂〉，《驚艷》，頁77-79。

[153] 參戴文采：〈沉香屑〉、〈文學愛〉，《戴文采的留言版》（2003年3月

　　筆者訪談鄭樹森教授，談及顧肇森人生的最後旅程，顧氏確知自己罹患胃癌，是1994年初之事，因為直至1993年底，顧肇森仍在生活上、文學上滿懷熱情，興致昂揚：

　　1993年中，顧肇森計畫年底遊香港，請當時在港籌畫香港科技大學人文部的鄭樹森代訂旅館，探問購玉訊息。

　　1993年12月初，顧肇森自紐約乘頭等艙飛往香港，顧氏此行有兩大目的：一是親身體驗道地港式美食。當年，鄭教授陪同顧氏去了鏞記酒家、利園酒店頂樓彩虹廳、陸羽茶室等名館。席間，顧氏胃口奇佳，葷素不忌，反倒是鄭教授因胃疾忌口，吃得保守。

　　顧氏赴港另有一要事：購翡翠贈母。顧母喜玉石，但當時臺灣甫開放，與東南亞玉市的交易尚不熱絡，顧氏特至香港覓好玉，並拜託鄭教授介紹店家，經顧氏這麼一鬧，鄭教授向家人打聽，才知「喜萬年」盧老闆與鄭家為累世之交，便帶著名片登門拜訪，盧老闆當場承諾：只要顧氏看上的商品，皆對折出售，顧氏嘩的一聲，以英文脫口而出「暴利」，鄭氏擔心盧老闆聽得懂英文，不便回話。顧氏環顧商場，不滿門面商品，要求看更高價的貨色，於是，盧老闆另開一小門，一行人進入密室，顧氏選了對折之後要價三萬美金的高檔貨（當時可買一個小公寓），所攜現金不足，以旅行支票支付餘款。事後，顧氏坦白，自己其實不懂玉，只是巡了一遍展場標價後，覺得自己還負擔得起，便猜想還有更珍奇的寶貝。

27日）http://mypaper.pchome.com.tw/book2/guestbook/（檢索日期：2012年7月10日）。以及戴文采：〈我的好友顧肇森〉，《我的鄰居張愛玲》（天津：天津華文出版社，2013年），見〈我的好友顧肇森（三）〉http://www.tadu.com/book/382650/11/；〈我的好友顧肇森（四）〉http://www.tadu.com/book/382650/12/（檢索日期：2014年1月25日）。

　　採買完畢，一同至旅店，顧氏將首飾鎖在旅館保險箱，並取出當時仍罕見的小型攝錄影機，隨後，兩人搭地鐵去威靈頓街的「鏞記酒家」用晚餐。顧氏一路拍攝，一路錄音，以英文講解，讚賞著香港地鐵整潔，也抱怨著紐約地鐵髒亂，並告訴鄭教授要將這些影片放給美國的同事、朋友們看。他也拍了香港著名的夜景、中環街市等，新潮之舉，引人側目。

　　顧氏整個香江行精神矍鑠，興致極高，再加上從美東登機後吩咐空服員不要吵醒他，一路睡到香港，下了飛機完全感受不到時差，直奔旅館健身，還報名參加當地的一日遊旅行團四處攬勝。在大啖港式美食之餘，日日早起游泳、健身，也雇請專業的按摩師，進行鄭教授一向覺得極其「恐怖慘痛」的健康按摩，按完，顧氏直呼過癮，爽朗愉悅。所以，直至1993年底，顧氏渾然不識胃癌陰影。

　　1994上半年鄭教授曾於一月、四月、六月短暫赴美，並多次於西岸撥電話給東岸的顧肇森。

　　一月，顧氏提及胃部有一些狀況，須再作詳細檢查。

　　四月，顧氏告知胃部確定罹癌，病變的位置藏在胃鏡照不到的死角，顧氏說當初為他做檢查的醫生是其紐約大學醫學院同學，這位昔日同窗十分自責，目前已拜託醫學院教授積極治療，但癌細胞擴散，不能開刀，只能以化學藥劑控制病情，治癒機率微乎其微。鄭教授回憶著顧氏數月前遊香江時活蹦亂跳的身影，不敢置信，並時予關心。

　　六月通電話時，顧氏身邊已雇請專業看護照料，顧氏說即將由救護車接往醫院化療，時間急迫，不談文學，先談病情以及其他要緊的事，顧氏當時判斷，最少應該還有數星期的壽命，但鄭氏以為顧氏說話中氣十足，不覺情況那樣悲觀，但顧氏急於交

代後事，懇切要求鄭氏隱瞞死訊，並要求鄭氏銷毀顧氏之前與他多次交換意見的中篇小說，鄭氏極力阻止此番決定，一再以「聲譽學」的角度說服顧肇森，要作家別妄自決定作品傳世與否，力陳作品的價值應交由時間考驗，但顧肇森對自己的小說創作極無安全感，對舊作評價尤低，還擔心身後有出版商擅自出版他的作品，一再強調若發生此事，要鄭氏幫忙代發存證信函，鄭氏安慰顧氏臺灣新版權法即將通過，要他莫多心。鄭教授述及顧肇森最後電話時數度哽咽，顧肇森不僅焦慮著自己的作品的不完美，更擔心著太平洋彼岸的老母親，久未接獲愛子來電必定產生懷疑，不知死訊能瞞多久（顧氏在紐約行醫，一向固定打越洋電話給母親），尤其忌諱死訊見報。感於顧氏一片孝心以及未竟的文學抱負，鄭教授雖覺顧氏要求不近情理，仍應允隱瞞死訊、毀稿之事。聊到最後，鄭氏明顯感受到顧氏聲息逐漸虛弱，氣力不足，電話那頭響起救護車來接的言語，顧氏說兩天後化療結束再致電鄭氏，便中止談話。

經過難安的兩日，鄭氏撥打電話至顧氏紐約住處，撥了數次，總無人接聽，最後，電話被接起來，顧氏從外地飛來紐約處理後事的親人確認是鄭教授之後，告知鄭氏，顧肇森沒撐過化療。死亡時間1994年6月19日星期一。[154]

三、漂泊的靈魂

臺灣在歷史上，同時接受了遺民與移民，王德威提出「後遺民」論述，此一論述，成為觀察臺灣近代文學的一種視角，本

---

[154] 見陳榆婷：〈訪鄭樹森談顧肇森〉，《文訊》第332期（臺北：2013年6月），頁32-33。

章自此一觀察視角，解析顧肇森文本中所呈現的家國議題與離散主題。顧肇森為在臺灣生長的外省第二代子弟，他不認同國民黨在臺灣的高壓威權統治，選擇留洋遠走。在他的文本中，臺灣人、香港人、南洋華僑皆為「中國人」，他的國族想像，呈現大中華式，文化中國的想像。但是，對於「中國人」的處境，文本中時露憂憤，呈現濃厚傳統中國知識分子的責任感，充滿國族被現代世界邊緣化的焦慮，無論是少作，或是留學生時期作品，皆如是。

顧肇森自少年時期，便刻劃出一群形象特出的中國詩人：高中作品〈琵琶行〉要角姜大哥，是一位與西方資本主義文化格格不入的傳統文人；大學時期作品〈拆船〉要角杜良，昭示臺灣左派理想幻滅；顧肇森在美行醫後，〈月升的聲音〉更塑造出一位因保釣運動失敗，而自我毀滅的左派知識份子。這些絕望的中國詩人，展演著中國知識分子政治理想幻滅的餘生美學：犬儒抑或毀滅。演繹著國族不振，知識分子公義理想終為幻影之悲。顧肇森作品，時有「犬儒」與「真儒」之辯，散文〈孤雲獨去閒〉道出這兩種生命本質交錯激盪的淵源：一段高中時期到大學時期的友誼。

顧肇森文本中，清楚展現保釣失敗、文革慘烈、六四中共武力鎮壓民運，一代知識份子「新中國」鄉夢破碎。顧肇森為一大中華文化之遺民心理，清楚而且確立。作為一位島內出生、成長的外省第二代，顧肇森以探親文學〈時光逆旅〉拆解家族神話，解構「君父的城邦」。他冷眼旁觀兄長返鄉夢碎，象徵家族精神的百年巨蟒無蹤，藉此暗示家族神話崩壞，揭示文革慘烈，家族人倫裂解。文中明陳，筆下冷靜的觀光客視角源自：主要敘述者（作者）生於臺北，長於臺北，對中國並無家鄉之情。

　　即便對中國並無家鄉之情，但故鄉臺灣對顧肇森而言，是不想回的家。「飛行的荷蘭人」、「倥傯」時現顧氏文本。自顧氏文本中探究其不願返鄉之因：一是害怕與中國人群居一處，失去自我空間。二是身為外省第二代，族家的遷徙漂泊已成生命尋常印記，對於無常之境，自有一番自然而然化解之道。三是顧肇森本性喜追求新奇，探索未知。在顧肇森心中，1980年後的臺北，是一座乍富、淺視的城市，童年時期田園詩般純樸、美好家園不再。久居紐約，顧肇森產生濃厚的在地化認同：紐約是第二故鄉。他將永遠的家鄉，標註於家鄉味飲食，以及華文文學的創作中，他追求不落俗套的生命旅程，以文學創作為生命的延續，拒絕繁衍子嗣。

　　1990年後，顧肇森大量散文作品中呈現情感捨離的疏離姿態。筆者追溯顧肇森散文中的疏離身影，探詢顧肇森究竟何時得知罹癌。2013年初，筆者訪問鄭樹森，得知顧肇森曾秘密於1993年底遊玩香港，興致昂揚，熱烈蒐集文學素材，渾然不識病蹤。顧肇森留學期間，因生活緊張，有胃潰瘍痼疾，病變成癌細胞的位置，藏在當時胃鏡照不到的死角，遲至1994年四月，才發現癌細胞，已是胃癌末期。未撐過化療，顧肇森於1994年六月19日去世。

第五章　追索正義：顧肇森的報導文學

　　考察，一向為顧肇森寫作所重視，顧肇森作品含有極高的地域人文寫實性格，但仍以小說創作最為用功。不意，1992年顧肇森竟以〈槍為他說了一切——盧剛殺人事件〉獲得聯合報文學獎報導文學第二名（第一名從缺），文友戴文采回憶「他一年都在研究盧剛[1]」，除了正職醫生工作，顧肇森1991年末至1992年九月下旬，投注大量時間、心力於此篇報導文學的創作中。1993年，《槍為他說了一切——盧剛殺人事件》出版成冊，除原本獲獎的作品之外，更附上一篇採訪後記，詳實記錄了採訪過程，以及此一事件對於美國社會以及華人社會所產生的後續效應、作者省思。書中附錄收入諸篇華人社會討論此一事件的文章，以及盧剛華文家書、自殺攻擊前寄給媒體的英語聲明（部分內容為保護無辜者，已被此案檢察官刪去）暨顧肇森翻譯。

　　報導文學特色：一是強烈的現實感，以形象生動的語言寫出真人真事，有具體的形象感受；二是深刻的議論性，從情節與場面中自然流露出自己的觀點，態度與評價，甚至加進大眾觀感、歷史感（承繼與創新的意義）；三是鮮明的文學性，除不允許虛構外，可以綜合多種文學寫法與技巧，發揮作者寫作的風格，使作品更具有藝術性。

---

[1]　見戴文采：《戴文采的留言板——啼笑因緣》（2003年3月9日至2006年5月19日）http://mypaper.pchome.com.tw/book2/guestbook/25（檢索日期：2012年7月10日）。

　　寫作報導文學須先確立主題[2]，確立主題後，找尋相關文獻資料，掌握主題的相關背景，接著必須實際展開田野調查，並深入採訪（當事人、關係人、學者專家），記錄建構第一手資料，然後對照相關背景資料以構思、寫作。

　　寫作方法之一：可參用新聞學深入報導、調查報導、平衡報導、採訪技巧、問卷調查等技術、理論。不同的是，新聞報導有其「時效性」，時間差影響新聞價值，而報導文學所追蹤的主體往往是恆長性較高的文化關懷，不因時間落差而影響其報導價值；新聞學盡量避免作者介入，而報導文學則不必迴避作者的介入。報導文學雖以客觀為主，但寫作者的行動介入，即宣告容許主觀的成分，當行文中的「我」的意見出現頻率愈高，相對而言，主觀的成分也會提高。所以，相對其他文學作品本應更顯客觀的報導文學，讓研究者更可審視作者的主觀內在。二、可借用歷史學（史料彙整、資料剪輯、考據）：考據有助提升「真實性」，但要將死的歷史資料運用在活的文學裡面，絕不是一成不變地抄錄羅列，應避免整段抄錄史料原文，否則極易產生「論文」習氣極重的作品，減卻其文學的靈性。三、可參照人類學的田野調查：報導文學寫作者經常不是受過嚴格學院訓練的專家，對其寫作對象的觀察常是以較鬆散而彈性的態度為之，這樣較寬鬆的田野調查方式，較偏向學者李亦園「自然觀察研究法」中的「無結構的觀察」。但是報導文學寫作者親訪土地、接近民眾所作的零碎探訪與鑽研，長時間的醞釀累積，往往比學院派的學術

2　報導文學的主題大致分四大類：一是以人物為主題，類似傳記；二是以物品、景觀、地理為主題，有一定的空間布局；三是以某事件為主題，有情節、次第的發展性；四是以某現象為主題，舉凡身心狀況、政經情勢、文教、生態環境皆是。

報告更多了一分親切的生命力與感動。四、可與攝影畫面相輔相成，提升作品報知性、指導性（批判性）與感染力。並且，創作時應輔以文學寫作技巧理論：盡量客觀敘事，包含描寫方式的釐清、敘述模式的建立。例如，可藉由敘事學視角理論來處理報導文學的視角，但敘述時只能就人物的外在行為來做報導，並無法以全知的視角敘述人物的內心活動。作者並可善用其文學技巧：包含文藝美感展現、修辭概念的擴展、現代詩學（意象）的運用、整體結構的關照，以成就一部動人的報導文學作品。[3]

本章就報導文學理論審視顧肇森《槍為他說了一切──盧剛殺人事件》內容，分析其思想內涵與關懷，討論顧肇森此報導文學作品之優劣。

一、寫作初衷：沒有真相，沒有正義

1991年萬聖節（11月1日），美國愛荷華大學中國留學生博士盧剛槍殺教授、同學，震驚華人世界。顧肇森聞此消息，激動之餘，利用工作餘暇廣搜資料，博覽精神科專門書籍，亟欲釐清心中困惑：一個學術菁英如何突然地瘋狂？顧肇森為人一向有「路見不平，執筆鳴之」的俠義性格。為達作家對公平正義的追求，顧氏亟欲找出中國籍物理博士盧剛瘋狂射殺指導教授、副校長背後的心理動機與社會成因。為求文字能公允地呈現事件真相，不願在寫作上有任何虛構，因此，顧肇森放棄他一向擅長的小說體裁，改以報導文學呈現此事件。1992年初，顧氏於醫師本

3　參楊素芬：《臺灣報導文學概論》（臺北：稻田出版社，2001年9月）。

業繁忙的私人約診工作中抽出大段假期飛往愛荷華大學實地考察，著手寫報導文學《槍為他說了一切——盧剛殺人事件》[4]。

　　1992年聯合報文學獎評審的會議記錄[5]顯示：瘂弦肯定其「資料蒐集豐富」，「能夠全面地掌握整個事件」，而且「開頭寫得特別好」藉著萬聖節鬼魅的氣氛烘托這事件在當時予人的「邪惡」感，「作者用時刻來過場，有一種節節逼進的氣氛，這篇報導中經常不忘文學性的描寫，文字也乾淨俐落，場景描繪清晰」，報導後面提出來的反省也很有「可讀性」。瘂弦肯定其文學性與可讀性，卻也提出就新聞報導而言，「挖深織廣」的工夫較不足；李瑞騰肯定其「將新聞事件背後錯縱複雜的因素找出來」的企圖心，「作者非常盡責的想要把所有的問題都呈現出來」，但也提出「可是他的企圖心太大，所有的問題反而指有點到為止」，並也提出這篇報導到底有多少內容來自「親訪」之疑慮；葉慶炳附和李瑞騰對於此文有多少資料是「親訪」獲得的疑慮，但也肯定此文突顯了「留學生適應問題」，並藉由報導文學喚起大眾對此問題更多的討論之用心。

　　1993年，此作再附上完整的採訪行程記錄與事件相關評論與文件集結成冊，由東潤出版社出版，評價兩極：黃美惠採訪顧肇森[6]，肯定顧氏在新聞熱潮過後，依舊保有高度熱忱，不但用心蒐集所有中英文件資料，甚至聘雇律師，向法院申請得以看過所

---

[4]　顧肇森：《槍為他說了一切——盧剛殺人事件》（臺北：東潤出版社，1993年）。

[5]　楊錦郁整理：〈挖深織廣—聯合報第14屆小說獎附設報導文學獎決審會議紀實〉，《聯合報》第25版（副刊）（1992年9月26-28日）。

[6]　黃美惠（美國紐約旅行採訪）：〈文學之筆追「盧剛殺人」始末——顧肇森暫脫下醫生白袍四處採訪完成《槍為他說了一切》〉，《民生報》第14版（文化新聞）（1992年9月26日）。

有現場照片，執意追求「真相」；王麗美評論此書，肯定：「他將破碎的新聞片段補綴成一個人間世應留住的記錄」，也提出：「顧肇森筆下對異鄉華人清冷的描述，其實也是他某種形式的自我觀照；盧剛的背景一定引起顧肇森相當程度的移情」，因此寧願放棄他一向擅長的小說體裁，必以報導文學的方式一探「人類心靈的黑洞」，肯定顧肇森在文字的使用上有其客觀性「對於這樣一個聳動的故事，他沒有使用誇張的字眼，對各方的說詞也作了良好的平衡」。但是，同一書評亦指出就採訪報導的角度而言「這位醫生初次扮演追蹤角色時不免羞怯，以致未能獲得所有他想要的材料；有關盧剛的資料不足，限制了我們對主要疑點的了解。」「書裡沒有答案，槍也沒有說明一切；我們需要的解答也不會只有一個」。[7]婉轉道出即使顧肇森以一個留學生過來人以及腦科醫生的雙重身分，提出了中國留學生在適應美國文化所產生的心理問題，書本後面也羅列了許多華文媒體針對本事件的評論，但仍然不足以「說明一切」，也點出了顧肇森並沒有勾勒出讓讀者足以信服的「用槍」情境；袁瓊瓊以〈他說了一切〉[8]為題，談到此書封面顏色為黑紅相間之設計，所以「本書最大的優點是：可以用來打蚊子！」通篇書評圍繞著此書封面為什麼適合打蚊子，袁瓊瓊行文極盡諷刺，且未提及任何書中內容，就袁氏書評題目訂為〈他說了一切〉，可推測袁瓊瓊以反諷的方式表達她認為此篇報導「什麼都沒說」。

　　一部文采洗練流暢，文字力求「客觀公允」，不做煽情處

---

[7] 王麗美：〈書評：恐怖的異鄉人──槍為他說了一切〉，《民生報》第29版（1993年3月13日）。

[8] 袁瓊瓊：〈書評：他說了一切〉，《聯合報》第35版（1993年4月8日）。

理，並用心考察、蒐集資料，極欲找出「真相」，並得到大獎的「報導文學」作品，卻被含蓄地指出與主題形成十足反諷的：「槍也沒有說明一切」，甚至被尖苛地嘲諷什麼都沒說，讓筆者極欲探究其中的原因。

二、《槍為他說了一切》的創作歷程

（一）費心蒐集資料，研讀相關著作

　　1991年11月1日，星期五，時值萬聖節，中國籍留學生盧剛（27歲）槍殺愛荷華大學助理副校長克黎利（56歲）、臨時秘書西歐桑（23歲）以及天文物理系主任尼克森（44歲）、正教授戈爾茲（47歲）、副教授史密斯（45歲）、博士後研究員山林華（中國籍，26歲）後自殺，造成五死，一重傷（西歐桑頸部以下終身癱瘓）。

　　美國媒體並未大肆渲染此一事件，事發後兩天，顧肇森才從紐約的中文報紙得知，後來，連看了三天美國《世界日報》的中文報導，報導裡愛荷華大學的中國籍學生一面倒地和盧剛劃清界線，並有諸多文革遺毒之類的討論，讓顧肇森對此一事件產生極高的關心。除了蒐集所有與事件相關的剪報資料之外，還特別聘顧美國律師，向法院申請看事件現場照片，並費了一個多月，向愛荷華當地檢察官取得盧剛作案前寫給美國各大媒體的英文信件完整內容。（該信件在案發後，全數由媒體交與檢方，並未由媒體逕行公開，直到十一月四日，才由檢方公布部分內容）。顧氏後來至愛荷華採訪時，又費了半日在當地圖書館影印當地報紙的相關資料。

　　顧氏本業為腦科醫師，但亦曾於1990年在《聯合報》介紹心理分析領域[9]，顧氏文章中所引用的病史病理論據，皆可呈現作者在此領域有一番專業的認識。因此，盧剛事件發生後，不難了解顧肇森自醫者角度，急欲探究盧剛瘋狂行為背後的心理之衷。顧氏大量閱讀精神科專門著作，彼時，顧氏常於周末致電當時執教於加州大學的鄭樹森教授，討教一些西洋文學的問題，談到盧剛事件的寫作計畫，鄭教授建議顧肇森除研讀專業的精神研究書籍之外，還可延伸閱讀Truman Capote的《In Cold Blood》（漢譯：《冷血》）——該書以小說形式敘述一個新聞事件，並帶有作者對新聞人物的心理分析，是開啟美國犯罪心理報導文學的典範之作。顧氏從善如流，欣然捧讀。筆者參考《In Cold Blood》中譯本《冷血》[10]，發現《槍為他說了一切》與《冷血》在開頭部分，對於事件場景氣氛描述皆極為精彩，並且皆以精準之時間細節序列，順敘出整個事件發生的經過。最末一章，亦皆附上專業的人物心理分析。可見顧氏在形式上見賢思齊之跡。但是，《In Cold Blood》作者Truman Capote為專職作家，光是對於周遭相關人物訪談便費時五年半，尤其是犯案的兩名兇手，經過冗長的訴訟程序才伏法，因此，Truman Capote有充裕的時間去與兇嫌面對面訪談，獲致核心當事者更深層的資訊。而顧肇森本業為一忙碌醫生，再加上兇手盧剛在案發當時隨即自殺，因此兩人在報導文學寫作的難度上差距甚大，更別提Truman Capote為白種人，而顧肇森為黃種人，在本案兇手為中國人的狀況下，於美國社會

9　　參顧肇森：〈心理醫生這麼說〉，《聯合報》第28版（1990年4月25日）。

10　楚門·卡波堤原著，楊月蓀譯：《冷血》（臺北：遠流出版社，2009年）。

對白種人受害者家屬或其他相關人物進行訪談的難度高了許多，
故本文將不作〈槍為他說了一切〉與《冷血》之比較。

（二）實地採訪考察

　　閱讀大量資料後，顧肇森的寫作計畫也日漸成形，便開始
籌劃著實地考察愛荷華大學的訪談之旅。顧氏拜託紐約友人邱昭
琪在愛荷華大學教書的丈夫史天健（史氏來自北京）幫他介紹幾
位當地的中國留學生。並數度致電鄭樹森教授，請託他引介當地
熟識的教授、愛荷華作家工作坊與中國留學生同學會，鄭教授感
於這位腦科醫生對於文學的一派熱忱，竟為了親身採訪而丟下紐
約診間的豪門病患，所以極力牽成這些訪問。

　　案發後三個月，顧肇森於1992年二月飛往愛荷華，除先前接
洽過的當地華人社團，抵達當地後積極聯絡當地報社採訪此事件
的第一線記者、承辦檢察官、校方相關行政人員、受害者遺孀、
與山林華、盧剛有交情的朋友，可惜的是，受害者遺孀皆無接受
採訪。

　　顧氏並越洋連絡住在中國與盧剛感情最為親密的二姐盧慧
敏，盧慧敏提供了許多與盧剛成長期間直接相關的情事以及盧剛
留美後的家書。

三、顧肇森對盧剛產生自我投射的同情心理

（一）盧剛基本資料

　　盧剛，1963年生，北京人，父親為北京汽車銷售中心事務
員，母親為北京軍醫院護士長，案發時二老皆已退休。上有二個

姊姊，大姐大他11歲，二姐大他5歲，案發時，兩位姐姐皆任職公家單位，家中經濟情況中等。

盧剛自小身體孱弱，時罹病痛，大學後罹胃病，慣服藥。身體不佳但成績優異，考進重點中學，物理成績尤其亮眼，常去買與功課相關的書書籍但少讀課外書，一路苦讀，以每科98分的成績考進北京大學，大三，參加CUSPEA考試，高分通過獲致出國深造物理的機會。1985年進入執美國天文物理界牛耳的愛荷華大學天文物理系，第一年成績全A，博士資格考時更創下該系歷來最高分，但是1987年卻明顯對物理學失去熱情，還曾向校方詢問轉系的可能，但卻因轉系會被取消獎學金而作罷。

盧剛個性沉默、好強、疏離、自我為中心、錙銖必較，說話也不婉轉，曾直接不客氣地「糾正」指導教授、副教授的錯誤，並時與室友以及其他留學生齟齬，大部分的中國學生都習慣讓他三分，但，也有人說他個性雖愛計較，但對朋友確實真心。他常去系館附近的「運動專欄」酒吧，渴望社交，渴望性，但是大部分的時間都很孤獨，並有白種女子抱怨受到盧剛的騷擾。

盧剛進研究室的第一年頗得指導教授戈爾茲器重，還在1986年暑假帶盧剛赴歐洲進修並參加國際學術會議，但是，盧剛進修結束期滿並未直接返回「愛大」研究室，反而跑到歐洲其他國家玩了一趟。（顧肇森推斷此舉可能讓一向以研究室為家的戈爾茲認為盧剛不全心投入研究）。1987年，同為中國籍的博士生山林華加入研究小組，山林華出身山西貧農家庭，父母皆為文盲，山林華不但勤奮，而且活潑熱情，人緣極佳，他在戈氏的高壓下表現得十分出色，盧剛開始失寵。

1987年之後，盧剛在研究小組地位日下，1989天安門事件爆發，盧剛欲公費返鄉探親受到家人勸阻，1991年論文口試，盧剛

無法應付系主任尼克森提出的問題，「把自己弄得像個傻瓜」
（戈爾茲之言），4月，修改完論文，欲參加論文獎甄選，卻獲
知系上早已提交山林華的論文參賽，並確認山氏的論文已獲獎。
時值美國經濟不景氣，7月之後，盧剛謀職屢屢碰壁（山林華卻
早已順利畢業，並獲「愛大」助理研究員一職），11月，悲劇
發生。

（二）顧肇森對盧剛的自我投射

　　東潤版書中分為三大部分，第一部分是參加報導文學獎之
主作，共分十二小節，記錄盧剛殺人經過以及作者根據各種資料
而產生的推測與背景討論；第二部分則詳述寫作動機以及採訪經
過；第三部分則羅列中文媒體對於此事件的諸多評論，以及盧剛
自殺攻擊前寄給二姐的家書暨給美國媒體的英文信件（並附顧肇
森的中文翻譯）。在敘述寫作動機時顧氏不諱言自己關注此一事
件，緣由於對弱者的同情：

> 　　當「愛大」的中國同學公開表示對此事件的反應時，居然
> 都是一面倒。凡是提到盧剛，形容詞不外是「愛嫉妒」、
> 「目中無人」、「出口傷人」、「孤僻好色」；對於被
> 他殺的山林華，卻有如天使：「平和溫文」、「愛幫助
> 人」、「好客合群」……這種簡單的二分法根本是劣作的
> 基礎。於是我身體內所有懷疑的警鈴同時作響……真的是
> 「壞人殺好人」那麼簡單嗎？[11]

---

[11]　同註4，頁75。

顧氏作品一向有「質疑威權，同情弱者」的傾向，看到中文報紙一面倒地支持山林華，貶抑盧剛，激起對盧剛的「同情」。而這樣的同情亦來自作者的自我投射：

> 我毛骨悚然的發現：我對盧剛的好奇，是不是我在他身上看見自己？——一個自視甚高，不肯認輸，好強愛爭，不大和人往來的人。[12]

如此寫作動機，顧氏有意替盧剛「申冤」的目的很明顯。加以調查過程中，除了自視甚高、不肯認輸、好強愛爭、孤僻之外，顧氏不斷發現自己與盧剛諸多共同處：被寄予厚望的么子、公務員家庭、胃病、體弱[13]、憎惡威權、自詡剛直、公私分明、喜以西方人標準要求自己同胞、顧氏依賴母親，盧剛依賴二姐……凡此種種，讓顧肇森不斷找資料替盧剛說話，而此事件的「受害者」相形之下便顯得無足輕重。戴文采亦為文談及顧肇森一段往事：

> 顧肇森一直窮到畢業實習，手上才有一些錢。他說他的脾氣都是那幾年唸博士搶獎學金弄壞了。他一個人靠打工和獎學金唸紐大醫學院那樣昂貴的學校，一個學期沒有獎學金都唸不下去。所以拼了命唸書讓自己保持功課最好，他念博士都年年第一，教授說他的英語口音比外國人自己還

---

[12] 同前註，頁76。

[13] 顧肇森留學前極胖，大學時被稱作「顧胖子」，見徐開塵：〈顧肇森已逝，文學界惋惜——《貓臉的歲月》九歌重新印行〉，《民生報》A13版（文化新聞）（2004年9月17日）。顧氏並多次在文章中透露兒時因體型常被欺負，而且一向運動表現不佳。

好，有幾回學校認為他拿多了，給點機會給別人，就撤了他的獎學金，他炸彈般到處吵架，一點也不肯讓步，因為他的成績和作業都無可挑剔得最好，又太會吵架，這樣搶錢幾乎使博士班上的同學都鄙夷他了，他說他為了學費把人緣全毀了。這就是他去寫《槍為他說明一切》的理由，中國留學生不眠不休搶獎學金的很多，因為一天都沒法沒有獎學金。彪悍的態度讓人誤會，他說他比誰都了解，他吵架時也有想殺人的瘋狂，因為立刻就得捲舖蓋走人[14]

因此，失去角逐論文獎機會並且人緣不佳的盧剛獲得顧肇森極深的同情，尤其，盧剛將博士畢業之後求教職不順利，歸咎於未能公平角逐論文獎，以及在學界人際關係不佳。受到強烈同情盧剛的心理影響，顧氏並未積極探訪受害者遺孀，在採訪過程中，顧肇森並未展現如了解盧剛那樣了解受害者的意圖：在致花籃、寫卡片表達欲採訪對方後，因未獲對方回應，便放棄採訪被害人遺孀，只能從其他記者的採訪報導拼湊這幾位遺孀所敘。就連參加愛荷華當地華人舉辦的春節晚宴，巧遇山林華遺孀，皆無把握時機，閒聊幾句以獲取更多的資訊並為後續訪問鋪路。顧肇森愛荷華之行將訪問焦點集中在當地的西方記者以及當地學生上。因為顧肇森醫生本業忙碌，採訪時間有限，若不積極爭取機會，難以獲致更核心的資訊，所以，此般取捨訪問對象，不甚恰當。王麗美提出「顧肇森筆下對異鄉華人清冷的描述，其實也是他某種形式的自我觀照；盧剛的背景一定引起顧肇森相當

---

[14] 見戴文采：〈我的好友顧肇森〉，《我的鄰居張愛玲》（天津：天津華文出版社，2013年），又載於〈我的好友顧肇森（三）〉http://www.tadu.com/book/382650/11/（檢索日期：2014年1月25日）

程度的移情」、「這位醫生初次扮演追蹤角色時不免羞怯，以致未能獲得所有他想要的材料；有關盧剛的資料不足，限制了我們對主要疑點的了解」[15]，甚為公允。

再者，為急切印證盧剛適應問題，顧氏多採信盧慧敏的話，未發現時間上的誤謬：盧剛於1986年暑假隨指導教授赴歐洲開會，所以1987年他可以回中國探親，並非如盧慧敏所言因為赴歐洲開會，無法回國。

「質疑威權」的性格使然，顧氏於文中不斷列舉擁有權力的愛荷華大學行政上的種種瑕疵，提出克利黎、尼克森、戈爾茲、史密斯等人「致命」的缺失，如此維護盧剛，反而暴露了作者寫這篇報導公正性不足。

（三）顧肇森對盧剛的同情所反映的文化問題

1.資優生的特權迷思

在中國文化，「士」是特別的階層，「士」泛指一般「讀書人」，相對於「農」、「工」、「商」階級，「士」階層的教育目標是為培育政治領導人，所以，讀書人在中國一向享有較高的社會地位。科舉制度成形後，考場登科者更是眾人艷羨的對象，即便經歷文革，中國社會對於「聰明用功」、「成績優異」的孩子依舊給予較多的讚賞。這些「資優生」偶有不尊重他人的行為，也常被師長忽略，臺灣社會亦如是。

盧剛與顧肇森皆在這樣的社會氛圍中成長，因此，顧氏文中對於盧剛的中國室友們反映盧剛種種不尊重他人的行徑時，並

---

[15] 同註6。

不覺得嚴重：合住期間盧剛從不打掃屋子，喝牛奶不用杯子，打開瓶蓋直接對著瓶口喝，喝完隨手把空盒扔在地上，引來蟲子蟑螂；夏天熱時，把冰箱打開來當冷氣，完全不在乎別人放在冰箱裡的東西餿壞；託朋友帶他去芝加哥買車，買完之後把別人扔在芝加哥，自己開車回愛荷華……種種欠缺教養的行徑，在顧肇森筆下成了「逸聞」，而且有意指陳這些「逸聞」造成盧剛被中國同學孤立：

> 幾年後，這些「逸聞」在社交不多、相當閉鎖的中國同學中愈傳愈廣，誰都聽說這位「自我中心」、「精於算計」的留學生元老。[16]

隨後，顧肇森並列舉三位不願具名的中國同學的說詞、最後與盧剛同住的米契爾的說詞（米契爾政治思想偏激，二十歲便開始禿頭，癡肥，有高度反權威傾向[17]）、盧剛胞姐盧慧敏的說詞來反駁「盧剛是個壞胚子」的說法，但是這些說法：會幫忙某一位同學搬家、修車；邀請同學到住處開party，卻只有三人光臨；會燒菜向女同學獻殷勤等說詞，卻無法反駁盧剛「目中無人」、「自我中心」、「不懂得尊重他人」的種種指控。尤其盧慧敏說：弟弟盧剛在中國時還是有結交幾位朋友，雖然不多，都延續很久，在盧剛出國之後，這些在科學以及教育部門工作的朋友還偶爾上盧家幫忙做些事。盧慧敏的說詞反而暴露出盧剛資優生的身分讓他習慣被寵，有一群朋友崇拜他、包容他、簇擁他，但是，一旦

16　同註4，頁37。

17　同前註，頁54。

出國念頂尖研究所，人人都是旗鼓相當的人中龍鳳，盧剛若依然維持著被別人捧在手掌心上的社交習慣，註定吃鱉。

但，顧肇森字裡行間，似乎不覺盧剛這些缺乏公德心的舉措有多麼嚴重。

2.經歷威權統治的被迫害症候

顧肇森成長於臺灣戒嚴時期，對於軍訓教育、思想箝制、公理人權不彰的厭惡偶見其散文。盧剛成長於文革後的中國，在自殺攻擊發生前一刻寄給美國各大媒體的英文信中透露自己厭惡政治的緣由：幼稚園時期曾喚列寧「禿驢」遭到保姆懲罰；初三期末考時期不願加入參觀毛澤東紀念堂的活動，結果被取消副班長以及參加校際英文、物理大賽的資格，並被迫在全班面前做自我批評，以致同儕怕受其牽連而紛紛與之劃清界線。

基於自身對威權的反感，顧肇森十分認同盧剛這一套說詞，以為盧剛兒少時期的這兩樣特殊經歷形成其「強烈正義感」、「對『公平』的絕對認同」、「自認耿直不阿」。但是顧氏卻忘了思考盧剛不願參觀毛澤東紀念堂不是為了反抗政府的不公不義，而是為了準備自己的期末考。盧剛從來不是為公義而反抗，他所謂的抗暴舉措，皆為了討回自己的利益，源自一己之私。顧肇森套用在盧剛身上的諸多美德「公平」、「正義」是作者本身價值觀的投射，框在盧剛身上，並不恰當。

3.現代科技菁英的文化斷裂

盧剛事件發生後，美國各大媒體皆清描淡寫，甚至大都未提及兇手種族國籍，並多以盧剛個人行為觀之：盧剛因個人心理、境遇問題而致此暴力行為；而中文媒體則連日大篇幅討

論，並多偏向以集體文化角度審之：〈專制制度引爆性格悲
劇〉[18]、〈文革之子的殘缺心靈〉[19]、〈踏著信仰破產邊緣長大
的人〉[20]、〈盧剛，毛澤東教育思想的產物〉[21]，將盧剛的行為
歸咎於文革遺毒。這兩種態度中，顧肇森表態支持西方媒體以
「個人行為」、「個人心理問題」的觀點審視盧剛的暴力行為，
並舉出同樣成長於文革之後的山林華「樂於助人、開朗樂觀、交
遊廣闊」為例，反駁「文化決定論」。但是，顧肇森疏忽了山林
華在學業、事業、感情、人際關係上皆較盧剛圓滿的事實，就境
遇而言，山林華「達」，而盧剛「窮」，因此顧肇森以兩人類比
必導致誤謬的結果。

　　而且，西方媒體對中國文化亦無深刻的認識，自然直接以
西方個人主義的觀點審視盧剛。又顧肇森受西方科學訓練已久，
本身的思維模式也十分西化，顧肇森反對中文媒體的「文化決定
論」，認為：此番推論是以「某人的行為解釋文化」或「擷取某
些文化特徵來探討個人行為」，皆犯了「定型」之謬。顧氏強調
「人心不同，各如其面」，個人行為源自心靈的取捨選擇，將盧
剛的殺人行為，完全歸因於「環境適應不良」，認為盧剛的暴力
行為源自對美國文化的誤解，並提出了留學生文化適應的問題。

---

[18] 湯本：〈專制制度引爆性格悲劇〉，原載於《時報周刊》（1991年11月
16日），收入《槍為他說了一切──盧剛殺人事件》附錄，頁150-157。

[19] 叢甦：〈文革之子的殘缺心靈〉，原載於《時報周刊》（1991年11月16
日），收入《槍為他說了一切──盧剛殺人事件》附錄，頁158-165。

[20] 劉紹銘：〈踏著信仰破產邊緣長大的人〉，原載於《香港信報》（1991
年12月3日），收入《槍為他說了一切──盧剛殺人事件》附錄，頁106-
110。

[21] 苦人：〈盧剛，毛澤東教育思想的產物〉，原載於《美國世界日報》
（1991年11月17日），收入《槍為他說了一切──盧剛殺人事件》附
錄，頁173-174。

　　顧氏此番說法乍看有理，但是筆者以為唯物信仰、文革遺毒與盧剛個人的精神狀態皆可同視為釀成盧剛悲劇的緣由，顧氏不需特別撇清唯物論、文化大革命這一類文化環境的影響。

　　綜觀華人歷史，困厄窮士比比皆是。但在文化思想上，自周文化以降之思想體系，不斷提供知識菁英面對「窮境」的自處之道：《易》的哲學強調天道循環，物極必反，否極泰來，以平常心面對生命中的困蹇變易。儒、墨由「仁愛」出發，將集體的公益性，置於個人之上，為數眾多的儒家士子，以「窮則獨善其身，達則兼善天下」為知識份子的基本修為；漢唐以後，再加以佛、道思想之融會：與現世保持疏離的距離，以虛無、轉化、停頓、靜「觀」的姿態，成為世人超脫現實的困厄的心靈之方。在這樣的文化薰陶中，文學史上，面對坎坷仕途的「士」階層，以藝術釋放「不遇」的負面能量，成就出篇篇洋溢著心靈華采的詞章。無論是「窮則獨善其身，達則兼善天下」的積極，或是「眾人皆醉我獨醒」、「總為浮雲能蔽日，長安不見使人愁」的憤時憂國，亦或是「採菊東籬下，悠然見南山」的寧適，文化史上多的是窮士安頓身心的心靈剪影。宋明理學「尋孔顏樂處」、「窮天理，去人欲」的本衷，闡發了傳統「儒士」，安「貧」、樂「道」的基本修為。明清科舉，以《四書》為典律，君子「憂天下，不憂個人」依舊是士階層基本的道德教養。因此，面對無情的政治打壓，統治權力傾軋，這些知識分子牢騷也好、消散也好、憤恨也好，這樣的文化思想特質，形成一個超穩定的社會精神體系，縱使儒家有自孟子相承而下的革命基因，但所有革命的合理性必須訴諸「公益」，不見此文化體系鼓吹知識菁英為「個人前途」問題，採取暴力革命手段。

　　但是，清末一連串軍事、外交上的挫敗起，中國知識菁英

轉而激進。余英時先生提出：被世界邊緣化的焦慮，導致近代中國知識菁英的激進化，但激進化的結果，卻讓原本擁有主導力量的傳統知識分子卻被邊緣化了，傳統知識分子被推到政治權力的外緣，五四一代的知識精英，尚保有傳統士人的人文基底，但是，現代化的焦慮，導致一次又一次的革命破壞，「在中國，革命破壞還與唯科學主義緊密結合」[22]。

　　中國共產黨的思想根基是馬克思的理論，馬克思為一經濟學者，關心的是「利益分配」問題，思想上著重辯證、批判、正反鬥爭，強調經濟弱勢者以鬥爭方式拚搏自身的利益。而文化大革命時期，中共領導階層更將中國的物質文明的落後歸咎於儒家思想，打著「批孔揚秦」、「打倒孔家店」的旗幟，進行大規模的文化破壞、社會改造。「革命無罪，造反有理」，凡是有礙「現代化」的，統統得除掉。盧剛成長於文革時期，中國傳統知識分子那套「君子固窮」、「不患人不知，患不知人也」的修為等同「反現代化」、「落後封建」的「腐儒」行徑。

　　而顧肇森對中國傳統的知識精英「以天下為己任」的目標亦頗為不屑，顧氏曾作〈給李敖〉一文，強調：

> 我以為中國文化之病，病在「出將入相」，病在「以天下為己任」，前者使人不專業，什麼事都會一點，什麼都做不好；後者令人好高騖遠，這種心態，當然造成「人治」的局面。好的政府，需要盡職的人分層負責……[23]

---

[22] 參余英時：〈20世紀中國現代化與革命崇拜之爭〉，《人文與理性的中國》（臺北：聯經出版社，2008年6月），頁535。

[23] 見顧肇森：〈給李敖〉（上），《中國時報》第39版（1994年6月6日）。

顧氏詬病中國文化培養政治菁英的教育目標，強調知識分子更須具備「專業」。無可諱言，高精密度的專業分工是現代社會所必須，但是，作為社會中堅的知識份子「以天下為己任」，有何不可？「專業」與「社會責任」、「利他思想」本無互斥，而且該是相得益彰的。顧氏此番說法，凸顯出他對於中國菁英文化的認知過於狹隘，有其視野上的盲點。

顧肇森如是描述盧剛：「一位精通數學，能用電腦程式探究宇宙星雲奧秘，相信『物質、能量和動量不滅定律的人』竟做得出殺人暴行」。顯然，作為科學研究者的顧氏將己身對「專業」知識的崇拜投射至盧剛身上。再者，顧氏對中國傳統文化的認識有其侷限與偏見，因此，在其科學專業凌駕對中國文化傳統認識的背景下，否定共黨專政以及文革遺毒對盧剛行為的影響，並不具說服力。

我想藉由余英時先生的這一段話說明在美國多年的盧剛，在精神上為何無法展現「現代化」的民主風度：「我並不清楚臺灣、香港兩地的現代化何以能夠成功。我只想提出一個無可爭辯的事實，臺灣、香港這兩個社會僥倖未遭革命暴力的迫害」[24]在中國，許多固有的東西被破壞了，甚至「被破壞到一無所有，連有待現代化的東西都沒有，那麼現代化也就無從開始了」[25]。藉由余英時先生這一段話，我們可以找到研究現代科學的盧剛，為什麼在思想上無法展現五四運動精英所期待的，現代教育下所生成的現代民主風度。亦可解釋共黨的唯物信仰、文化大革命所造成的知識菁英的精神斷層，皆可與盧剛個人的精神狀態，同視為

---

24 同註22。
25 同前註。

盧剛悲劇緣由。顧肇森力排共黨信仰、文革影響之說，此間凸顯出近代中國知識菁英唯西方價值是依的文化盲點[26]。

四、槍無法說出一切

　　綜論顧氏此作優點，一是文采優美精練，尤其起始處對於新聞現場氣氛醞釀生動。二是將破碎的新聞片段連綴成較完整的記錄，在盧剛事件的新聞熱潮過後，依然執著於事件真相的追求，本著一絲不苟的態度蒐集資料，詳細分析。三是提出了留學生的適應問題：以醫者之專業提出盧剛個人精神狀態，以及盧剛對美國文化的誤解所產生的適應問題。

　　但是，顧肇森一向慣於「為弱者伸張正義」、「質疑權威」、「反抗多數暴力」，自初始的寫作動機起便給予盧剛相較於其他受害者更多的同情，採訪調查過程更不斷強化己身與盧剛的相似性，以致採訪、報導的公正性皆不充分。再者，顧肇森本身缺乏採訪之專業與經驗，亦無法久留當地，調查上施展不開，無法獲致更深入事件核心的訊息，只能整理、編輯已知的報導資料，以致報導的發展性不足。

　　顧肇森以盧剛為鏡，映徹出自己在文化上的盲點——唯物質科學是依的科技菁英思維。這樣的盲點，造成顧肇森未能採納「文革遺毒」這一派的意見，等同放棄探察此事件所反映的深層文化問題，甚為可惜。

---

[26] 參余英時：〈20世紀中國的激進化〉，《人文與理性的中國》（臺北：聯經出版社，2008年6月），頁537-562。

第六章　尾聲：追悼作家

一、文學為他說了一切

（一）一位早慧早夭的臺美作家

　　歷史因素使然，臺灣旅美作家群是華文文學中不可輕忽的一群。其中，1980年代，顧肇森因書寫活了一系列華人異境謀生的譜像而蜚聲一時。

　　顧肇森對於文學創作充滿理想，在《貓臉的歲月》之前，高中、大學時期已有令文壇驚艷的短篇小說創作，之後亦陸續有其他短篇小說佳作問世。除短篇小說之外，散文亦多，亦有一部得獎的報導文學作品，在企圖於文學創作更上層樓之際，卻於1994年六月悄然病逝於美國紐約。為不讓一生坎坷的老母遽聞噩耗，顧肇森刻意佈置，隱瞞死訊，再加以1991年前後，顧肇森積極收回舊作版權，且1994年出版的顧肇森短篇小說精選輯，也因顧肇森要求出版社仿照西式的編輯凡例，不附任何文評。因此，一般對於顧肇森作品的討論只停留在單一文章或單一集冊，缺乏對作家作品全面的討論。

（二）愛情與生理性別無關

　　顧肇森短篇小說創作不乏同志題材，1990年更因〈張偉〉被選入臺灣最早的同志小說選集《紫水晶》，引爆喧囂一時的「紫水晶事件」。顧肇森的小說創作在學術討論中，同志題材相較於

其他題材獲得更多的討論，甚至作家本人亦被隱射為同志。探究顧肇森的成長史，顧氏十歲，因為同卵雙生兄長顧肇林罹患腦膜炎造成永久性腦傷，致使雙胞胎親密的依附關係失落，所以顧肇森小說裡偶見男孩與男孩的親密情感的細膩描寫與懷念，其來有自。再者，顧肇森留學美國紐約大學，其時正值同志平權運動風起雲湧之際，紐約大學是美東同志運動聖地，顧氏一向關懷弱勢，身為一介敏感於平權議題的自由派知識分子，關心同志平權運動極為自然。所以，我們無法就作家選材來判斷其情慾對象。更何況，顧肇森寫作對象廣泛，筆下妓女、車衣女工、髮姊、攤販、工友、電腦工程師、歷史教授等皆形象鮮活，描寫同志、為同志發聲只是他文學創作一隅，無法自顧肇森的文本，判斷顧肇森是否經歷同性戀性生活。

筆者訪問鄭樹森教授，探詢顧肇森1990年至1994年感情樣貌，鄭樹森自顧肇森言談中得到的資訊是顧氏當時交往對象為一專業自主之白種女子，顧慮雙方文化差異與顧氏母親感受，再加上顧肇森浸染自由派思想甚深，視婚姻制度為俗物，不願受婚姻束縛。顧肇森抗拒婚姻，更抗拒繁衍「下一代」。

顧肇森為一自由派都會雅痞，紀大偉曾批評顧肇森的同志文本流露濃厚的中產階級意識。綜觀顧氏留美後的愛情文本，無論異性戀或同性戀，皆流露出性靈相合的書生美學。顧氏筆下最驚天動地的愛情圖像是：心靈相知，琴瑟和鳴，白首偕老。他追索性靈上的專寵與永恆。在他筆下，生理性別只關乎傳宗接代與社會觀感（壓力），無關乎真情真愛。

1993年，顧肇森以其腦科醫生的科學專業筆調，發表散文〈非關性別〉，明確指出：心理性別只是一種權力關係，愛情非關生理性別。

（三）短篇小說創作成績斐然

1.成長期：《拆船》寫實呈現時移事變

　　身為龐大北美留學生文學譜系中的一分子，因《貓臉的歲月》而聞名的顧肇森被定型為「移民文學」作家。探究顧肇森的小說，在臺灣眷村成長的兒少時光與留學生至移民的人際歷練一般，在顧肇森的思想形成與文學表現中，都有舉足輕重的影響。顧肇森第一本短篇小說集《拆船》，呈現出一個早熟的少年對於世情的敏銳觀察，自《拆船》以來，顧肇森小說對於細節的處理一向用心，在時間與空間以及物象的「詳盡性」上，展現了高度寫實的特色，對社經弱勢更寄予深刻的共感同情。顧肇森父族在中國原為地方望族，隨國民政府流亡臺灣後，家道中落。顧父久病，幾罄家中積蓄，顧肇森七歲喪父，大學時期負笈臺中，更懷抱著赴美留學之夢。瞭解作家生命歷程後，探究其文本，不難發現作家對過去的依戀以及「回不去」的悵然。作家深愛《紅樓夢》，因為來自家族的流離印記與之切切共鳴，「繁華落盡」、「今昔對比」的「傷逝」情調屢現於《拆船》系列。但是，〈拆船〉一文，除了傷逝之外，也以死生輪轉，新陳代謝，變易不居的東方哲思，展現年輕作家面對生命不斷失落後的一番自我寬慰。

2.蛻變期：《貓臉的歲月》幽默凸顯移民之悲

　　《貓臉的歲月》寫顧肇森留學初期打工時的見聞，以冷調筆法表現紐約華人移民的蒼涼生活面貌，描寫的全都是病態的人物，處理的重心也全是令人無奈的人生困境，特力著墨於「世情

之病」。面對這些悲哀的題材，為避免筆下流溢太多同情，作家採以喜現悲的諧趣技巧，大量幽默的類比修辭來調和悲憫之情，反映出美國移民社會素有的幽默傳統以及兼具移民與資本主義象徵大城紐約的文化特色，也透露出顧肇森喜愛的文本如錢鍾書《圍城》、劉紹銘《二殘遊記》的諷刺性格。華人為了更高的社經地位，赴美築夢，《貓臉的歲月》演繹著市儈的夢與悲。在人性的虛榮與中國家族集體觀念作祟之下，傳統父權沙文、中國禮教所信奉的「功名」與資本主義唯一的標的「利益」結合成1980年代新大陸的「新信仰」。唯名是依，唯利是競，菟絲依鳥蘿的價值取向形成可怖的集體制約，各種人際關係皆建立於功利之上，架空了人倫，失卻了真實情感的溫度。《貓臉的歲月》聚焦西方資本主義與中國傳統封建階級思想交織下，華人異境求生的荒涼。

3.開拓期：《月升的聲音》靈與肉，生與死的思辨

　　《月升的聲音》系列文字的色調和氣味處理得十分細膩，顧肇森展現極高明的描寫能力，場景氣氛渲染出色。本書以藝術家為主體描寫對象，敏覺於情、味、聲、光、色的藝術家們是作者鋪陳氣氛的最佳媒介，各種感官刺激的敏覺凸顯故事主人翁們所面臨的靈肉掙扎。黑白分明之科學人究理性格使然，顧氏作品流露極高之思辨性，《月升的聲音》透過一系列極富象徵性的角色設計，探討創造與死亡的問題。顧肇森在這些文本中，一再寄予藝術家「創造」的使命，藝術家的靈魂深處必須擁有不斷創造、不斷超越世俗生命本身的衝動，若生命失卻創造的動能，隨波逐流，則等同「死亡」。這些文本在討論人如何在死亡的威脅之下，讓有限的生命發揮最大的價值，思索人類的靈魂要如何突

破肉體與俗世限制，獲致「自由」，反映出顧氏身為一個科學人，「上帝不存在」的先行假設。筆下人物活在上帝不存在世界裡，執行人類的自由意志，尋索一種源自靈魂本身的絕對價值，呼應近代西方「存在主義」思潮。顧肇森藉由描寫藝術家展現人類「自由意志」的可能性，在靈與肉的辯證中，顧肇森在思考上同時含融了酒神與日神的面向，合乎羅洛‧梅對於當代反叛型知識份子的詮釋：承認反叛的價值，把魔鬼的勢力導向到建設性。「月升的聲音」題名源於楊澤詩句，文本中眾聲喧嘩，靈魂徘徊於可掌握的俗世與虛幻的高絕之間，展現了一個新世代青年，在多音並呈的新時代與新環境中，解構權威，積極地與內在靈魂對話，尋找新倫理的思辨軌跡。

4.豐收期：《季節的容顏》人間權力展演，絕望的愛情追索

　　《季節的容顏》系列雖被列為《貓臉的歲月》續集，但卻不同於《貓臉的歲月》標本式、傳記式的在異鄉「求生存」人像觀察，更多的是凌駕於生存之上，人際間、文化間的權力（power）思索。作者思索著在沒有神靈引領的現世中，「人」如何面對生存的黑暗面。文本所反映的社會問題與心理問題息息相關，透過存在主義心理學家羅洛‧梅（Rollo May）關於「權力（power）」的論述檢視顧肇森此一階段的關懷聚焦於人與人之間、文化與文化之間的倫理衝突。無論是安樂死合法化議題、買賣外籍新娘、異族通婚、情愛關係、綠卡婚姻、同志議題皆展現了精采的人際權力（power）運作。除了「權力」的展演外，「獨一永恆至情」的追索與絕望亦畢現於《季節的容顏》文本中。顧肇森言情小說向來有其獨特氣味：憧憬獨一而永恆的愛情，否定無愛之性，卻不信任兩方皆能永恆存有愛情。「永恆至

情」的追索，是顧氏文本中的一大論題，而此般至情追索，在《季節的容顏》系列做了一個難堪的總結：獨一永恆的愛情應為神話。

5.傳佈公義更甚藝術焦慮

　　顧肇森小說中「戲劇化」的特質甚為明顯，許多抽象的意念，皆化為具象的角色在文本中展演。自《拆船》起，角色的形塑便十分具有衝突性，藉由寫實又細膩的場景設計來營造氣氛，以對話論辯凸顯主題，《拆船》系列大部分以「戲劇法」呈現主題。「戲劇化」的寫法至《季節的容顏》系列時，運用於〈素月〉、〈最驚天動地的愛情〉、〈時光逆旅〉、〈破碎的心〉諸作，話語精練、場景富象徵性、主題明確、戲劇張力強烈，已達一定之純熟，尤其是極短篇〈最驚天動地的愛情〉幾乎等於一齣精彩的舞臺劇，達到戲劇化的高度成功。

　　自《拆船》起始延續至《季節的容顏》系列，顧氏戲劇化技法已展現出穩定的「熟練度」。這樣的熟練，使得作者在意念的傳達上十分精準，但是，〈太陽的陰影〉卻成為十分「突兀」的一篇。本篇戲劇性的高潮點在於文末長達五頁的論辯，直斥世人歧視同志之狹隘，藉由具備「大學生物教授」資格的「非洲裔美國人」之口，類比性取向歧視就如同種族歧視一般鄙陋。顧肇森有意疏離自己對同志角色的情感經營，以及大量理則論述來闡述其平權思想，此篇幾乎不處理同志的情感，而將觀察焦點集中在：一個同志如何遭受社會的汙名與原生家庭無情的拒斥。〈太陽的陰影〉直截了當地透露出：顧肇森對於人權議題的重視，凌駕其一向焦慮的文學成就。

6.以寫實的時空規畫寄託所思所感

顧肇森心儀現代小說家詹姆斯・喬依斯（James Augustine Aloysius Joyce，1882～1941），除了現代主義常用的象徵之外，亦可發現顧肇森在寫作「傷逝」題材時，常以現實世界與內心世界相互映照之寫作技法，小說借由兩條時間軸展開：現實的時間軸與內心的時間軸，由這兩個時間軸交錯出一幕幕戲劇張力十足的場景。自少作《拆船》至《季節的容顏》系列開始，便常以現實與心理兩條時間軸交織出飽含傷逝情調之精彩佳作。

顧肇森的小說在空間安排上，重視細節的「真實性」，因此作品呈現濃厚的地域色彩。少作《拆船》大部分的作品刻畫出作者年少時期的臺灣經驗，突出了經濟發展中的臺灣社會貧富不均、傳統家庭圖像崩解、親人間感情陌異化等社會問題，刻畫了臺灣經濟起飛時期的都市風景；《貓臉的歲月》是留學時期在唐人街打工見聞，描繪出美國1980年代紐約都會的真實面貌，凸顯華美移民在異鄉求生存的種種荒涼；《季節的容顏》、〈時光逆旅〉是長居紐約也造訪中國之後，對於人與人之間，人與社會之間，生與死之間更深刻的倫理問題思索。在寫實的場景中，寄寓著作者對於居處於當地「人」的問題的敏覺與關懷。鄭樹森總結顧肇森小說：重視「考察」，充滿「身體力行」的精神。誠然。

顧肇森以小說創作為內在靈魂超越、提升之寄託，四本集子呈現出小說家技法上不斷自我突破，在思想內容上，則隨著社會變遷而深刻思考著深具時代性與地域色彩的人文議題。

（四）文本反映家國與離散

顧肇森於1954年生於臺灣，成長階段正值國民黨戒嚴統治期間。顧肇森極其厭惡黨國軍政之威權高壓，但在國族認同上，呈現概念式的「文化中國」的認同。顧氏嚮往多元、新鮮的文化刺激。他能自在地觀賞、涵容西方文化，但卻常在西方「觀看」中國時，呈現出自我「凝視」的焦慮，反映出余英時所論：近代中國知識分子深憂中國被「現代」世界「邊緣化」的心理。

自《拆船》起始，顧肇森筆下便形塑了幾位與現代工商社會格格不入的中國傳統知識分子，藉由他們表達以美國為習仿範本的資本主義標竿下，知識分子內心所感受物質世界與靈魂不斷疏離的陌異感。觀察顧肇森作品，時有「犬儒」與「真儒」之論辯思考，散文〈孤雲獨去閒〉道出了這兩種生命本質交錯激盪的淵源：一段從建國高中時期延續到大學階段的友誼。飽讀經書的好友是徹底「以天下為己任」的真儒思想，顧肇森則嚮往莊子的犬儒姿態。這兩種中國知識份子的生命姿態，雜揉出諸如〈拆船〉的杜良與〈月升的聲音〉的中國詩人這樣的角色：他們以犬儒的態度對待周遭一切，但生命本質又是絕對的真儒。

〈月升的聲音〉文本，顧肇森透過中國詩人的幻滅，寄託一位以中國為「君父城邦」者，失去想像中國家的焦慮。保釣運動詩失敗，昭告左派知識分子國族浪漫的理想死亡。保釣運動最讓參與者椎心的不是外侮，而是釣運內訌，一場「清新有力」的學生運動，最後卻深陷「內部矛盾」的泥淖。對失望的參與者而言，舉目所望之世界，不是充斥著權力鬥爭的謊言，便是沉淪在美國流行文化、膚淺的物質文明追求中。這讓懷抱著古老的中國美夢的中國詩人萬念俱灰，充滿無力感，與這個世界徹底疏離。

　　1989年天安門事件後，顧肇森以〈此身雖在堪驚〉、〈素月〉表達對天安門慘劇的痛心。〈給李敖〉直斥「以天下為己任」的文人英雄主義不過重蹈屈原悲劇，中國需要全民教育，不需要烈士。顧肇森認為中國唯有靠長時間的「教育」累積，才能養成容納異見的民主風度，否則，再多的革命，也只能以自相殘殺收場。顧肇森作於六四天安門事件之後的作品，呈現出作者對於「新中國」日漸疏離的情感樣態。散文〈時光逆旅〉以一個觀光客的姿態靜觀中國，對苦難祖國之斯土斯人保持冷靜情感，坦言自己對中國並無「家鄉」之情。顧肇森心目中的「家鄉」是臺灣。但是，〈月升的聲音〉顧氏犬儒地嘲諷著當代臺灣留學生對家鄉的矛盾心情：「臺灣是不想回的家」。顧肇森為生於臺灣，長於臺灣的外省第二代，但成長過程耳濡目染，深烙家族遷徙，生離死別的生命印記。此般兼含「遺民」與「移民」的無常感悟，結合海外遊子求新求時的生命風景，讓顧氏不斷在字裡行間說服自己：「離散」是人生常態。

　　1990年，散文〈故鄉紐約〉：「我早已把紐約當作故鄉——至少是第二故鄉。」隨著臺灣經濟起飛，財大氣粗的臺北城與心靈空洞的鄉親，讓長期待在藝文名都紐約的雅痞醫生極度不適應。種種看不慣，雖源自一片對土地之深情，但亦呈現出與近代留學生文學一貫「歸」與「不歸」的掙扎，也切合學者對於1980年後旅美臺灣小說家作品所反映的「邊緣人」的「多重認同」，以及「在地化」的觀察。文本中，面對「個人」、「家」、「國」分裂的現象，在理智上可以坦然，但情感不免糾結，自「後遺民」寫作角度審視：當君父城邦的家族象徵已然瓦解，而與慈母一起織就美好童年家鄉卻成異鄉，異地遊子究竟要回到哪裏？顧肇森藉由家鄉美味寄託根著於記憶的美麗時空，更藉由華

文寫作並參與臺灣文學獎，維繫自身的文化定位。

現實生活與國族、至親的疏離狀態使然，「婚姻」、「血脈延續」成為生命不可承受之重。〈無緣千里〉呈現一個放棄自己文化、放棄自己本源的海外遊子，無根之生命的實像。對他而言，開枝散葉除了耗蝕生命僅存不多的能量之外，全然沒有意義。顧肇森極其厭惡「結婚、生小孩」此套人生公式，小說中常貶抑滿懷此類夢想的女子。

（五）美中不足的報導文學作品

1991年萬聖節（11月1日），美國愛荷華大學中國留學生博士盧剛槍殺教授、同學。1992年顧氏飛往愛荷華大學實地考察，耗時一年寫報導文學《槍為他說了一切──盧剛殺人事件》，此作於該年《聯合報》報導文學獎掄元。作品優點：一、文字掌控力強，精準度高，文采優美精練，尤其顧肇森為善於營造場景的小說家，起始處更吸取了Truman Capote《In Cold Blood》起始的氣氛營造手法，對於新聞現場氣氛醞釀生動。二、在新聞熱潮過後，依舊維持著高度熱情，費心蒐集新聞素材，將破碎的新聞片段連綴成較完整的記錄。三、本於醫師專業，以科學實證態度，提出了留學生的適應問題。

但是，囿於顧肇森本人留學時期不愉快的個人經驗，加以一向有高度正義感，慣於「維護弱者」、「質疑權威」、「反抗多數暴力」，自初始的寫作動機起便給予盧剛相較於其他受害者更多的同情。採訪調查過程更不斷強化己身與盧剛的相似性，並將己身諸多公義特質投射在盧剛身上，以致採訪、報導的公正性皆不充分。再者，顧肇森本身缺乏採訪之專業訓練與經驗，醫生本業忙碌，讓他無法久留當地，調查上施展不開，無法獲致更深

入事件核心的訊息，只能整理、編輯已知的報導資料，以致報導的發展性不足。

顧肇森以盧剛為鏡，也同時反映出本身在文化視野上的盲點——唯物質科學是依的科技菁英思維。這樣的盲點，使顧肇森在檢視盧剛精神狀態時，未能深度探究文革時期成長的中國知識菁英，與當時臺灣教養的知識菁英，文化養分有異，同樣反威權、抗暴的思維，卻有為公義與為私利之差。盧剛遭遇固然可憫，但於儒家傳統思維，不過是「懷才不遇」，但盧剛卻以血腥暴力手段對付受害者，絕非傳統知識分子所嘉許。顧肇森探究盧剛精神狀態，以其腦科醫生專業，提出留學生適應問題，誠然可取，但未能採納「文革遺毒」這一派的意見，等同放棄探察此事件所反映的深層文化問題，甚為可惜。

（六）顧肇森的散文：從幽默理趣到自得其樂

顧肇森大學時期以短篇小說創作受文壇矚目。留學初期，因功課忙碌，較難經營小說，所以，多散文問世。1977～1986年散文作品多收錄於《驚豔》（原名《從善如流》）。顧肇森以一個老成大孩子的姿態，或幽默地觀看著美國社會，或追憶童年美好，或思索世事人生，行文偶帶迷惘、自嘲，亦充滿理趣。

隨著學業告一段落，接著便是在紐約實習、行醫的忙碌歲月，1986～1989年的散文作品，多集中於1990年出版散文集《感傷的價值》，除了延續《驚豔》的幽默機鋒以及品察大千世界的興味，亦展現出作者紐約化甚深的雅痞生活美學：談飲食、談書、談健身、談酒吧、談電影、談男裝、談看戲、談拍賣會、談品味，亦略談及1985年之後的故鄉臺北——一座「乍富」卻「淺視」，缺乏人文內涵的城市。

選集中，敘寫母親的篇章〈似水流年〉（收入《驚艷》）、〈暮成雪〉（收入《感傷的價值》）娓娓鋪陳，寸草春暉，誠摯動人，可見顧肇森對母親的深厚孺慕。

1990年之後，顧氏在醫學領域已小有成就，文學事業亦因接連獲獎得意，所以文字創作上展現十足自信，散文幾乎直抒胸臆，無所隱瞞，更見其真性情。1991至1994年，諸多散文發表於《聯合報》、《中國時報》、《聯合文學》等刊物。這些作品，展現甚為明顯的疏離姿態，依內容風格分為四大類：

一類是寫自己在紐約的生活，兼含懷舊並委婉諷刺故鄉今昔之變，例如：〈故鄉紐約〉、〈夜夜心〉、〈年年難過年年過〉、〈半個洋包子二進三溫暖〉。這類作品，表露作者已坦然接受自己是「半個洋包子」，過不慣家鄉臺灣生活的現實，呈現「個人」與「家鄉」疏離的態度。

第二類如：〈心理醫生這麼說〉、〈非關性別——從亂世浮生到霸王別姬〉，以及文學作品中的飲食觀察，如：〈飲食男女——包法利夫人和范曄〉、〈食與色〉、〈中西鵝〉。此類皆純粹說明文，介紹一些知性的觀念給臺灣讀者，理則氣息濃厚，可見顧肇森身為科學人，善於精密分析之思慮。

第三類是尖銳辛辣的議論批判，例如：〈給李敖〉、〈小孩子〉、〈冬日之旅序文〉。此類作品筆鋒如刀鋒，評人論事不留情面，完全展現與人疏離——不愉快地切斷之樣態。

第四類則多以詩意感性的筆觸，經營年近不惑的作家，享受寂寞、品味人間滄桑的生命況味，字裡行間流溢著濃厚的虛無與疏離之感。例如1993年刊載於《聯合文學》的「自得其樂」專欄，與1994年刊載於《中國時報》的「樂在其中」系列。這類作品是顧肇森散文中詩意最強烈的篇章，其詩意大半來自情感之捨

離，中年之後有情轉作無情的心境，頗能呈現已屆不惑的作家的深層思緒。

這一系列的作品藉由聆聽西樂來產生心境之比興，以一種抽離的姿態望向世事，將一切皆歸於空無，行文充滿虛無感。顧肇森以科學家「唯物」的觀點，來理解人世愛憎，嘲笑追索「愛情」與「神靈」皆為「愚者」行徑。時至中年，一個衣食無缺，物質生活堪稱富裕，在貴族醫院診治腦退化症的醫生作家，他對於「老之將至」，有一套遠離塵囂、脫離俗世的美學詮釋。

藉由這一系列散文，我們看到一個去國多年的海外遊子，逐漸與人群、與家鄉、至親疏離。他追求個人空間，品味紐約的雅痞文化，他不信任愛情以及任何權威，他對國族充滿陌異感，對家鄉之變亦甚無力。他深刻思索生命、生活與死亡，認為世上除了藝術，無一事物能夠永恆，他將靈魂寄託於寫作，與他所尊崇的藝術家一般──「自得其樂」。文學創作，已然成為他靈魂最有力量的寄託。

（七）文學壯志未酬

1993年末，顧肇森遊覽香港，不惜浪擲千金，親身感受香江奢華：入住頂級旅店豪景套房，買名貴玉石，啖港式美食，體察港民生活。這一切，皆源於對蒐集寫作素材的熱烈。彼時，作家對文學創作充滿企圖心，渾然不識病蹤。1994年四月，顧肇森確定罹胃癌末期。六月中旬，電致文友鄭樹森，請託鄭氏銷毀其一再改寫而未發表的中篇小說，並協助隱瞞死訊。

六月19日，星期一，顧肇森未撐過化療，驟逝於美國紐約，得年40。

二、永不褪色的社會關懷

　　科技日新月異，人類的精神文明與時俱進了嗎？

　　美蘇冷戰過後，競速致富的資本遊戲在全球熱烈展開。身為地球村的一份子，我們皆置身於全球化的資本戰場中：為國際大廠代工的臺商工廠，血汗內幕為外媒揭露，該大廠股票市值卻應聲飛漲；東南亞排華暴動，打、砸、搶、燒華商、臺商工廠，華人資本家充滿封建意識的管理思維，以及壓低工資降低成本的經營方式，再次受到檢視；國人為解決肉體需求，繁衍後代，順便娶個不花錢的女傭而採買外籍新娘。這些外籍女孩的尊嚴與人權，受到重視了嗎？〈卜世仁〉、〈陽關三疊──破碎的人〉所揭露的剝削不曾遠離，仍舊昭示華人謀生不易，人權思維不彰的窘境。

　　盧剛之前，盧剛之後，美國校園喋血何曾歇止？國會擁槍勢力強大，槍枝氾濫問題依舊無解。臺灣方面，2014年，出身中產階級，臺灣的大學生鄭捷於臺北捷運瘋狂殺人，造成4死21人受傷的悲劇。鄭嫌的心理狀態、教育歷程、家庭關係、社會環境，都是心理專家、教育、社會學者所關注的。但是，一般社會輿論，卻停留在反廢死與廢死的拚戰，非黑即白的立場鮮明，無法溝通的對話，只製造了更多個人失去權能感的恐懼，製造更多的暴力因子，無助於防範下一個盧剛、下一個鄭捷。即便，顧肇森〈槍為他說了一切〉的腦科醫生思維，雖然有其文化視野上的盲點，卻仍比目前臺灣一般民眾的輿論懇切。

　　欠缺理性思辨的教育基礎，同性婚姻與多元成家議題被結綁在一起，在臺灣演變成宗教信仰戰爭，絕對服膺於信仰的單元教條，與人權議題混為一談，最應被討論的同志多元情欲文化與

家庭價值是否悖離？家庭與婚姻之於人類社會的價值為何？卻罕見討論。當今世人之於同志人權的思辨，未必比顧肇森1984年發表〈張偉〉時高明。對於同志婚姻、同志共組家庭的祝福，未必比1991年顧肇森發表〈太陽的陰影〉時，有更多的同情、了解。當今社會對於同志共組家庭，甚至同志家庭撫養孩童的思考，能超越〈去年的月亮〉的侷限多少？

　　科技菁英的突破創新，造就社經背景優勢人類，生命年歲延長。物質文明的飛越，行銷欲望成為當今顯學。世界性的資本競爭更加白熱化，優秀的個人專業能力、家世背景都成為累積更多資本的利基時，握有強勢資源者，鼓吹打破保護、除去經濟壁壘。強權歌詠絕對自由化，打造強者更強的資本王國，全世界百分之一的人，掌控百分之九十九的財富。高居金字塔頂端者，制訂有利於己的遊戲規則，控制媒體，以利滾利，以權換權，小民小戶的生存愈加嚴峻。《拆船》、《貓臉的歲月》對於階級不平等的控訴，對於國民求名求利造成人倫異化的心驚，在今日依舊怵目。但臺灣有多少人，仍沉湎於威權時代所灌輸的「經濟奇蹟」迷夢，不願正視社會正義問題。

　　天安門血腥鎮壓二十五周年，中國社會強壓知識分子公義精神的結果，全民盲目追求經濟發展，黑心商品橫行，貪官欺民，土地汙染，人權公理不彰，異議份子慘遭刑罰，富商高官爭相移民境外，顧肇森一句「中國政府不把人當人」，至今依舊適用。顧肇森辭世二十年餘，他的作品所反映的社會問題、思辨內涵，仍帶給我們諸多啟發。一個成長於威權時代，追求自由，同時受中國傳統儒家教養薰陶與西方科學訓練的知識分子，在西方資本主義大城的所思所感，依舊能提供我們許多思考養分。

　　顧肇森作品可貴之處，是其中所展現的公義精神與探索問題的冷靜思辨。公義精神，不唯存在近代西方左派思維，更是傳統儒家知識分子所可貴。欠缺公義的教養，即使擁有極高的專業能力，身處逆境，人人皆可能成為盧剛。筆者身為一位中學教師，以顧肇森其人其作為研究素材，深感於此作家的作品與生命歷程，很可發展成文學課程教材，不惟顧氏精準的語言藝術可堪借鏡，更可討論其作所反映的人性與社會議題。顧肇森善用對比方式展開思辨，此架構之於帶領學子進行議題討論，十分方便。期待能帶領中學生閱讀《貓臉的歲月》，品讀其中喜趣所呈現的怵惕悲傷，討論工商社會的人倫異化，討論人權、法治、階級與正義；討論〈冬日之旅〉那位年少有成的鋼琴家，為何貧血而亡；討論〈風起時〉舞者的縱身一躍，討論生命的價值，靈與智的創造和追求；解析〈拆船〉、〈月升的聲音〉那些左派知識分子的理想與幻滅；討論〈槍為他說了一切〉的寫作盲點，以及唯物思維的生命侷限。盼能以這些文字洗練，並充滿社會關懷的作品，讓學子在自然而然的文藝感動中，提升其思辨能力，並對於人性、社會、歷史有更深入的思考。期待有更多的教育工作者，注意顧肇森其人其作，發展出優質的教材與課程。

　　顧肇森對於社會議題的思考相當多元，顧氏當年所敏覺的許多問題，無論是老年失智症者的照護問題，外籍新娘人權議題，人失去權能感而茲生的暴力問題，同志婚姻問題，華商管理文化問題，中國政治人權問題，女權問題，家庭價值問題，資本世界的人倫異化，人的靈肉衝突，個人價值與社會從俗的思辨……，不但未過時，而且皆為當今公民必須去思考的。惟顧氏生前積極收回作品版權，今日只有九歌出版《貓臉的歲月》，洪範出版顧肇森短篇小說精選輯《冬日之旅》，漢藝色研出版散文

集《感傷的價值》三書流通於市面，其餘作品皆已絕版。顧肇森生前對自己的作品極無安全感，總患得患失，文友鄭樹森屢次以「聲譽學」的觀點要他莫銷毀作品，盼顧氏能保留每一時期的創作，留待後人品評。但顧肇森執意回收諸多作品版權，又為白髮高堂，刻意隱瞞死訊，一片孝心可嘉，卻也讓諸多站在時代前端的作品，漸為杳遠，失去了被後人再度肯定的舞臺。在教育界一片重視思辨教育、歷史教育、公民教育的呼聲中，期盼此一研究能讓顧肇森其人其作再度為此公民社會所討論、所檢視。

顧肇森中英文造詣俱佳，辭世前甚至已開始嘗試以英文創作，加以閱讀範圍廣博，舉凡科學、哲學、人類學、中外文學、武俠小說、食譜、新聞、旅遊、花卉培養、報章餐館評論、徵友啟事……等皆引發其濃厚之閱讀興趣。筆者研讀顧肇森作品，感其閱讀量龐雜，研究時恐疏漏。於文本比對時，只能就部分中外文學作品現有之研究，大致對照其關聯處。關於顧肇森作品與中外名家作品的互文比對、思想影響，仍有大片值得探究的空間，其他如《紐約客雜誌》、《紐約時報》所呈現的文藝品味或文學風格可否影響顧肇森創作，亦有討論空間，甚至擴而大之為範圍較廣的臺美紐約作家的寫作觀察、比較，亦有可為。

本篇於顧肇森散文研究，專注於其外省第二代兼臺美移民身分所呈現的國族疏離與家族離散。但顧肇森的親情散文、飲食散文、生活美學、異國見聞與感思以及藝術風格皆可再更細膩地討論。

關於顧肇森其人之研究，本篇論文因訪談鄭樹森教授，拼湊出顧肇森於1991～1994年的文學歷程與片段生命影像，釐清諸多傳言，於顧肇森斯人斯作之研究，多所裨益。2014年十二月《文訊》刊登金光裕先生〈一臥滄江驚歲晚──想起顧肇森〉侃

侃而談顧肇森高中至臨終前種種，文中憶及數樁未見於顧肇森作品、訪談的逸事：例如民國43年次出生的顧肇森，抽到了補充兵，因此不需服役，故可於大學畢業後直接出國。赴美後，先至田納西大學攻讀生物，卻不適應鄉村生活，此感畢現於〈曾美月〉，一年後，再轉學至紐約大學攻讀醫學。開始執業後，日進斗金，穿著入時，戴起了隱型眼鏡，還為了寫活舞者特地去上芭蕾舞入門課程。因寫作之故與楊澤、曹又方有交情，認識了夏志清、郭松棻、李渝，對郭松棻、李渝的作品讚譽有加……。但是，金光裕推測顧肇森得知罹癌為1993年中之事，與顧肇森對鄭樹森所述有所出入，之後研究者若能訪談到更多顧肇森親友，應可建構出更豐富、更貼近真實的作家生命風景。比如訪談顧肇森生前文壇朋友如戴文采、楊宗潤、周浩正（周寧）、王婷芬、楊澤等，甚至再訪問鄭樹森先生、金光裕先生，應可獲致豐富的作家資訊。

　　筆者曾於2000年赴美國紐約訪友、遊逛，研讀顧肇森作品，於顧肇森筆下紐約，頗有共鳴。顧肇森創作重視實境考察，了解作家其人生平，可讓我們在他的作品中得到更多，期待更多相關的訪談、研究。

附錄一　顧肇森作品評論研究

　　中國學者對於顧肇森之研究極罕，至2013年為止，並無專文研究顧肇森，唯有綜論北美臺華作家群、臺灣同志小說或臺灣散文時，偶提及顧肇森。但這些列舉分類過於粗略，時有不周延處：

　　劉俊〈北美華文文學中的兩大作家群比較研究〉[1]將顧肇森列於來自臺灣的旅美華文作家群中，相對於來自中國的旅美華文作家群來比較。同列臺灣北美作家：於梨華、吉錚、白先勇、歐陽子、聶華苓、張系國、唐德剛、劉大任、楊牧、陳若曦、黃娟、李黎、顧肇森、郭松棻、李渝、東方白、平路、荊棘、王鼎鈞、琦君、保真、葉維廉、周腓力等於1950～1970年代作家群，無視這些作家旅美後，亦多佳作於1980年後發表的事實。尤其，顧肇森旅美傑作幾近全數發表於1980年之後。該文比較旅美臺灣作家與中國旅美作家，綜論臺灣作家群作品以「現代主義」手法書寫離散、失根之深層意識為主，而1980年代中國作家群以「寫實主義」表現生活。此說忽略臺灣旅美作家自1970年代後亦多生活寫實之作，例如：陳若曦1970年即以《尹縣長》寫實呈現中國文革，1980年後更以《突圍》、《紙婚》、《遠見》等寫實呈現移民生活，1980年代顧肇森《貓臉的歲月》，周腓力《洋飯二吃》、《離婚周年慶》，黃娟《故鄉來的親人》、《婚變》等眾多作品，皆寫實呈現種種社會問題。凡此種種，皆呈現出劉俊以中國作家／寫實，臺灣作家／現代主義的畫分過於粗略。

---

[1]　劉俊：〈北美華文文學中的兩大作家群比較研究〉，《中國比較文學》總第67期（2007年第2期），頁94-109。

　　包恒新〈論美加華人作家中的華人文情結〉[2]將鄭樹森、顧肇森等人列為出生於大陸，20世紀40年代隨父親至臺灣的作家，昧於鄭樹森兒少時期於香港成長，大學時期方來臺灣求學之事實，亦昧於顧肇森祖籍雖為浙江卻於臺灣出生之事實，該文更將華文作家文化中國之想像與政治認同混為一談。

　　曹惠民〈台灣同志書寫的性別想像及其元素〉[3]述及顧肇森1970年代發表同志文學。但是，顧肇森的同志小說皆發表於1980年之後。

　　臺灣專門對顧肇森作品的討論大多集中於1986年至1994年間登載於報刊上、網路上或隨書所附的書介、書評、書序、專訪，篇幅雖短，多言之有物：

　　吳達芸〈醫者看待眾生疾病——貓臉的歲月細繪人生百態〉[4]提出：由於顧肇森是一位醫院工作者，因此自醫者的觀點看眾生疾病的態度十分鮮明，刻意選擇病態的生命、人生的困境，如實呈現人生的「真相」。

　　隱地〈攀爬人生——我讀「曾美月」〉[5]指出現代都會中，如「曾美月」般以「爬進上流社會」與「追求變化」為人生目標者眾，讚美顧肇森觀察敏銳，寫活了這一類人。

[2]　包恒新：〈論美加華人作家中的華人文情結〉，《福州大學學報》總第50期（哲學社會科學版）（2001年1月），頁52-57。

[3]　曹惠民：〈台灣同志書寫的性別想像及其元素〉，《華文文學》總第78期（2007年1月），頁49-54。

[4]　吳達芸：〈醫者看待眾生疾病——貓臉的歲月細繪人生百態〉，《大華晚報》第11版（1987年3月22日）。

[5]　隱地：〈攀爬人生——我讀「曾美月」〉，《隱地看小說》（1989年）。收入新版《貓臉的歲月》（附錄）（臺北：九歌出版社，2004年），頁241-242。

　　周浩正〈標本們──「貓臉的歲月」讀後〉[6]著眼於顧肇森的文字生動刻畫出移民者艱辛的、失去尊嚴的異地生活，卻還要披著被原鄉人所艷羨的幸福外衣，稱讚顧肇森的小說是「蘸著血寫出來的」。2004年，《貓臉的歲月》新版再添一篇新序，題名為〈「貓臉的歲月」新版贅言〉交代一段與顧肇森的忘年情誼，寥寥數語，描繪出作家與兄長們年歲相距十來歲之景，讓筆者之於作家之研究有更清晰的輪廓。陳義芝專訪顧肇森〈兩顆大太陽同時下移──顧肇森的文學心靈〉[7]是一幅短小精悍的作家側寫：描繪出35歲的顧肇森，神采飛揚的自信與強烈的敏感性。

　　1991年五月23、24日，《聯合報》記者楊錦郁〈醫學與文學的交會──顧肇森演講會側記〉詳實紀錄了顧肇森的自我介紹，從高中肇始的寫作歷程，以及醫事上的歷練與寫作之間的交互影響，並述及顧肇森素喜閱讀的文學作品有《紅樓夢》、《金瓶梅》、《水滸傳》、《圍城》、《二殘遊記》等，此篇報導是研究顧肇森寫作之路的珍貴紀錄。顧肇森亦曾多次於書序、散文中提及自己對於曹雪芹（《紅樓夢》）、詹姆士・喬依斯（《都柏林人》、《尤利西斯》）、普魯斯特（《追憶似水年華》）、福樓拜（《包法利夫人》）、湯瑪斯・曼（《魔山》）等大師級作家與作品之尊崇。這些作家與上述所列顧氏所推崇的作品，對照顧肇森創作，耐人尋味。

　　作為一篇簡短書評，礙於字數限制，本無法周詳討論一書，所列觀點有精彩處，亦有可補充處：楊宗潤〈寂寞之旅讀顧

---

[6] 周浩正：〈標本們──貓臉的歲月讀後〉，1986年。收入新版《貓臉的歲月》（附錄）（臺北：九歌出版社，2004年），頁243-244。

[7] 陳義芝：〈兩顆大太陽同時下移──顧肇森的文學心靈〉，收入新版《貓臉的歲月》（附錄）（臺北：九歌出版社，2004年），頁249。

肇森貓臉的歲月〉[8]是篇細膩、有見地的書評，文中指出《貓臉的歲月》主角之命名往往具有反諷意味，並提出除了描寫傳統留學生文學慣見的知識份子之外，顧肇森更寫活了無學歷、無專才的移民在美國紐約掙一口飯的辛酸，並約略點出《貓臉的歲月》有白先勇《臺北人》的影子，提出《貓臉的歲月》與《臺北人》的重影來自對「人」的關懷。經筆者探究：白先勇與顧肇森皆曾述及兒少時期喜閱讀古典俠義小說、《紅樓夢》等作品。顧肇森《貓臉的歲月》與白先勇《臺北人》之重影，除了作家對人性、人世的高度興趣外，這二位作家亦深受中國古典小說《紅樓夢》、《金瓶梅》，以及美國劇作家田納西・威廉斯、愛爾蘭小說家詹姆斯・喬依斯的影響。筆者將循此一觀察，做更深入的探索。

　　黃錦珠〈失焦的美國夢──讀顧肇森貓臉的歲月〉[9]著眼於移民者失去了在原國家的身份認同基礎，來到異邦，原來的身份地位不再，不管是高中教師還是小說家，只能回歸到用最基本的勞力換取生活。而如曾美月、張偉、李莉、小季、王瑞等機運好，可往上層社會攀爬甚至「攻頂」者，卻又在光彩亮麗的背後，呈現出一種「失焦」、「無根」的陰暗情態。筆者以為人物的悲劇性除了美國夢的「失焦」、「無根」之外，紐約濃厚的資本主義色彩，以及現代社會的「疏離」特質，亦不可忽略。

　　顧肇森友人戴文采曾為文批評顧肇森留美之後，中文字詞經營能力日漸荒疏，《貓臉的歲月》味如嚼蠟，且充滿「譏

---

[8]　楊宗潤：〈寂寞之旅讀顧肇森貓臉的歲月〉，《九歌書訊》第67期第2版，原載於《中華日報》第11版（1986年8月26日）。

[9]　黃錦珠：〈失焦的美國夢──讀顧肇森貓臉的歲月〉，《文訊》第229期（臺北：2004年11月），頁20-21。

誚」，未若前作《拆船》動人。筆者以為或可自顧肇森所處紐約此都的文藝特質，以及顧氏此時深感共鳴的文本如《圍城》、《二殘遊記》來觀察顧肇森文風轉變，較能中肯評斷其文學表現。

評講顧肇森短篇小說的文章，目前以《貓臉的歲月》一書，評論最多，而另外三本短篇小說集《拆船》、《月升的聲音》、《季節的容顏》的評論較少。

曾全面點評《拆船》系列之文章，過去散見戴文采網路部落格〈啼笑姻緣─戴文采的留言版〉[10]，戴文采以大學時期與顧肇森交遊的往事，述及《拆船》系列許多篇章都帶有顧肇森的「自我投射」，例如高二作品〈琵琶行〉寫的是兒時望探成人世界的印象；〈爸爸的冰攤子〉，寫出了顧肇森自幼喪父，識字不多的寡母持家之艱辛，並透露出顧肇森有一同卵雙生的哥哥顧肇林。十歲，顧肇林因腦傷未能繼續上學，只能在市場幫忙擺攤。年少時期，顧肇森對這位雙生哥哥常有歉疚之感。除了點評顧肇森作品，該部落格有多篇文章談及顧肇森的個性、處事、家庭情況，並討論顧肇森創作，對於顧肇森其人其作之研究具參考價值，筆者於2010年下載戴文采在2003至2006年諸多緬懷顧肇森的篇章後，該部落格於2012年因其他網路介面興起而開始荒疏，目前網路上已查詢不到該部落格對於顧肇森的原始評論，但是部分內容可以自戴文采〈我的朋友顧肇森〉[11]略探一斑。戴文采這一

---

[10] 該網路留言版荒疏多年，2013年後，已不見相關評論文章。

[11] 戴文采：〈我的好友顧肇森〉，《我的鄰居張愛玲》（天津：天津華文出版社，2013年）。

〈我的好友顧肇森（一）〉http://www.tadu.com/book/382650/9/（檢索日期：2014年1月25日）

〈我的好友顧肇森（二）〉http://www.tadu.com/book/382650/10/（檢索

系列網路文章，對於理解顧肇森的創作背景，多所助益，但文中臆測作家情感的部分，因在顧氏文本中缺乏相對應的證據，難以考證真偽，多不列入本文參考。後續研究者可多採訪顧肇森親友，以獲致更多作家資訊。

《月升的聲音》的研究資料中，詹宏志〈「冬日之旅」評介〉提出了隱藏在這短篇中的兩組重要象徵：欲望與絕望，生與死，論述剴切且深入。

《季節的容顏》中最受關注的是〈素月〉、〈最驚天動地的愛情〉兩篇得獎作品：

〈素月〉獲得聯合報第十二屆短篇小說獎[12]，簡媜〈早晨之役——記聯合報第十二屆小說獎短篇決審會議〉[13]詳實紀錄出評審團對此短篇之褒貶；鄭樹森亦為文〈三個特點短評素月〉指出本文的三個特色：其一，是語言經營。在「本土化」的文學潮流中，方言進入臺灣的華文書寫已有一段時間的嘗試，尤其是雜融閩南語的書寫已是臺灣鄉土文學所慣見，而〈素月〉一文使用大量粵語對話，因為上下文有跡可循，「前景化」技巧突出，所以在反映紐約車衣女工語言特色之餘，亦未造成讀者閱讀理解上的困難，沒有流入方言文學難以超越地域性的困境；其二，是題

日期：2014年1月25日）

〈我的好友顧肇森（三）〉http://www.tadu.com/book/382650/11/（檢索日期：2014年1月25日）

〈我的好友顧肇森（四）〉http://www.tadu.com/book/382650/12/（檢索日期：2014年1月25日）

〈我的好友顧肇森（五）〉http://www.tadu.com/book/382650/13/（檢索日期：2014年1月25日）

[12] 顧肇森匿名參賽，〈素月〉獲第二名，第一名從缺。

[13] 簡媜：〈早晨之役——記聯合報第十二屆小說獎短篇決審會議〉紀錄，《聯合報》第25版（1991年1月30日）。

材。本文題材已超越傳統留學生的婚戀題材，描寫唐人街下層的廉價勞工，並結合「天安門」事件，在取材上傾向關懷社會的「批判現實主義」，跳脫傳統留學生文學的框架；其三，是人物塑造。女主角素月內外形象型塑相當細膩，是個「圓形人物」。[14]

王婷芬以〈血淋淋的平淡──讀素月〉[15]剖析此文於文字、情節經營上的細膩巧思，讚美顧肇森在不灑狗血、冷靜平淡的文字中，醞釀出巨大真實的情感動態。

王德威〈似曾相識的臉孔──評顧肇森《季節的容顏》〉[16]讚美〈素月〉文本中不乏令人激賞的片段，而且顧肇森也很技巧地將「革命加戀愛」這樣一個傳統公式重新詮釋了一番，但是，王德威認為此篇處理海外華人「紊亂荒蕪」的感情世界依然「過於留情」，「不願（不忍？）」「多作探討」。「整個作品的諷刺面，因此未能充分發揮」。對於顧肇森在《季節的容顏》系列的表現，王德威難掩失望，他評〈季節的容顏〉未跳脫戀人重逢這一類題材的窠臼，只有在曲文並陳的形式上較有新意。

王德威並評論〈太陽的陰影〉說教意味濃厚，犯了「主題先行」之病；〈陽關三疊〉的三個故事雖好看，但卻無法超越《貓臉的歲月》。整體而言，《季節的容顏》系列，王德威只給以嘻笑怒罵來展現人間悲喜的〈無緣千里〉較高的評價。但

---

[14] 鄭樹森：〈三個特點短評「素月」〉，《聯合報》第25版（1991年1月2日）。

[15] 王婷芬：〈血淋淋的平淡──讀素月〉，《聯合報》第25版（副刊）（1991年3月31日）。

[16] 王德威：〈似曾相識的臉孔──評顧肇森《季節的容顏》〉，《眾聲喧嘩以後──點評當代中文小說》（臺北：麥田出版社，2001年），頁331-333。

是，顧肇森於本集〈自序〉中言明：這個系列探討的是「人際關係」。因此，筆者自存在心理學中，關於人際關係的「權力」論述，來討論此一系列作品，是否如王德威所論「不夠深刻」？無法超越前作？並將此系列作品與前作並置，討論作家此一階段的關懷與追求。

顧肇森病逝十年後，鄭樹森〈懷顧肇森兼談「素月」〉[17]一文揭開顧肇森死亡之謎，亦談及兩人因〈素月〉一文而開始的一段君子之交。筆者於2013年初訪談鄭樹森先生，透過鄭先生詳實的描述，捕捉1991至1994年間，顧肇森從屢獲文學獎至突然辭世的生命影像。筆者將於論述相關問題時，參照這些訪談資料。

各類文體中，顧肇森著力最深的是小說。學位論文方面，兩岸三地至今尚未有學位論文專論顧肇森小說。

蔡雅薰《臺灣旅美作家之留學生小說及移民小說研究（1960～1999）》[18]第七章分節論1960至1990年代重要的旅美小說家其人其作。[19]雖然前幾章數次提及顧肇森的題材選擇與人物型塑的特殊性，但分論1980與1990年代「移民小說」代表作家與

---

[17]　見本書頁12，同註6。

[18]　見本書頁9，同註1。

[19]　第一節分論1960-1970年代臺灣旅美重要作家其人其作：於梨華、白先勇、吉錚、孟絲、聶華苓、彭歌、張系國、叢甦、二殘。其中孟絲的創作，多樣的素材與題旨，除了留學生的鄉愁，更有探親的中國老太太、唐人街的華人難民，甚至是異邦黑人的悲哀。在當時的留學生文學熱潮下，以留學生之外的新穎題材，開拓並豐富留學生文藝，作品素材的多樣性，人物塑造的複雜性，為1960年代罕見。第二節分論1980-1990年代臺灣旅美重要作家其人其作：陳若曦、周腓力、黃娟、章緣、張讓、裝在美。

作品時只論陳若曦、周腓力、黃娟、章緣、張讓、裴在美，並未詳細論述顧肇森。

其他涉及顧肇森小說作品的相關論文幾乎都肇因於〈張偉〉一文，因此只有片面的同志研究論述，例如紀大偉撰〈台灣小說中男同性戀的性與流放〉[20]，以「流放」為主題，將白先勇《孽子》作為貫串核心，從之前林懷民的《蟬》，繼而《孽子》，陳若曦《紙婚》，陳映真〈趙南棟〉，而後顧肇森〈張偉〉，許佑生〈岸邊石〉，朱天文《荒人手記》，楊麗玲《愛染》為譜系，討論臺灣文學裡的男同志在流放中的漂泊離散與愛慾。

沈俊翔《90年代台灣同志小說中的同志主體研究》[21]將〈張偉〉歸類為臺灣同志小說初期單純的同志「成長小說」，點出同志在異性戀霸權構築的社會中成長，扭曲了自我認同，尋找同類，尋求愛慾的過程。亦指出顧肇森描繪了一個無法認同自己的同志，並以鄙夷的眼光審視新公園裡的同志情慾，所以，張偉只能作一個同志族群中的邊緣人，等同是邊緣人中的邊緣人。此等孤獨漂離，揭示了不斷否定自我的「內在驅離」。自我否定的力量太強大，唯有「出走」一途。但是，即便出國，如影隨形的「內在驅離」，卻讓他情感之路畏縮退卻，顛簸坎坷。鄧勝蒼《從孽子到男婚男嫁——台灣同男小說的認同系譜與路徑》[22]論

---

[20] 紀大偉：〈台灣小說中男同性戀的性與流放〉，收入林水福，林燿德編：《鞭子與蕾絲的交歡——當代台灣情色文學論》（臺北：時報文化，1997年）。

[21] 沈俊翔：《90年代台灣同志小說中的同志主體研究》（臺南：成功大學中國文學研究所碩士論文，2004年）。

[22] 鄧勝蒼：《從孽子到男婚男嫁——台灣同男小說的認同系譜與路徑》（臺北：玄奘大學中文系碩士論文，2011年）。

及〈張偉〉亦不脫「流放」與「內在驅離」之觀。

　　筆者以為自「內在驅離」的角度審視顧肇森的同志文學可以行之，但是，單就顧肇森單一作品來討論顧肇森對於同志情慾的態度較為片面，未若全面檢視顧肇森作品的情慾書寫，較能完整觀照作家之於性別與情慾的態度。

　　網路資訊方面，紀大偉「週二／台灣同志文學簡史」[23]中有兩篇文章專論顧肇森的同志書寫：〈地下紫水晶〉[24]談及「紫水晶事件」，記事詳實；〈顧肇森的「張偉」和「太陽的陰影」〉[25]談到顧肇森這兩篇同志文學，皆以依附主流價值的方式來為同志族群迎取主流社會的喜愛，巧妙地為同志族群「服務」，作品「實用性」（教育功能）高於「文學性」。筆者以為：如此，或許更可窺得顧肇森寫作同志文學之初衷。

　　顧肇森留美之後，時有散文見報，其後，亦撥取佳作成《驚豔》（原名《從善如流》）、《感傷的價值》二書，但相關評論不多，並集中於評論《驚豔》：

　　楊宗潤〈顧肇森著「從善如流」──有失落後的幸福〉[26]讚美顧肇森以小說家敏銳的觀察和豐富的想像力來寫作散文，因此

---

[23] 亦見紀大偉：《正面與背影──台灣同志文學簡史》（臺南：國立臺灣文學館，2012年）。

[24] 紀大偉：〈地下紫水晶〉，《週二／臺灣同志文學簡史》（2012年8月7日）http://okapi.books.com.tw/index.php/p3/p3_detail/sn/1455（檢索日期：2013年1月26日）。

[25] 紀大偉：〈顧肇森的「張偉」和「太陽的陰影」〉，《週二／臺灣同志文學簡史》（2012年4月10日）http://okapi.books.com.tw/index.php/p3/p3_detail/sn/1184（檢索日期：2013年1月26日）。

[26] 楊宗潤：〈顧肇森著「從善如流」──有失落後的幸福〉，原載於《婦女雜誌》（臺北：1987年8月），收入《九歌書訊》第95期第3版（臺北：1989年）。

散文中常帶有小說的臨場感和戲劇性，而且顧氏善於排比（推敲上下文，「排比」應作「對比」）和諷喻，在異鄉經歷奔波道途與東西環境的異同，因此感懷深刻，不流於炫技、「賣弄才情」、「耍嘴皮子」，無論是「今昔篇」或「見思篇」可見其失落後的珍惜，惆悵而來的豁達、質疑所種下的成長之因。種種「成長」之體悟「或許就是本書有一讀價值的經緯」。

郭明福〈也是人間閒話──評顧肇森「從善如流」〉則著眼顧氏散文與《貓臉的歲月》相較之下，顯得溫暖許多，指出「今昔篇」追憶童年種種，較「見思篇」更富感性──「學理科出身的顧肇森，很難得的流露了淡淡的感傷與惆悵，事實上，這幾篇也是全書最突出吸引人的。」[27]

亮軒〈白開水的味道〉[28]評《驚艷》，以「白開水的滋味」來概括此一時期顧氏散文的風格。亮軒歸納出《驚艷》三點特色：一、以趣眼看平淡事物。二、表現「知趣」的短文。三、風格接近梁實秋──比喻有那麼一點錢鍾書的神情，但沒有錢氏「歪著嘴冷笑」的鋒利，又不打算發展成「出世」的哲學作品，也不墮於塵俗，較近似於梁實秋「大隱於市」的況味。

1991年，顧肇森以〈時光逆旅〉獲梁實秋散文獎，評審黃永武以〈哭不出聲音的悲〉盛讚顧肇森此文不多寫哀戚感喟，而哀戚全湧在言外，在一股探親文學的熱潮中，另出奇路，不再是苦苦苦，哭哭哭的「時套」，以側面冷靜的旁觀者立場，給與

---

[27] 郭明福：〈也是人間閒話──評顧肇森「從善如流」〉，《聯合文學》第4卷第5期（1988年），頁202，收入《九歌書訊》第86期第2版（臺北：1988年）。

[28] 亮軒：〈白開水的味道〉，《中央日報》第10版（副刊）（1987年6月18日）。

靈動的描繪。林幸謙〈九十年代台灣散文現象與理論走向〉[29]討論1990年代臺灣散文，在述及此一時期臺灣散文呈現更多自我幽暗意識之暴露時，列舉顧肇森〈時光逆旅〉、江邊〈流浪者之歌〉、劉再復〈悔悟〉，點明這些作品揭示了不同層次的自我面貌。

　　諸篇評論雖能提點出顧肇森某一時期的散文特色，但因著眼於單一選集或文章，只能片面反映顧肇森的散文形貌。本文將更全面搜集整理顧肇森的散文作品，全面觀察顧肇森的散文風貌。

　　顧肇森亦撰有報導文學：《槍為他說了一切——盧剛殺人事件》。此文得到《聯合報》報導文學獎第二名（第一名從缺）。甫獲得文學獎之際以及作品出版之際，皆有專文討論：評審的決審紀錄上，評審瘂弦、李瑞騰、葉慶炳皆提出本文優點，肯定其文學技巧，但也對報導訪問部分提出疑慮。出書之際，記者黃美惠、王麗美的報導評論皆有述、有據、有論，唯獨袁瓊瓊書評：「本書最大的優點：是可以用來打蚊子」，如此劣評，卻未具體提出該書缺點。筆者將參考上述專文、相關訪談以及報導文學相關著作與論述，對顧肇森此一報導文學作品做更深入的優劣評析。

---

[29] 林幸謙：〈九十年代台灣散文現象與理論走向〉，《文藝理論研究》1997年第5期（1997年5月），頁63-73。

附錄二　顧肇森年表

西元	年齡	生平與著作
1954	0	出生於中華民國台北市。籍貫浙江省諸暨縣。
1972	17	就讀台北市建國中學二年級。 5月28日，〈弦歌之外〉刊登於《聯合報》副刊。 7月17-18日，〈琵琶行〉刊登於《中央日報》副刊。
1973	18	高三，以〈公主〉投稿《聯合報》副刊，9月29-30日獲刊。 8月，進入東海大學生物系。
1975	20	1月24-25日，〈塵埃不見咸陽橋〉刊登於《聯合報》副刊。 12月23日，〈流逝〉刊登於《聯合報》副刊。
1976	21	2月18日，〈燈籠〉刊登於《中央日報》副刊。
1977	22	〈爸爸的冰攤子〉（發表時間不詳，1977年周寧曾為文論及〈爸爸的冰攤子〉，故此文作於1977年之前）[1]。 大學畢業，於東海大學生物研究所任助教。 8月9日，〈留情〉刊登於《聯合報》副刊。 9月6日，〈出家〉刊登於《聯合報》副刊。 **10月，初版《拆船》（台北：聯經出版社）。**
1978	23	5月30日，〈這一代的小說〉刊登於《聯合報》副刊。〈這一代的小說〉後改題名為〈黛安娜〉，刊印於1987年再版《拆船》。 **赴美國田納西大學攻讀生物。** 開學前旅遊美國，並於休斯頓「好運」中餐館打工一個月。 12月9日，〈紐奧爾良夜曲〉刊登於《聯合報》副刊。 12月28-29日，〈印地安人〉刊登於《聯合報》副刊。
1979	24	2月16日，〈餐館一月〉刊登於《聯合報》副刊。 **轉紐約大學攻讀醫學院研究所。**

---

[1]　周寧：〈拜託，不要停下來——我讀顧肇森的「塵埃不見咸陽橋」〉，《中華文藝》第13卷第5期（1977年7月），頁56-61。

1980	25	4月15日，〈學溜冰記〉刊登於《聯合報》副刊。
1981	26	3月28-29日，〈貓臉的歲月〉刊登於《聯合報》副刊。（《貓臉的歲月》系列集結成冊後，本文改題〈王明德〉）。 12月27日，〈猶記當時年紀小〉刊登於《聯合報》副刊。
1982	27	5月2-3日，〈風景103號〉刊登於《聯合報》副刊。
1983	28	1月11-13日，〈曾美月〉刊登於《中國時報‧美洲版》副刊。 5月20-22日，〈林有志〉刊登於《中華日報》副刊。 7月21日，〈李莉〉刊登於《中華日報》副刊。
1984	29	2月6-7日，〈卜世仁〉刊登於《中華日報》副刊。 4月7日，〈飲食與文學〉刊登於《聯合報》副刊周末版。 4月26-27日，〈梅珊蒂〉刊登於《中華日報》副刊。 6月12日，〈心情微近中年〉刊登於《聯合報》副刊。 9月9-15日，〈張偉〉刊登於《中國時報‧美洲版》副刊。
1985	30	2月13日，〈王瑞夫婦〉刊登於《中華日報》副刊。 7月27-28日，〈小季及其夥伴們〉刊登於《中華日報》副刊。 11月1-3日，〈胡明〉刊登於《中華日報》副刊。
1986	31	**3月，出版《貓臉的歲月——旅美華人譜》（台北：九歌出版社）。** **7月31日，以《貓臉的歲月》獲得圖書金鼎獎文學創作類獎項。**
1987	32	1月31日，短篇武俠小說〈鴛鴦劍〉刊登於《中國時報》。 2月25日，〈虛戈〉刊登於《聯合報》副刊。 5月16日，〈風起時〉刊登於《聯合報》副刊。 **5月，初版《從善如流——井蛙小記第一集》，後改名《驚豔》（台北：九歌出版社）。**
1988	33	〈秋季的最後一日〉刊登於秋季《Esquire》中文版，亦刊登於《中時晚報》副刊。 12月19-20日，〈冬日之旅〉刊登於《聯合報》副刊。

1989	34	1月18-19日，〈未完〉刊登於《中央日報》副刊。 1月，〈月升的聲音〉刊登於《中國時報》副刊； 〈去年的月亮〉刊登於《Esquire》中文版。 **2月，出版《月升的聲音》（台北：圓神出版社）。** 2月27日，〈朝如青絲暮成雪〉刊登於《聯合報》副刊。
1990	35	2月24-25日，〈季節的容顏〉刊登於《聯合報》副刊。 3月1-2日，〈無緣千里〉刊登於《中華日報》副刊。 **9月，出版《感傷的價值》（台北：漢藝色研文化公司）。** **12月1日，以〈時光逆旅〉獲得第三屆梁實秋文學獎散文組第一名。** 12月9-15日，〈太陽的陰影〉刊登於《聯合報》副刊。 **12月30日，以〈素月〉獲得第12屆聯合報小說獎短篇小說第二名（第一名從缺）；以〈最驚天動地的愛情〉獲第12屆聯合報小說獎極短篇小說獎。**
1991	36	1月1-7日〈素月〉，暨得獎感言〈孤獨的旅程走下去〉刊登於《聯合報》副刊。 〈最驚天動地的愛情〉，暨得獎感言〈多費些腦力和時間〉刊登於《聯合報》副刊。 2月4日，〈陽關三疊之二——破碎的人〉刊登於《中華日報》副刊。 3月，〈陽關〉（〈陽關三疊之一——破碎的天〉）刊登於《中國時報》副刊；〈陽關三疊之三——破碎的心〉刊登於《聯合報》副刊。 **4月，出版《季節的容顏——貓臉的歲月續篇》（台北：東潤出版社）。** 4月29日，〈食與色〉刊登於《聯合報》繽紛版。 5月19日，〈早起〉刊登於《中國時報》人間副刊。 5月27日，〈中西鵝〉刊登於《聯合報》繽紛版。 9月5日，〈海灘〉刊登於《聯合報》副刊。 9月15日，〈與君歌一曲〉（歷屆聯合報小說獎得主大匯談）（下輯）刊登於《聯合報》副刊。

1992	37	1月19日，〈在雲上行走〉刊登於《聯合報》副刊。 6月12日，〈無聲之歌〉刊登於《中國時報》人間副刊。 **9月30日，以〈槍為他說了一切〉獲得第14屆聯合報文學獎報導文學獎第二名（第一名從缺）。** 〈槍為他說了一切〉刊登於《聯合報》副刊。
1993	38	**2月，出版《槍為他說了一切——盧剛殺人事件》（台北：東潤出版社）。** 5月28日，〈非關性別——從亂世浮生到霸王別姬〉刊登於《聯合報》繽紛版。 6月26日，〈半個洋包子二進三溫暖〉刊登於《聯合報》繽紛版。 1～12月，「自得其樂」系列散文陸續刊載於《聯合文學》：〈前奏曲〉（1月）、〈蒙娜麗莎〉（2月）、〈協奏〉（3月）、〈夏日時光〉（4月）、〈給瑪莉亞〉（5月）、〈獨奏〉（6月）、〈破碎的洋娃娃〉（7月）、〈冬日之旅〉（8月）、〈星夜〉（9月）、〈藍色狂想曲〉（10月）、〈諸神的黃昏〉（12月）。（11月全刊為聯合文學獎專輯，該專欄停刊一次）。
1994	39	2月1日，〈年年難過年年過〉刊登於《聯合報》繽紛版。 2月，出版《冬日之旅——顧肇森小說選》（台北：洪範書店）。 **6月19日，因胃癌病逝於美國紐約，得年40歲。** 4月～9月，「樂在其中」系列，陸續刊載於《中國時報》：〈碧梧棲老〉（4月23日）、〈把心留在三藩市〉（4月29日）、〈給李敖〉（6月6-7日）、〈小孩子〉（9月2日）。 7月，〈千帆過盡〉，收入瘂弦編：《散文的創造（上輯）》（台北：聯經出版社）。
2004	冥壽 49	**9月，舊作《貓臉的歲月——旅美華人譜》重新出版。（台北：九歌出版社）。**

參考文獻

一、顧肇森作品

（一）小說

1.小說集

顧肇森：《拆船》（台北：聯經出版社，1977年初版，1987年新版）。

顧肇森：《貓臉的歲月》（台北：九歌出版社，1986年初版，2004年新版）。

顧肇森：《月升的聲音》（台北：圓神出版社，1989年）。

顧肇森：《季節的容顏》（台北：東潤出版社，1991年）。

顧肇森：《冬日之旅》（台北：洪範書店，1994年）。

2.單篇小說

顧肇森：〈風景103號〉，《聯合報》第8版（1982年5月2-3日）。

顧肇森：〈鴛鴦劍〉，《中國時報》第3版（1987年1月31日）。

（二）報導文學

顧肇森：《槍為他說了一切——盧剛殺人事件》（台北：東潤出版社，1993年）。

（三）散文

1.散文集

顧肇森：《驚艷——原名「從善如流」》（台北：九歌出版社，1987年初版，原題名《從善如流——井蛙小記第一集》，1991年初版五印）。

顧肇森：《感傷的價值》（台北：漢藝色研文化公司，1990年）。

2.單篇散文

顧肇森：〈弦歌之外〉，《聯合報》第9版（副刊）（1972年5月28日）。

顧肇森：〈林懷民在紐約〉，《台灣日報》第12版（1980年3月30日）。

顧肇森：〈異鄉故事——貓臉的歲月〉，《光華雜誌》電子資料庫（1987年3月）。收入《九歌書訊》第75期第3版（台北：1987年）。

顧肇森：〈在倥傯人世裡歇一下腳——願「從善如流」能博會心一笑〉，《九歌書訊》第75期第3版（1987年5月10日）。

顧肇森：〈紐約的旅館〉（上）（中）（下），《聯合報》第16版（繽紛）（1989年4月25-27日）。

顧肇森：〈湖州粽子綠豆糕及其他〉，《聯合報》第22版（繽紛）（1989年6月8日）。

顧肇森：〈國際地鐵搜奇，紐約——四百萬人請坐〉，《聯合報》第28版（繽紛）（1989年10月26日）。

顧肇森：〈時光逆旅〉，顧肇森等：《時光逆旅——第三屆梁實秋文學獎得獎作品》（台北：中華日報出版部，1990年），頁1-13。

顧肇森：〈食與色〉，《聯合報》第24版（繽紛）（1991年4月29日）。

顧肇森：〈早起〉，《中國時報》第31版（人間副刊）（1991年5月19日）。

顧肇森：〈中西鵝〉，《聯合報》第24版（繽紛）（1991年5月27日）。

顧肇森：〈海灘〉，《聯合報》第25版（副刊）（1991年9月5日）。

顧肇森：〈與君歌一曲〉（歷屆聯合報小說獎得主大匯談）（下輯），《聯合報》第47版（副刊）（1991年9月15日）。

顧肇森：〈多費一些腦力和時間〉，收入《小說潮——聯合報第十二屆小說獎作品集》（台北：聯經出版社，1991年），頁137。

顧肇森：〈在雲上行走〉，《聯合報》第25版（副刊），（1992年1月19日）。

顧肇森：〈無聲之歌〉，《中國時報》第35版（副刊）（1992年6月12日）。

顧肇森：〈非關性別——從亂世浮生到霸王別姬〉，《聯合報》第36版（繽紛）（1993年5月28日）。

顧肇森：〈前奏曲〉，《聯合文學》第9卷第3期（台北：1993年1月），頁198-199。

顧肇森：〈蒙娜麗莎〉，《聯合文學》第9卷第4期（台北：1993年2月），頁140-141。

顧肇森：〈協奏〉，《聯合文學》第9卷第5期（台北：1993年3月），頁168-169。

顧肇森：〈夏日時光〉，《聯合文學》第9卷第6期（台北：1993年4月），頁176-177。

顧肇森：〈給瑪麗亞〉，《聯合文學》第9卷第7期（台北：1993年5月），頁164-165。

顧肇森：〈獨奏〉，《聯合文學》第9卷第8期（台北：1993年6月），頁172-173。

顧肇森：〈破碎的洋娃娃〉，《聯合文學》第9卷第9期（台北：1993年7月），頁148-149。

顧肇森：〈冬日之旅〉，《聯合文學》第9卷第10期（台北：1993年8月），頁184-185。顧肇森：〈星夜〉，《聯合文學》第9卷第11期（台北：1993年9月），頁170-171。

顧肇森：〈藍色狂想曲〉，《聯合文學》第9卷第12期（台北：1993年10月），頁144-145。

顧肇森：〈諸神的黃昏〉，《聯合文學》第10卷第2期（台北：1993年12月），頁154-155。

顧肇森：〈半個洋包子二進三溫暖〉，《聯合報》第36版（繽紛）（1993年6月26日）。

顧肇森：〈年年難過年年過〉，《聯合報》第32版（繽紛）（1994年2月1日）。

顧肇森：〈碧梧棲老〉，《中國時報》第30版（趣味休閒版）（1994年4月23日）。

顧肇森：〈把心留在三藩市〉，《中國時報》第39版（副刊）（1994年4月29日）。

顧肇森：〈給李敖〉（上）（下），《中國時報》第39版（副刊）（1994年6月6-7日）。

顧肇森：〈千帆過盡〉，瘂弦編：《散文的創造（上輯）》（台北：聯經出版社，1994年7月），頁110-111。

顧肇森：〈小孩子〉，《中國時報》第39版（1994年9月2日）。

二、專書

（一）文學作品

清・曹雪芹、高鶚著：《彩畫本紅樓夢校注》（台北：里仁出版社，1984年）。

二殘（劉紹銘）：《二殘遊記新篇》（台北：時報文化出版，1987年）。

二殘（劉紹銘）：《二殘遊記完結篇》（台北：時報文化出版，1987年）。

王禎和：《玫瑰玫瑰我愛你》（台北：遠景出版社，1986年三版）。

古華：《儒林園》（台北：海風出版社，1990年）。

古蒙仁：《台灣社會檔案》（台北：九歌出版社，1989年）。

平路：《玉米田之死》（台北：聯經出版社，1985年）。

田新彬編：《負笈歲月──美國華人譜》（台北：方智出版社，1988年）。

白先勇：《台北人》（台北：爾雅出版社，1983年）。

白先勇：《孽子》（台北：允晨文化，1990年初版，1998年十二刷）。

白先勇：《第六隻手指》（台北：爾雅出版社，1995年）。

白先勇：《樹猶如此》（台北：聯經出版社，2002年）。

白先勇：《紐約客》（台北：爾雅出版社，2007年）。

朱天文：《世紀末的華麗》（台北：遠流出版，1992年）。

朱天文：《荒人手記》（台北：時報文化，1994年）。

朱天心：《昨日當我年輕時》（台北：遠流出版社，1991年）。

朱天心：《想我眷村的兄弟們》（台北：印刻出版社，2009年）。

吳淡如：《牯嶺街少年殺人事件》（台北：遠流出版社，1980年）。

李安、馮光遠：《喜宴——七十九年優良劇本》（台北：行政院新聞局出版，1991年）。

李渝：《九重葛與美少年》（台北：印刻文學，2013年）。

李渝：《金絲猿的故事》（台北：聯合文學出版社，2010年初版，2012年二版）。

余秋雨：《文化苦旅》（台北：爾雅出版社，1992年）。

周芬伶：《汝色》（台北：九歌出版社，2012年）。

周姮宏：《紐約黑夜唱不停》（台北：新新聞出版社，1999年）。

周腓力：《洋飯二吃》（台北：爾雅出版社，1987年）。

邱妙津：《鬼的狂歡》（台北：聯合文學出版社，1991年）。

邱妙津：《鱷魚手記》（台北：印刻出版社，2006年）。

邱妙津：《蒙馬特遺書》（台北：印刻出版社，2006年）

孫梓評：《男身》（台北：麥田出版社，2002年二版）。

馬森：《巴黎的故事》（台北：印刻出版社，2006年）。

馬森：《夜遊》（台北：九歌出版社，2000年）。

張戎：《鴻——三代中國女人故事》（台北：中華書局，1992年）。

張系國：《沙豬傳奇》（台北：洪範書店，1988年初版，1989年八版）。

張系國：《讓未來等一等吧》（台北：洪範書店，1984年初版，1987年五版）。

張愛玲：《傾城之戀——張愛玲短篇小說集之一》（台北：皇冠出版社，1991年）。

張愛玲：《第一爐香——張愛玲短篇小說集之二》（台北：皇冠出版社，1991年）。

張愛玲：《半生緣》（台北：皇冠出版社，2010年）。

張愛玲：《怨女》（台北：皇冠出版社，2010年）。

張愛玲：《惘然記》（台北：皇冠出版社，2010年）。

曹又方：《美國月亮》（台北：洪範書店，1986年）。

曹麗娟：《童女之舞》（台北：大田出版社，2012年複刻二版）。

郭松棻：《奔跑的母親》（台北：麥田出版社，2002年）。

郭松棻：《雙月記》（台北：草根出版社，2000年）。

郭松棻著，林瑞明、陳萬益主編：《郭松棻集》（台北：前衛出版社，1993年初版，2002年四刷）。

郭強生：《真情剎那》（台北：皇冠出版社，1992年）。

陳玉慧：《我的靈魂感到巨大的餓》（台北：聯合文學，1997年）。

陳玉慧：《你今天到底怎麼了》（台北：二魚文化，2003年）。

陳玉慧：《我不喜歡溫柔（因為溫柔排除了激情的可能）》（台北：大田出版社，2004年）。

陳玉慧：《遇見大師流淚》（台北：大田出版社，2005年）。

陳俊志：《台北爸爸，紐約媽媽》（台北：時報出版，2011年）。

陳映真：《陳映真小說集1（1959-1964）》（台北：洪範書店，2001年初版，2004年二版）。

陳映真：《陳映真小說集2（1964-1967）》（台北：洪範書店，2001年初版）。

陳映真：《陳映真小說集3（1967-1979）》（台北：洪範書店，2001年初版）。

陳映真：《陳映真小說集5（1983-1994）》（台北：洪範書店，2001年初版）。

陳若曦：《紙婚》（台北：自立晚報，1986年）

陳若曦：《尹縣長》（台北：九歌出版社，2005年）。

陳若曦：《堅持・無悔——陳若曦七十自述》（台北：九歌出版社，2009年）。

陳雪：《惡女書》（台北：印刻文學，2006年）。

陳銘磻：《大地阡陌路》（台北：業強出版社，1990年）。

陳銘磻：《陳銘磻報導文學集》（台北：華成出版社，2002年）。

傅天余：《Greenwich Village暫時的地址——格林威治村832又1/4日》（台北：麥田出版社，2002年）。

黃娟：《邂逅》（台北：南方出版社，1988年）。

黃娟：《世紀的病人》（台北：南方出版社，1988年）。

黃娟：《故鄉來的親人》（台北：前衛出版社，1991年）

黃娟：《婚變》（台北：前衛出版社，1994年初版，1995年二刷）。

黃娟著，林瑞明、陳萬益主編：《黃娟集》（台北：前衛出版社1993年初版，1997年三刷）。

楊德昌、鴻鴻、楊順清、賴銘棠：《牯嶺街少年殺人事件（劇本）》（台北：時報文化，1991年）。

楊澤：《薔薇學派的誕生》（台北：洪範書店，1977年初版，1985年二版）。

瘂弦：《瘂弦詩集》（台北：洪範書店，1981年）。

廖嘉展：《月亮的小孩》（台北：時報文化，1992年）

劉大任：《杜鵑啼血》（台北：皇冠出版，2000年）。

劉大任：《紐約眼》（台北：印刻出版，2002年）。

鄭樹森：《結緣兩地——台港文壇瑣憶》（台北：洪範書店，2013年）。

錢鍾書：《圍城》（台北：大地出版社，2007年）。

戴文采：《蝴蝶之戀》（台北：圓神出版社，1991年）。

戴文采：《天才書》（台北：九歌出版社，1994年）。

戴文采：《在陌生的城市》（台北：九歌出版社，1995年）。

Gustave Flaubert（福樓貝）著，胡品清譯：《波法利夫人》（台北：志文出版社，1997年）。

Irving Stone（伊爾文‧史東）著，余光中譯：《梵谷傳》（台北：九歌出版社，2009年）。

James Joyce （詹姆斯‧喬依斯）著，莊坤良譯：《都柏林人》（台北：聯經出版社，2009年）。

Thomas Mann（湯瑪斯‧曼）著，楊武能等譯，鍾英彥導讀：《魔山》（上）（下）（台北：桂冠圖書，1994年）。

Thomas Mann（托瑪斯‧曼）著，趙雅博等譯：〈魂斷威尼斯〉，收入《諾貝爾文學獎全集a16a翁賽特、托瑪斯曼》（台北：環華百科出版社，1994年），頁245-325。

Truman Capote（楚門‧卡波堤）原著，楊月蓀譯：《冷血》（台北：遠流出版社，2009年）。

Tennessee Williams （田納西‧威廉斯）：《玻璃動物園》（台北：台灣大學戲劇系上課講義）。

Tennessee Williams （田納西‧威廉斯）著，馮濤譯：《欲望號街車》（上海：上海譯文出版社，2010年）。

Henrik Johan Ibsen （易卜生）著，劉森堯譯：《玩偶之家》（台北：書林出版社，2006年）。

James Joyce （詹姆斯‧喬依斯）著，吳小芬譯：《流亡》（台北：唐山出版社，2001年）。

張讓：〈我的兩個太太〉，收入《七十八年短篇小說選》（台北：爾雅出版社，1900年），頁229-256。

曹又方：〈送君千里〉，收入《七十八年短篇小說選》（台北：爾雅出版社，1900年），頁173-204。

楊逵著，邱振瑞譯：〈台灣地震災區勘災慰問記〉，收入《二十世紀台灣文學經典——散文卷（第一部）》（台北：聯合文學，2006年），頁79-91。

劉捷著，林曙光譯：〈大稻埕點畫〉，收入《二十世紀台灣文學經典——散文卷（第一部）》（台北：聯合文學，2006年），頁133-150。

（二）相關研究

王受之：《世界現代平面設計A HISTORY OF MODERN GRAPHIC DESIGN 1800-1999年》（台北：藝術家出版社，2000年）。

王受之：《世界現代設計MODERN DESIGN 1864-1996》（台北：藝術家出版社，1997年）。

王明智：《在深夜的電影院遇見佛洛伊德——電影與心理治療》
　　（台北：三民書局，2011年）。

王德威：《小說中國——從晚清到當代的中文小說》（台北：麥
　　田出版社，1993年）。

王德威：《如何現代，怎樣文學》（台北：麥田出版社，1998
　　年）。

王德威：《後遺民寫作》（台北：麥田出版社，2007年）。

王德威：《眾聲喧嘩以後——點評當代中文小說》（台北：麥田
　　出版社，2001年）。

古繼堂：《台灣小說發展史》（台北：文史哲出版社，1992
　　年）。

矛鋒：《同性戀文學史》（台北：揚智文化，1996年9月）。

向陽編：《報導文學讀本》（台北：二魚文化，2002年）。

朱雙一：《台灣文學創作思潮簡史》（台北：人間出版社，2011
　　年）。

余英時：《人文與理性的中國》（台北：聯經出版社，2008
　　年）。

吳乃德：《百年追求——苦悶的台灣》（台北：衛城出版社，
　　2013年）。

吳劍雄：《海外移民與華人社會》（台北：允晨文化，1993
　　年）。

何怡穎：《女人在唱歌——部落與流行音樂裡的女性生命史》
　　（台北：萬象圖書，1997年）。

李有成：《離散》（台北：允晨文化，2013年）。

李明濱主編：《世界文學簡史》（北京大學出版社，2002年8
　　月，第一版）。

林志宏：《民國乃敵國也：政治文化轉型下的清遺民》（台北：聯經出版社，2009年3月）。

邵玉銘：《保釣風雲錄》（台北：聯經出版社，2013年1月）。

姚一葦：《美的範疇論》（台北：開明書局，1978年）。

紀大偉：《正面與背影——台灣同志文學簡史》（台南：國立台灣文學館，2012年）。

徐曙玉、邊國恩、王葆苓、田慶軒等編：《20世紀西方現代主義文學》（天津：百花文藝出版社，2002年）。

馬克任：《美國華人社會評論》（上）（下）二冊（世界日報社論選輯，收錄1976年二月至1985年二月間精選社論，未載明出版日期）。

康有為著，湯志鈞導讀：《大同書》（上海：上海古籍出版社，2005年3月）。

張小虹：《自戀女人》（台北：聯合文學，1996年）。

張小虹：《性別越界——女性主義文學理論與批評》（台北：聯合文學，1995年）。

張小虹：《慾望新地圖——性別‧同志學》（台北：聯合文學，1996年）。

張四德：《移民、自由與美國的本質——韓德林史學思想的研究》（台北：稻鄉出版社，2001年）。

張春榮：《極短篇的理論與創作》（台北：爾雅出版社，1999年）。

張清芳、陳愛強：《台灣當代散文藝術流變史》（上海：人民出版社，2011年）。

符立中：《上海神話——張愛玲與白先勇圖鑑》（台北：印刻出版社，2009年）。

符立中：《從台北人到紐約客——白先勇與符立中對談》（台北：九歌出版社，1993年）。

莊信正：《面對尤利西斯》（台北：九歌出版社，2005年）

許俊雅、應鳳凰、鍾宗憲：《現代小說讀本》（台北：揚智出版社，2004年）。

陳芳明：《台灣新文學史》（台北：聯經出版社，2011年）。

陳恕：《尤利西斯導讀》（台北：時報出版社，1995年）。

陳翠英：《世情小說之價值觀探討——以婚姻為定位的考察》（台北：國立台灣大學文學院出版，1996年）。

陳靜瑜：〈美國的華埠〉，《從落葉歸根到落地生根——美國華人社會史論文集》（台北：稻鄉出版社，2003年）。

鹿憶鹿、胡衍南、許應華：《現代文學》（台北：空中大學出版社，2008年）。

單德興：《邊緣與中心》（台北：立緒文化，2007年）。

曾秀萍：《孤臣‧孽子‧台北人》（台北：爾雅出版社，2003年）。

游勝冠：《台灣本土論的興起與發展》（台北：前衛出版社，1996年7月）。

楊素芬：《台灣報導文學概論》（台北：稻田出版社，2001年9月）。

葉石濤：《台灣文學史綱》（高雄：文學界雜誌社，1996年）。

廖玉蕙：《走訪捕蝶人——赴美與文學耕耘者對話》（台北：九歌出版社，2002年）。

廖炳惠：《關鍵詞200》（台北：麥田出版社，2003年）。

劉大任：《我的中國》（台北：皇冠出版社，2000年7月）。

劉昌元：《文學中的哲學思想》（台北：聯經出版社，2002年）。

劉亮雅：《同志研究》（台北：行政院文化建設委員會出版，2010年）。

劉亮雅：《慾望更衣室——情色小說的政治與美學》（台北：元尊文化，1998年）。

劉笑敢：《兩種自由的追求：莊子與沙特》（台北：正中書局，1994年）。

歐陽子：《王謝堂前的燕子》（台北：爾雅出版社，1976年）。

蔡雅薰：《從留學生到移民——台灣旅美作家之小說析論1960～1999》（台北：萬卷樓，2001年）。

鄭樹森：《從諾貝爾到張愛玲》（台北：印刻出版社，2007年11月）。

錢鋼、胡勁草：《大清留美幼童記》（香港：中華書局，2009年五月增訂初版，2010年再版）。

賴俊雄主編，國立成功大學外文系師生等著：《傅柯與文學》（台北：書林出版，2008年）。

Alain de Botton（艾倫・狄波頓）著，廖月娟譯：《擁抱似水年華——普魯斯特如何改變你的人生》（台北：先覺出版社，2001初版，2012年十二刷）。

Alice Schwarzer（艾莉絲・史瓦澤）著，羅麗君譯：《女性的屈辱與勳章——一個德國女性主義者的觀點》（台北：商務印書館，1998年）。

Edward W. Said（愛德華・薩伊德）著，單德興譯：《知識份子論》（台北：麥田出版社，2007年）。

E. H. Gombrich著，雨云譯：《藝術的故事》（台北：聯經出版社，1997年修訂版，1998年第二刷）。

June M. Reinisch（瓊‧瑞妮絲）、Ruth Beasley（露絲‧畢思理）合著，王瑞琪、莊雅旭、莊弘毅、張鳳琴合譯：《金賽性學報告》（台北：張老師文化，1992年10月）。

Philip and Barbara Newman原著，郭靜晃、吳幸玲譯：《發展心理學——心理社會理論與務實》（台北：揚智出版社，1997年）。

Philip Koch著，梁永安譯：《孤獨》（台北：立緒出版社，1997年）。

Rollo May（羅洛‧梅）著，龔卓鈞、石世明譯：《自由與命運》（台北：立緒出版社，2001年）。

Rollo May（羅洛‧梅）著，朱侃如譯：《權力與無知》（台北：立緒出版社，2003年）。

三、單篇論文

（一）專書論文

王德威：〈媒體、文學與家國想像〉，《時代小說（民國六十五年至八十九年）——聯合報文學獎短篇小說首獎集》（台北：聯經出版社，2001年9月），頁Ⅶ-Ⅹⅶ。

白先勇〈驀然回首——「寂寞的十七歲」後記〉，收入白先勇《寂寞的十七歲》（台北：允晨出版社，1990年2月增訂一版），頁327-336。

林幸謙：〈九十年代台灣散文現象與理論走向〉，《文藝理論研究》1997年第5期（1997年5月），頁63-73。

洪醒夫：〈「流逝」附註〉，洪醒夫編：《六十四年短篇小說選》（台北：爾雅出版社，1975年），頁136-137。

紀大偉：〈台灣小說中男同性戀的性與流放〉，收入林水福，林燿德編：《鞭子與蕾絲的交歡——當代台灣情色文學論》（台北：時報文化，1997年），頁129-166。

張錯：〈孔乙己族群——兼懷顧肇森〉，《尋找張愛玲及其他》（台北：時報出版社，2004年），頁13-16。

莊坤良：〈麻痺：《都柏林人》的文化病理學〉收入James Joyce（詹姆斯・喬伊斯）著，莊坤良譯：《都柏林人》（台北：聯經出版社，2009年），頁xliii-xc。

莊信正：〈內心獨白v.意識流〉，收錄於莊信正：《面對由利西斯》（台北：九歌出版社，2005年初版），頁157-159。

陳鼓應：〈莊子的悲劇意識和自由精神〉，收入陳鼓應：《老莊新論》（台北：五南出版社，1993年），頁258-267。

黃永武：〈哭不出聲音的悲——評「時光逆旅」〉，《時光逆旅——第三屆梁實秋文學獎得獎作品集》（台北：中華日報出版部，1990年），頁14-16。

愛亞：〈顧肇森與「陽關」〉，收入愛亞編：《八十年短篇小說選》（台北：爾雅出版社，1991年），頁74-78。

詹宏志：〈「冬日之旅」評介〉，詹宏志編：《七十七年短篇小說選》（台北：爾雅出版社，1989年）。

劉大任：〈不安的山〉，收入楊澤主編：《七O年代理想繼續燃燒》（台北：時報文化，1994年）。

鄭樹森：〈地域色彩與花蓮文學〉，收入鄭樹森：《從諾貝爾到張愛玲》（台北：印刻文學，2007年11月），頁154-155。

讓・保羅・沙特：〈存在主義是一種人文主義〉，收入考夫曼編著，陳鼓應、孟祥森、劉崎譯：《存在主義哲學》（台北：台灣商務印書館，1989年），頁365-392。

（二）期刊論文

九歌編輯室：〈活在時代影子裡的小人物──顧肇森越洋談《貓臉的歲月》〉，《九歌書訊》第75期第3版（台北：1987年）。

九歌編輯室：〈人生啼笑循環不已──訪齊邦媛教授談《貓臉的歲月》〉，《九歌書訊》第84期第2版（台北：1988年2月）。

九歌編輯室：〈不只說個好故事──訪顧肇森〉，《九歌書訊》第97期第3版（台北：1989年）。

王永中：〈留美學界的保釣運動〉，收入《人與社會》第6卷第3期（台北：1978年8月）。

包恒新：〈論美加華人作家中的華人文情結〉，《福州大學學報》總第50期（哲學社會科學版）（2001年1月），頁52-57。

周浩正：〈標本們──貓臉的歲月讀後〉，《九歌書訊》第61期第1版（1986年），收入新版《貓臉的歲月》（台北：九歌出版社，2004年），頁243-244。

周寧：〈拜託，不要停下來──我讀顧肇森的「塵埃不見咸陽橋」〉，《中華文藝》第13卷第5期（台北：1977年7月），頁56-61。

於梨華：〈三十五年後的牟天磊〉，《文訊》第172期（台北：2000年2月），頁38-39。

金光裕：〈一臥滄江驚歲晚──想起顧肇森〉，《文訊》第350期（台北：2014年12月），頁54-62。

張素貞：〈愛情真的需要驚天動地嗎──評介顧肇森的「最驚天動地的愛情」〉《中國語文》第71卷第3期（1992年），頁111-114。

曹惠民：〈台灣同志書寫的性別想像及其元素〉，《華文文學》
　　總第78期（2007年1月），頁49-54。

郭明福：〈也是人生閒話——評顧肇森「從善如流」〉，《聯合
　　文學》第4卷第5期（1988年），頁202，收入《九歌書訊》
　　第86期第2版（台北：1988年）。

陳榆婷：〈賞析顧肇森先生極短篇作品「最驚天動地的愛
　　情」〉，《國文天地》（2012年4月），頁83-88。

陳榆婷：〈訪鄭樹森談顧肇森〉，《文訊》第332期（2013年6
　　月），頁29-35。

黃錦珠：〈失焦的美國夢——讀顧肇森貓臉的歲月〉，《文訊》
　　（台北：2004年11月），頁20-21。

楊宗潤：〈顧肇森著「從善如流」有失落後的珍惜〉，原載於
　　《婦女雜誌》（台北：1987年8月），收入《九歌書訊》第
　　95期第3版（台北：1989年）。

楊澤：〈恨世者魯迅〉，魯迅著，楊澤編：《魯迅散文選》（台
　　北：洪範書店，1996年1月）。

詹虎：〈從馬克吐溫到約瑟夫海勒——試論從「古典幽默」到
　　「黑色幽默」〉，《樂山師範學院學報》（四川‧樂山：
　　2001年）第2期，頁52-54。

趙淑俠：〈從留學生文藝談海外知識份子〉，《文訊月刊》第13
　　期（台北：1984年），頁147-155。

趙淑俠：〈留學生文學的蛻變〉，《文訊》第172期（台北：
　　2000年2月），頁40-49。

劉秀美：〈略論留外華人小說中主題意識之轉變〉，《文訊》第
　　172期（台北：2000年2月），頁35-37。

劉俊：〈北美華文文學中的兩大作家群比較研究〉，《中國比較

文學》總第67期（2007年第2期），頁94-109。

劉源俊：〈我所知道的留美學生保釣運動〉，收入《人與社會》
　　第6卷第3期（台北：1978年8月），頁41-52。

隱地：〈攀爬人生──我讀曾美月〉，《九歌書訊》第61期第1
　　版（1986年），收入新版《貓臉的歲月》（台北：九歌出版
　　社，2004年），頁241-242。

叢甦：〈沙灘的腳印──「留學生文學」與流放意識〉，《文
　　訊》第172期（台北：2000年2月），頁48-51。

顏子魁：〈美援對中華民國經濟發展之影響〉，《問題與研究》
　　第29卷第11期（台北：1990年8月），頁85-98。

（三）報紙專文

王婷芬：〈（聯合報小說得獎獎作的回響）血淋淋的平淡──
　　讀〈素月〉〉，《聯合報》第25版（副刊）（1991年3月31
　　日）。

王麗美：〈書評：恐怖的異鄉人──槍為他說了一切〉，《民生
　　報》第29版（1993年3月13日）。

民生報文化組：〈顧肇森怕相親避免照相〉，《民生報》第14版
　　（文化新聞），（1988年7月14日）。

民生報文化組（美國）：〈顧肇森將赴瑞典開會〉，《民生報》
　　第14版（文化新聞）（1991年1月10日）。

民生報書評小組：〈民生書評──《月升的聲音》〉，《民生
　　報》第26版（讀書版）（1989年3月4日）。

吳達芸：〈醫者看待眾生疾病──貓臉的歲月細繪人生百態〉，
　　《大華晚報》第11版（1987年3月22日），收入《九歌書
　　訊》第81期第2版（1987年）。

李渝：〈簡談「陽關」〉，《中國時報》第27版（1991年4月6日）。

李渝：〈保釣與文革〉，《中國時報》（人間副刊）（1996年9月9日）。

邱婷：〈「當代台灣情色文學研討會」——情色主題，文學有多少〉報導，《民生報》第15版（文化新聞）（1996年1月28日）。

亮軒：〈白開水的味道〉，《中央日報》第10版（副刊）（1987年6月18日）。

苦人：〈盧剛，毛澤東教育思想的產物〉原載於《美國世界日報》（紐約：1991年11月17日），收入《槍為他說了一切——盧剛殺人事件》（台北：東潤出版社，1992年），頁173-174。

徐開塵：〈徵求同意，編選輯，違反意願——林燿德會錯意，顧肇森討公道〉，《民生報》第14版（文化新聞）（1991年4月8日）。

徐開塵：〈顧肇森已逝，文學界惋惜——《貓臉的歲月》九歌重新印行〉，《民生報》A13版（文化新聞）（2004年9月17日）。

袁瓊瓊：〈書評：他說了一切〉，《聯合報》第35版（讀書人）（1993年4月8日）。

張夢瑞：〈創作雖孤寂，得獎已習慣——顧肇森經常匿名競爭〉專訪顧肇森，《民生報》第14版（文化新聞）（1991年3月31日）。

莊裕安：〈醫學與文學——醫生作家的故事〉，《聯合報》第25版（副刊）（1991年4月7日）。

陳姿羽：〈鄭樹森首度揭開顧肇森去世之謎〉，《聯合報》B4版（2004年8月29日）。

陳義芝：〈兩顆大太陽同時下移──顧肇森的文學心靈〉，《聯合報》（副刊）（1989年6月24日），收入新版《貓臉的歲月》（台北：九歌出版社，2004年），頁249-251。

陳燁：〈保釣後的漂流〉，《中國時報》第39版（1993年11月22日）。

湯本：〈專制制度引爆性格悲劇〉原載於《時報周刊》（1991年11月16日），收入《槍為他說了一切──盧剛殺人事件》（台北：東潤出版社，1992年）附錄，頁150-157。

黃美惠：〈醫人腦寫人心醞釀新作──顧肇森久違，回家迷了路〉，《民生報》第14版（文化新聞）（1989年5月26日）。

黃美惠（美國紐約旅行採訪）：〈文學之筆追「盧剛殺人」始末──顧肇森暫脫下醫生白袍四處採訪完成《槍為他說了一切》〉，《民生報》第14版（文化新聞）（1992年9月26日）。

楊宗潤：〈寂寞之旅讀顧肇森貓臉的歲月〉，《中華日報》第11版（1986年8月26日），收入《九歌書訊》第67期第2版（1986年）。

楊錦郁：〈醫學與文學的交會──顧肇森演講會側記〉，《聯合報》第25版（副刊）（1991年5月23日）。

楊錦郁整理：〈挖深織廣──聯合報第14屆小說獎附設報導文學獎決審會議紀實〉，《聯合報》第25版（副刊）（1992年9月26-28日）。

劉紹銘：〈踏著信仰破產邊緣長大的人〉原載於《香港信報》（香港：1991年12月3日），收入《槍為他說了一切——盧剛殺人事件》（台北：東潤出版社，1992年），頁106-110。

聯副編輯室：〈訪顧肇森——「風起時」文邊訪〉，《聯合報》第8版（1987年5月16日）。

聯副編輯室：〈訪顧肇森〉，《聯合報》（副刊）（1987年5月16日）。

薛莉洋：〈人物速寫——回首話當年，白先勇的家庭生活〉，《青年日報》第360期（2012年9月25日）。

叢甦：〈文革之子的殘缺心靈〉原載於《時報周刊》（1991年11月16日），收入《槍為他說了一切——盧剛殺人事件》（台北：東潤出版社，1992年）附錄，頁158-165。

簡媜：〈早晨之役——聯合報第十二屆小說獎短篇決選報告〉（下），《聯合報》第25版（副刊）（1991年1月3日）。

聶華苓：〈華人心情〉，收入顧肇森：《槍為他說了一切》（台北：東潤出版社，1992年），頁128-131。

蘇偉貞：〈四分天下——聯合報第十二屆小說獎極短篇決選報告〉，《聯合報》第25版（副刊）（1991年1月8日）。

蘇偉貞：〈捕捉邊緣人——顧肇森的新試探〉，《聯合報》（副刊）（1988年12月19日），收入《九歌書訊》第109期第3版（1990年）。

四、學位論文

朱芳玲：《論六、七〇年代台灣留學生文學的原型》（嘉義：中正大學中國文學研究所研究碩士論文，1995年）。

吳孟琳：《流放者的認同研究——以聶華苓、於梨華、白先勇、劉大任、張系國為研究對象》（新竹：清華大學中國文學系碩士論文，2008年）。

沈俊翔：《90年代台灣同志小說中的同志主體研究》（台南：成功大學中國文學研究所碩士論文，2004年）。

許擇昌：《從留學生到美籍華人——以二十世紀中葉台灣留美學生為例》（南投：國立暨南國際大學歷史研究所碩士論文，1999年）。

陳韋廷：《知識份子與疏離——張系國前期小說研究》（台中：東海大學中國文學系碩士論文，2011年）。

曾秀萍：《台灣小說中同志跨性別書寫的家國想像（1990-2010）》（台北：政治大學國文系博士論文，2011年）。

鄧勝蒼：《從孽子到男婚男嫁——台灣同男小說的認同系譜與路徑》（台北：玄奘大學國文系碩士論文，2011年）。

謝欣岑：《異鄉人的紐約：華文小說的離散華人書寫與地方再現》（新竹：國立清華大學台灣文學研究所碩士論文，2008年）。

Ainslie R. C.，The psychology of twinship（Northvale, NJ: Jason Aronson, Inc.，1997年）。

五、紀錄片

麥克‧摩爾（Micheal Moore）：《資本主義：一個愛情故事（Capitalism: A Love Story）》，（USA：Dog Eat Dog Films，2009年。）

陳安琪：《三生三世——聶華苓》DVD（台北：台聖公司，2013年4月）。

六、網路資料

Joshua Rothman：〈Humor in The New Yorker〉（2012年11月21日）http://www.newyorker.com/online/blogs/backissues/2012/11/humor-in-the-new-yorker.html（檢索日期：2013年2月22日）

〈Operas of Richard Wagner，The Flying Dutchman (Wagner)〉，《Music with Ease》（2005年9月26日）http://www.musicwithease.com/flying-dutchman-source.html（檢索日期：2013年6月5日）。

〈舒伯特冬之旅（歌詞及曲）＋晚安（冬日旅程）威廉，繆勒詞〉，《精靈花園》（2009年3月10日）http://hi.baidu.com/82604/item/59e04f406a37152110ee1e3e（檢索日期：2013年12月12日）。

吳鳴：〈濱海茅屋今猶在〉，《吳鳴箚記本－udn部落格》（2006年8月15日）http://blog.udn.com/pangmf/399732#ixzz2Eios3Yze（檢索日期：2012年7月10日）。

紀大偉：〈地下紫水晶〉，《週二／台灣同志文學簡史》（2012年8月7日）http://okapi.books.com.tw/index.php/p3/p3_detail/sn/1455（檢索日期：2013年1月26日）。

紀大偉：〈顧肇森的「張偉」和「太陽的陰影」〉，《週二／台灣同志文學簡史》（2012年4月10日）http://okapi.books.com.tw/index.php/p3/p3_detail/sn/1184（檢索日期：2013年1月26日）。

拂面的風：〈月升的聲音〉，《奇摩部落格》（2007年7月13日）http://tw.myblog.yahoo.com/gentle-breeze/article?mid=760&next=744&l=f&fid=12（檢索日期：2012年7月10日）。

陶東風：〈談犬儒主義〉，《學習時報》（2007年3月14日）http://big5.china.com.cn/xxsb/txt/2007-03/13/content_7952853.htm（檢索日期：2013年3月5日）

張博森：〈The Bakhtin Reader〉，《文化與社會理論》（2008年11月18日）http://blog.gia.ncnu.edu.tw/index.php?op=ViewArticle&articleId=971&blogId=255（檢索日期：2013年10月18日）。

楊荊生：〈依附與失落〉，《教育部生命教育學習網》（2007年9月3日）http://life.edu.tw/homepage/discuss/t-5-293.php?board_no=B000000169&seri_no=365&pageth=6（檢索日期：2013年2月14日）

鄭明娳：〈弔詭的懸棺──張啟疆的眷村小說〉，《自由時報》副刊（2002年12月7日）http://www.libertytimes.com.tw/2002/new/dec/7/life/article-1.htm。（檢索日期：2013年2月22日）

隱地：〈遺忘與備忘，一九八九〉，《人間福報電子版》（副刊）（2009年10月19日）http://www.merit-times.com.tw/NewsPage.aspx?unid=150581（檢索日期：2014年2月12日）。

戴文采：《戴文采的留言板──啼笑因緣》（2003年3月9日至2006年5月19日）http://mypaper.pchome.com.tw/book2/guestbook/25（檢索日期：2012年7月10日）。

戴文采：〈我的好友顧肇森〉，《我的鄰居張愛玲》（天津：天津華文出版社，2013年）。〈我的好友顧肇森（一）〉http://www.tadu.com/book/382650/9/

〈我的好友顧肇森（二）〉http://www.tadu.com/book/382650/10/

〈我的好友顧肇森（三）〉http://www.tadu.com/book/382650/11/

〈我的好友顧肇森（四）〉http://www.tadu.com/book/382650/12/

〈我的好友顧肇森（五）〉http://www.tadu.com/book/382650/13/

（檢索日期：2014年1月25日）

秀威經典　　　　　　　　　　　　　　　　　新視野01　PG1318

漂泊與追尋：
顧肇森的文學夢

作　　　者／陳楡婷
責任編輯／廖妘甄
圖文排版／連婕妘
封面設計／簡君樺、王嵩賀

出版策劃／秀威經典
發 行 人／宋政坤
法律顧問／毛國樑　律師
印製發行／秀威資訊科技股份有限公司
　　　　　114台北市內湖區瑞光路76巷65號1樓
　　　　　電話：+886-2-2796-3638　傳真：+886-2-2796-1377
　　　　　http://www.showwe.com.tw
劃撥帳號／19563868　戶名：秀威資訊科技股份有限公司
　　　　　讀者服務信箱：service@showwe.com.tw
展售門市／國家書店（松江門市）
　　　　　104台北市中山區松江路209號1樓
　　　　　電話：+886-2-2518-0207　傳真：+886-2-2518-0778
網路訂購／秀威網路書店：http://www.bodbooks.com.tw
　　　　　國家網路書店：http://www.govbooks.com.tw

2015年8月　BOD一版
定價：410元
版權所有　翻印必究
本書如有缺頁、破損或裝訂錯誤，請寄回更換

國家圖書館出版品預行編目

漂泊與追尋：顧肇森的文學夢／陳楡婷作. -- 一
　版. -- 臺北市：秀威經典, 2015.08
　　面；　公分. -- (新視野01；PG1318)
　BOD版
　ISBN 978-986-91819-0-7(平裝)

1. 報導文學　2. 文學評論

857.85　　　　　　　　　　　　104007642

讀者回函卡

感謝您購買本書，為提升服務品質，請填妥以下資料，將讀者回函卡直接寄回或傳真本公司，收到您的寶貴意見後，我們會收藏記錄及檢討，謝謝！如您需要了解本公司最新出版書目、購書優惠或企劃活動，歡迎您上網查詢或下載相關資料：http:// www.showwe.com.tw

您購買的書名：＿＿＿＿＿＿＿＿＿＿＿＿＿＿＿＿＿＿＿＿＿＿＿

出生日期：＿＿＿＿＿年＿＿＿＿＿月＿＿＿＿＿日

學歷：□高中 (含) 以下　　□大專　　□研究所 (含) 以上

職業：□製造業　□金融業　□資訊業　□軍警　□傳播業　□自由業
　　　□服務業　□公務員　□教職　　□學生　□家管　　□其它＿＿＿

購書地點：□網路書店　□實體書店　□書展　□郵購　□贈閱　□其他

您從何得知本書的消息？

　□網路書店　□實體書店　□網路搜尋　□電子報　□書訊　□雜誌

　□傳播媒體　□親友推薦　□網站推薦　□部落格　□其他＿＿＿＿＿＿

您對本書的評價：（請填代號　1.非常滿意　2.滿意　3.尚可　4.再改進）

　封面設計＿＿＿　版面編排＿＿＿　內容＿＿＿　文／譯筆＿＿＿　價格＿＿＿

讀完書後您覺得：

　□很有收穫　□有收穫　□收穫不多　□沒收穫

對我們的建議：＿＿＿＿＿＿＿＿＿＿＿＿＿＿＿＿＿＿＿＿＿＿＿

＿＿＿＿＿＿＿＿＿＿＿＿＿＿＿＿＿＿＿＿＿＿＿＿＿＿＿＿＿＿＿

＿＿＿＿＿＿＿＿＿＿＿＿＿＿＿＿＿＿＿＿＿＿＿＿＿＿＿＿＿＿＿

＿＿＿＿＿＿＿＿＿＿＿＿＿＿＿＿＿＿＿＿＿＿＿＿＿＿＿＿＿＿＿

11466
台北市內湖區瑞光路 76 巷 65 號 1 樓

秀威資訊科技股份有限公司　　　收

BOD 數位出版事業部

....

（請沿線對折寄回，謝謝！）

姓　　名：＿＿＿＿＿＿＿＿　年齡：＿＿＿＿　性別：□女　□男

郵遞區號：□□□□□

地　　址：＿＿＿＿＿＿＿＿＿＿＿＿＿＿＿＿＿＿

聯絡電話：(日)＿＿＿＿＿＿＿＿　(夜)＿＿＿＿＿＿＿＿

E-mail：＿＿＿＿＿＿＿＿＿＿＿＿＿＿＿＿＿＿